고전궁구 : 중국시와 시학

이종무 李鍾武

경북대학교 중어중문학과를 졸업하고, 동대학 대학원에서 「薑齋詩話硏究」로 석사 학위를 받았으며, 中國 復旦大學에서 「王夫之詩學範疇硏究」로 박사 학위를 받았다. 현재 제주한라대학교 교수로 재직 중이다.

中國古典文學 중 '中國詩와 詩學' 분야를 주요 연구 대상으로 하여 연구에 매진하고 있으며, 中國文化, 中國社會 등 中國學 연구에도 함께 힘을 기울이고 있다.

「宋代 한 시인의 남방 여행— 楊萬里 『南海集』 속 宦遊詩를 중심으로」, 「宋代 사찰시 속 공간의 상징성과 문인심리」 등 中國 古典文學 관련 연구논문을 꾸준히 발표하였다.

고전궁구 : 중국시와 시학
古典窮究 : 中國詩와 詩學

초판 1쇄 인쇄 2023년 9월 26일
초판 1쇄 발행 2023년 10월 10일

지 은 이 이종무李鍾武
펴 낸 이 이대현
펴 낸 곳 도서출판 역락

책임편집 임애정
편   집 이태곤 권분옥 강윤경
디 자 인 안혜진 최선주 이경진
마 케 팅 박태훈

펴 낸 곳 도서출판 역락 / 서울시 서초구 동광로46길 6-6 문창빌딩 2층(우06589)
전   화 02-3409-2058 FAX 02-3409-2059
이 메 일 youkrack@hanmail.net
홈페이지 www.youkrackbooks.com
등   록 1999년 4월 19일 제303-2002-000014호

ISBN 979-11-6742-622-2 93820

*정가는 뒤표지에 있습니다.

고전궁구 :: 중국시와 시학

古典窮究 :: 中國詩와 詩學

이종무 지음

역락

머리말

인류는 감정의 동물이다. 이 감정은 당연히 객관 사물이나 그 밖의 대상을 상대로 생물학적 기관인 감각기관을 통해 본능적 혹은 이성적 행동양식으로 외부로 발산된다. 경험 요소의 집적으로 이루어진 동물의 감정 표현과 달리, 대표적 부호체계인 언어와 문자를 이용한 인류의 감정 표현 중 소위 문학창작 행위는 혹은 개별행위에서부터 집단행위로, 혹은 집단행위에서 개별행위로 이전되기도 하였으며, 문자를 이용해 사실을 기록하거나 작가의 의도에 따라 허구로 구성되기도 하였다. 이러한 다양한 문학창작 행위 중 인류와 함께 가장 오랜 시간을 함께한 문학 양식을 꼽으라면, 그것은 바로 '詩歌'라고 할 수 있다.

동서양을 막론하고, 세계 여러 민족의 가장 이른 인문 정신문화 유산은 대부분 시가로 귀결된다. 설령 자신의 문자가 존재하지 않는 민족조차도 아름다운 선율이나 리듬, 그리고 누가 붙였는지 모르는 노랫말로써 구성된 옛 시가가 존재하며, 이들 시가는 시대와 민족성을 고스란히 담은 채 오랜 시간 동안 전해져 내려왔다. 그 시가에는 그들만의 감정과 마음이 고스란히 녹아져 있을 뿐만 아니라, 그들의 삶과 생활이 생동감 있게 그려져 있어, 많은 민족은 그를 통해 그들의 감정을 마음껏 발산하거나 또 새로운 작품으로 자신들의 마음을 담으려 하였다. 이러한 점에서 본다면, 시가는 문자의 탄생보다 앞선 시기에 만들어진 본능적 행위를 바탕으로 한 인류의 문명적 창조행위임이 분명하다.

흔히 中國은 詩歌의 나라라 일컬어진다. 중국에서 오랜 역사를 가진

詩歌는 수천 년 동안 지속되며 형식이나 내용 면에서 많은 변화와 발전을 이루었다. 유구한 역사가 점철된 중국의 詩歌 역사를 한마디로 정리할 수는 없겠지만 중국 人文 文化와 古典을 대표하는 詩歌의 진면목을 조금이나마 가늠해보기 위해, 중국문학사에 기록되어있는 중국 시가와 시학 발전의 긴 흐름을 더듬어 본다.

西周에서 春秋 시대에는 다양한 詩篇이 있었지만, 가장 의미 있는 것은 305편으로 당시 시대 風俗과 인간의 情感을 충분히 담고 있던 최초의 시집 『詩經』의 탄생이다. 특히, 「毛詩序」에서는 "시라는 것은 뜻이 나아가는 것으로, 마음에 있으면 뜻이 되고 말로써 표현하면 시가 된다. 감정이 마음 가운데서 움직여 말의 형식으로 나타나는 데, 말로써 부족하여 감탄하게 되고, 감탄하는 것으로 부족하여 길게 노래하게 되고, 길게 노래하는 것으로 부족하여 자기도 모르게 손으로 춤추고 발로 춤추게 된다(詩者, 志之所之也, 在心為志, 發言為詩, 情動於中而形於言, 言之不足, 故嗟歎之, 嗟歎之不足, 故永歌之, 永歌之不足, 不知手之舞之·足之蹈之也)"라고 하여, 중국 문학사에서 시에 대한 정의를 분명히 하였을 뿐만 아니라, 시의 서술방식으로서 風, 雅, 頌과 표현기법으로서 賦, 比, 興을 구분함으로써 中國 詩學 발전의 단초를 제공하였다.

戰國時代 후기에는 남방 楚 문화의 독특한 색채를 지닌 『楚辭』가 탄생하기도 하였다. 『楚辭』의 창시자이자 주요 저자인 屈原은 중국 고대 문학사에서 가장 웅장하고 아름다운 長篇 抒情詩 「離騷」 등 불후의 명작을 남기면서 중국 최초의 시인으로 일컬어진다. 『楚辭』는 그 형식의 다양함만큼이나 민간의 정서를 다양하게 반영하였고, 개인의 정감을 자유롭게 그려내면서 당시 집단적 성격을 띤 문학창작 행위를 시인 개인

의 창작 행위로 바꿔주는 계기를 만들었다. 이『詩經』과『楚辭』는 후대 중국 시가 발전의 양대 원천으로서, 중국 시가 역사상 현실주의와 낭만주의를 대표하며, 후대에 많은 작가는 이에 대한 계승과 혁신, 병행과 융합 등을 통해 우수한 시가 전통을 만들어 내었다.

漢代에는 국가 음악 기관 樂府에서 민정을 살피러 수집했던 民間 歌辭 '樂府'의 창작이 활발했다. 樂府는『詩經』의 현실주의 전통을 계승하여 대부분 슬픔과 즐거움을 알기 쉽게 그려내었으며, 생활적 요소와 정취가 풍부한 敍事에도 뛰어났다. 주로 雜言과 五言을 위주의 자유로운 형식으로 창작되었다.

漢末 建安에 이르러, 曹操·曹丕·曹植 '三曹', 孔融·陳琳·王粲·徐幹·阮籍·應瑒·劉楨 '七子'가 漢樂府 민요의 현실주의 전통을 계승하고 五言 형식을 보편화하면서 처음으로 文人 詩歌의 절정을 이뤘다. 시대정신을 표현한 이들의 시는 慷慨하고 悲凉한 남성미를 지녔으며, 후대에 '建安 風骨'이라 불리는 독특한 풍격을 형성하였다.

建安 시대 이후 阮籍은 正始시대를 대표하는 시인으로 그의 詠懷詩는 서정적인 五言詩의 기초를 닦았고, 憂國과 재앙에 대한 두려움, 避世의 뜻을 曲折한 시구로 그려내었다. 阮籍과 같은 시기의 嵇康은 냉소적이고 어두운 현실을 직시하였다. 이들 두 사람의 시풍은 기본적으로 建安風骨의 전통을 계승하였다.

魏晉南北朝 시대에 이르러서는 文辭가 화려한 시들이 많이 생겨났고, 陶淵明은 淸新한 詩風으로 후세에 추앙받았다. 南朝 때는 시가 美麗하면서도 많은 用典이 있었고, 濟梁의 시가 주로 성행하였다. 당시 형식적인 면에서 華麗藻飾한 기교를 추구하면서 繁雜한 시풍을 '太康詩風'이라고 하는데, 대표 시인으로는 陸機, 潘岳 등이 있다.

蘭亭之會에는 王羲之와 謝安, 孫綽 등 많은 명사가 모여들었다. 이들이 모인 목적은 山水를 감상하고 술을 마시며 시를 짓기 위해서였다. 그들은 술잔을 기울이며 시를 지어 서른일곱 首의 시로써 『蘭亭集』을 편찬하였다. 蘭亭詩는 산수 유람의 즐거움을 서사하여 山水의 심미적인 정취를 표현하거나 산수 속에 직접 현묘한 이치를 서사하여 예술 수준이 높지 않았지만, 이때부터 시인들은 山水의 美學에 주의를 기울이기 시작하였고, 곧 山水詩가 하나의 자리를 차지할 것임을 예고하였다.

陶淵明은 田園생활을 중요한 창작 소재로 삼아 예로부터 田園詩人으로 불렸다. 군더더기 많고 형식적이며 가벼운 내용을 숭상하던 당시의 시대 분위기 속에서 陶淵明은 樂府의 현실주의적 전통을 이어받아 순수하고 자연스럽게 田園一體를 이루며 시가의 새로운 경지를 열었고, 五言詩는 그의 손에서 고도로 발전했다.

도연명과 비슷한 시기에 활동한 謝靈運은 山水詩派를 개척한 최초의 인물이다. 그의 산수시는 詩語가 아름답고 정교하며 신선하다. 山水詩의 출현은 山水를 독립적인 미적 대상으로 만들고, 中國詩에 하나의 題材를 보태었을 뿐만 아니라, 南朝시대의 새로운 시가 풍모를 열었다. 陶淵明의 전원시에 이어 산수시는 자연과의 소통과 조화를 나타내며 자연의 심미 요소와 미적 관점을 새롭게 세우게 하였다.

또 南北朝 시대에는 樂府 民謠가 집중적으로 쏟아져 나왔다. 그들은 새로운 사회적 현실을 반영할 뿐만 아니라 새로운 예술 형태와 스타일을 창조하였다. 이 시기 민요는 편폭이 짧고 抒情이 敍事보다 많은 것이 특징이다. 北朝 악부는 내용이 풍부하고 언어가 소박하며 스타일이 강건하다. 南朝 악부가 사랑을 나누는 艶曲이었다면 北朝 악부는 명실상부한 軍樂, 戰歌였다. 장르적으로 北朝 악부는 五言四句 외에도 七言古詩와

雜言體를 발전시켰다. 北朝 악부의 가장 유명한 것은 장편 서사시「木蘭詩」로,「孔雀東南飛」와 함께 중국 詩歌史의 쌍벽으로 불린다.

또 魏晉南北朝 시대에는 鍾嶸의『詩品』, 劉勰의『文心雕龍』, 蕭統의『文選』, 四聲說, 八病說 등 많은 詩論 및 여러 작품을 엮은 저작이 나와 詩學 발전을 이끌면서, 후대 중국의 시가 창작의 내용, 사상, 감상 방법 등에 지대한 영향을 미쳤다.

시가 발전이 極盛한 唐代는 중국이 시가의 나라라고 불리게 된 근거를 제공한 시대이다. 당 초기의 시 창작은 처음에는 言志나 詠史 작품을 많이 다루었는데, 그 시풍이 剛健하고 質朴했다. 그러나 濟梁의 영향으로 시를 노래와 應待의 도구로 삼아 표현기법을 궁리하면서 창작과정에서 聲律, 辭藻의 활용은 정교해졌지만, 風格과 詩味는 나날이 귀족화되고 宮廷化되기도 하였다.

唐 前期에는 '初唐四傑'이라 불리던 王勃, 楊炯, 盧照隣, 駱賓王의 활동이 가장 뛰어났는데, 마음속에는 공명을 얻기 위한 격정을 가지고 雄傑한 기운이 넘쳤다. 그들은 文風을 변혁하는 자각 의식을 가지고, 섬세하고 기품있는 것을 반대하였고 강건한 기개를 제창하였는데, 이는 당시 시풍 변혁의 관건이었다.

武則天의 시대에는 宋之問과 沈佺期의 뛰어난 업적과 함께 絶句와 律詩가 정형화되었다. 四傑 이후, 陳子昻은 濟梁시풍에 반대하고 '漢魏風骨'을 내세워 古詩의 比興, 言志의 風雅의 전통을 되살리겠다고 밝혔으며, 感憂詩 38수는 그의 혁신 정신이 뚜렷하게 드러나는 대표작이다.

中唐, 盛唐에 들어, 시인 王維는 山水田園詩 대표작가로 손꼽혔다. 王維는 일찍이 공명에 대해서도 열정과 동경이 가득하였으며, 적극적이고 진취적인 삶의 태도를 가지고 있었다. 하지만 말년에 이미 벼슬길에 영욕을 추구하지 않고 退朝 후에는 늘 향을 피우고 獨坐하며 禪誦을 하였다. 늘 산중에 거주하며 空山의 고요한 아름다움을 뛰어나게 표현하였다. 그의 시풍은 흔히 "詩中有畵, 畵中有詩"라 불린다.

孟浩然의 山水田園詩는 가까운 자기 삶에서 비롯하여, 작품 속 경물 묘사는 항상 그의 생활 환경의 일부분이었고, 卽興而發하여 雕飾을 빌리지 않는 특징을 가지고 있으며, 시어는 自然스럽고 순수하게 이어졌다. 그의 작품 중에는 배에 몸을 싣고 읊은 시가 많은데, 평이함을 씻어내고 情感의 정화, 言語의 담백함이 두드러졌으며, 맑고 아름다운 詩境을 만들며 자연스럽고 순수하게 산수를 표현하였다. 自然, 平淡함은 맹호연 山水詩의 風格 특징이다. 시 작품은 섬세한 묘사와 정교하게 다듬어진 시어의 對耦가 많았다. 대부분 한 줄의 기운으로 붓을 움직여 氣勢가 자연스러워 깎고 꾸민 흔적이 없었으며, 自然스럽고 沖澹閑遠하여, 工巧로움을 구하지 않아도 저절로 工巧로워졌다.

盛唐에는 북방의 남성적인 기질을 지닌 豪俠형 인재들이 적지 않았다. 그들의 시가는 浩蕩하고 俊秀하며 당당한 風骨로써 순수하면서도 강건한 아름다움을 만들어 내었다. 이들의 문학 활동은 주로 開元과 天寶 연간에 이루어졌다.

王昌齡은 의협심이 높고, 격정적인 인물로 술도 잘 마시고 노래를 즐기는 性情이었다. 그는 시를 지을 때 창작 의도와 구상을 매우 중시하는데, 그 작품은 호탕하고 준수했을 뿐 아니라, 정감이 치밀하고 생각이 맑았다. 그의 邊塞詩는 의경이 치밀하고, 작법을 중요하게 여겼다.

崔顥의「黃鶴樓」는 唐人의 작품 중 七言律詩의 압권으로 꼽힌다. 그의 邊塞詩는 豪蕩하고 수려한 풍격을 유지하면서도 강한 남성미를 반영하였다.

李頎의 邊塞詩는 「古從軍行」, 「听董大彈胡箱弄兼寄語房給事」 작품이 유명하다. 高適은 자부심이 강하고 공명심이 강하며 성격이 자유분방하여 俠客과 사귀길 좋아하였다. 七言歌行의 대표작은 「歌歌行」으로 황량함 가운데 기개가 깃들어 있는 慷慨한 悲歌이다. 장편 詠懷식의 五言古詩를 많이 지었으며, 絶句는 대부분 從軍이나 邊方과 관련된 작품이다.

岑參은 강한 入世정신을 가지고 있었다. 처음 변방에 나가 邊塞詩를 적기 시작하였고, 다시 변방에 나갈 때 「白雪馬川行奉送封大夫出師西」, 「白雪歌武官官歸京」 등을 지었다. 그의 작품 풍격은 그 뜻이 기이하고, 말이 기발하며, 어투가 기이하였으며, 전통적 풍격을 깨고 邊塞詩의 묘사 소재와 내용의 범위를 크게 풍부하게 하였다. 王之渙은 高適, 王昌齡과 서로 唱和하며 지냈는데, 현재 6편의 작품만이 전해지고 있으며 「登鸛雀樓」와 「涼州詞二首」가 매우 유명하다.

李白, 杜甫는 盛唐詩의 최고 작가로 唐詩를 대표하며 지금도 중국 고전시가의 대표작가로 손꼽혀지고 있다.

李白은 '濟蒼生', '安社稷'이라는 강렬한 儒家 入世사상을 가지고 있었다. 이 같은 그의 이상의 挫折은 그를 자주 悲憤, 不平, 失望에 빠지게 하였다. 神仙 道敎 신앙은 李白 문학 사상에서 중요한 위치를 차지하고 있다. 벼슬길에 失意했을 때, 그는 한 걸음 더 나아가 道敎로 나아갔다. 道家와 道敎 신앙은 그에게 매우 강한 자기 解脫 능력을 주었다. 李白의 적지 않은 시는 일장춘몽 같은 인생과 삶에 대한 향유가 중심이 된 낭만적 사상을 나타내고 있지만, 실은 그는 자연에 몸을 기탁하고 자연에 녹아들기를 갈망하였으며, 내면 깊숙이 인생의 자유에 대한 향수를 품고 있다. 李白 人格의 가장 눈에 띄는 특징은 독립적이고 구속받지 않는다는 것이다.

李白의 독특한 예술적 개성과 그 비범한 기백과 삶에 대한 격정은 그의 시가 작품 행간에 모두 드러나는데, 盛唐詩의 왕성한 시대 정신을 충분히 구현하고, 기괴하고 웅장한 남성미를 가지고 있었다. 그는 盛唐이 낳은 천재 시인으로, 그 비범한 자부심과 자신감, 광적이고 독립적인 인격, 호방하고 飄逸한 기품과 자유로움이 창조한 낭만적인 감정은 성당 문인들의 시대적 성격과 정신적 풍모를 충분히 반영하였다. 그의 시는 기세가 웅장하고 변화무쌍한 장관을 연출할 뿐만 아니라 화려하고 독특한 情趣와 자연스럽고 맑고 아름다운 意境을 만들며 헤아릴 수 없을 정도로 끓어 넘치는 격정과 신기한 상상으로 가득 차 있다.

李白詩의 浩蕩한 風格, 변화무쌍한 想像, 淸水芙蓉한 아름다움은 훗날 시인들에게 많은 문학적 매력과 감동을 주었고 蘇軾, 陸游 등은 모두 그의 영향을 받아, 중국 詩歌史에서 바꿀 수 없는 불후의 지위를 가지고 있다.

杜甫는 安史의 亂이 초래한 파괴와 재난을 가장 먼저, 그리고 가장 전면적으로 시에 반영하였다. 그는 이 전쟁의 많은 중요한 사건들을 작품 속에 적었고, 백성들이 전쟁 중에 겪었던 고난을 기록하였으며, 전쟁의 불길 속에 있는 당시 사회생활 전반의 광활한 모습을 깊고 생동적으로 그려내었다. 그의 시는 '詩史'라고 불릴 만큼 역사적 인식 가치가 있다. 흔히 거론되는 중요한 역사적 사건은 그의 시에 모두 반영되어 있기에, 그의 시 작품은 역사의 실재를 보완할 수 있다고 평가된다.

杜甫詩의 詩史的 성격은 작품의 창작 방식을 결정지었다. 그의 시는 서술 기법을 많이 사용하고 五, 七言의 古體로 時事, 즉 事名편을 써서 서술 기법을 새로운 정점으로 발전시켰다. 杜詩의 敍事는 사건의 경과를 서술할 뿐만 아니라 세부 묘사에 힘썼다. 이러한 세부 묘사는 사람이나 사물이나 기분을 세심하게 그려서 세세한 부분으로부터 진실을 보고 화면을 펼쳐서 사람을 어떤 분위기, 어떤 경지로 끌어들인다. 杜詩의 敍事는 강렬한 抒情을 녹여낸다. 사실 다수의 서사시는 그가 抒情詩로서 적은 작품에서 시작되어, 객관적이고 진실한 서술이 주관적이고 강렬한 抒情과 하나가 되었다. 이는 中國 詩歌史에서 유례가 없는 것으로, 시가 표현 방법의 전환이며, 杜詩가 다른 盛唐의 다른 작품과 다른 점이다.

杜甫詩의 예술 풍격은 沈鬱頓挫함에서 두드러진다. 沈鬱頓挫한 감정의 기조는 곧 悲憤慷慨함이다. 沈鬱함은 감정의 슬픔이 깊고 깊으며, 挫折은 감정 표현의 파도와 반복적 저울질이다. 백성들의 疾故를 그리거나, 친구를 그리워하며 고향을 그리워하거나, 자신의 궁핍한 시름을 적거나, 모두 그 감정은 깊고 넓다. 그의 시에는 감정이 축적된 일종의 역량이 담겨있으며, 욕망이 분출될 때마다 그의 인자한 마음, 儒家的 교육으로 인해 형성된 中和的 처세의 마음가짐은 그것을 더디거나 더 깊어지게 하였으며, 또 주저하며 감정의 기복을 만들어 내었다.

白居易와 元稹은 삶 속에서 생겨가는 많은 일들이나 백성들의 疾苦를 작품 속에 적었는데, 杜甫의 五言排律가 가진 敍述的이고 議論的 성격의 영향을 받았다. 韓愈, 孟郊, 李賀는 杜甫의 奇崛, 散文化와 詩文의 字句를 다듬는 煉字 경향에 영향을 받았다. 이 같은 煉字는 晩唐에서 苦吟一派로 발전하였다. 李商隱의 칠언율시는 杜甫의 칠언율시가 보여준 치밀하고 비약적 기법에 힘입은 바 크다. 宋 이후 杜甫의 지위는 더욱 높아졌고, 그의 詩歌史 상의 영향력은 천 년이 지나도 쇠퇴하지 않았다. 杜甫는 국가의 안위를 염려하고 백성들의 고통을 동정하며, 역대 문인들의 존경을 받았으며, 文人 士大夫의 인격 형성에 헤아릴 수 없는 영향을 끼쳤다.

大曆 연간의 大曆十才子는 山水에 정취를 모으고 경물에 마음을 기탁하였다. '大曆十才子'라는 이름은 중당 시인의 姚合이 편찬한 『極玄集』에 보이는데, 李端, 盧綸, 吉中孚, 韓翃, 錢起, 司空曙, 苗發, 崔峒, 耿湋, 夏侯審을 가리킨다. 이들은 노래와 작품에 응대하는 것 외에도 주로 일상생활의 사소한 일, 자연 풍물, 여정 간의 근심을 적고, 고독하고 쓸쓸한 외로움을 표현하며, 세상일에 超然하며 隱逸한 풍조를 표현하였다. 예술적 표현에서는 謝朓을 宗主으로 삼고, 格律과 시문의 文彩를 중시하였으며, 淸雅와 閑淡을 추구하며, 白描로 경물을 그려내는 것에 능하였다. 기교가 섬세하게 다듬어지는 경향이 있으며, 대부분 정교하고 깔끔하게 쓰여 있으며, 劉長卿의 詩風처럼 짙은 고독감과 적막감은 없지만, 늘 쓸쓸한 기상을 나타내며, 大曆詩 특유의 情操와 우아한 정취를 띠고 있다.

唐詩는 大曆 연간 쇠퇴함을 겪은 후, 德宗에서 穆宗까지 40여 년 동안 점차 융성하여 당 獻宗 元和 연간에 절정에 이르렀다. 시인들은 새로운 경로의 개척, 새로운 技法의 탐구, 다양한 詩歌論 주장에 힘을 기울이며, 唐詩가 中唐으로부터 크게 변화한 활기찬 경관을 보여주었다. 韓孟시파는 이러한 새로운 변화를 가져온 첫 번째 시인 집단이었다.

'不平則鳴'에서부터 物象을 선택하고, 하늘을 살피며, 만물의 조화를 보조하여, 雄奇怪異한 심미 이상을 제시하는 것에 이르기까지, 韓孟시파는 체계적인 시가 창작 이론을 만들어 내었다. 인륜 도덕과 溫柔敦厚한 傳統詩敎를 탈피하고, 사회적 기능을 중시하는 것에서 시의 서정적 특성을 중시하는 것으로 전환하여, 창작 주체의 내면적 표출과 예술적 창의력 발휘를 중시하였다.

韓愈는 후대에 '韓昌黎'로 많이 불린다. 작품은 長篇 古詩가 많으며,

그중에는 현실의 모순을 폭로하고 개인의 실의를 표현한 뛰어난 작품이 적지 않은데, 『昌黎先生集』이 있다. 그는 「早春呈水部張十八員外二首其一」시와 같이 淸新하고 神韻이 풍부하며 盛唐人에 풍격에 가까운 시를 썼다. 韓愈의 가장 독창적이고 대표적인 작품은 雄壯한 기세와 奇怪한 이미지로 유명한 시들이다. 또 표현기법 면에서, 韓愈는 賦를 적는 방법으로 詩를 짓고, 펼쳐놓고 늘어놓으며, 화려하게 색을 칠하고, 사물을 세밀히 생동감 있게 묘사하여, 힘을 다하고 난 뒤에야 그치었는데, 「南山」은 이러한 기법의 대표작이다. 韓愈 시는 대담하고 창조적이며, 散文化된 章法과 句法을 시에 넣어 敍述과 議論을 하나로 융합함으로써 시와 문장의 경계를 녹이는 데 힘썼다. 이상하고 기괴하고, 독특하고 창조적인 것은 韓愈가 시가 예술에서 추구하는 주요 목표이다.

孟郊는 성격이 까다롭고 도도하여 세상에 잘 어울리지 못하였으며, 공명심은 강하지만 융통성이 없어 사람들과의 교류가 적고, 평생을 하급관리로만 우울한 삶을 살아갔는데, 작품에는 『孟東野詩集』이 있다. 孟郊의 작품에는 「殺氣不在邊」시와 같이 사회에 관심을 가지고 하층민들의 생활을 반영하는 시들도 있으며, 「長安旅程」과 같이 어두운 세속을 비판하고 자기 비탄과 빈한한 삶을 강하게 표현한 시 또한 많이 썼다. 그는 추함을 아름답게 그려내었고, 기괴한 이미지의 시를 많이 창작하였다. 그러나 韓愈의 시에 비해, 孟郊의 시는 작품 수가 많지 않고 영향도 크지 않다. 정작 후세에 큰 영향을 미쳐 사람들에게 전해진 것은 소박하고 평이한 小詩 「遊子吟」이 있다.

李賀는 소위 鬼詩를 많이 적던 시인으로서, 『李長吉歌詩』의 작품집이 있다. 파릇한 입술을 머금고 27세라는 이른 나이에 세상을 떠나기 전까지, 그의 시는 屈原, 李白, 漢樂府 民謠의 영향을 많이 받아 樂府 체재로써 상상을 넘나들며 奇語를 지어 그 괴롭고 힘든 심정을 표현하였다. 그는 차갑고 처량한 이미지를 특별히 선호하여, '冷紅泣露嬌啼色', '露壓烟啼千萬枝' 등의 시구와 같이, '泣', '啼' 등의 단어를 대량으로 사용해 작품을 감정화 시킴으로써, 슬프고 쓸쓸함이 가득한 감각 이미지를 만들어 내었다.

그의 예술적 사고는 일반적 규범을 벗어났고, 자극적이고 잔인한 단어의 추출과 문장구성, 참담함을 두드러지게 하는 修辭的 색채의 가미, 기괴하고 생생하고 신선한 이미지 구조 등은 李賀詩만이 가지고 있는 특징이 되었다. 그는 韓愈·孟郊에 비해, 내면의 발굴과 주관화된 환상을 더욱 중시하면서 晩唐 시풍에 직접적인 영향을 주었다. 그러나 내용이 너무 협소하고, 시적 정서가 지나치게 음침하면서 怪異함만을 추구하였기에, 그의 작품은 신비하고 晦澁하였고 음산한 공포가 느껴지는 시적 분위기를 벗어나지 못하였다.

오랜 貶謫 생활, 무거운 정치적 억압과 사상적 고뇌로 柳宗元은 마흔일곱 살에 폄적지 柳州에서 생을 마감하였는데, 작품집에는 『柳河東集』이 있다. 劉禹錫은 훗날 白居易와 함께 '劉白'으로 불리었는데, 작품으로는 시가 800여 수가 『劉賓客集』에 실려 있다. 劉禹錫의 「酬楊八庶子喜韓吳興與予同遷見贈」, 柳宗元의 「登柳州城樓寄漳汀封連四州」 시와 같이, 내면의 苦惱와 哀怨을 표현하고 역경에 처하면서도 굽히지 않는 집념을 표현하는 것이 이들 시 창작의 주요 내용이었다.

劉禹錫은 강인하고 호방한 성격이다. 그의 시는 대부분 간결하고 명쾌하며 예술적 긴장감과 웅장한 기세가 돋보인다. 가장 잘 알려진 詠史懷古의 시 작품들은 사용한 詩語가 평이하고 간결하며, 이미지가 정교하고 참신하다. 古今이 맞닿아 있는듯한 광범위한 시공간에서 시인은 고난에서 비롯되고 잠재된 悲哀를 천천히 주입하여, 상전벽해 같은 역사와 인생에 대해 깊이 생각하게 만든다. 그는 민간에서 불리는 俗歌에 심취하여, 情趣가 풍부하고 雅俗을 융합한 듯한 뛰어난 작품을 많이 지었는데, 「竹枝詞二首」 등은 詩語가 신선하고 질박하면서도 진솔하고 자연스럽다.

柳宗元은 성격이 직설적이고 격정적이며 심지어 옹졸하기까지 한 집착이 심했던 시인이다. 그의 시 작품 특색은 시인의 자각적 美學 추구에서 비롯된다. 그는 '奧', '節', '淸', '幽', '潔'이라는 여러 요소를 글쓰기 기준으로 명확히 제시하였는데, 모두 그 내면의 맑고 고고한 지향과 관련되어 있다. 그는 쓸쓸한 의미와 위엄있는 이미지에 특별히 애착을 두고 있었다.

柳宗元의 詩風은 담박하고 느릿느릿한 면이 있으며, 造語가 평범하고 색채가 우아하며, 情趣가 여유롭고 「漁翁」과 같이 경계가 넓고 뜻이 高遠하였다. 風格이 담박하고 고아하다는 점에서, 柳宗元의 일부 시는 陶淵明이나 韋應物의 시와 비슷한 점이 있다. 하지만 陶淵明의 시가 담박하면서도 자연에 가깝고, 韋應物의 시가 담박하면서도 淸麗한 것에 반해, 柳宗元의 시는 담박함 속에 근심과 원망을 품고 있으며 위엄이 보인다. 劉禹錫의 시는 우렁차고 柳宗元의 시는 무거우며, 劉禹錫의 시는 밖으로 확장되어있고 柳宗元의 시는 내향적이며, 劉禹錫의 시는 기세가 웅장하고 柳宗元의 시는 기골이 엄중하며, 劉禹錫의 시는 風趣가 밝고 선명하고 柳宗元의 시는 담박하면서도 예스럽다.

白居易는 중·당 시대의 가장 걸출한 寫實主義 시인이다. 그는 『詩經』과 漢 樂府의 현실주의 전통을 계승 발전시켜 문학 이론과 창작에서 사실주의 시의 절정인 新樂府 運動을 일으켰다. 元稹, 張籍, 王建은 모두 이 운동의 중요한 시인이다.

事實을 중시하고 通俗을 숭상하는 元白시파의 특징은 中唐문화 전환기 문학의 세속화의 새로운 사조로서, 그 근원은 멀게는 風詩와 漢魏 樂府民歌에까지 거슬러 올라가며, 가깝게는 사실적 경향의 시인, 특히 杜甫의 시풍에까지 올라간다. 이 시들은 첫째, 고악부의 형식을 계승하여 스스로 새로운 詩題를 만들고, 실제 사실과 연계하여 창작하며, 진실한 時事와 직접 보고 들은 것을 적었다. 둘째, 소박하고 진실한 언어 또는 口語로 시를 지어 통속적이고 간명하여 이해하기가 쉬웠다.

大曆 연간의 풍조를 전환하고 漢魏 樂府와 杜詩의 전통을 계승하며 시 창작을 사실적이고 대중적인 길로 이끄는 과정에서, 張籍과 王建의 공헌은 적지 않은데, 그중 元稹, 白居易의 신악부 창작에 직접적 영향을 준 것은 가장 큰 것이다.

元稹은 천성이 격렬하여 부드러움이 적고 강함이 많았다. 작품에는 『元氏長慶集』이 있으며 樂府詩 창작은 張籍과 王建의 영향을 받았다. 「連昌宮詞」는 元稹의 대표작이며, 傳奇 「鶯鶯傳」과 「會眞詩三十韻」을 창작하였고, 「春曉」, 「離思五首」와 같은 대량의 艶情詩를 썼다. 이 小詩들은 언어가 평이하고 格調가 경쾌하며, 게다가 머뭇거리고 연연해하는 정감이 깊게 느껴지는 작품들이다.

白居易의 諷諭詩는 사실적이고 통속적인 것을 추구한다는 점에서 張籍, 王建 등과 일맥상통하며 현실의 깊이와 날카로움을 반영하는 데 한 발 더 나아갔다. 그의 諷刺詩는 하층민의 고달픈 삶에 대한 깊은 반영과 상층 高官貴人의 부패한 삶과 백성을 억압하는 악행에 대한 날카로운 폭로이다. 「秦中吟」과 「新樂府」에는 이러함을 남김없이 다 드러내고 있다.

白居易의 閑適詩는 신변의 자질구레한 일들을 늘어놓고 입고 먹는 것, 봉록 등 일상적 일들의 기록에 열중했다. "마음에 드는 대로 뱉어내고, 붓이 가는 데로 쓴다(稱心而出, 隨筆抒寫)"는 주장 아래, 내용부터 형식까지 모두 평이하고 소박하다. 蘇軾이 "원진은 가볍고 백거이는 속되다(元輕白俗)"라고 했는데, 이른바 '白之俗'은 여기에서 주로 나타난다.

　唐 말기에 이르러, 宦官의 專權, 蕃鎭의 割據, 黃巢起義 등으로 사회상황이 급전하며, 시인 대부분은 시대와 인생을 걱정하였다. 하지만 소극적 측면에서 관심의 대상을 사회에서 자신의 감정으로 옮겨와 남녀의 정을 읊는 풍조가 유행하기도 하였고 예술 격조 상 정교히 다듬는 인위적 아름다움을 추구하는 중당의 일부 시풍을 계승하기도 하였다. 淸麗感傷의 풍격을 추구한 杜牧, 許渾이나 深婉하고 綺艶한 시풍을 추구한 李商隱이나 溫庭筠, 悲觀的이고 諷刺的 시풍을 추구하던 羅隱, 杜荀鶴, 皮日休 등의 시인이 있었다. 그중 李商隱은 心靈에 대해 다른 전인들이 미처 이르지 못했던 깊은 곳까지 개척하고 표현함으로써, 완전히 새로운 예술 표현의 영역을 개척하였다.

　宋代는 중국 역사에서 상품경제가 활성화되고 문화교육이 가장 번성했던 시대였을 뿐만 아니라, 사회문화변천에 있어 매우 중요한 시기이다. 송대 문화의 구성 부분으로서, 宋詩는 송대의 모든 문화적 특징을 응축하고 있으며, 唐詩와는 확연히 다른 특징을 가지고 대비되고 있다. 唐詩를 기본 토대로 하였으나 唐詩에 비해 문학적 성과는 떨어졌고, 白話로 시를 짓고 禪理를 작품 속에 담아내거나 愛國的이거나 感慨함 등 다양한 시풍은 후세에 미치는 영향이 지대하였다. 詩風은 抒情的인 요소가 감소하고 敍述과 議論的 요소가 증가하였으며, 묘사하고 새기는 것을 중시하고 散文句法을 많이 채택하게 되면서 詩와 音樂과의 관계를 소원하게 하였다.

초기에는 王禹偁이 杜甫·白居易의 시풍을 계승할 것을 주창하여, 민간의 疾苦에 관심을 둔 작품이 많이 출현하였으며, 楊億, 劉筠으로 대표되는 西崑體는 아름다운 문장을 다듬고 조각하고 아름다운 시구만을 추구하며 한 시대를 풍미하였다.

歐陽修는 西崑體의 美麗함을 닮고 韓愈의 풍격을 배웠지만, 禪理의 영향을 많이 받아 詩風이 신기하고 生硬하였다. 그의 시는 韓愈의 영향을 많이 받았으며, 주로 散文 기법과 議論으로써 시에 입문하였다. 歐陽修 시 중의 議論은 종종 敍事와 抒情이 통합되기도 하였으며, 議論은 정교하고 정취가 풍부하였다. 또한 李白시의 淸新하고 流暢함을 배워, 그 특유의 완곡하고 평이한 章法과 결합함으로써 유려하고 완만한 풍격을 이루었다.

梅堯臣, 蘇舜欽은 모두 白話體로 시를 적어 淸淡하면서도 風骨이 있어, 한 시대의 시풍이 일신되었다.

梅堯臣은 시를 전문적으로 쓰는 文人으로, 朝廷의 중대한 정치적 사건이나, 寓話의 형태로 악의 세력을 비판하거나 시 작품 속에 민생의 고통을 적극적으로 반영함으로써, 杜甫, 白居易의 전통을 이어받았다. 일상생활의 자질구레한 일들을 시로 적은 내었던 그의 작풍은 송대 시인의 개척 정신을 구현한 것이다. 예술 풍격 상, 梅堯臣의 시는 '平淡'을 추구하였는데, 비록 문구가 무미건조하고 韻致가 부족한 단점이 있었지만, 새로운 시풍을 개척했다고 평가된다.

蘇舜欽은 시가 작품에 時政을 통쾌하게 반영하면서, 강한 정치적 감회를 드러내었다. 그의 시는 솔직하고 자연스러우며, 경지가 넓으며 웅장하고 자유분방한 풍격이 뛰어났다. 다만 그의 시가 창작은 종종 붓을 대자마자 일필휘지로 글을 쓰기 때문에, 推敲하고 다듬는 솜씨가 조금

부족하여, 일부 작품은 함축성이 떨어지거나 세련됨이 없다.

　중후기에 蘇軾은 灑脫하고 豪放한 시풍으로 뛰어난 작품을 많이 창작하였다. 그는 시종일관 현실에 대한 비판을 시의 중요한 주제로 삼았고, 「送黃師是赴兩浙憲」, 「吳中田婦歎」 등 귀에 들리는 민간의 고통을 시에 담곤 했다. 그의 눈에 비친 지극히 평범한 생활 내용과 자연경관도 모두 「題西林壁」과 「和子由澠池懷旧」와 같은 깊은 이치가 담겨있다.

　蘇軾 시의 비유는 생동적이고 기발함이 끊임없이 이어지는데, 예를 들어 「百步洪」에서는 일곱 가지 비유를 사용하여 물을 건너는 것을 묘사함으로써, 진정으로 뛰어난 비유가 이어지도록 하였다. 蘇軾 시의 用典은 안정적이고 정확하며 자연적으로 완성되어 물에 소금을 넣는 것과 같은 뛰어난 경지에 이르렀다. 蘇軾의 붓 아래서, 詩에 들어가지 못하는 제재는 거의 없었다. 「續麗人行」과 같이, 비록 매우 다루기 어려운 題材일지라도, 蘇軾은 뛰어난 작품으로 쉽게 바꾸었다.

　元祐 시단으로 대표되는 北宋 후기는 송시의 전성기로서 王安石·蘇軾·黃庭堅·陳師道 등의 창작이 송시 예술을 최고조로 끌어올렸다. 창작 성과에 대해 말하자면, 蘇軾은 의심할 여지 없이 북송 시단 제일의 대가이며, 蘇軾 시는 明代 公安派 시인과 淸初의 宋詩派 시인에게 중요한 깨달음을 주었다.

　宋詩의 특색을 가장 잘 보여주는 것은 蘇軾과 黃庭堅의 시이다. 黃庭堅의 시풍은 기발하고 기발하여 당시 蘇軾보다 영향력이 컸으며, 陳師道와 함께 송대에 가장 큰 영향을 끼친 '江西詩派'를 창시하였다. 蘇軾 주변의 작가 중에는 黃庭堅의 시가 성취가 가장 두드러져, 蘇軾과 함께 '蘇黃'이라 불렸다.

　黃庭堅의 시는 특히 文人的 기품과 學者的 기품이 짙고, 시 속의 인문적 이미지가 유난히 치밀한 것이 특징이다. 당시 북송 시인들은 모두 시가에서 '生新'의 예술미를 추구하였는데, 黃庭堅은 이러한 면에서 더욱 뛰어났다. 그는 모든 시가 창작에서 새롭고 변화를 추구하였으며, 새로우면서도 엄준하고 날카로운 예술 풍격을 창조하였다. 黃庭堅 시는 선명한 독자적 풍격을 만들어 내었는데, 당시부터 '黃庭堅體', '山谷體'라 불렸다. 句法이 奇矯하고 音節이 拗健하며, 想像이 기이하여 평범하지 않고 도도한 기개가 있다면, 전형적인 '山谷體' 시풍이라 할 수 있다. 황정견 만년의 시풍은 자연으로 돌아가는 경향을 나타내며, 시인의 경륜이 깊어지고 수양이 향상됨에 따라 점차 平淡하면서도 山高水深의 경지에 이르렀다. 예를 들어 「雨中登岳陽樓望君山二首」는 淡白하고 素朴하며, 맑고 깨끗하면서 함축적인 黃庭堅 시의 노련한 경지를 보여준다.

北宋 중엽에 이르러, 杜甫詩에 대한 追崇은 시단 전체의 공감대가 되었다. 黃庭堅은 杜詩의 사상적 의의를 매우 중시하였지만, 그보다 杜詩의 예술 경험을 더 중시하였다. 그래서 그는 杜甫의 煉字·造句·謀篇 등 예술적 특징을 세밀히 분석하였는데, 특히 후기 杜詩의 예술적 경지에 경도되어 宋詩 美學의 이상적 모범으로 삼고, 雕潤綺麗를 넘어 맑고 깨끗하면서 함축적인 노련한 경지를 제창하였다. 또한 그의 시학 주장인 '點鐵成金'론은 지난 시대 시의 언어예술을 거울로 삼아, 진부한 것을 버리고 좋은 것을 찾아 새로운 방향으로 발전시키고 한 것으로, 당시 시단에 매우 큰 영향을 미쳤다.

하지만 黃庭堅 詩는 奇異하고 生梗되며 자연스럽지 못한 단점이 있었다. 그래서 후대 사람들이 송시를 비판할 때 '山谷體'가 가장 먼저 떠오르곤 한다. 왜냐하면 黃庭堅의 시풍을 계승한 江西詩派의 후계자들이 문자의 技巧, 音韻 格律을 중시하는 형식주의에 경도된 채 송시를 이끌게 됨으로써, 후대의 시인들은 山谷體가『詩經』과『楚辭』의 정신, 抒情과 敍事로써 진실한 情感을 형상화하였던 시가의 전통에 어긋나고, 형식주의 창작의 폐단을 만들었다고 여겨졌기 때문이다.

南宋의 陳與義는 杜甫의 憂國憂民의 정신과 沈鬱頓挫의 풍격을 배우면서 당시의 시풍을 비장하게 바꾸었다. 楊萬里·范成大·陸游·尤袤는 '中興四大詩人'으로 불렸는데, 陸遊의 시에는 感慨悲憤, 忠君愛國의 열정이 깃들어 있었다.

陸游는 시풍에 있어서 雄渾豪健함을 추구하지만, 섬세함과 섬세함은 싫어했다. 陸游는 李白의 飄逸奔放함과 杜甫의 沈鬱頓挫함을 하나로 녹아내어, 독특한 그만의 시풍을 만들었다. 陸游 시의 언어는 平易하고 시원시원하며, 章法은 정돈되고 엄밀하며, 「長歌行」은 筆力이 清新豪健하고 頓挫하며, 구성이 파란만장하고, 넓고 웅장한 기세가 맑고 깨끗한 언어와 단정하게 정리된 구문 안에 깃들어, 陸游 시만의 개성적인 스타일을 전형화하여, 후대에 陸游 시 중 압권으로 추앙받았다.

楊萬里는 品節을 중시하고 國事에 관심을 가졌기에, 나라를 걱정하는 마음도 시 작품 속에 자주 드러난다. 그러나 그의 주된 시적 흥취는 自然 景物과 일상적 情趣에 있었다. 그의 理學 사상은 평범한 사물에 담긴 哲理에 대한 사고를 깊게 하였는데, 이러한 점은 그의 시가 생활적 情趣와 함께 理趣가 풍부하게 해주었다.

楊萬里의 호는 '誠齋'라 하여, 嚴羽는『浪诗詩話』에서 '楊誠齋體'라 일컬었다. 誠齋體는 생동감이 있고 자연스러우며 해학적인 정취가 풍부한 특징을 가지고 있다. 시인은 자신의 주관적 情感을 客觀事物에 최대한 쏟고자 하였다. 북송의 王安石, 蘇軾, 黃庭堅이 典故와 成語를 많이 쓰고 학문적 이미지를 많이 쓴 것과 달리, 楊萬里의 詩風은 呂本中·曾幾

의 후기 시풍과 傳承 관계를 이루고 있는데, 작품 속의 생동감은 오히려 그들보다 뛰어났다.

范成大의 시는 唐 杜甫와 元稹·白居易·張籍·王建의 新題樂府의 전통을 이어받아 「后催租行」과 같이 신선하며 생동감 넘치는 작품을 적었는데, 어투는 냉엄하였으며 그 현실 비판의 강도가 白居易 못지않았다. 그의 작품 중 「四時田園雜興」시는 전통 장르의 변혁을 성공적으로 실현하여 田園詩를 명실상부한 농촌 생활을 반영한 시작품이 되게 하였다. 范成大 시의 언어는 자연스럽고 淸新하며, 風格은 온화하고 완곡하였는데, 몇몇 소수의 작품만이 풍격이 웅장하고 날카롭다.

尤袤는 南宋 당시 유명한 시인이었는데, 시풍이 섬세하고 원만하여 范成大의 시풍에 가까웠다.

남송 후기에는 永嘉四靈과 江湖詩派가 등장하였으나, 국운과 함께 점차 쇠퇴하였고, 忠憤慷慨한 문장과 함께 氣勢가 豪放한 작품을 창작한 文天祥의 詩는 '詩史'라 일컬어져 천고에 빛났다.

宋詩의 대표적 특징이라 불리는 議論化, 散文化 경향은 '以文爲詩'의 歐陽修, 梅堯臣부터 시작해 王安石을 거쳐 '點鐵成金', '換骨奪胎'를 주장한 黃庭堅에 이르러 극에 달하였다. 또한 理學의 발달 및 봉건적 道統 관념에 기인하여, 송시는 봉건적 설교의 색채가 짙었다. 특히 송대에는 論詩 풍조가 아주 성행하여, 嚴羽의 『滄浪詩話』등 정형화된 시학 주장은 중국 시학 발전에 지대한 영향을 끼쳤다. 송시는 시가로서의 形象的 효과는 부족하고, 感化力이 강하지 않았다. 하지만 唐詩가 발전의 절정에 달한 이후, 새로운 길을 개척하여 나름의 독보적 면모를 갖추면서, 시가의 창작과정에서 題材 선택, 抒情이나 景物뿐만 아니라 일상생활을 통해 보고 느끼는 작은 일들과 생활 사물까지도 세밀하게 그려내는 창작 특징을 보이면서 중국시의 발전을 이끌었다.

　金元 시대 대표적 시인으로 金末 元好問이 있다. 이 시기 시인들은 예술적으로는 송시의 영향에서 완전히 벗어나지는 못했지만, 전체적으로 웅장하고 거친 북방 문학의 특질이 형성되었다. 元好問의 시에는 金과 元의 朝代가 바뀌는 역사적 사실을 생생하게 기록하고 있는데, 金 멸망 전후를 기록한 紀亂詩가 뛰어나다. 그의 시에는 나라가 망하고 백성이 재난에 빠지는 현실에 대해 한탄하고 울기만 하는 것이 아니라 悲壯하고 강인한 감정을 滄茫하고 雄渾한 意境 속에 표현했다. 情感은 슬프고 처량하지만, 氣槪는 古雅하면서도 힘이 있었다. 그의 시는 종종 현실에 대한 애절한 감정과 역사에 대한 비판의식을 융합시켜 시적 사상의 깊이를 더함으로써, 詩史의 성격을 띠었다. 元好問은 특히 진지하면서도 슬픔과 처량함이 담겨있는 칠언율시의 성취가 가장 뛰어났다. 그의 칠언고시도 왕왕 氣勢가 당당하고 이미지가 기묘하면서도 웅장하고 아름다웠으나, 거칠고 호방하며 한눈에 볼 수 있는 병은 없었다.

　明代의 시는 擬古와 反擬古가 反復되면서 발전하여, 걸출한 작품이나 시인은 나타나지 않았다. 초기의 高啓, 楊基, 張羽, 徐賁 등 4명은 모두 吳지방 사람으로 사람들은 '吳中四傑'이라고 불렀다.

　高啓는 元明 朝代 교체기에 생활하였기에, 그 작품은 당시의 전란 생활을 반영하기도 하였다. 그는 자신의 생활 이상과 정신적 경지를 가지고 있으며, 元末에 지은 「青丘子歌」와 같이 그의 시 작품은 강렬한 개성적인 분위기를 풍긴다. 高啓의 작품에는 登覽과 懷古의 題材도 적지 않은데, 이러한 시들은 寫景과 抒情이 어우러져 있고, 옛것과 지금에 관한 생각이 자연스럽게 얽혀있으며, 시적 구조가 자유분방하고 정취가 풍만하며, 雄豪奔放한 氣勢 속에 약간의 凄涼한 의미가 섞여 있다. 楊基의 시들은 당시 자신의 기구한 삶을 잘 반영하고 있다.

永樂에서 成化 연간, 문학의 발전은 저조기에 접어들었고, 문단에서 지배적인 위치를 차지한 것은 臺閣體였다. 대각체는 시문의 내용이 비교적 빈약하였고, 대부분 應制, 題贈, 酬唱의 작품으로 지어져 상층 官僚의 생활을 그리거나 그들의 정신적인 면모와 심미적 취미를 구현하였다. 시의 내용은 주로 태평성세의 상서로운 氣象, 帝王의 功德을 칭송하는 데 중점을 두었고, 格調는 우아하고 온화하였으며 예술적으로 반듯하고 典雅함을 추구하였다.

成化·弘治 연간, 臺閣體 창작이 점차 쇠퇴하자, 茶陵詩派가 출현하였다. 茶陵詩派는 李東陽을 領袖로 하여, 謝鐸, 張泰, 陸代, 邵寶, 魯鐸, 石瑤 등이 함께 하였다. 李東陽은 "詩學漢唐"의 복고적 주장을 내세웠다. 훗날 前七子는 시는 옛것을 스승으로 삼아야 한다는 점에서 李東陽의 '軼宋窺唐' 주장을 받아들였다. 李東陽의 작품 중에는 비교적 광활한 삶의 시각을 드러내며 작가 개인의 眞情을 담아낸 작품도 있다.

弘治·正德 연간에는 前七子가 활동할 때, 李夢陽을 핵심으로 하여 何景明·王九思·邊貢·康海·徐禎卿·王廷相 등이 주축이 돼 활동하였다. 이들은 復古를 자처하며 "反古俗而變流"를 자처하였고, 어떤 면에서는 문학의 길을 다시 찾는다는 의미를 지니고 있으며, 또 復古的 수단을 빌어 變革의 목적을 달성하려 한 의미도 있었다.

明初, 程朱理學은 통치권의 높은 관심을 받았고, 경륜을 존중하는 풍조가 만연하였다. 이러한 풍조는 문학 분야에 영향을 미쳐, 창작의 理氣化 현상이 활발해졌다. 李夢陽 등의 復古 주장은 문학의 '主理' 현상을 배척하고 명백한 宋詩에 반대하는 성향을 띠고 있었다. 이들은 眞情 표현을 중시하는 主情說을 강조하며, "眞詩乃在民間"의 논리를 폈다. 가장 자연스럽고 소박한 정감 특성을 부여받은 '眞詩'는 李夢陽으로 대표되는 前七子의 문학적 관념이 雅에서 俗으로 轉變하는 특징을 반영하였으며 서민적인 분위기를 물씬 풍겼다.

　前七子는 고대 詩文의 법도와 格調에 지나치게 관심을 기울여, 작가의 감정의 자유롭고 완전한 표현에 영향을 미쳤다. 前七子의 詩文 창작을 보면, 대량의 擬古 작품도 있지만, 비교적 개성이 있는 작품도 있다. 李夢陽을 비롯한 前七子는 문학 표현의 시선을 풍부한 민간 서민 생활로 돌리는 데 주의하였으며, 自然 淸新한 모습과 질박하고 생동적인 언어를 사용하여, 작품 속에 삶의 정취가 풍부하기도 하였다.

　중기에 이르러, 李攀龍·王世貞을 필두로 한 後七子가 다시 문단에 復古의 깃발을 올렸다. 그중 王世貞의 명성이 가장 뚜렷하고 영향력이 크다. 後七子의 復古 주장은 기본적으로 前七子의 문학사상을 계승하였다. 後七子는 前七子보다 옛것을 배우는 과정에서 법도의 격식을 더 강화하고 구체화하는 경향을 보였다. 王世貞은 한발 더 나아가 才思와 결부시켜 格式을 이야기하였다. 그는 詩文은 모두 '法'의 준칙을 중시해야 한다고 주장하고, 또 格調는 사실에 뿌리를 두어야 하며, 법도는 "不屈闕其意以媚法"이라 강조하였으며, 창작에서 작가의 사상과 감정의 주도적 역할을 중시하였다. 後七子의 일부 논점은 당시 王愼中, 唐順之로 대표되는 唐宋派 문인들의 창작에 대해 제기한 것으로, 그들은 王愼中, 唐順之 등의 창작은 "學宋而傷之理"라 여기어, 그 작풍을 비판하고 작품의 修辭 藝術을 중시하였으며, '重理輕辭'한 문학 태도를 반대하였다. 後七子 중 가장 창작량이 많은 사람은 王世貞이었다. 그의 일부 擬古 작품은 시구의 단련이 순수하고 기세가 雄厚하였으며, 간혹 시시각각 변화하여 기색이 넘쳤는데, 樂府와 古體詩는 더욱 그렇다. 謝榛은 五言近體詩에

능했고, 字句의 단련과 氣韻이 高古한 것 시적 특징이 있다.

　淸代 沈德潛은 前後七子의 詩學的 논점을 그대로 받아들여 다시 復古를 주장하였는데, 특히 唐의 雄壯高華한 格調에 착안해 그 주장을 계승하였다.

　晚明 시대, 公安派 대표 인물인 袁宏道는 李夢陽·何景明의 문학 활동을 긍정하고 民間에서 전해져 불리는 작품이 '多眞聲'이라 칭송했는데, 이는 李夢陽의 眞詩說의 연장선에 있다고 할 수 있다. 王世貞의 "有眞我而後有眞詩"의 주장과 後七子 중 일부 구성원들이 '性靈'을 중시하는 관점은 公安派의 '性靈說'에서 그 흔적을 찾을 수 있다.

　급진적 사상가이자 문학가인 李贄는 王陽明의 哲學 理論의 영향을 받아 王學左派의 사상적 입장을 가졌다. 그 문학적 관념과 창작은 違道學과 個性 정신을 중시하는 離經背道를 비판하는 색채를 띠고 있으며, 晚明 문단에 啓蒙 작용을 하였다. 李贄는 「童心說」에서 "天下之至文, 未有不出於童心焉者也"라 주장하였다. '童心'을 보존하려면, 진실된 것을 보존하고 거짓된 것을 제거하여, 반드시 道學과의 관계를 끊어 내어야됨을 주장하였다.

　晚明 문단에서 公安派의 주요 인물은 袁宗道, 袁宏道, 袁中道이며, 그중 袁宏道의 영향이 특히 두드러지는데, 이들은 湖北 公安人이기 때문에 '公安派'라고 불렸다. '性靈說'은 袁宏道의 「書小修詩」 "獨抒性靈, 不拘格套"에서 나온 말로서, 시가 창작의 관점에서 작가의 개별 사상과 정감을 사실적으로 표현해야 함을 강조하고, 각종 인위적 제약과 지나친 수식, 前人의 것을 그대로 踏襲하는 것에 반대하였다. 이 주장은 李贄의 童心說의 영향을 받아 "無問無識"과 '眞聲'의 창작을 인과적으로 연결하여, 각양각색 사람이 가진 정감과 생활에 대한 의욕적 합리성을 긍정한

것이다.

鍾惺과 譚元春으로 대표되는 竟陵派는 公安派에 이어 문단에 큰 영향을 미친 문단이었다. 鍾惺과 譚元春은 모두 湖北 竟陵 출신이므로, '竟陵派'라 불렸다. 竟陵派는 公安派의 영향을 받아 '眞詩'와 '性靈'을 중시하였다.

淸初에는 顧炎武, 黃宗羲, 王夫之 등 三大遺師가 있다.

顧炎武는 '亭林先生'이라 불렸다. 그는 시를 논함에, '性情'을 주로 하고, 다른 이나 다른 시대의 작풍을 본뜨는 것을 반대하며 "文須有益於天下"를 제창하였다. 그는 400여 편의 詩는 擬古·詠懷·遊覽·卽景 등의 내용으로 민족 감정과 애국 사상을 토로하였다. 그의 시는 시인의 숭고한 인격과 深厚한 학문적 지식의 표현이며, 필치가 신중하면서 巧妙하지 않으며, 그 格調가 질박하고 순수하며 강건하였다.

黃宗羲는 '梨洲先生'이라 불렸다. 그는 시를 논할 때, '情'을 중시하고, 현실을 쓰는 것을 강조하였다. 또한 학문을 중시하고 송시를 추앙하였으며, 吳之等 등과 함께 『宋詩鈔』를 選輯하여, 浙派의 형성을 촉진하였다. 그의 시는 감정이 진실되고 침착하고 소박하며, 애국정신과 고상한 情操를 가지고 있다.

王夫之는 '船山先生'이라 불렸다. 『楚辭』의 영향을 받아, 「離騷」, 「絶句」 등의 풍격을 쫓아, 그 비애와 고민을 없애지 못한 채, 심원한 뜻을 담았다. 「補落花詩」에서 '孤憤'의 뜻을 표현하였는데, 시의 풍격은 함축적이고 珍奇하였다.

王夫之는 평생 백여 종 사백여 권의 방대한 저작을 통하여 中國學術史에서 지울 수 없는 발자취를 남겼는데, 文學批評家로서 보다 哲學家로서 많이 알려져 있다. 하지만 『詩譯』, 『詩廣傳』, 『夕堂永日緖論·內編』,

『夕堂永日緒論·外編』,『南窗漫記』,『古詩評選』,『唐詩評選』,『明詩評選』
등에서 제기된 그의 詩學 주장은 중국 고전시가 이론의 양대 맥인 審美
中心의 詩學과 政敎中心의 詩學을 儒家詩學의 完善化와 美學化를 통해
최초로 통일시킨 이론이라 평가받고 있다. 한 시대의 철학가로서 또 문
학이론가로서 그는 저작 곳곳에 객관적이며 내재적인 氣一元論的 사상
을 일관되게 담아내었다. 이러한 그의 사상적 맥은 시간 이론 속에서도
유기적으로 연계되면서 전통 儒家的 文學觀의 바탕과 함께 중국 詩學의
일대 혁신을 이뤄내었다.

　錢謙益의 시는 敍事的이고 抒情的이며, 七言律詩는 처량하나, 깊고 웅
장함이 있다. 『初學集』에는 내우외환을 가슴 아프게 여겼으며, 淸正한
선비의 孤憤과 失意者의 한탄이 동시에 있다. 淸에 들어와 明朝를 애도
하고 淸朝를 반대하며 故國을 회복하는 것을 주요한 기조로 하는 시 작
품은 『有學集』에 실려 있는데, 反淸復明을 기록한 專集이다. 그의 『投筆
集』에는 침울하고 애잔한 정조로 사상적 情緖가 진화하는 궤적을 그리
고 있다. 그는 復古派에 대해 古人의 정신을 배우고, 反復古派에 대해
"性靈을 쓰라"고 하였다. 그는 시대, 遭遇와 학문의 중요성을 강조하였
으며 "詩有本"이라는 眞情論을 세우고, 진정성 있게 시대적 의의가 있는
감정을 핵심으로 하여 性情·世運·學養의 삼자를 함께 이뤄야 함을 주장
하였다. '兼采唐宋'이 주장은 淸代 詩風을 확립하는 데 있어 나침반과
같은 역할을 하였다. 錢謙益의 영향을 받아 고향 常熟에서 '虞山詩派'가
생겨났는데, 주요 구성원은 馮舒, 馮班, 錢曾, 錢陸燦 등이다.

　王士禛의 시가 창작은 일찍이 前後七子에서 시작하여 중년에 兩宋을
배우고, 만년에 또다시 宗唐으로 전환하였다. 이 세 번의 전환에서 그는
'神韻說'을 일관되게 제창하고 神韻詩派도 창시하였다. 그가 시를 논하

는 것은 神韻을 가장 중요한 것이라 여기었는데, '滋味'說과 '韻外之致'의 주장과 대체로 같았다. 그는 시가 含蓄的이며 深蘊하길 요구하며, 淸幽淡遠하고, 정감을 끌어모을 수 없는 詩情畫意의 시를 특히 추앙하며, 唐代 王維·孟浩然의 시가 바로 그 창작의 전범이라 여기었다.

袁枚는 호방하여 사소함에 구애되지 않고 마음껏 살아와, 개성적이고 독립적이며, 經典의 말씀에서 벗어나 常道를 어기거나, 反傳統적 색채를 가지고 있었다.

그는 '性情'이 제일이라고 주장하며, 情에서 性을 구하는 情欲의 합리성을 긍정하였다. 또한 '存情'을 강조하며, "詩言志, 言詩之必本乎性情也"라 하였다. 袁枚는 그의 시학 주장인 '性靈說'로써 沈德潛의 '格調說'과 翁方綱의 '肌理說'에 맞서 性靈派를 구성하기도 하였다. 그가 주장한 '性靈'은 性情, 個性, 詩才 함의를 포괄한다. 性情은 시의 첫 번째 요소이며, 詩는 性情에서 태어나고 性情은 시의 근본이자 영혼이라 여기었다. 그는 시가 창작의 독창성을 중시하고 베끼는 것을 반대하였다.

袁枚의 筆致는 상당히 광범위하여 현실을 반영하고, 詠物, 懷古, 山川自然을 묘사하고, 개인의 취향을 표현하며, 대부분 傳統思想의 속박과 정통적 格調에 구애받지 않았으며, 게다가 맑고 심오하며 뜻이 깊고 아름다워, 情感이 분방하고 議論이 참신하며, 언어가 유창하고 句法이 날렵한 등의 특징을 가지고 있었다.

이처럼 淸代에는 詩와 詞가 유파가 많았지만, 대부분 작가는 擬古主義와 形式主義의 틀에서 벗어나지 못하여, 前代을 뛰어넘는 이가 없었다. 淸末 龔自珍은 진보된 사상으로 淸 중엽 이래 시단의 정적을 깨고 근대 문학사 풍조의 선두를 이끌었다. 그의 시는 사회적, 역사적, 정치적 관점에서 현실을 파헤쳐 시를 현실 사회의 비판 도구로 활용하곤 하였다. 이후 黃遵憲, 康有爲, 梁啓超 등 新詩派는 시를 資産계급 改良운동의 선전 매개체로 사용하기도 하였다.

  비록 길지 않은 시간이지만, 지금까지 인문학의 언덕을 오르는 길목에서 中國古典文學이라는 봇짐은 늘 함께였다. 中國古典文學을 연구한다는 것은 문학작품이라는 틀 안팎에 그려진 지난 시간 속 중국 사회와 역사 속으로 들어가 지금을 반추하는 것이며, 작가와 악수하며 그들의 생각과 주장을 자기화하는 것이다. 이러한 중국고전문학 연구의 본령에 더 가까이 접근하고자, 그동안 '中國詩', '中國詩論과 文論', '古典文學批評史', '文人心理', '佛敎認識論', '中國生活文化風習'에 대한 고찰을 순차적으로 진행해 왔다.

  이중 '중국시'와 '중국시학'은 앞에서 走馬看山한 중국 시가의 발전 역사에서도 알 수 있듯, 유구한 역사와 수많은 작가 및 작품, 전 시대를 걸쳐 백가쟁명식으로 주장되어왔던 수많은 시학 주장으로 인하여, 오르면 오를수록 더 높아지는 가장 큰 언덕이었다.

  그냥 詩가 좋아, 가방 한쪽 편에는 謝靈運, 李白, 杜甫, 李賀, 陸游 등 중국 고전시가 작가의 작품은 물론 徐志摩, 聞一多, 艾青의 新詩와 北島의 작품이 늘 있었다. 비록 일상의 게으름 속에 그 시집들은 구겨지고 얼룩지기도 하였지만, 그렇게 늘 함께 해왔다. 그러던 중, 시에 관한 이야기에 흥미가 생겨, 석사 연구과정에서는 '詩話'를 공부하기도 했다. 박사 연구과정에서는 중국 현지로 건너가 중국시를 바라보는 시각을 규범화하고 범주화하는 '詩學範疇'에 관한 연구를 시도하였다.

  여기에 이르기까지 많은 선생님이 부족함을 메꾸어주셨지만, 부족함은 쉽게 채워지지 않았다. 그러나 "사람이 곤궁하게 된 후에야 시가 공교해진다(非詩之能窮人, 殆窮者而後工也)”는 歐陽修의 문학 주장과 같이, 역량의 부족함을 알고 난 뒤, 그 부족함을 채우고자 하는 의지는 다행히 줄지 않아 스스로 위안으로 삼을 수 있었다.

평소 늘 함께였던 중국시와 중국시학에 대한 연구 성과를 모은 이 책은 中國古典文學 研究의 길에 들어선 뒤, 처음으로 엮는 연구 저작이다. 처음 책으로 엮이어 나오는 만큼, 많은 부분이 부족하다. 하지만 책으로 엮길 두려워하지 않는 무모함만큼이나 매운 회초리를 맞을 준비는 되어 있기에, 많은 선생님의 아낌없는 가르침을 기다릴 따름이다.

이 자리를 빌려, 늘 부족했음에도 배움과 연구의 길을 가게 해주신 선생님들께 감사드린다. 또 아직 채 여물지 않은 내용에도 이 책이 세상으로 나올 수 있게 해준 도서출판 역락 관계자분께도 감사드린다. 그리고 이 책이 나오기까지 늘 곁에서 삶의 반쪽이 되어준 나의 아내 김원희 박사와 딸 서하에게 가슴 속 모든 사랑을 담아 고마움을 전한다.

2023년 10월
탐라 風崖齋에서 이종무

차례

제1장
貶謫文人의 작품 속 심리양상 고찰, 첫 번째: '두려움'   **39**

제2장
貶謫文人의 작품 속 심리양상 고찰, 두 번째: '원망'   **65**

貶謫文人의 작품 속 심리양상 고찰, 첫 번째: '두려움'

1. 들어가며

중국 고대 봉건사회에서 '貶謫'이란 죄를 지은 관리에 대한 징벌적 의미를 가진다. 『說文解字』에 이르길, "貶은 줄이는 것이다(貶, 損也)"[1] "謫은 벌하는 것이다(謫, 罰也)"[2]라 하였다. 이는 관리들이 업무상의 잘못이나 범죄 등의 원인으로 인하여 기존에 가지고 있는 俸祿을 국가의 이름으로 빼앗고 그 직책을 낮추어 멀리 보내는 것으로, 잘못된 것으로 결정된 행위에 대하여 벌하는 것을 의미한다.[3] 하지만 중국 고대 봉건사회 당시

---

1   (漢)許愼, 『說文解字』卷六下, 中華書局, 1998, p.231.
2   (漢)許愼, 『說文解字』卷三上, 中華書局, 1998, p.56.
3   『漢語大詞典』은 이상과 같이 '貶謫'을 정의한다. '貶謫'은 또 '譴謫', '遷謫', '左迁', '降职'라는 다른 용어로도 사용되는데 그 의미는 대부분 유사하다. 우리나라 고대 역사에서는 '貶謫'이라는 용어보다는 중국적 의미인 '流放'의 의미가 보편화된 '流配'라는 용어를 많이 사용하였다. 사전적 의미에서 한국에서의 '유배'는 '配'·'流'·'竄'·'謫'·'放'·'處'·'安置'라

이러한 폄적은 신분적 측면에서는 그 대상을 '官吏'로 하지만, 관직으로의 벼슬길을 나아가는 이들 대부분이 지식인이었던 '文人'이었다는 점을 고려한다면, '폄적'의 대부분은 실제 문인을 대상으로 이루어졌다고 말할 수 있다.

중국 고대 '文人'은 그 이름 그대로 문학작품을 창작하는 창작예술인이다. 이들은 '讀書人', '墨客', '書生', '雅士' 등으로 불리며 문학적 소양을 가진 作家 혹은 詩人으로서, 압축되고 정제된 언어를 사용하여 인생과 세계에 대한 그들의 생각을 작품 속에 그려내었다. 하지만 지나온 역사를 살펴보면, '문인'이라는 말에는 이러한 사전적 의미 이외에 상당히 중요한 사회정치적 의미를 담고 있다. 문인은 바로 유가적 맥락에서 시대를 이끌어가는 '知識人'이었고 사물의 이치를 탐구하는 '學者'였으며, 웅장한 포부를 가진 '政客'이자 백성들을 바르게 이끌 '官吏'였다. 따라서 그들은 스스로에 대한 禮教的 節制와 자기 단련을 통해, 자신과 가정, 국가와 천하를 하나로 인식함으로써, "자신의 몸을 수양한 뒤 가정을 가지런히 하고, 가정을 가지런히 한 뒤 나라를 다스리고 나라를 다스리고 난 뒤 천하를 태평하게 함"[4]를 자기 소임으로 여기고 그 이상을 실현하고자 하였다.

이러한 그들의 이상은 곧 문인들로 하여금 "학문을 하고 여력이 있으면 벼슬을 하는"[5] 적극적인 入世思想을 가지게 하였다. 이러한 入世思想

고도 하며, 그 내용은 중국과 다르지 않아, 무거운 죄를 지었을 때 먼 곳으로 귀양보내는 형벌로서 인식되고 있다. 高麗 때는 唐의 제도를 모방하여 형벌에 '笞'·'杖'·'徒'·'流'·'死刑'의 五刑制를 채택했으며 그중 하나로서 '流刑'이 실시되었다.

4 (宋)朱熹, 『四書章句集注·大學』, 中華書局, 2003, p.4: "身修而後家齊, 家齊而後國治, 國治而後平天下."

5 (宋)朱熹, 『四書章句集注·論語』, 「子張」篇, 中華書局, 2003, p.190: "學而優則仕."

이 제도로서의 科擧制度와 결합하면서, 그들의 마음속 立身揚名의 포부는 더욱 커져 문인 스스로가 자신을 국가의 안위, 민생의 태평과 하나로 연결하여 책임감과 사명감을 가지고 자신을 스스로 얽매는 중요한 요소로 작용하였다.

그런데 그러한 문인 중 강직한 성품과 直言으로 王道를 곧게 이끌고자 했던 이들, 또는 같은 정치적 지향으로 朋黨을 형성하여 무리를 짓던 중 또 다른 무리와의 당쟁에서 패배한 이들, 혹은 단지 고관대작만을 노리는 私慾으로 公利를 져버리는 어떤 이들은 간혹 각각 나름의 역풍을 맞으면서 당시 자신이 발 딛고 있던 그 자리를 떠나게 된다. 바로 '폄적'이라는 벼랑으로 내몰리게 되는 것이다.

이러한 浮沈 속에 貶謫地로 내몰린 문인들은 자기 예술작품을 통해 당시에 처해있는 자신의 처지를 문자로 그려내기도 하고 정치적 패배 등에서 맛보게 된 형언할 수 없는 심리적 패배감과 우울함 등 다양한 심정을 토로하기도 하였다.[6] 그들은 그 작품 속에 불현듯 쫓겨온 거친 폄적지의 주변 환경에 대한 놀람과 두려움을 적어내기도 하고, 예전에 보지 못했던 낯선 자연 風光에 대해 경외가 섞인 감탄의 마음을 내뱉기도

---

6 고대 중국에서 '貶謫'이란 매우 특별한 사회 역사 현상의 하나이다. 이 때문에 여기에는 사회·인문학적 의미에서 적지 않은 연구, 고찰의 대상을 담고 있다. 본 논문은 그 가운데 논지 전개를 위한 연구 대상을 詩歌, 書牘, 題跋, 散文 등의 형식으로 창작된 貶謫文人의 문학작품만으로 한정한다. 그리고 創作 題材의 조건과 형식이란 점에서 이들을 이른바 '貶謫文學'의 범주에 넣고자 한다. 사실 '貶謫文學'이라는 개념은 문학 형식 혹은 장르의 확정 등의 관점에서 볼 때, 더 많은 논의가 필요한 개념 규정이다. '貶謫'과 관련된 최근 연구성과에는 「貶謫, 文學創作的助發劑」(池喜生, 『經紀人學報』 2006年 第1期), 「嶺南意象視覺下唐宋貶謫詩的歸情」(侯艷, 『廣西社會科學』 2013年 第5期), 「蘇軾嶺海詩研究」(張麗明, 北京師範大學碩士學位論文, 2007), 「"劉白"貶謫詩之比較」(程萌, 西北師範大學碩士學位論文, 2013), 「蘇軾·蘇轍·蘇過貶謫嶺南時期心態與作品研究」(嚴宇樂, 復旦大學博士學位論文, 2012) 등이 있다.

하였다.

이러한 까닭에 폄적된 문인들의 작품들에는 외적으론 풍부한 문학적 제재를 포함하고 있을 뿐만 아니라, 내적으로 적지 않은 삶과 인생에 대한 깊은 감회와 사회에 대한 날카로운 諷刺, 인생에 대한 심오한 哲理가 담겨있다.

본 논문은 바로 이러한 폄적이라는 처지에 놓였던 몇몇 폄적 문인들의 작품을 통해 폄적 생활이 그들의 정신 심리 세계와 작품 창작에 어떠한 영향을 미쳤는지 살펴보고 그 작품에 반영된 문인의 다양한 심리양상을 단계적으로 고찰해보고자 한다. 그중 이번 연구에서는 심리양상 중 '두려움'에 대하여 주목해보고자 한다.

2. '두려움' 하나: 편벽 그리고 척박한 환경

인간은 특정 조건 속에 처하게 되면 본능적으로 자신을 살피게 되고, 무언가가 그에게 위협을 가하려 한다면 '두려움'을 느끼게 된다. 폄적의 조건에 처하게 된 문인은 가장 먼저 이 '두려움'과 만남을 시작한다.

독일의 철학자 마르틴 하이데거(Martin Heideggr)의 대표적 저작인 『존재와 시간』에서는 인간 존재의 이해를 실마리로 하여 인간의 실존론적 구조를 해명함으로써 존재 일반의 의미를 밝히고자 하였다. 그는 인간이 존재함을 확인하는 것 중의 하나로 '두려움'을 꼽았다. 또한 인간의 '두려움'은 주로 세 가지의 구조를 갖는데, 이는 '두려움의 대상(무엇 앞에서)', '두려워함 자체', 그리고 '두려움의 이유(무엇 때문에)'로서 구성되며, 두려움 대상의 본질적 성격은 '有害性'이라고 하였다.[7]

편적된 문인의 자유 말살, 더 나아가 그의 인격에 대한 유린까지, 중국 고대의 '편적' 현상은 어쩌면 인간 존재에 대해 유해성을 가하고자 하는 것이 주요한 목적일 수도 있다. 번화하고 화려했던 京城을 떠나 남으로 남으로 대륙의 끝까지 이르고, 그리고 또다시 험난한 바다를 건너갔던 편적의 길은 지식인으로서의 문인에게 있어서는 이전에 경험해 보지 못한 놀라운 세계와의 접촉이다. 편적지에 이르렀을 때, 그들을 가장 먼저 움츠러들게 만드는 것은 바로 그들 눈과 몸이 직접 느끼는 자신 주변의 외적 환경이었을 것이다. 편벽하고 척박함만이 있을 것 같은 편적지 그곳의 환경은 과연 그들에게 어떠한 느낌으로 다가왔을까? 어쩌면 그들에게 이는 이제까지의 권력투쟁에서의 패배보다 더 큰 두려움으로 다가설 수도 있었을 것이다.

唐 李德裕(787-850)는 명재상으로서 이름난 인물이었으나, 그 또한 정치적 뜻을 달리하는 이들로부터의 공격을 막지 못하고 권력의 유한성을 맛보았었다. 847年 宣宗 李忱이 즉위한 이후 白敏中과 令狐綯가 집정하면서 그들과 양립하게 된 李德裕는 자연히 공격과 제거의 대상이 되었다. 그래서 荊南節度使로 멀리 쫓겨난 뒤 다시 東都留守가 되었다가 연이어 太子少保로 좌천, 다시 潮州司馬로 편적되기도 하였다. 848年 결국 崖州司户參軍으로 강등되어 海南까지 쫓겨왔다.[8] 편적된 이 먼 嶺南[9]

---

7   (독)마르틴 하이데거, 이기상 옮김, 『존재와 시간(Sein und Zeit)』, 까치글방, 2006, pp.194-195.

8   傅璇琮, 『李德裕年譜』, 河北教育出版社, 2001, pp.478-501.

9   五嶺산맥 이남의 지역을 '嶺南'이라 하는데, '領外', '嶺表', '嶺海', '嶺嶠', '嶠南', '五嶺' 등으로 불리기도 하였다. 지금의 廣東, 廣西와 海南島 전체, 湖南과 江西 일부이다. '五嶺'은 越城嶺, 都龐嶺, 萌渚嶺, 騎田嶺, 大庾嶺 등 다섯 산으로 구성되어 있으며, 중국 江南 최대의 橫向 구조 산맥으로 長江과 珠江 두 유역의 분수령이자, 廣東, 廣西, 湖南, 江西, 福建 다섯 성의 경계가 되는 곳이다. 오랜 시기 천연 장벽으로 여겨짐으로써 長江 이남이

지역은 그 환경만으로도 그를 두려움으로 몰아넣어 형벌의 의미를 충분히 가지게 했을 것이다.

獨上高樓望帝京,　　홀로 높은 누대에 올라 京城을 바라보니,
鳥飛猶是半年程.　　새가 날아가도 반년의 여정.
青山似欲留人住,　　青山은 사람을 머물게 하려는 듯,
百匝千遭繞郡城.　　백 번 두르고 천 번을 돌아 郡城을 휘감고 있네.[10]

嶺南 崖州로 폄적되어 지은 이 작품에는 낯선 이곳이 공간적 거리에서 날개가 있는 새마저도 京城을 가려면 반년이나 날아야만 겨우 도달할 아득히 먼 곳임을 말하고 있다. 이러한 예술적인 과장은 사실 시인에게 있어 먼 거리만큼이나 아득한 마음속 깊은 傷心을 말하고 있다. 지금 시인은 五嶺을 등지고 큰 바다를 마주하고 있는 嶺南의 험준하고도 끝이 보이지 않는 환경 속에 서 있다.[11] 그 앞에 있는 嶺南 五嶺의 산줄기는 인간의 능력으로 차마 넘어설 수 없을 듯 거대하다. 시에서 시인은 이 青山이 고향으로 돌아가고자 하는 시인을 간곡하게 만류하는 듯하다고 역설적으로 스스로를 위로하고 있지만, 실제로 이 시구에는 한없이

'蠻夷之地'라 불리는 중요한 역할을 했다.

10　(唐)李德裕, 「登崖州城作」, 『全唐詩』卷475, 上海古籍出版社, 1986, p.1203.

11　본 논문에서 연구영역으로 다루고 있는 '貶謫'의 공간적 범위, 즉 '貶謫地'는 반드시 中國 '嶺南'지역으로 한정하는 것은 아니다. 본 논문은 폄적이라는 특수한 조건 속에 처해있는 貶謫文人의 心理 樣相을 고찰하는 것을 주요한 연구 방향으로 하고 있을 뿐, 그 공간적 연구범위를 '嶺南'으로, 그 시간적 연구범위를 '唐·宋代'로 한정시키지는 않는다. 다만 唐宋代 폄적 현상이 다른 朝代에 비하여 두드러져 그와 관련된 문헌, 작품들이 비교적 많고, 그 문헌 및 작품들 역시 嶺南 지역 또는 그 주변을 공간적 범위로 하는 까닭에, 자연스럽게 시간 및 공간적 범위가 특정 시기, 특정 지역으로 한정된 듯 보인다. 하지만 이는 본연구에서 의도된 바가 아니기에, 시리즈 형태로 계속된 후속 연구에서는 그 시간·공간적 범위가 확대될 것이다.

크게만 느껴지는 자연에 의해 부득이 격리되어 비탄에 잠겨있는, 심지어 인간 세상과 고립되어 버려지길 두려워하는 시인의 모습이 그대로 담겨 있다.

시인이 이곳 嶺南까지 내려오는 길에 지은 또 다른 시의 자연 묘사 속에는 그 두려움이 더욱 두드러진다.

> 嶺水爭分路轉迷, 嶺南의 물 다투듯 나눠지니 가는 길은 방향을 잃고,
> 桄榔椰葉暗蠻溪. 광랑과 야자잎으로 오랑캐의 계곡은 어둡기만 하구나.
> 愁衝毒霧逢蛇草, 독안개에 부딪칠까 근심하다 뱀독 묻은 풀을 만나고,
> 畏落沙蟲避燕泥. 沙蟲이 떨어질까 두려워하다 제비 진흙을 피하게 되
> 네.[12]

시인은 폄적되는 무거운 마음을 안고 민감한 필치로써 嶺南지역의 험준한 산들의 풍광을 그리고 있다. 작품은 전체적으로 시어가 무겁고, 시정은 우울하여, 嶺南으로 폄적된 시인의 우울함과 분노, 고향에 대한 그리움을 짙게 드러내고 있다. 首聯에 그려진 嶺南 지역의 자연은 겹겹이 산봉우리에 둘러싸여 있고, 골짜기 계곡은 물살이 거세게 흘러 많은 지류를 만들어 낸다. 거기에다 산길은 굽이굽이 돌아, 행인들이 동서를 분간하기도 힘들어 길을 잃어버리게 한다. 그에 더하여, 사람을 위협하는 듯한 광랑과 야자수는 모든 산 계곡에 다 퍼져 층층이 겹쳐있고 수풀마저 울창하여, 南國의 풍광을 아낌없이 보여주는 듯하다. 둘째 구에서 시인은 '暗'자로써 광랑과 야자수 등 상록교목이 무성하고 빽빽하여 하늘과 햇빛을 가리어, 이어지는 계곡물이 모두 어두침침한 그늘이 되어버렸음을 더욱 두드러지게 하였지만, 어쩌면 이는 굽이굽이 산중 속에 갇히

---

12 (唐)李德裕,「謫嶺南道中作」,『全唐詩』卷475, 上海古籍出版社, 1986, p.1203.

게 된 암흑 같은 시인의 마음일 지도 모른다.

시인은 이 시의 頷聯에서 폄적지로 가는 도중 곳곳에서 안절부절못하는 자신의 불안한 마음을 생동적인 詩語로 옮겨놓았다. 독안개를 만날까 두려워하다 뱀이 물어 독이 묻은 풀[蛇草]을 맞닥뜨리게 되고, 작지만 극독을 품은 작은 벌레 물여우[沙蟲]가 떨어질까 걱정하다 제비가 집을 짓기 위해 물어온 진흙[燕泥]을 급하게 피하게 되는 진퇴양난의 상황에 빠지게 된다. 이러한 세밀한 심리상태에 대한 형상화는 이곳 嶺南지역의 생경한 풍경을 훨씬 두드러지게 하여, 많은 시간을 지나 이 시를 평하는 이들조차도 그 두려움과 안쓰러움을 그대로 느낄 수 있을 만큼 생동적이었다. 元나라 方回는 이 시에 대해 아래와 같이 평하였다.

> 李衛公은 『文選』을 읽지 않고도 시가 奇健하니, 바다 멀리 폄적되었을 때 한두 시는 특히 마음이 쓰리고 아프다. …… 이 시는 嶺南의 풍토를 그려내는 것이 특히 사실적이고, 글 또한 빼어나다.[13]

方回가 "마음이 쓰리고 아플" 정도로 기이함과 두려움으로 다가서는 폄적지 이곳 嶺南은 과연 그런 곳이었던가. 唐 劉恂(? -약 311)의 『嶺表錄異』 속에 기록된 嶺南에 대한 기록을 살펴본다면, 그들의 이곳 환경에 대한 두려움을 조금이나마 이해할 수 있을 듯하다. 劉恂은 폄적지로 종종 기록되고 있는 嶺南 지역의 기이한 物産과 일들을 『嶺表錄異』에 기술하였고, 이를 당시 지역의 민정을 살피는 데 십분 활용하였다.

---

13   (元)方回, 李慶甲 集評敎點, 『瀛奎律髓彙評』卷四 風土類, 上海: 上海古籍出版社, 1986, p.182: "衛公不讀文選而詩奇健, 謫海外時一二詩尤酸楚. …… 此詩於嶺南風土甚切, 詞又工."

남쪽 땅에는 金蛇라고 하는 것이 있다. 蝪蛇라고 하고, 또 地鮮이라고도 하는데, 이 지역 鄉邑에서 출몰하며, 黔中과 桂州 지역에서도 출몰하지만, 黔南의 것에는 미치지 못한다. 그 굵기가 엄지손가락만 하고, 길이는 한 尺이 되며 비늘 위에는 금은 색 무늬가 있다. …… 비단구렁이는 큰 것은 대여섯 丈이고, 둘레는 네다섯 尺이 되며, 그보다 못하더라도 또한 서너 丈보다 작지는 않다. …… 兩頭蛇,[14] 嶺外(嶺南의 一名)에는 이러한 종류가 많다. 보통 새끼손가락만 한 굵기이며, 길이는 한 尺 정도이고, 배 아래 비늘은 붉으면서, 아름다운 무늬가 있다. 한쪽 머리에는 입과 눈이 있고, 다른 한쪽 머리는 뱀처럼 생겼으나 입과 눈은 없다. …… 龐蜂은 산야에서 살며, 감람수 위에 많다. 그 모양은 매미 같으며 배에 독이 있지만 약하다.[15]

인간 역시 자연의 일부이지만, 인간은 그들 스스로 살아갈 수 있는 조건을 갖추고 있는 곳을 찾아 자기 뿌리를 내린다. 하지만 인간 앞에 선 자연이 인간을 압도할 만큼 거대하다면, 인간은 그 앞에 위축될 수밖에 없다. 극복하기 힘든 짐승들과 곤충들만이 가득한 무서운 자연은 인간에게 낯섦으로 나가서게 되고, 인간은 그 안에 처해있다는 이유만으로도 이미 두려움을 가지게 된다.

어떤 존재 앞에서 두려워함에 있어서 무엇 때문에 두려워한다는 것은 언제나 존재와 위협받고 있는 이가 함께 그 범위 안에 있음을 말하며, 이는 '두려움'이라는 것이 '처해있음'의 한 양태임을 말해주고 있다.[16] 폄

---

14 '兩頭蛇'는 머리와 꼬리 모양이 같아 생긴 이름이다. 이 兩頭蛇는 중국과 베트남에 서식하는 뱀의 일종으로서 雲南 지역에 많이 서식하여, '雲南蛇'라고도 한다.

15 (唐)劉恂, 商璧·潘博 校, 『嶺表錄異校補』卷下, 廣西民族出版社, 1988, p.174: "南土有金蛇. 亦名蝪蛇, 又名地鮮, 州土出, 黔中桂州亦有, 卽不及黔南者. 其蛇粗如大指, 長一尺許, 鱗甲上有金銀. … 蚺蛇, 大者五六丈, 圍四五尺, 以次者, 亦不下三四丈. …… 兩頭蛇, 嶺外多此類. 時有如小指大者, 長尺餘, 腹下鱗紅, 皆錦文. 一頭有口眼, 一頭似蛇而無口眼. …… 龐蜂生於山野, 多在橄欖樹上. 形如蜩蟬, 腹毒而薄."

16 (독)마르틴 하이데거, 이기상 옮김, 『존재와 시간(Sein und Zeit)』, 까치글방, 2006, p.196.

적 문인은 자신을 둘러싸고 있는 폄적지의 조건 속에 처해있는 것만으로도 이미 '두려움' 속에 갇히게 되는 것이다.

3. '두려움' 둘: 기후 그리고 풍토병

짐승과 벌레는 자연의 또 하나의 주인이지만, 인간의 삶에 있어서는 많은 불편함과 두려움을 만들어 내는 존재들이다. 하지만 앞에서 본 嶺南 지역의 뱀, 벌레 등은 방비를 통해 피할 수 있는 존재들이기에, 상대적으로 두려움이 적은 존재라 할 수도 있다. 남방 아득히 먼 곳으로 폄적되어 온 이에게 더욱 두려운 존재는 아마도 기후와 그로 인해 창궐하는 '瘴癘'[17] 같은 풍토병이었을 것이다.

劉恂은 嶺南의 지형과 기후가 바로 이러한 무서운 병을 만들고 있다고 기록하고 있다.

> 嶺表(嶺南의 一名)의 산천은 숲이 울창하고 모여있어, 쉽게 새어나갈 틈이 없어, 많은 열대 운무가 瘴癘를 만들어 낸다. 사람들이 이것에 닿으면 대부분 병에 걸리게 되는데, 배가 팽창하면서 그 속에 기생충을 만들게 된다. 속설에 전하길, (영남지역 사람들은) 온갖 벌레를 모아 독을 만들어, 이것으로써 사람을 해친다고 한다. 대략 습하고 더운 지역에 독충이 생기기 때문이지, 단지 영남지역 사람들이 性情이 잔인해서 그런 것은 아니다.[18]

---

17 羅竹風 主編, 『漢語大詞典』卷8, 漢語大詞典出版社, 1994, p.353: "'瘴癘'은 '瘴厲'라고도 한다. 瘴氣를 느껴 생기는 질병으로 넓게는 악성 瘧疾 등의 병을 가리킨다. '瘴氣'는 중국 남부 서부지역의 산림 중에 습하고 뜨거움이 증발하면서 병을 일으킬 수 있는 공기를 가리킨다."

18 (唐)劉恂, 商璧·潘博 校, 『嶺表錄異校補』卷上, 廣西民族出版社, 1988, p.22: "嶺表山川, 盤郁結聚, 不易疏泄, 故多嵐霧作瘴. 人感之多病, 腹脹成蠱. 俗傳有萃百蟲爲蠱, 以毒人. 蓋

편적지 환경에 대한 두려움은 앞에서 언급한 唐代 李德裕의 경험에만 그치지 않는다. 李德裕보다 몇 십 년 일찍 嶺南으로 들어오는 길목인 通州(지금의 四川省 達州)로 편적된 元稹은 그의 벗 白居易에게 보내는 서간에서 편적지의 기후를 포함한 생활 조건의 열악함을 진솔하게 적어 보냈다.

> 通州 땅은 습하고 눅눅하며, 낮고 협소한데, 사람들도 지극히 적었건만, 최근 흉년에 역병이 들어, 죽은 이가 과반이라네. 고을에는 관리가 없고, 시장에는 물건이 없으며, 백성들은 풀과 나무를 먹고, 刺史 아래로는 쌀 한 톨까지 세어가며 먹고 있다네. 큰 것으론 호랑이, 표범, 뱀, 살모사의 우환이 있고, 작은 것으론 두꺼비, 거미, 벌류들이 있는데, 모두 피부를 뚫고 물어, 사람들이 瘡病에 걸리게 하는 것들이라네. 여름에는 장마가 많고, 가을에는 학질이 퍼지지만, 지역에 의원이나 무당이 없으며, 藥物은 만 리 너머에 있어, 병자는 죽을 고비에 처해있다네.[19]

巴蜀 자연환경의 험난함은 이미 잘 알려져 있다. 이런 환경 속에서 마을마다 역병이 돌아 사람들을 찾아볼 수 없을 정도에까지 이른다. 게다가 사람이 살고 있어야 할 마을에는 단지 짐승과 벌레들만 우글거리고, 그나마 살아남은 몇몇마저도 최소한의 문명적 보호조차 받지 못할 지경에 처해있다. 단지 서신의 묘사만 보자면 元稹이 묘사한 이곳 通州는 마치 모든 편적지의 열악한 환경을 대표할 만큼 조건이 심각하다.

元稹은 書信에서뿐만 아니라 白居易와의 酬唱詩에서도 편적지의 풍토병과 싸우는 모습을 사실적으로 그려내고 있다.

濕熱之地, 毒蟲生之, 非第嶺表之家性慘害也."

19 (唐)元稹, 「敍詩寄樂天書」, 『元稹集』卷30, 中華書局, 2000, p.351: "通之地, 濕墊卑裨, 人士稀少, 近荒札, 死亡過半. 邑無吏, 市無貨, 百姓茹草木, 刺史以下計粒而食. 大有虎·豹·蛇·虺之患, 小有蟆蚋·蜘蛛·蛉蜂之類, 皆能鈷嚙肌膚, 使人瘡痏. 夏多陰霪, 秋爲痢虐, 地無醫巫, 藥石萬里, 病者有百死一生之慮."

> 三千里外巴虵穴,   삼천리 밖 巴蛇 굴속으로,
> 四十年來司馬官.   사십 년 만에 司馬官이 왔네.
> 瘴色滿身治不盡,   瘴毒이 온몸에 가득해도 치료가 다 되지 않고,
> 瘡痕刮骨洗應難.   부스럼 자국은 뼈를 깎아도 씻어내기 어렵네.[20]

시에서 '三千里'는 비록 공간적 거리를 뜻하고 있으나, '三千'이라는 말은 대표적으로 고대 형벌을 상징한다. 『書·呂刑』篇에서는 "오형의 종류가 삼천 가지이다"[21]라고 하여, 전체 형벌을 포괄하고 있는데, 시인에게 이 '三千'은 아마도 그렇거나 크고 무거운 형벌처럼 다가왔을 것이다. 그래서 시인은 전설에서 코끼리를 잡아먹고 3년 만에 그 뼈를 뱉는다고 하는 거대한 구렁이[巴蛇][22]의 굴속, 즉 이방의 땅에 '司馬官'으로 내팽개쳐졌다고 여길 것이다. 司馬官[23]은 원래 刺史의 업무를 돕는 직위였지만 唐代 어떠한 직권도 가지지 못하는 虛名에 불과한 관직이다.

정치적 패배로 인해 혹은 직언 때문에 이곳 먼 곳까지 폄적되어 와 흔들리고 있는 시인에게 이제 폄적지의 열악함은 "장독이 온몸에 가득해도 치료가 되지 않고, 부스럼 자국은 뼈를 깎아도 씻어내기 어려울" 정도이다. 폄적 생활 속에서 시인은 풍토병에 걸려 생명의 위협을 받았을 뿐만 아니라, 더 나아가 이런 풍토병에 대한 공포심은 시인을 정신세

---

20 (唐)元稹, 「酬樂天見寄」, 『元稹集』卷21, 中華書局, 2000, p.235.

21 宋元人注, 「周書·呂刑」篇 『四書五經·書經』, 中國書店, 1998, p.135: "五刑之屬三千."

22 袁珂 校釋, 『山海經校釋』卷十, 上海古籍出版社, 1995, p.220: "巴蛇食象, 三歲而出其骨, 君子腹之, 無心腹之疾."

23 呂宗力 主編, 『中國歷代官制大辭典』, 北京出版社, 1995, p.305: "司馬. 州郡의 보좌 관리이다. 三國時代 蜀 益州에 前後左右의 四部司馬를 설치하였으며, 상시제도가 아니다. 唐때는 명의상 群衆의 기강을 확립하고 通判 서열로 두고, 品階와 俸祿을 높였으나, 실제 구체적인 직무가 없이 貶謫되어진 大臣에게 주로 사용하거나, 관리의 등급을 옮기고 祿俸과 官職을 부여할 때 사용하였다. 上州는 從五品下, 中州는 正六品下, 下州는 從六品上의 品階이다."

계의 恐惶으로까지 내몰고 있다.

元和 14年(819), 憲宗에게 올린 「論佛骨表」의 간언으로 말미암아, 潮州로 폄적된 韓愈는 폄적의 길 도중 八仙 중의 하나인 조카 韓湘子의 도움으로 겨우 추위와 굶주림으로부터 죽을 고비를 넘기고, 조카에게 칠언시 한 수를 지어주면서 이별의 눈물을 흘렸다.

> 知你遠來應有意,　멀리까지 나를 바래다주는 너의 뜻 내 알 거니,
> 好收吾骨瘴江邊.　瘴毒 피어오르는 嶺南의 강변에서 내 뼈나 잘 거두어 주렴.[24]

그는 무엇 때문에 유언 같은 이 말을 남기고 싶었던 것일까. 말년에 吏部侍郎의 높은 관직까지 올랐던 그는 풍토병이 창궐하는 嶺南까지 오게 된 이번 폄적의 길이 결국 죽음으로 가는 길이라고 단정했는지도 모른다.

漢에서부터 唐代에 이르기까지 南方에 성행한 풍토병[瘴癘]이 끼친 영향과 그에 대한 사람들의 두려움은 상상을 초월할 정도였다. 문헌 자료에 따르면, 고대 남방의 전염병 창궐은 어느 특정 기간의 일이 아니라, 현지의 기호와 풍토로 인하여 오래전부터 유행하고 있었던 상황이었다.

漢代 淮南王 劉安은 嶺南 원정에 관해 漢武帝에게 諫言을 올리며, 남방의 기후와 전염병에 대한 우려를 밝히었다. 그는 越人은 어리석어 陸戰을 잘할 줄 모르며, 수레나 말, 활 등의 병기도 없지만, 中原의 병사들이 그들의 땅을 공격할 수는 없다고 諫言 하였다. 왜냐하면 越人들이 요지를 이미 지키고 있고, 中原의 병사들은 그곳의 풍토에 쉽게 적응할 수

24　(唐)韓愈, 「左遷至藍關示侄孫湘」, 『韓昌黎詩繫年集釋』卷十一, 上海古籍出版社, 1998, p.1097.

없기 때문이라는 것이다. 특히 그는 풍토병으로 病死하는 越의 병사가 漢이 越地를 정벌하여 포로로 잡을 병사보다 훨씬 많기에 굳이 병사를 일으켜 越을 정벌할 필요가 없음을 역설함으로써 남방 풍토병의 심각성을 알리었다.[25] 또한 隋代에도 瘴癘로 인해 많은 사람이 요절하였음을 기록으로 남겨두고 있으며,[26] 더 나아가 『舊唐書』에는 嶺南의 北流縣을 마치 사람들이 죽은 뒤 저승길로 접어드는 '지옥문[鬼門關]'이라 여길 만큼 접근하길 두려워하였음을 기록하고 남기고 있다.[27] 심지어 陳少遊 (724-784)는 刺史로의 升轉마저도 이 瘴癘로 인한 두려움 때문에 극구 사양하는 상황에 이를 지경이었다.[28] 그에게 있어 이곳으로의 승전은 결국 생명에 대한 위협 그 자체였기 때문이다.

이처럼 지나온 역사로부터[29] 학습된 사람들의 이러한 인식은 결국 남방으로의 폄적이 곧 죽음으로 한 발짝 더 가까이 가는 것으로 여기게 되

---

25 (漢)班固, 「嚴朱吾丘主父徐嚴終王賈傳」第三十四上 『漢書』卷64上: "越人緜力薄材, 不能陸戰, 又無車騎弓弩之用, 然而不可入者, 以保地險, 而中國之人不能其水土也. 臣聞越甲卒不下數十萬, 所以入之, 五倍乃足, 輓車奉饟者, 不在其中. 南方暑濕, 近夏癉热, 暴露水居, 蝮蛇蠚生, 疾癘多作, 兵未血刃而病死者什二三, 雖擧越國而虜之, 不足以償所亡."

26 (唐)魏徵, 『隋書』卷31 「志」第26 地理下: "嶺南의 이십여 郡은 대개 땅에서 습기가 차올라, 瘴癘가 많이 생기기 때문에, 사람들이 특히 요절한다(自嶺已南二十餘郡, 大率土地下濕, 皆多瘴癘, 人尤夭折.)"

27 (後晉)劉昫, 『舊唐書』卷41 「志」第21 地理四: "현의 남쪽 삼십 리를 …… '鬼門關'이라 부른다. 그 남쪽은 유독 瘴癘가 많아서 그곳에 간 사람 중 살아 돌아오는 이가 드물었다. 속담에 이르길, '鬼門關은 열 명 중 아홉이 돌아오지 못했다'라고 하였다(縣南三十里, …… 俗号鬼門關. …… 其南尤多瘴癘, 去者罕得生還, 諺曰: '鬼門關, 十人九不還.')"

28 (後晉)劉昫, 『舊唐書』卷126 「列傳」76: "남방에는 날씨가 뜨겁고 瘴癘가 많으니, 말씀을 어기게 되어 너무 슬프나, 다만 살아서 다시 뵙지 못할까 봐 두려워서였습니다(南方炎瘴, 深怆違辭, 但恐不生還再睹顔色矣.)"

29 역사 문헌 자료뿐만 아니라, 嶺南의 풍토병인 '瘴癘'와 관련해서는 적지 않는 연구가 있다. 左鵬의 「漢唐時期的瘴與瘴意象」(『唐研究』第7卷, 北京大學出版社, 2002年), 張文의 「地域偏見和種族歧視: 中國古代瘴氣與瘴病的文化學解讀」(『民族研究』, 2005年第3期) 등은 瘴癘가 당시 사회에 미친 영향을 엿볼 수 있는 연구논문이다.

어 두려움에서 벗어나지 못했던 것이며, 韓愈가 유언 같은 시구를 남겼던 연유 역시 이와 다른 것이 아니었다.

문인들을 '두려움' 속에 내몰고 있는 야만의 땅으로의 폄적은 唐代에서 끝나지 않았다. 이들로부터 한 朝代가 지나, 혼란스러운 신구 당파의 당쟁에 밀려 62세(1097)의 나이에 海南 儋耳까지 폄적되어 왔던 蘇軾은 그곳의 기후와 풍토를 자세히 기록하고 있다.

> 嶺南은 기후가 습기가 많으며, 땅의 기운은 찌는 듯 눅눅한데, 海南이 심하다. 여름에서 가을로 넘어갈 때쯤, 물건들은 썩어 문드러지지 않는 것이 없다. 사람이 쇠나 돌이 아니기에, 그 어찌 오랫동안 버틸 수 있겠는가. 그런데 儋耳 지역에는 나이 많은 노인들이 제법 있어, 나이가 백 여세에 되는 이들이 도처에 있으니, 팔구십이 되는 이들은 말할 필요가 없다. 수명의 길고 짧음에는 정해진 바가 없으니, 익숙해져 편안해짐을 안다면, 冰蠶이나 火鼠조차도 모두 살아갈 수 있을 것이다. 나는 이전에는 초연히 아무 생각하지 않고, 이곳에 머물며 세속의 바깥에 있다고 느꼈으나, 가을 겨울 때의 그 한기를 어찌할 도리가 없고, 쇠를 녹이는 여름에도 그 열을 퇴치할 방법이 없으니, 백 여세의 나이로 어찌 일일이 말로 표현하겠는가! 저 우매한 노인들은 처음부터 이 특수한 환경을 알지 못하기에, 冰蠶이나 火鼠처럼 여기서 생활하며, 꿋꿋이 견디고만 있을 따름이다. …… 9월 27일 가을장마가 그치지 않아, 그저 드리워진 장막만 바라보고 있자니, 흰개미가 한 승 남짓이나 있어서 모두 이미 썩어 문드러져 있으니, 탄식이 그치지 않는다.[30]

---

30 (宋)蘇軾, 「書海南風土」, 『蘇軾文集』卷71, 中華書局, 1999, p.2275: "嶺南天氣卑濕, 地氣蒸溽, 而海南爲甚. 夏秋之交, 物無不腐壞者. 人非金石, 其何能久. 然儋耳頗有老人, 年百餘歲者, 往往而是, 八九十者不論也. 乃知壽夭無定, 習而安之, 則冰蠶火鼠, 皆可以生. 吾嘗湛然無思, 寓此覺於物表, 使折膠之寒, 無所施其冽, 流金之暑, 無所措其毒, 百餘歲豈足道哉! 彼愚老人者, 初不知此特如蠶鼠生於其中, 兀然受之而已. …… 九月二十七日, 秋霖雨不止, 顧視幃帳, 有白蟻升餘, 皆已腐爛, 感嘆不已."

고온의 찌는 듯한 날씨에 사방은 후덥지근한 습기만 가득하고, 눈에 보이고 몸을 기어가는 것은 벌레와 뱀들뿐이었던 이곳에서 蘇軾은 과연 무엇을 느끼고 있었을까? 그 또한 이곳 풍토에서 비롯된 瘴癘를 그냥 보아 넘길 수 없었을 것이다.

> 瘴癘 풍토병은 묻지 않아도 알 수 있는 것으로, 젊은이들 가운데 일부는 오래 머물러도 상관없지만, 늙은이는 매우 조심해야 하오. 오직 향락을 끊고, 마시고 먹는 것을 줄여야만 죽지 않을 수 있으니, 이 말을 이미 명심하고 있소. 나머지는 운명에 맡길 뿐이오.[31]

蘇軾은 海南의 바다를 건너 儋耳로 다시 폄적되어 내려오기 전 잠시 머물던 惠州에서, 杭州通判일 때 함께 일했던 친구 錢世雄(字 濟明)에게 보내는 서간 상에 목숨을 앗아간다는 풍토병 瘴癘를 가장 먼저 언급하였다. 이러한 풍토병에 맞서 그는 '絕嗜欲'과 '節飲食'이라는 道家의 養生 방법을 늘 명심하며 실천하고자 하였다.[32] 문인임과 동시에 만물의 변화 법칙을 이해하고 있는 사상가이기에 그는 그나마 두려움의 대상인 瘴癘에 대하여 이처럼 마음을 다스리고자 한 것이었다.

瘴癘는 아마도 조용한 남쪽 마을을 허락 없이 들어온 이방인에 대한 자연의 경고일 지도 모른다. 蘇軾은 范祖禹(1041-1098)에게 적은 서신에서 차라리 瘴癘에 대해 허탈하게 헛웃음을 지으며 달관하는 모습을 보인다.

---

31 (宋)蘇軾, 「與錢濟明十六之四」, 『蘇軾文集』卷53, 中華書局, 1999, p.1550: "瘴鄉風土, 不問可知, 少年或可久居, 老者殊畏之. 唯絕嗜欲, 節飲食, 可以不死, 此言已書之紳矣. 餘則信命而已."

32 鄭芳祥, 「蘇軾貶謫嶺南時期文學作品主題硏究 - 以出處·死生爲主的討論列傳」, 國立中正大學碩士學位論文, 2003, p.100.

저는 瘴癘 마을에 거하면서 욕망을 다 끊는 것이 값진 良藥이라 여기게 되었습니다. 공은 오래전부터 알고 있는 것이니 더 이상 당부의 말은 하지 않겠습니다.[33]

구당파와의 권력투쟁으로 이곳까지 밀려올 때까지 蘇軾은 아마도 京城에서의 지난 일들에 분노하며 남겨진 응어리를 마음속에서 비우지 않고 있었을 것이다. 하지만 지금 그의 눈앞에 있는 것은 執政 패배에 대한 분노도 아니며, 절대 군주에 대한 원망도 아닌, 물 한 모금을 잘못 마시게 되면 밤도둑처럼 자신의 몸을 음습해 올 풍토병 瘴癘인 것이다. 비록 체념하고 달관하고자 노력했음에도 불구하고 이곳에 기거하고 있는 문인은 이 순간 이곳 폄적지의 환경에 대한 두려움으로부터 완전히 벗어날 수는 없었다. 그저 자신의 목숨을 보전하기 위하여 絕欲을 귀하고도 귀한 양약으로 삼을 뿐이다.

4. 두려움 셋: 궁핍 그리고 본능

蘇軾이 嶺南 지역에 폄적되어 내려왔을 때 그를 맞이한 습진 기후와 풍토병에 더하여 그를 더욱 움츠러들게 만든 것은 또 이곳의 窮乏한 생활 조건이었다.

이곳엔 먹으려 해도 고기가 없고, 병에 걸려도 약이 없으며, 머물려 해도 거처할 곳이 없고, 나가도 친구가 없으며, 겨울에도 석탄이 없고, 여름에는

---

33 (宋)蘇軾, 「答范純夫」十一之十, 『蘇軾文集』卷50, 中華書局, 1999, p.1456: "某謫居瘴鄉, 惟盡絕欲念, 為萬金之良藥. 公久知之, 不在多囑也."

차가운 샘이 없으니, 이렇게 다 열거하기가 또한 쉽지는 않으니, 대략 모두 없을 따름이다.[34]

비록 폄적되어온 죄인이라 할지라도 인간으로서 최소한의 생활을 영위할 수 있는 기본적인 조건마저도 이곳은 갖추어져 있지 않았던 것이다.

심지어 蘇軾은 儋耳에서의 謫居 생활을 위해 자신이 가지고 있던 생활용품들을 팔아서 음식품과 옷으로 바꾸기도 하였다. 그는 「和陶詩連雨獨飮」詩의 序文에서 "나는 해남에 폄적 되어와, 술그릇까지 다 팔아가며, 옷과 음식을 대었다."[35]라고 하였는데, 이 짧은 글로부터 봉록의 감소로 인하여 물건을 팔아서까지 가장 기본적인 謫居 생활을 지탱할 수밖에 없었던 당시 폄적지의 생활 조건을 여실히 알 수 있다.

이 시를 적을 당시 蘇軾의 관직 품계는 지방 한직인 九品의 瓊州別駕[36]로서 그 俸祿이 분명 충분치 못했을 것이다. 그런데 폄적된 신분이기에 지방직의 봉록조차도 상당 부분 감소하였을 것이며, 이는 기본생활에서 불편함을 불러올 수밖에 없다. 이때의 봉록을 京城에서 집정하던 시기 正三品의 翰林學士, 從二品의 禮部尙書 등 고관을 역임할 때와 비교한다면 그 차이가 어마어마할 수밖에 없을 것이다.

'貶謫'이란 결국 모든 것을 내려놓아야 한다. 蘇軾이 옷과 음식을 장

---

34 (宋)蘇軾, 「與程秀才」三之一, 『蘇軾文集』卷55, 中華書局, 1999, p.1628: "此間食無肉, 病無藥, 居無室, 出無友, 冬無炭, 夏無寒泉, 然亦未易悉數, 大率皆無爾."

35 (宋)蘇軾, 「和陶連雨獨飮」, 『蘇軾詩集合注』卷四十二, 上海古籍出版社, 2001, p.2176: "吾谪海南, 盡卖酒器, 以供衣食."

36 呂宗力 主編, 『中國歷代官制大辭典』, 北京出版社, 1995, p.427: "別駕. '別駕從事', '別駕從事史'라 하며, 漢代 때 州部의 보좌 관리였다. … 宋朝 때는 모든 州에 모두 관직을 두었는데, 직책은 없고, 특별히 은혜를 입어 지방으로 유배되었거나 폄적된 관원들에게 관직으로 수여하였다."

만하려, 그동안 가지고 있던 작은 물건들을 하나하나 팔아야 했던 것처럼 폄적지는 더 이상 그들에게 예전의 그 풍성했던 음식을 향유할 기회를 주지 않았다.

五日一見花猪肉,	닷새에 삼겹살을 한 번 보고,
十日一遇黃雞粥.	열흘 만에 닭죽을 한 번 만나네.
土人頓頓食藷芋,	토착인들은 끼니마다 토란을 먹으며,
薦以薰鼠燒蝙蝠.	훈제한 쥐나 삶은 박쥐를 먹어보라 하네.
舊聞蜜唧嘗嘔吐,	예전부터 어린 쥐라는 말을 듣기만 해도 구토를 했는데,[37]
稍近蝦蟆緣習俗.	두꺼비를 조금씩 가까이하면서 이곳 풍속을 따르네.
十年京國厭肥羜,	십 년 전 京城에선 살진 양도 질리도록 먹었고,
日日炊花壓紅玉.	날마다 꽃을 쪄서 紅玉을 만들었지.
從來此腹負將軍,	이전에는 이 배가 장군을 저버렸었거늘,[38]
今者固宜安脫粟.	지금은 일찌감치 거친 쌀도 만족하네.[39]

京城에서 날마다 물릴 만큼 먹었던 풍성한 산해진미는 어느덧 쥐, 박쥐와 두꺼비로 바뀌어버렸고, 지겹던 京城의 살진 양보다 폄적지에서 며

---

37 (唐)張鷟, 『朝野僉載』卷二, 『太平廣記』卷483, 中華書局, 1995, p.3983: "嶺南의 관리들과 백성들은 蜜唧 만드는 것을 좋아하는데, 즉 갓 태어난 어린 쥐가 아직 눈을 뜨기도 전, 몸 전체가 빨갈 때, 꿀을 먹여 키운 것으로, 연회석 안에 못으로 박아 두었다가, 징징거리며 움직이면, 젓가락으로 집어서 그것을 씹는데, '찍찍'이라고 소리를 내기에, '蜜唧'이라고 한다(嶺南獠民好爲蜜唧, 即鼠胎未瞬, 通身赤蠕, 飼之以蜜, 釘之筵上, 嘬嘬而行, 以筯挾取, 咬之, 唧唧作聲, 故曰蜜唧.)"

38 蘇軾이 自注하길, "속담에 이르길, 대장군이 배불리 먹고 배를 만지며 탄식하며 '나는 너희들을 저버리지 않았다'라고 말하였다. 좌우에서 '장군은 물론 이 배를 저버리지 않았으나 이 배가 장군을 저버렸으니, 일찍이 슬기로운 지혜를 적게 냈다고 할 수 없기 때문입니다.'라고 말하였다(俗諺云: 大將軍食飽捫腹而歎曰: 我不負汝. 左右曰: 將軍固不負此腹, 此腹負將軍, 未嘗出少智慮也.)"

39 (宋)蘇軾, 「聞子由瘦」, 『蘇軾詩集合注』卷四十一, 上海古籍出版社, 2001, p.2123.

칠 만에 맛본 닭죽은 시인의 가슴을 더욱 벅차게 하고 있다. 부드러운 쌀밥이 아니라 거친 현미밥조차 만족하듯, 폄적지의 한 구석에서 인간은 이제 점점 본능의 사고틀 안에서만 생각하게 되고, 결국 자기 존재의 위축, 존엄의 추락으로 이어지는 가장자리에 위태롭게 서게 된다.

사실 앞에서 언급한 봉록의 감소로 인해 발생하는 부족함 이외도 폄적지에서 발생하는 생활 궁핍의 주요한 원인은 풍토병 등의 원인으로 인한 지역 物産의 결핍화에서 비롯된다. 嶺南을 비롯한 남방지역의 경우, 본래 풍부한 동식물 자원을 가지고 있는 지역이다.[40] 하지만 기후 환경 및 그에 따른 풍토병의 만연 등은 본래 부족하지 않던 物産의 충분한 보급을 가로막아, 사회의 모든 부분에 적지 않은 영향을 끼쳤다.

> 廣州는 산과 바다를 품고 있어, 진기한 物産이 많이 나와, 보물 한 상자로 몇 대가 생활할 수 있었으나, 瘴癘와 역병이 많아, 人情이 흉흉하다.[41]

당시 장기간 지속된 풍토병은 한 시대 한 지역의 경제생활 조건과 지역민의 건강을 위협할 수밖에 없었다. 충분하지 못한 의료조건은 무서운 풍토병 앞에서 적극적인 경제활동의 참여 의지를 위축시켜 지역 전체의 발전을 지체시키는 악영향을 끼치기도 하였으며, 지역 경제개발이나 지역 사회발전 및 대내외와의 교류를 지체시키는 매우 치명적인 요소로 작용하기도 하였다. 蘇軾이 惠州를 거쳐 儋耳에 폄적된 元符 2年(1099),

---

40 　(漢)司馬遷, 『晉書』卷129, 「貨殖列傳」第六十九: "楚越之地, 地廣人希, 飯稻羹魚, 或火耕而水耨, 果隋蠃蛤, 不待賈而足, 地執饒食, 無飢饉之患, 以故呰窳偸生, 無積聚而多貧. 是故江淮以南, 無凍餓之人, 亦無千金之家."

41 　(唐)房玄齡, 『晉書』卷90, '吳隱之'條 「列傳」第六十: "廣州包帶山海, 珍異所出, 一篋之寶, 可貲數世, 然多瘴疫, 人情憚焉."

이때 역시 物産의 공급이 원활히 이루어지지 않았고 이로 인해 쌀값이 본래보다 훨씬 많이 비싸져 쉽게 살 수 없게 되었다.

北船不到米如珠　북에서 오는 배가 도착하지 않으니 쌀값이 진주만큼 비싸고,
醉飽蕭條半月無.　한동안 맘껏 먹고 마시지 못해 허전하기만 하네.
明日東家當祭竈,　내일 주인집에선 조왕신에게 제를 올릴 테니,
隻鷄斗酒定膰吾.　닭 한 마리 술 한 말은 분명 내게 음복하라 주겠지.[42]

　척박한 폄적지의 이러한 物産 부족은 그가 먹는 것을 걱정해야 할 지경에 이르게 하였다. 이는 곧 생존을 위한 본능 앞에 한 명의 문인을 완전히 발가벗겨놓은 것과 다름없다. 한때 朝廷을 좌지우지하던 蘇軾은 폄적된 지금, 이 순간 생존을 위한 본능에 충실할 수밖에 없게 된 것이다. 이제 이곳 바다 가운데 작은 섬에는 예전 늠름했던 풍채를 가진 냉철했던 지식인은 어디론가 가버리고 그저 주인집에서 제사 지낸 고기 한 덩어리를 던져주길 바라는 한 老夫만이 서 있다. 폄적지의 척박한 환경에 대한 그들의 두려움은 바로 이렇듯 생존의 두려움으로 이어져 부지불식간에 자신의 자아 속으로 전염병처럼 퍼져갔던 것이다.

　'폄적'이라는 처지에 놓이는 순간 폄적된 문인의 머리에는 분명 수많은 생각들이 요동칠 것이다. 그 많은 생각 중 폄적된 그곳에서 가장 처음 그들을 맞이하는 것은 바로 낯섦에 대한 '두려움'이었다. 이 두려움은 편벽함과 척박함이라는 폄적지의 외적 조건으로부터 시작되었지만, 결국 그로부터 더 나아가 기후와 풍토병, 궁핍한 생활 조건으로 인하여 생존에 대한 두려움으로까지 확대되어갔던 것이다.

42　(宋)蘇軾,「縱筆」,『蘇軾詩集合注』卷四十二, 上海古籍出版社, 2001, p.2184.

하지만 이러한 폄적의 외적 조건에 따른 두려움은 폄적 문인이 앞으로 겪어야 할 수많은 갈등과 내적 고뇌에 비한다면, 단지 처음을 시작하는 '두려움의 시작'에 불과할지도 모른다. 왜냐하면 폄적된 문인은 이제 본능적인 두려움보다 더 살을 쥐어뜯는 듯한 고통을 맛보게 될 것이기 때문이다. 그리고 그 고통은 외적 환경에서부터 근원한 것이 아니라 이제 폄적 문인의 마음속에 내재된 또 다른 단계적이고 복합적인 심리로부터 비롯할 것이다.

5. 나오며

중국 고대에는 中原을 벗어난 지역에 폄적된 문인들이 적지 않았다. 문학사적 관점에서 볼 때, 이러한 수많은 폄적 문인들에 의해 창작된 폄적 문학작품들은 그 시대의 문학을 발전시키는 촉매 역할을 하기도 하였다.[43] 그들의 작품에는 당연히 그들이 처해있던 폄적지의 풍광뿐만 아니라 폄적 생활 동안 겪어왔던 폄적에 대한 많은 단상을 기록하기도 하였다. 그중 많은 이들은 적지 않은 작품들에 謫居에 대한 다양한 마음을 그려내기도 하였다. 이들 작품에 그려진 폄적 문인들의 다양한 심리양상들은 그 당시 그곳에 있던 문인의 처지를 사실적으로 설명해줄 수 있을 뿐 아니라, 문학작품의 예술형상화 과정에서 작가 심리가 작품에 어떠한 영향을 미치는지 짐작해볼 수 있는 좋은 예술 척도가 될 수 있었다.

---

[43] 袁行霈, 『中國文學史』卷二, 高等教育出版社, 1999, p.205: "唐代, 특히 中唐 이후 文人의 貶謫生活은 唐代文學을 풍부하게 하여, 唐代文學이 생활적인 면에서부터 정서의 예술 경지에까지 더욱 풍부하고 다채로운 모습을 보이게 만들었다."

본 연구에서 이제까지 진행한 문헌 자료 및 작품 탐색 과정에 따르면, 폄적 문인들의 심리양상은 몇 가지로 분류될 수 있었다. 본능적이고 일차적 성격을 띠는 '두려움', '슬픔', '분노'의 심리로부터, 소극적인 '비관적', '염세적', '실망스러움', '애잔함', '처량함' 등의 심리로, 또 이를 뛰어넘는 '달관', '초탈' 등의 심리까지, 그 나타나는 양상은 매우 다양하였다. 이러한 다양성이 나타나는 주요 원인은 폄적 문인의 개인 성격이나 세계관, 폄적지 조건의 相異性 등의 이유 때문이라 여겨진다.

이번 논문에서는 이들 다양한 심리양상 중 먼저 '두려움'으로부터 첫 연구를 시작하였다. '두려움'을 가장 첫 번째 심리양상으로 선택한 이유는 '두려움'은 인간의 무의식과 행동을 지배하는 가장 본질적이며 강력한 감성의 하나이기에, 평소와 다른 내외적 조건이 주어졌을 때 폄적 문인의 작품 속에서 가장 먼저 그리고 선명하게 그들의 심리양상을 보여줄 수 있을 것으로 판단했기 때문이다.

이제까지 살펴본 폄적 문인들의 작품들에서 '두려움'의 심리양상은 크게 두 가지 경향으로 나타남을 알 수 있다.

첫째, 폄적지의 외적 조건이 문인들에게 '두려움'을 가져다주는 경우이다.

이는 객관적인지로부터 자신의 존재를 확인하는 인간 인식 과정으로 볼 때, 경험하지 못한 대상에 대한 낯섦과 미지의 존재들에 대한 막연함에서 비롯된다. 따라서 이때 폄적 문인은 그 스스로가 嶺南 등과 같은 '폄적지 그곳에 자신이 있다'라는 자체만으로 두려움을 가지는 것이다. 또 폄적지에 대한 사전 학습 작용이 되어있는 경우에도 불구하고 자신이 그것을 극복할 조건과 수단을 갖추고 있지 않으며, 설사 극복의 필요성을 인식하고 그 수단이나 능력이 부분적이나마 갖추어져 있다고 해도,

그것을 완전히 극복할 수 없다는 한계를 깨닫고 있다면, 두려움은 여전히 존재하게 된다. 따라서 이를 극복하기 위해서는 반드시 어느 정도의 시간과 단계가 필요했다.

본문에서 이러한 경향에 속하는 것은 바로 '편벽하고 척박한 자연환경'과 '기후와 풍토병'의 장이다. 이러한 경향에 표현된 폄적 문인들의 '두려움'은 매우 일차적이며, 즉각적으로 반응하는 특성이 있었다.

둘째, 폄적지 물적 조건의 결핍에서 오는 생존에 대한 위협, 상대적 박탈감과 존재적 인식 등이 '두려움'을 가져다주는 경우이다.

불교에서는 色·聲·香·味·觸의 다섯 가지 감각 대상, 즉 '五境'에 집착하여 야기되는 다섯 종의 욕망을 '五欲'이라 일컫는다. 이로부터 '財欲'·'性欲'·'食欲'·'名譽欲'·'睡眠欲' 등 다섯 가지 욕심이 다시 세속화되어 인간에게 나타난다.

이러한 욕심 중 '食欲'은 조금 특별한 의미가 있는 욕심이다. 하루 세 번의 끼니만을 겨우 챙겨 먹을 수 있는 상황에 이르면, 인간은 심리상 불평과 불안의 마음이 생겨나기 시작하고, 결핍의 정도가 극단적으로 목숨을 위협할 지경에는 이미 욕심이 아니라 생존의 필수적인 요건이 되기 때문이다. 고대 통치자의 폄적이라는 형벌은 바로 폄적된 이를 생활 조건의 결핍까지 내몰아 생존의 본능 속에 허덕이게 자극하였다. 그런데 이러한 본능이 해소된다고 할지라도, 그 해소의 순간 폄적 문인은 훨씬 더 큰 쓰라림을 맛보게 된다. 그것은 가장 기본적인 식욕을 채우기 위해 행동해왔던 구차하고 굴욕적인 자신의 존재를 어느 순간 깨닫기 때문이다. 비록 폄적은 폄적된 문인들을 생물학적으로 직접 죽이지는 않았지만 이처럼 본능에 기대었던 굴욕적인 존재감을 확인시켜 마지막 고결한 모습을 지키고자 한 문인에게 정서상의 사형을 구형하였다.

　문인에게 있어서 '폄적'이란 자신의 전면적인 세계관을 흔들 만큼 매우 고통스럽고도 새로운 경험이며, 그 상황에 처해질 때 문인들은 내심 매우 깊은 복잡한 심경을 가지게 된다. 본 논문의 연구 대상인 '두려움'의 심리양상에는 폄적의 외적 조건에 놓였을 때 자신의 존재를 가장 먼저 확인케 해주는 심리양상이었다. 평범한 인간사회로부터의 이탈 및 격리에서 오는 고립감, 거대한 자연환경의 존재 확인에서 오는 심리의 위축, 특수한 환경의 기후로 인한 인간 생활의 불편함, 지역 풍토병의 공격에 항시적으로 노출되어있는 자기 존재에 대한 무력감, 생존적 본능까지 위협할 물적 조건의 결핍과 그의 존재적 인식에 따른 자괴감 등, 다양한 양태로 나타나는 폄적지에서의 폄적 문인의 이러한 모습은 결국 '두려움'과 다름없었다. 그리고 이러한 '두려움'의 근저에는 폄적 문인 자신의 생명 존재에 대한 위기감이 깔려있었다.

　이러한 생명 존재에 대한 위기감의 근원은 이후 폄적의 외적 조건에서 벗어나 폄적 문인 본인의 내적 공간으로 깊이 들어가게 될 것이다. 본 연구에서는 이어지는 논문에서 이에 관한 연구를 계속 진행하고자 한다.

제2장

貶謫文人의 작품 속 심리양상 고찰, 두 번째: '원망'

1. 들어가며

주지하다시피, '貶謫'[1]은 전체 중국 역사에서 볼 때 결국 이상과 현실
의 충돌과 부조화가 사회제도에 의해 강제되어 역사의 한 질곡으로 남
게 된 특별한 봉건사회의 사회현상 중의 하나지만, 文人 개인의 입장에

---

1   필자는 「貶謫文人의 작품 속 심리양상 고찰Ⅰ: '두려움'」(『中國人文科學』제60집)에서
    "貶은 줄이는 것이다(貶, 損也)" "謫은 벌하는 것이다(謫, 罰也)"라는 『說文解字』의 내용
    을 인용하여, '貶謫'이 관리들이 업무상의 잘못이나 범죄 등의 원인으로 인하여 기존에
    가지고 있는 俸祿을 국가의 이름으로 빼앗고 그 직책을 낮추어 멀리 보내는 것으로, 잘못
    된 것으로 결정된 행위에 대하여 벌하는 것을 의미함을 밝히었다. 또한 이와 더불어 고대
    중국의 '貶謫'은 그 대상을 '官吏'로 하지만, 관직으로의 벼슬길을 나아가는 이들 대부분이
    지식인이었던 '文人'이었다는 점을 고려할 때, '폄적'의 대부분은 실제 문인을 대상으로
    이루어졌음도 동시에 밝히었다. 본 논문은 이러한 前篇의 내용을 이어서 속편으로 작성한
    것이다. 따라서 몇몇 부분에서 前篇의 내용을 2차 자료로 인용함으로써 기존 논지를 견지
    하고자 한다.

서 보자면 정치적인 장에서 高遠한 뜻이 현실에서 실현되지 못함으로부
터 말미암은 운명적 좌절이다.

그 좌절과 함께 낯선 환경으로 내몰린 폄적된 문인들은 폄적지에 덩
그러니 놓인 자신의 마음을 그저 작품 속에 담아낼 수밖에 없었다. 남겨
진 작품 속에서 보이는 그들의 심리는 "본능적이고 일차적 성격을 띠는
'두려움', '슬픔', '분노'의 심리로부터, 소극적인 '비관적', '염세적', '실
망스러움', '애잔함', '처량함' 등의 심리로, 또 이를 뛰어넘는 '달관', '초
탈' 등의 심리까지, 그 나타나는 양상은 매우 다양하였다."[2]

척박한 폄적지의 환경은 어느 순간 그곳에 내몰려온 文人을 생존의
본능으로 옭아매어 '두려움' 속에 떨게 했다. "'두려움'의 심리양상은 폄
적의 외적 조건에 놓였을 때 자신의 존재를 가장 먼저 확인케 해주는 심
리양상으로서 평범한 인간사회로부터의 이탈 및 격리에서 오는 고립감,
거대한 자연환경의 존재 확인에서 오는 심리의 위축, 특수한 환경의 기
후로 인한 인간 생활의 불편함, 지역 풍토병의 공격에 항시적으로 노출
되어있는 자기 존재에 대한 무력감, 생존적 본능까지 위협할 물적 조건
의 결핍과 그의 존재적 인식에 따른 자괴감 등, 다양한 양태로 나타나는
폄적지에서의 폄적 문인의 이러한 모습은 결국 '두려움'의 다름 아니었
다. 그리고 이러한 '두려움'의 근저에는 폄적 문인 자신의 생명 존재에
대한 위기감이 깔려 있었다."[3]

위기감의 근저에서 나온 본능적이고 일차적 성격을 띠었던 심리양상

---

2   李鍾武, 「貶謫文人의 작품 속 심리양상 고찰 I : '두려움'」, 『中國人文科學』第60輯, 2015,
     p.303.
3   李鍾武, 「貶謫文人의 작품 속 심리양상 고찰 I : '두려움'」, 『中國人文科學』第60輯, 2015,
     p.304.

인 두려움이 점차 극복되어가는 순간, 그에겐 이제 두려움보다 훨씬 크고 차가운 고통이 밀물처럼 밀려온다. 그것은 바로 폄적 되어있는 현실 그 자체에 대한 刻印과 그 현재를 만들어낸 원인에 대한 '怨望'이다.

그런데 이러한 심리양상에 관한 또 한 번의 본문에 들어가기 전, 우선 심리양상에 대한 올바른 개념 규정을 하지 않을 수 없다. 왜냐하면 인간 심리양상의 묘사에는 매우 중차대한 난관이 있음을 관련 고찰과정에서 지속적으로 확인할 수 있었기 때문이다. 이는 바로 인류가 만든 문자가 과연 그 심리양상을 제대로 대표할 수 있을 것인가 라는 의문에서 비롯된다. 특히 表意文字로서의 漢字는 그 의미의 층을 쉽게 관통할 수 없을 만큼 다양하고도 미묘함을 지닌다. 지난 논문에 이어 이번 논문을 집필하면서 다시 한번 심리양상에 대해 조심스러운 접근을 하고 있지만, 그 감정을 대표하거나 범주화시킬 수 있는 글자가 과연 어떤 글자인가에 대한 고민에 빠지지 않을 수 없다. 특히 '두려움'의 심리에 대한 개념을 정리한 이후, '怨望' 혹은 '怨', 또는 '憤怒' 등 상대적 공격성과 부정적인 감정의 심리양상을 포괄할 수 있는 개념에는 어떤 것이 존재할 것인가에 대해 쉽게 결론을 내리지 못할 상황에 빠져들 정도이다. 왜냐하면 사실 이들 간에는 그 개념의 경계를 쉽게 긋지 못할 만큼 미묘한 의미적 정서적 차이가 존재하기 때문이다. 그것은 아마도 인간의 심리양상이란 것 또한 살아있는 생명체의 한 부분이기에, 섬세하고도 박약하면서도 그 어떤 것보다도 다층적이고도 복합적인 모습을 보이고 있기 때문인 듯하다.

우선 문헌에 나오는 한자의 개념으로부터 다시 시작해본다.

『說文解字』에 이르길, "'忿은 근심스러워하는 것이다(忿, 懣也)', '懣은 성내는 것이다(懣, 忿也)', '恚는 한하는 것이다(恚, 恨也)', '怨은 성내는 것이다(怨, 恚也)' '憤은 번민하는 것이다(憤, 懣也)', '憎은 미워하는 것이다(憎, 惡

也', '恨은 怨하는 것이다(恨, 怨也)'"[4]라 하였다. 이들 글자는 『說文解字』 '心部'에 연속적으로 나열되어 있는 글자로서, 대부분 심리의 불안정, 불만, 미움, 싫어함 등의 의미를 표현하고 있다. 하지만 지금 예로 든 몇 가지 글자에서 알 수 있듯이, 이들 간의 개념적 차이는 매우 밀접, 유사하거나 혹은 서로가 서로를 해석하는 상호보완적 관계이다. '근심스러워한다', '성내다', '한하다', '원망하다', '미워하다'. 실제 이들은 하나의 개념이 하나의 개념을 단순히 포괄하거나 복속하기에는 매우 힘든 경계를 가지고 있다. 설령 그 경계를 임의로 정한다고 할지라도 그것은 아마도 단순한 문자의 서열 정해기에 그칠 따름이다. 이러한 까닭에 이번 논문에서는 이들 심리양상을 하나의 심리 범주로 묶어 전체 논문을 전개하고자 한다. 그 심리 범주는 바로 '怨望'의 심리 범주이다.[5]

貶謫의 조건에서 '원망'은 매우 복합적인 것으로부터 비롯한다. 자기

---

4   (漢)許愼, 『說文解字』卷十下, 中華書局, 1998, p.221.

5   『漢語大詞典』은 '怨望'을 '怨恨', '不滿'으로 정의하고, '怨'을 '仇恨'으로 정의한다. 이 역시 매우 상호의존적 개념 규정이다. 다음으로 한국의 국어사전에서 유사 의미들을 하나씩 색인해보면, "불평(不平): 마음에 들지 아니하여 못마땅하게 여김. 또는 못마땅한 것을 말이나 행동으로 드러냄. 분노(憤怒): 분개하여 몹시 성을 냄. 또는 그렇게 내는 성. 비분(悲憤): 슬프고 분함. 우울(憂鬱): 근심스럽거나 답답하여 활기가 없음. 초조(焦燥): 애가 타서 마음이 조마조마함. 애상(哀傷): 슬퍼하거나 가슴 아파함. 원한(怨恨): 억울하고 원통한 일을 당하여 응어리진 마음. 한(恨): 몹시 원망스럽고 억울하거나 안타깝고 슬퍼 응어리진 마음. 애잔하다: 애처롭고 애틋하다. 상실(喪失): 어떤 것이 아주 없어지거나 사라짐." 등이다. 그런데 '투사(投射)'의 심리적 용어를 정의하길, "자신의 성격, 감정, 행동 따위를 스스로 납득할 수 없거나 만족할 수 없는 욕구를 가지고 있을 경우에 그것을 다른 것의 탓으로 돌림으로써 자신은 그렇지 아니하다고 생각하는 일. 또는 그런 방어 기제. 자신을 정당화하는 무의식적인 마음의 작용을 이른다."라고 정의한다. 이는 매우 종합적인 개념 규정으로 어쩌면 본 논문 전체의 심리양상을 하나의 범주로 포괄할 수도 있다는 생각이 들었으나, '원망(怨望)'의 심리양상 범주가 더욱 일반적이며 해석성과 용이성이 높은 까닭에, '원망'의 심리양상 범주로써 이들 심리양상을 대표하도록 한다. 따라서 본 논문에서 표시되는 '원망'은 '원망'의 단일개념이 아니라, 유사성과 주변성을 가진 포괄적 개념임을 밝혀둔다.

뜻을 절대 통치자가 알아주지 못한 것에서 비롯한 원망, 거짓된 사실로 해코지당해 悲憤함에서 오는 원망, 자신을 거짓된 사실로 헐뜯고 중상모략한 이들에 대한 직접적인 원망 등 다양한 원망의 심리와 양태가 어떤 경우는 아주 거칠게, 또 어떤 경우는 마음 저 깊은 아래로부터 무겁고 싸늘하게 드리워진다. 하지만 이 '원망'의 심리에서 가장 먼저 전제해야 할 것은 이러한 심리가 결코 단순한 사실과 인물을 향한 일방의 비난이나 불평이라는 의미로서만 해석되어서는 안 되며, 바로 극단의 조건으로 내몰려 쓰러져가던 스스로가 살아있는 생명임을 느끼기 위한 마지막 호흡이었다는 관점에서 접근해야만 한다는 점이다.

본 논문에서는 폄적이라는 극단적 상황에 놓였던 고대 폄적 문인들이 폄적지에서 당시의 영혼을 녹여 창작한 작품들을 고찰하면서, 그 작품들 속에 스며들어있던 문인의 다양한 심리양상을 한층 더 깊이 고찰해보고자 한다. 그중 이번 연구에서는 지난 연구를 이어 심리양상 중 '원망'의 심리양상에 대하여 주목해보고자 한다.

2. '원망' 하나: 우울, 초조, 비분, 격정, 죽음

중국 폄적의 역사에서 떨리던 생명의 마지막 호흡소리를 지금까지 느끼게 하는 이를 떠올리자면 단연코 戰國時代의 屈原을 먼저 손꼽을 수 있다. 생명의 호흡으로서 '원망'은 굴원의 작품 속에서 놀랍게도 예술형상 매개로서 작용하였다. 그는 전국시대 合縱說과 連橫說의 대립 속에 楚 懷王와 중신들에 의해 沅과 湘 땅으로 폄적된 뒤, 가슴 속 울분과 근심을 작품 속에 알알이 새겨놓았다. 是非를 제대로 가리지 못하는 절대자에 대한 원망, 사악한 이들이 바른 이들을 해치는 것에 대한 원망, 자신의 신의를 의심받고 역으로 비난당하는 억울함에 대한 원망, 자신의 바른 뜻을 알아주지 않는 것에 대한 원망. 굴원은 바로 이들 원망으로부터 비분하였다.

司馬遷은 굴원이 이러한 원망의 심리 속에 「離騷」를 적을 수밖에 없었던 까닭을 「列傳」에 기록하고 있다.

> 굴원은 왕이 한쪽 말만 듣고 시비를 가리지 못하는 것과 아첨하는 무리가 왕의 총명을 가로막는 것과 사악하고 비뚤어진 무리가 공명정대한 사람을 해치는 것과, 단정하고 정직한 사람을 받아들이지 않는 것을 괴로워하였다. 그리하여 우수와 근심으로 인하여 '이소'를 썼다. '이소'는 근심스러운 일을 만났음을 말한다. …… 신의를 지켰으나 의심을 받았고, 충성을 바쳤으나 비방을 당하니, 어찌 원망스럽지 않겠는가? 굴원이 지은 '이소'는 본디 이런 원망으로부터 이루어진 것이다.[6]

비록 이후 사마천의 붓을 통해서 전해진 것이지만, 「離騷」가 천고의 절창으로 남겨진 까닭은 결국 단순히 폄적에 기인한 굴원의 불편한 감정만으로 해석되어진 것에 머물지 않았기 때문일 것이다. 하지만 원망의 마음이 그의 창작의 도화선이 되었음을 누구도 부정할 수 없다. 과연 그의 내면은 어떠한 심리상태로 점철되어 있었을 것인가? 이는 그의 작품 속에 담겨져 있는 '원망'의 심리양상을 살펴보는 것에서부터 시작해야할 것이다.

굴원의 '원망'의 심리는 「離騷」, 「九章」 등 『楚辭』 작품들에서 각각

---

6   (漢)司馬遷, 「屈原賈生列傳」24 『史記』卷84: "屈平疾王聽之不聰也, 讒諂之蔽明也, 邪曲之害公也, 方正之不容也, 故憂愁幽思而作離騷. 離騷者, 猶離憂也. …… 信而見疑, 忠而被謗, 能無怨乎? 屈平之作離騷, 蓋自怨生也."

그 무늬를 달리하며 표현되고 있다. 또한 그 표현양상은 매 작품이 창작될 때마다 다양한 형태와 깊이로 조금씩 변해가고 있음을 알 수 있다.

가장 먼저 보이는 그의 '원망'은 바로 '우울함'에서 시작된다. 「이소」에 그려진 그의 우울함을 한 번 살펴본다.

忳鬱邑余侘傺兮,	근심하고 고민하여 실의에 차 있으니,
吾獨窮困乎此時也.	나만 홀로 이 세상에서 괴로워하네.
......	
屈心而抑志兮,	마음을 굽히고 뜻을 억누르며
忍尤而攘詬.	잘못을 참고 욕됨을 견디네.
......	
曾歔欷余鬱邑兮,	거듭 흐느끼고 가슴 메이니
哀朕時之不當.	내가 때를 만나지 못함을 슬퍼하노라.

다른 어떠한 원망보다도 詩語 하나하나에 진하게 맺혀져 있는 그의 우울함은 그가 초 회왕으로부터 멀어지고 난 뒤 느끼는 원망의 상태를 가장 대표한다고 할 수 있다. 흔히 분노는 오직 표출을 통해서만 해소될 수 있는 감정이고, 극단적인 상태에서만 경험되며, 소극적인 표출인 우울함은 차라리 분노의 출현을 방해한다고 여기는 것은 잘못된 생각인지도 모른다. 왜냐하면 그의 다른 작품들에서는 이러한 우울함으로부터 시작된 그의 심리상태가 단순한 우울함에서 머물지 않고 스스로를 더욱 깊은 심연으로 빠져들게 만들어 더 이상 빠져나오지 못할 지경에 이르게 하고 있어, 결국 우울함의 심리적 정서가 지속적으로 이어져, 곧이어 나타날 심리적 폭발에 대한 전조로 작용하고 있다고 볼 수 있기 때문이다.

「惜誦」[7]에 나타난 그의 심리는 이제 분노가 가슴속에 내향화되어 잠재되어버린 우울함을 넘어서 새로운 양상으로 나타난다.

所非忠而言之兮,	충심이 아닌 바를 말하였다면,
指蒼天以爲正.	푸른 하늘을 가리켜 증거 삼으리니.
……	
忘儇媚以背衆兮,	능숙하게 아첨하는 것을 잊고 무리를 등졌으니,
待明君其知之.	현명한 왕이 알아주시기만을 기다리노라.
……	
忠何罪以遇罰兮,	충성스러운 사람이 무슨 죄로 벌을 받아야 하나,
亦非余心之所志.	이 또한 내가 생각했던 바가 아니네.
……	
情沉抑而不達兮,	심정은 울적하나 감정을 토로할 수 없고,
又蔽而莫之白也.	생각에 억눌려 말을 표현하기 어렵네.
心鬱邑余佗傺兮,	마음은 우울하여 실의에 차 있어도,
又莫察余之中情.	내 마음속 심정 알아줄 사람 없구나.
固煩言不可結而詒兮,	본래 말이 글로 표현하기 얼마나 어려운가,
願陳志而無路.	내 뜻을 적어내고 싶으나 방법이 없구나.
退靜默而莫余知兮,	물러나 조용히 침묵하고 있어도 나를 알아주는 이 없고,
進呼號又莫吾聞.	나아가 크게 외쳐도 내 말을 듣는 이 없네.
申佗傺之煩惑兮,	참으로 마음속의 번민을 풀 수 없으니,
中悶瞀之忳忳.	고뇌와 심란함으로 근심하며 비통해하네.

스스로를 가엾게 여기어 이 노래를 불렀으나, 언어의 틀은 너무나 유한하여 차마 넘쳐 오르는 울분을 다 담아내지 못하고, 설령 큰 소리로 외쳐본들 그 어느 누구도 자신에게 귀를 기울이지 않는다. 더 나아가 그의 우울함은 이제 비통함에 이르렀고, 심지어 가슴이 찢어지는 듯한 고통까지 느낀다고 하였다.

---

7 「九章·惜誦」篇.

背膺胖以交痛兮,　　가슴과 등이 갈라지는 듯 고통스럽고,
心鬱結而紆軫.　　　마음은 울분이 사무쳐 고통스럽게 묶여있네.

'우울함' → '실의에 빠져 침묵과 절규'→'비통함'. 이제 굴원의 원망은 단계적으로 심화되고 있다. 하지만 안타깝게도 원망의 심리상태에는 여기에서 또 멈추지 않는다. 「涉江」은 또 다른 양상으로 확대되어 가는 그의 심리를 그려내고 있다.

入溆浦余儃佪兮,　　서포현에 들어선 뒤 머뭇거리며 가지 않고,
迷不知吾所如.　　　멍하니 어디로 가야 할지를 모르네.

침묵과 절규로써 비통함을 지나 그는 찢어지는 고통 속에서 또 마음을 멍하게 하여, 정신적인 공백 상태까지 이르게 되었다. 이제는 더 나아가 삶에 대한 흥미까지 완전히 잃어버리는 지경까지 이르러, 그 고통 속에 자신을 내팽개쳐 놓아버리려 한다.

哀吾生之無樂兮,　　내 삶이 조금도 즐거움이 없음을 애달파하며,
幽獨處乎山中.　　　외롭게 산중에 머물고 있구나.
吾不能變心而從俗兮　나 스스로 변심하여 속됨을 쫓을 수 없으니,
固將愁苦而終窮.　　근심하고 고뇌하다 끝내 궁하리라.

스스로 가야 할 길은 너무 아득하고, 그 아득함은 마음속 깊은 곳에서 끊이지 않는 비통함에서 기인한다.

자기 몸이 郢땅에 있든 다른 곳에 있든, 가야 할 길을 찾지 못하는 까닭은 마음속 길이 더 길고 아득하기 때문인지도 모른다. 「哀郢」는 그 아득한 마음의 길을 그리고 있다.

心禪媛而傷懷兮,　　마음속으로 근심하며 비통해하고,
眇不知其所跖.　　눈앞이 까마득하여 어디에 발을 디딜지 모르겠구나.

　발 디딜 곳 없이 까마득한 눈앞처럼 시인의 마음은 참으로 풀리지 않는 원망의 매듭으로 가득한 듯하다.

心絓結而不解兮,　　마음속 울분이 걸려 풀리지 않고,
思蹇産而不釋.　　깊은 걱정에 마음이 편안해지지 않네.
……
登大墳以遠望兮,　　물가 큰 언덕에 올라 멀리 바라보며,
聊以舒吾憂心.　　잠시 내 근심을 편안히 해보는구나.
哀州土之平樂兮,　　애달프구나. 이 땅이 이처럼 편안함이,
悲江介之遺風.　　슬프구나, 강가의 남겨진 유풍이.

　어쩌면 세상과 높이가 다른 높은 곳에 가서 모든 것을 다 놓아버리고, 자신의 마음을 다스리며 편안히 살고자 하였으나, 그는 어쩔 수 없이 또다시 번민 속에 빠져든다.

慘鬱鬱而不通兮,　　우울함에 마음이 편해지지 않고,
蹇侘傺而含戚.　　실의에 차 불안하고 마음이 아프구나.

　「哀郢」에 사용된 '心禪媛', '心絓結', '憂心'의 시어들은 침통한 심정을 그대로 그려내고자 빌려온 말들인데, 그 글자 그대로 곧 고통스럽고 비분함에 억눌려 있는 시인의 마음을 보여주고 있다. 그는 다시 「抽思」에서 시를 읊조리는 중에 넋이 나간 듯 스스로 느껴지는 마음의 고뇌를 그대로 종이 위에 적어보기도 하였다.

心鬱鬱之憂思兮,	마음속에 맺히어 끝없이 근심스러워,
獨永嘆乎增傷.	홀로 길게 탄식하니 더욱더 마음이 아프네.
思蹇産而不釋兮,	깊은 걱정에 마음은 편안해지지 않고,
曼遭夜之方長.	망망한 어두운 밤은 얼마나 길든가.
悲秋風之動容兮,	슬퍼하노라 가을바람의 표정을,
何回極之浮浮!	어찌 천극의 운행이 이토록 빠른가!

그는 이성적으로는 어서 빨리 이 고통스러움과 번민에서 벗어나고 싶지만, 마음 저 깊은 곳에 있는 울분은 더욱 깊이 시인을 조여만 오는 듯하다.

煩冤瞀容,	마음이 근심스럽고 우울하며 초조하고 불안하구나.
實沛徂兮.	실로 물을 쫓아가고 싶구나.
愁嘆苦神,	근심스럽게 탄식하니 정신이 고되구나.
靈遙思兮.	마음속에서 또 멀리 있는 곳을 그리워하네.

늘 근심스럽고 초조함이 가득한 시인은 결국 먼 곳에 대한 '그리움'으로 마음의 탈출구로 삼기도 하였다. 「思美人」[8]에서 그려진 그리움은 그의 원망이 조금이나마 기대어 쉴 수 있는 쉼터였다.

蹇蹇之煩冤兮,	충직히 바른말을 하니 근심과 원망이 생기고,
陷滯而不發.	번민 속에 깊이 빠져 마음을 나타내지 못하네.
申旦以舒中情兮,	마음속 감정을 자세히 밝히려 하지만,
志沈菀而莫達.	마음은 울적하고 억눌려 표현하기 어렵구나.

8　宋代 洪興祖는 『楚辭補注』에서 「思美人」·「惜往日」·「橘松」·「悲回風」 네 편이 屈原의 작품이 아니라고 여겼다. 明代의 詐學夷 등 후대인 학자들 역시 이와 유사한 견해를 주장하였고, 학계에서는 통설로 여겨지기도 한다. 하지만 본 논문에서 문헌적 진위에 대한 논의를 잠시 거두고, 작품 내용으로만 접근함을 알려둔다.

시인은 시구 중 반복해서 자신의 마음이 비록 우울하고 막혀있음에
도, 결국 스스로가 이 얽혀있는 마음에서 벗어날 수 없음을 토로한다.
도대체 그에게 있어 진정한 탈출구는 어디인가?

獨歷年而離愍兮,　홀로 여러 해 동안 우환을 겪으며 떠나고 근심하면서,
羌馮心猶未化.　　분하고 억울한 마음은 끝내 풀어지지 못하네.

마음 깊은 아래까지 얽혀진 원망과 억울함이 가득했기 때문일까, 결
국 그 얽혀진 원망의 마음을 제대로 풀어내지 못하고, 그는 마지막으로
汨羅水에 몸을 던졌다. 몸을 던지기 전 직전에 붓을 댄「懷沙」에서는 그
때까지 응어리져 마음속에 검게 타버린 그의 마음을 쉽게 엿볼 수 있다.

傷懷永哀兮,　　상심하여 늘 애달파하다가,
汩徂南土.　　　서둘러 남쪽 땅에 닿았네.
眴兮杳杳,　　　멀리 내다보니,
孔靜幽默.　　　차마 못 견딜 고요함뿐이네.
鬱結紆軫兮,　　답답하고 울적한 마음,
離愍而長鞠.　　시름에 겨우니 못내 괴롭네.

汨羅水를 바라보던 그의 원망의 마음은 세상과 자신에 대한 끈을 끝
내 놓을 준비를 한다. 그가 그토록 믿어왔던 진실은 세상에 더 이상 존
재하지 않기 때문이다.

刓方以爲圓兮,　모난 나무를 깎아 둥글게 하려 하나,
常度未替.　　　불변의 법도는 바꿀 수 없는 법.
……
曾唫恒悲兮,　　더욱더 슬픈 심정을 읊노라면,
永慨嘆兮.　　　탄식만이 길어지도다.

世旣莫吾知兮,	세상이 나를 알아주지 않는데,
人心不可謂兮.	누구와 마음을 같이 나누겠는가?
懷質抱青,	충정과 고결함을 지녔어도,
獨無匹兮.	이토록 벗이 없구나.

그의 원망은 이제 마지막을 준비한다. 자신과 결국 함께하지 못하는 세상에 대한 마지막 분노 속에 이제 원망을 뛰어넘어 돌아오지 못한 길을 향해 떠나간 것이다.

曾傷愛哀,	쌓이는 애통함은 애처로워,
永歎喟兮.	탄식만이 길어지도다.
世溷濁莫吾知,	세상이 혼탁하여 알아주지 않으니,
人心不可謂兮.	누구와 마음을 같이 나눌 수 있을까?
知死不可讓,	죽음은 피할 수 없는 것임을 아는 까닭에,
愿勿愛兮.	무엇을 안타까워하리오!

司馬遷은 『史記·屈原列傳』에서 "이에 「懷沙」賦를 짓고⋯그리하여 바위를 품고 마침내 멱라강에 빠져서 죽었다."[9]라고 적었다. 이러한 기록에 근거할 때, 이 작품의 창작시기는 대략 汨羅江에 몸을 던지기 전으로 추정된다. '懷沙'의 함의에 대해서는 대략 '모래와 자갈'을 안고 스스로 물에 빠졌다는 의미를 가지기도 하고 '長沙를 그리워하다(懷念)'[10]라는 의미가 있기도 하다. 그는 아마도 그리움이 사무쳤던 것인지도 모른다. 여기에서 그리움은 분명 자신을 알아주지 않는 어리석은 초 회왕에 대한

---

9 (漢)司馬遷, 「屈原賈生列傳」二十四 『史記』卷八十四: "乃作懷沙之賦⋯⋯於是懷石遂自汨羅以死."

10 (淸)蔣驥, 『山帶閣註楚辭』, 上海古籍出版社, 1984, p.129: "曰懷沙者, 蓋寓懷其地, 欲往而就死焉耳."

그리움이 아닌, 아름다웠던 옛 시간에 대한 그리움일 것이다. 굴원에게 있어, 그 시간으로 돌아간다는 것은 온전한 자신을 다시 찾음을 이야기하는 것이다. 꼬이고 얽혀있던 그 원망의 끝은 마침내 이제 다시 자신에게 돌아온 것이다. 폄적된 자신의 처지에 대한 아픈 마음을 우울함과 번민으로, 다시 실의에 빠져 침묵하거나 절규하기도 하였으며, 비통해하기도 했던 그는 끝내 그 원망의 마지막 자락이 자신에게 돌아왔을 때, 스스로 몸을 던지고 말았다.

흔히 우울함, 초조함, 두려움, 슬픔, 불면, 울부짖음, 격정 등의 심리양상들은 일반적인 사람들에게서도 흔히 발생하는 것이다. 하지만 굴원에게 있어 원망의 마음과 그로부터 시작된 죽음은 바로 고대 정치개혁자의 비극이며, 더 나아가 봉건 초기에 충신들이 절개를 위해 힘들게 목숨을 버린 것이기 때문에, 여기에 흔한 세간의 잣대를 세울 수는 없을 것이다. "자살은 자기 증오의 궁극적인 방편이다"[11]라고도 한다. 하지만 비록 자살이 자기 증오의 방편이라 할지라도, 이는 개인의 심리적 이유와 사회적 배경과 상황 등 내외적 요건이 결합하였을 때만이 비로소 현실로 나타나는 것이다. 그래서 孫安琴은 이에 대하여, "굴원 비극의 근원은 바로 그 생존환경의 위험과 잔인함 및 자아의 '忠', '潔'이다. '忠'은 王權정치에 대한 執著이며, '潔'은 모순과 대립 중 자기 인격에 대한 지조와 성품에 있다."[12]라고 당시 정치 환경의 구조적 한계와 자신의 내재적인 지조와 성품으로부터 원망과 죽음의 원인을 찾기도 하였다.

「이소」에서 「구장」까지에서 나타난 굴원의 '원망'의 심리양상은 사실

---

11 Theodore Isaac Rubin, 안정효 역, 『절망이 아닌 선택(Compassion and Self-hate)』, 나무생각, 2016, p.85.

12 孫安琴, 『唐詩與政治』, 上海人民出版社, 2003, p.34.

부단히 복합적이고 변화무쌍함을 보인다. 변화의 추세로만 본다면, 점차 악화일로의 길로만 가고 있는듯하다. 천고의 절창인 「이소」가 그의 정신적인 지향과 추구를 보여주었다면, 「구장」에서는 상대적으로 점차 다른 모습으로 변모해가는 원망의 마음을 그려내었다고 평할 수 있다. 하지만 무엇보다도 중요한 것은 이러한 그의 원망이 후대 폄적인들이 담고 있는 수많은 결의 원망의 심리를 모두 다 품고 있는듯하다는 것이다. 어둠과 무거움에 억눌려 있는 우울과 번민의 원망이든, 울부짖음과 피를 토해내는 비분 속의 원망이든, 후대 폄적인들은 어쩌면 더 이상 굴원의 원망을 넘어서지 못했을지도 모른다.

3. '원망' 둘: 애잔한 고통과 무겁게 억눌린 비분

폄적 문인들의 작품 속 원망의 심리는 그 원인과 대상, 정도와 성격에 따라 아주 다양한 양상으로 나타났다. 혹은 거칠게 혹은 잔잔하게 혹은 거대하게. 그 원망의 심리를 떨리는 '悲憤'과 '죽음'으로 그려낸 이가 만약 굴원이라면, 唐代 劉長卿(대략726-786)은 그 원망의 심리를 '애잔함'으로 그려내었다 할 수 있다.

> 巴嶠南行遠, 파령 남으로 가는 길은 멀기만 하고,
> 長江萬里隨. 장강은 만 리를 따라 흐르네.
> 不才甘謫去, 재주 없어 폄적됨을 달가워하지만,
> 流水亦何之. 흐르는 물은 또 어디로 가는가.
> 地遠明君棄, 땅은 멀기만 하니 성군이 버리셨고,
> 天高酷吏欺. 하늘은 높아 酷吏가 업신여기누나.
> 靑山獨往路, 푸른 산에 홀로 길을 떠나보니,

芳草未歸時. 향기로운 풀은 아직 돌아갈 때가 아니네.

流落還相見, 이렇게 떠돌다 다시 만나면,

悲歡話所思. 슬프고 기뻐하며 그리움을 말하리.

猜嫌傷薏苡, 율무를 다칠까 의심하여,

愁暮向江蘺. 저녁을 걱정하며 강리 쪽으로 향했지.

柳色迎高塢, 버들 빛 높은 둔둑을 마주하고,

荷衣照下帷. 연잎으로 만든 옷 내려진 장막을 비추더군.

水雲初起重, 안개는 처음 짙게 일어나고,

暮鳥遠來遲. 저녁 새는 멀리서 늦게 돌아오네.

白首看長劍, 하얗게 센 머리로 긴 검을 보고 있자니,

滄洲寄釣絲. 滄洲에서 낚시의 삶 기탁하네.

沙鷗驚小吏, 물새는 관리를 보고 놀라고,

湖月上高枝. 호수 달은 높은 가지 위에 걸려있네.

稚子能吳語, 아이들은 吳땅 말을 할 수 있고,

新文怨楚辭. 새로 지은 글은 초사를 원망하네.

憐君不得意, 군주를 사랑한들 어쩔 수 없으니,

川谷自逶迤. 개울물만 스스로 굽이굽이 흐르네.[13]

唐 肅宗 至德 3년(758), 劉長卿은 蘇州 長洲尉에서 潘州 南巴尉로 폄적되었다. 시인은 자신의 가슴속 맺혀있는 슬픔을 떼어내어 이 스물넷 구의 시로 기록한 듯하다.

작품 전체는 슬픔과 한탄의 정이 가득하여, 비록 시인이 폄적지 이곳저곳을 떠돌며 자연을 노래한 듯하지만, 그 걸음은 감추어진 자신의 마음만큼 무겁기만 하다.

시인의 눈 속에 비치는 작은 경물들은 마치 화폭 속에 그려진 한 폭의 산수화처럼 아름답기는 하지만 숨 쉬고 생동적으로 움직이기보다는

13　(唐)劉長卿, 楊世明 校注, 「初貶南巴至鄱陽, 題李嘉祐江亭」, 『劉長卿集編年校注』, 人民文學出版社, 1999, p.206.

마치 죽어있는 인형을 보는 듯 미동도 없이 정지되어있다. 이는 이곳 폄
적지에 서 있는 시인의 마음이 자연과 함께하기보다 경직되어 있고, 그
굳어진 마음속이 원망으로 가득 차 있기 때문이다. 다만 특이한 것은 셋
째 구에서 시인은 스스로 재주가 없기에 폄적되어온 것을 달가워한다고
말하고 있다. 이는 마치 폄적으로 비롯한 그 어떤 원망의 마음도 시인은
마음속에 담고 있지 않은 듯 말하고 있는듯하지만, 이어지는 다섯째 구,
여섯째 구의 '棄'와 '欺'라는 두 시어는 그 내심에 담겨있는 원망의 싹을
완전히 감출 수 없음을 방증해주고 있다.

자기 몸이 묶여있는 이곳을 벗어나고자 길을 떠나보지만, 얼마 지나
지 않아 '芳草'가 돌아갈 때가 아님을 말하며, 스스로 마음을 내려두어
버리고 마는 것이다.

劉長卿은 王維, 劉禹錫과 함께 山水를 그려내는 자연 시인으로 알려
져 있다. 하지만 이 시에 나타나는 그의 자연, 그의 산수는 마냥 푸르고
아름답지만은 않다. 철저히 고립되어 버려진 시인을 그 누구도 상관치
않는데, 폄적지에 있는 이 산수들도 그 모습 그대로 그저 우두커니 서
있다. 시인은 산수와 그 속에 없는 듯 있는 자신을 대비시켜, 스스로 상
실의 슬픔이 적지 않음을 조용히 흐느끼고 있다. 하지만 그는 땅을 치며
비분강개하지 않는다. 그저 그 원망의 마음을 꾹꾹 눌러 마냥 슬퍼하고
가슴을 찢을 뿐이다.

이러한 劉長卿의 원망은 그 모습만으로는 분명 屈原의 그것과는 다르
다. 이는 시인이 겪고 있는 아픔과 분노, 슬픔의 차이에서 비롯되기도
하고, 살아온 인생의 역정과도 관련이 있다. 아득한 남방의 폄적지에서
한 해를 지낸 뒤, 시인의 마음은 또 어떻게 될까.

鄕心新歲切,　고향을 그리는 마음 새해 되니 더 간절하여,
天畔獨潸然.　하늘 끝에서 홀로 눈물만 흘리네.
老至居人下,　늘그막에 아직도 남의 밑에 있는데,
春歸在客先.　나그네에 앞서서 봄이 돌아왔구나.
嶺猿同旦暮,　산중의 원숭이는 늘 밤낮을 함께 하고,
江柳共風煙.　강가의 버들은 바람과 안개를 함께 하네.
已似長沙傅,　이미 長沙의 太傅와 같아졌으니,
從今又幾年.　지금부터 또 몇 년이나 버티려나.[14]

　　폄적지에서 새해를 맞이하는 감회를 적은 이 시는 새해에 대한 벅참
보다 외딴 폄적지에 있는 자기의 신세에 대한 한탄으로, 앞에서 살펴본
「初貶南巴至鄱陽, 題李嘉祐江亭」시 마냥 한 구 한 구가 역시 무겁게 다
가온다. 唐代 長沙 이남 지역은 매우 황량하였고, 嶺南의 潘州 일대는
그 어려움이 더더욱 심했다. 시인은 아름답고 넉넉했던 江南 蘇州에서
황량하고 구석진 潘州로 폄적되어 왔으니, 비분으로 가득 차고 굴욕으로
얼룩진 그 마음은 말하지 않아도 알 수 있다. 산중의 원숭이, 강가의 버
들, 바람과 안개는 이곳 폄적지에서 그와 함께하는 자연이지만, 실은 이
모두가 먼 곳으로 쫓겨난 시인 그 자신이다. 그는 마지막 尾聯에서 자신
을 賈誼에 빗대며 그곳에서 보낼 시간을 헤아리며 마음 깊은 곳에 맺혀
있는 폄적에 대한 잔잔한 원망의 마음을 뱉어내고 있다.
　　劉長卿은 무엇 때문에 이번 폄적의 길로 들어서게 되었는가? 獨孤及
의 序와 『唐才子傳』에 기록된 그의 성품을 통해 그 까닭을 대략 짐작할
수 있다.

14　(唐)劉長卿, 楊世明 校注, 「新年作」 『劉長卿集編年校注』, 人民文學出版社, 1999, p.222.

이전에 그대는 이곳에서 尉를 할 때, 행실을 대쪽처럼 하였고, 다스림을
준엄하게 하여, 기강이 문란하지 않고, 관리들이 기만하지 않도록 할 수 있
었소. 무릇 행실이 대쪽 같으면 어울려도 함부로 하지 못하고, 다스림이 준
엄하면 物産이 순탄치 않으니, 고로 공적이 기록되지 않고 비방하게 되지.
곳간을 두껍게 해두던 무리는 당연히 트집을 잡아 모함할 것이니, 그대는
이 때문에 결국 폄적되어 南巴尉가 된 것이오.[15]

獨孤及의「送長洲劉少府貶南巴使牒留洪州序」따르면 그는 원칙을 중
시하고, 부도덕함을 멀리하던 전형적인 선비의 성품으로, 자존심이 매우
강하고 강직하며 간혹 오만하다는 오해도 받을 수 있는 성격이었다.『唐
才子傳』에 기록된 그에 관한 서술 역시 獨孤及의 생각과 크게 다르지
않다.

　　長卿의 깨끗한 재능은 세상에서 으뜸으로 천박한 세속을 자못 업신여겼
　　다. 성격이 강직하여 권문세가에 많이 거슬렸으며, 두 차례에 걸쳐 貶謫 당
　　하였으니 사람들이 다 그를 애통해하였다.[16]

따라서 屈原과 마찬가지로 그는 소인배들의 헐뜯음과 모략의 대상으
로 되기 쉬웠으며, 이로 인해 폄적의 길로 들어서게 되었음을 쉽게 짐작
알 수 있다. 굴원과 다르지 않은 이유로 폄적된 그였기에 그의 내심 역
시 비분으로 얽혀있을 것이다. 하지만, 정작 유장경은 굴원의「이소」와
같이 원망의 마음을 거칠게 쏟아부어 내지는 않았다. 그는 단지 슬퍼하

15 (唐)獨孤及,「送長洲劉少府貶南巴使牒留洪州序」,『全唐文』卷三百八十七: "曩子之尉於是
邦也, 傲其蹟而峻其政, 能使綱不紊, 吏不欺, 夫蹟傲則合不苟, 政峻則物忤, 故績未書也, 而
謗及之. 臧倉之徒得騁其媒孽, 子於是竟謫爲南巴尉."
16 (元)辛文房 撰, 傅璇琮 主編,『唐才子傳』卷二,『校箋』第一冊, 中華書局, 2000, p.323:
"長卿清才冠世, 頗凌浮俗, 性剛多忤權門, 故兩逢遷斥, 一悉冤之."

고 가슴 아파했을 뿐이다. 그 슬픔에 가슴이 찢어졌지만 단지 흐느꼈을 뿐이다. 이 때문에 유장경은 자신의 시를 스스로 평가하길, "哀傷이 있으면서도 원망함이 없어 風雅를 발휘하기에 족한 것으로 여기었다."[17] 하지만 설사 그 스스로가 원망치 않으며 단지 슬프고 아플 뿐이라고 말하였으나, 이러한 그의 哀傷 역시 결국 응어리진 원망이 억눌리고 억눌리다 애잔하게 흘러나온 것과 다름없기에, 그의 내심을 토로한 작품 속에는 스스로 말과 달리 내심 원망의 심리가 자욱이 담기지 않았을 리 없다. 그리고 내심 그 깊은 곳에 담겨있던 원망도 결국 조금씩 애잔함으로 밖으로 배어 나올 뿐이다.

절규하는 비통함보다 애잔함이 더욱 아프게 다가오는 劉長卿의 원망과 달리, 屈原의 모습을 그 후대에 다시 볼 수 있다면, 그것은 唐代 시인 柳宗元(773-819)에서 찾을 수 있다.

唐 順宗 永貞元年(805), 한바탕 정치혁신이 막을 내리고, 혁신그룹의 수뇌 인물인 二王 王叔文, 王伾과 그 기치 하의 '八司馬'는 비명에 죽거나 혹은 먼 州郡으로 폄적되었다. 柳宗元의 혁신 활동은 당시 중요한 역사적 사실로 기록됨에 따라, 역사 문헌을 통해 폄적에 이르기까지 그의 행적을 찾아보는 것은 어렵지 않다.

柳宗元은 그 팔사마 중 리더로서 "처음 刺史로 폄적되었다가 대중의 물의를 일으킨 죄로 다시 가중해서 폄적되었다."[18] 사람의 운명을 뒤바꾸어 놓았을 바로 이 순간, 柳宗元 그의 마음속에는 어떠한 생각이 가장

17　(元)辛文房 撰, 傅璇琮 主編, 『唐才子傳』卷二, 『校箋』第一冊, 中華書局, 2000, p.323: "其自賦傷而不怨, 足以發揮風雅."

18　(後晉)劉昫 等, 『舊唐書』卷14 「本紀·憲宗上」, 中華書局, 2000, p.413: "初貶刺史, 物議罪之, 故再加貶竄."

먼저 떠올랐을 것인가?

'폄적'이라는 의미에서 볼 때, 柳宗元의 일생에서 가장 두드러지는 것은 불행함에 대한 안타까움이 아니라 역경 속에서의 비분과 원망의 분출이며, 더 나아가 그로부터 승화되는 '自性'과 '超越'이라는 심리양상의 변화과정일 것이다.

짧았던 혁신활동이 실패에 머물게 되자, 柳宗元은 순식간에 "무리의 사람 중, 죄상이 가장 심한"[19]이가 되었다. 그는 최초 邵州刺史로 폄적되었다가, 폄적 도중 재차 永州刺史로 폄적되었다. 조정의 중요한 성원으로 사람들의 주목을 받던 혁신 활동의 리더가 돌연 황량한 먼 곳으로 쫓겨난 죄인의 신분으로 된 순간, 그가 받아들여야 했던 사실들은 결코 쉽지만 않았을 것이다. 게다가 "앞으로 사면의 은택을 받을 기회를 만나도, 가까운 곳으로 옮기는 量移의 제한 안에 있지 않다"[20]는 가혹한 명령에 대하여, 그는 깊은 절망 이외에 무슨 더 나은 선택이 있었겠는가? 비록 10년 동안 量移는 되지 않았으나, 유종원은 오히려 스스로 좌절하지 않고 생명에 대한 호흡을 멈추지 않았다.

궁벽하고 요원하게 버려진 땅 永州와 柳州. 이처럼 멀고도 황량하며 낙후한 환경에서 그는 심지어 가장 기본적인 배부름의 욕구마저도 해소할 수 없을 지경도 있었다. 또한 물질적 결핍과 서로 비교하여, 질병이 주는 괴롭힘은 柳宗元을 더욱 고통스럽게 하였다. 폄적된 이후, 그는 곧 복부팽만 병, 무좀, 다리가 붓는 병 등의 질병을 여러 차례 앓으면서 참

---

19 (唐)柳宗元, 「寄許京兆孟容書」『柳宗元集』卷30, 中華書局, 2000, p.780: "於衆党人中, 罪狀最甚."

20 (後晉)劉昫 等, 『舊唐書』卷14 「本紀·憲宗上」, 中華書局, 2000, p.418: "縱逢恩赦, 不在 量移之限."

을 수 없을 만큼 고통을 맛보고 있었고, 이러한 처지 때문에 그의 시문 작품과 친한 벗인 李建, 楊凭 등에게 적은 서찰에서는 여러 차례 이러한 자신의 처지에 대한 비관적이고 절망적인 말을 하였다.

그런데 적거지에서의 고통보다 柳宗元에게 더 심리적인 충격으로 다가왔던 것은 柳宗元이 먼 곳으로 폄적되자, 과거의 동료와 벗들은 이때부터 점점 소원해졌고, 심지어 반목하고 원수가 되기도 했다는 것이다.

> 유독 죄를 지어, 폄적되어 쫓겨나 몸을 숨기고 있습니다. 이전에 사귀었던 벗들은 흩어지고, 더불어 친척이 되었던 이들은 수치스럽게 여기고, 평생 경모했던 이들은 서신을 찢고 종적을 지워버렸더군요.[21]

이러한 사람의 관계에서 오는 심리적 충격 때문이었을까, 그는 비교적 짧은 시간 내에 심리적인 공황 상태로 접어든 듯하다.

> 엎드려 생각건대, 죄를 얻어 이곳에 온 지 오 년이 되고도, 옛 친구와 옛 대신 중 서신을 보내온 이가 없었군요. 이는 무엇 때문인가요? 지금의 조정에서는 형벌과 비방이 엇갈려 쌓이고, 무리 지어 의심하며 권력을 독점하고 있으니, 진실로 괴이하고 두렵습니다. 폄적된 이래로 우두커니 서서 걷는 것을 잊고서, 특히 무거운 걱정거리를 짊어진 채로, 마치 해골 같은 생명에 혼백만 남아있는 듯, 온갖 병들이 뒤섞여 모여들고, 뱃속은 늘 팽팽하여 무언가가 쌓여있는 듯, 먹지 않아도 저절로 배가 부릅니다. 어떤 때는 추웠다가 또 어떤 때는 더워져, 차가운 감기와 몸의 열이 올라옴이 서로 번갈아 이르러, 살과 뼈가 안으로 여위어가는 듯한데, 이는 단지 瘴癘 때문만은 아닙니다.[22]

---

21 (唐)柳宗元, 「答問」 『柳宗元集』卷15, 中華書局, 2000, p.432: "獨被罪辜, 廢斥伏匿. 交遊解散, 羞與爲戚, 生平嚮慕, 毀書滅跡. 他人有惡, 指誘增益, 身居下流, 爲謗藪澤."

22 (唐)柳宗元, 「寄許京兆孟容書」 『柳宗元集』卷30, 中華書局, 2000, p.779: "伏念得罪來五年, 未嘗有故舊大臣肯以書見及者. 何則? 罪謗交積, 群疑當道, 誠可怪而畏也. 以是兀兀忘

물질, 정신 및 기타 많은 방면에서 당하는 침해와 고통은 柳宗元이 "정신이 활기가 없고 의지를 다 소진하여, 일의 전후를 다 잊어버리고, 결국 문장을 다 적을 수 없게 될"[23]만큼 슬픈 탄식을 하게 만들었다. 비분에서 비롯한 거의 원망은 어느덧 철저한 절망의 순간에까지 이르렀다.

　이전에 읽었던 책을 읽을 때는 막힘없이 순탄하고 잘 이해한다고 여겼는데, 지금은 통째로 다시 돌이켜보고 기록할 수 있는 것이 없습니다. 매번 옛사람들의 전기를 읽을 때, 몇 장을 읽은 뒤에 재삼 책을 펼쳐보고, 사람의 성씨를 다시 새롭게 보아도 금방 또 잊어버리게 됩니다. 만일 刑部의 죄수명부에서 나의 죄명을 없애버리고, 사대부의 항렬을 다시 회복시킨다고 할지라도, 난 또 지금의 세상에서 쓰임을 감당할 수 없을 것입니다.[24]

"지금의 세상에서 쓰임을 감당할 수 없다"라는 것은 비록 단순히 자신만의 느낌이기보다는 당시의 상황에 처하게 된 자신과 자신을 그렇게 만든 절대자에 대한 원망, 그리고 그로부터 받게 되는 마음속 깊은 영혼의 상처에서 오는 고통이라 볼 수 있을 것이다. 이러한 그의 심리적인 원망과 고통은 또 어떠한 정서로 표출됐을까?

柳宗元은 예전에 벗을 배웅하며, "세상에서 벼슬을 하면서, 공로가 있는데도 죄를 얻게 되었으니, 보통 사람들이 만약 이러한 상황에 처하게 되면, 원망하거나 분노하지 않는 이가 드물 것이다."[25]라고 에둘러 세상

　　行, 尤負重憂, 殘骸餘魂, 百病交集, 痞結伏積, 不食自飽. 或時寒熱, 水火互至, 內消肌骨, 非獨瘴癘爲也."

23　(唐)柳宗元, 「寄許京兆孟容書」『柳宗元集』卷30, 中華書局, 2000, p.784: "神志荒耗, 前後遺忘, 終不能成章."

24　(唐)柳宗元, 「寄許京兆孟容書」『柳宗元集』卷30, 中華書局, 2000, p.784: "往時讀書, 自以不至抵滯, 今皆頑然無復省錄. 每讀古人一傳, 數紙已後, 則再三伸卷, 復觀姓氏, 旋又廢失. 假令萬一除刑部囚籍, 復爲士列, 亦不堪當世用也!"

25　(唐)柳宗元, 「送薛判官量移序」,『柳宗元集』卷23, 中華書局, 2000, p.617: "仕於世, 有勞

을 원망하였다. 하지만 폄적시기 그의 작품에는 가슴 가득한 원망의 마음이 글자마다 알알이 배어져 쉽게 그 마음을 느낄 수 있을 정도이다. 다만 그중 일부 특별한 작품에서는 직접적인 감정 분출이 아닌 주변의 사물에 대한 비유를 통해, 원망의 마음을 드러내기도 하였다. 사람에 대한 직접적인 분노 표출을 피한 것은 아마도 흔들리고 있는 자신의 생명 호흡을 더 이상 상처받지 않고 최소한이나마 보호하고자 하는 자신의 본능에서 기인한 것이 아닐까 생각된다.

가장 전형적인 작품으로는 「甁賦」[26]와 「牛賦」를 들 수 있다.

> 諂誘吉士,　선량한 人士를 유혹하고,
> 喜悦依隨.　의지하기 좋아하게 만들지.
> 開喙倒腹,　주둥이를 열어 배 속의 술을 따르면,
> 斟酌更持.　한 잔 한 잔 주고받음이 더욱 계속되지.
> 昧不苦口,　맛은 입에 쓰지 않고,
> 昏至莫知.　해 질 무렵이 되어도 알지 못하지.
> 頹然縱傲,　쓰러지고 늘어지며 자신만만하다,
> 與亂爲期.　더불어 혼미해질 때까지 기한으로 했지.
> 視白成黑,　흰 것을 검게 보고,
> 轉倒妍媸.　예쁘고 추한 것을 전도시켜 보았지.
> 己雖自售,　자신은 비록 스스로 팔렸으나,
> 人或以危.　사람은 혹 이 때문에 위태롭게 되지.
> 敗衆亡國,　많은 이를 망치고 나라를 망하게 하고도,
> 流連不歸.　차마 떠나보내기 아쉬워하면서도 돌아오지 않지.
> 誰主斯罪?　누가 이 죄를 만들었는가?
> 鴟夷之爲.　치이가 한 것이네.

而見罪, 凡人處是, 鮮不怨懟忿憤.”
26　(唐)柳宗元,「甁賦」『柳宗元集』卷2, 中華書局, 2000, p.47.

작품 속에 그려진 내용만으로 본다면, 器物로서의 '鴟夷'는 죄악을 짓
게 하는 당사자일 뿐만 아니라, 사람들이 분노하게 만드는 대상이다. 하
지만 실제 '치이'는 그저 하나의 구실에 불과하다. 실제 시인이 풍자하
고자 하는 것은 죄악을 행하고 책임을 질 수 있는 사람이다. 여기서 시
인 울분의 유래와 분노의 분출 대상은 말하지 않아도 짐작할 수 있다.
그가 이렇게 하는 목적은 단지 하나, 그것은 바로 甁을 현실 세계 중 미
덕을 갖추고 있는 이에 대한 대칭으로 비유한 것이다. 그 대칭은 바로
작가인 柳宗元 자신이다. 선량한 인사를 유혹하여 혼미하게 만드는 병,
치이와 달리 훌륭한 덕을 가지고 있는데도 도리어 추방됐으니, 그는 원
망의 마음을 가질 수밖에 없었다. 같은 맥락에서 다시 「牛賦」[27]를 보자.

不如羸驢,　소는 여윈 나귀보다 못하니,
服逐駑馬.　나귀는 둔한 말을 쫓아갈 뿐이지.
曲⼁隨勢,　자기 뜻을 굽히고 세력을 쫓으며,
不擇處所.　처소를 가리지 않았네.
不耕不駕,　밭을 갈 줄도 모르고 타지도 못하지만,
藿菽自與.　콩과 콩잎은 자연히 주어지네.
騰踏康莊,　탄탄대로를 뛰어가며,
出入輕擧.　출입을 마음껏 했지.
喜則齊鼻,　좋으면 코를 높이 들고,
怒則奮躑.　화가 나면 흥분하며 발길질하지.
當道長鳴,　길 중간을 막고서 길게 울어대니,
聞者驚辟.　듣는 이는 깜짝 놀라 피해주네.
善識門戶,　그는 문호를 잘 알기에,
終身不惕.　평생토록 무서워하지 않네.

27　(唐)柳宗元,「牛賦」『柳宗元集』卷2, 中華書局, 2000, p.50.

작품에서는 대비와 은유의 수사방식을 채택하여, 동물로부터 출발해서 마지막으로 사람에게서 다시 멈춘다. 작품에서는 먼저 소가 공덕이 있음을 말하고 있다. 하지만 소가 공덕에 상응한 우대를 누릴 수 없고, 심지어 최소한의 공평한 대우를 얻을 수 없음에 불평하며, 시인은 다시 소와 나귀를 비교한다. 이러한 비교에서 소는 너무나도 큰 불평등을 당하고 있는 존재이기에, 이는 자연히 사람들의 끝없는 분노를 불러일으키게 된다. 宋 韓醇는 이 두 賦에 注 하길, "공의 「병부」, 「우부」 양부는 그 말이 모두 寄託하는 바가 있으니, 永州로 폄적된 이후 분개하여 지은 것이다(公之甁賦·牛賦, 其辭皆有所托, 當是謫永州後感憤而作.)"라고 하였다. 이러한 韓醇의 注는 폄적 중의 柳宗元이 비분함을 억제할 수 없어, 사물에 기탁하여 분을 쏟아내는 것으로 그에게 이러한 비분의 분출 과정은 더 이상 억제할 수 없는 것이었음을 설명해주고 있다. 하지만 그의 원망은 격정의 언어를 사용하지 않고 문학적 은유와 비유라는 문학적 수사방식을 통해 풍자와 뒤틀기를 하고 있다. 柳宗元 나름의 이러한 원망 분출방식은 다른 원망의 양상과 비교할 때, 과연 어느 정도의 무게감을 가지는 것인가? 그는 이러한 원망에 대해 스스로 설명을 추가하였다. 主客이 대답하는 방식을 취한 「對賀者」[28]를 보자.

시시덕 웃으며 분노하는 것이, 눈을 부라리고 쩨려보는 것보다 더 심한 것이고, 길게 노래 부르는 비애가 통곡을 넘어섭니다. 그대는 내가 대범하고 근심하지 않으나 마음속에 훨씬 근심으로 비통해하는 것을 어찌 알겠습니까?

---

28   (唐)柳宗元, 「對賀者」 『柳宗元集』卷14, 中華書局, 2000, p.361: "嘻笑之怒, 甚乎裂眥, 長歌之哀, 過乎慟哭. 庸詎知吾之浩浩非戚戚之尤者乎?"

갑자기 京師에서 '賀者'가 와서 그에게 위로하는 시늉을 하자, 그는 무겁게 눌러두었던 자기 원망의 마음을 그대로 뱉어낸다. 그는 왜 '눈을 부라리고 째려보고', '통곡'하겠는가? 바로 분노하여 그 마음을 억누를 수 없기 때문이다. 이러한 원망의 기탁은 비록 외형상으로는 정제된 언어로 하나하나로 앞과 뒤의 순서를 정하여 말을 풀고 있지만, 상대편에 직접 욕을 퍼붓는 것보다 더욱 깊고도 무겁게 원망의 마음을 전달할 수 있고, 불평불만의 마음 또한 훨씬 더 잘 토로할 수 있을 듯하다. 또 비분의 마음 역시 훨씬 쉽게 평온히 가라앉힐 수 있을 듯하기는 하다. 그렇다면 그의 원망의 마음은 과연 그렇게 가라앉을 것인가. '溪上聚黌老壯齒, 十有一人'의 대화인 「起廢答」,[29]을 보자.

"지금 선생이 우리 주에 오신지 이미 10년이 되셨군요, 발걸음 속도는 이미 질풍을 앞지르시고, 코는 누린내와 향기를 아시며, 배에는 유교의 경전이 넘치시고, 입에는 典章 制度가 가득하며, 古今의 일들을 환히 꿰뚫고, 행동은 어질고 재능있는 이들과 나란히 하시고 계십니다. 그런데 한 번 폄적되어지고 다시 기용되지 않으시니, 절름발이 화상과 침을 질질 흘리는 병든 말이 힘들 때보다 못하군요. 늙은이가 아는 바가 없어, 감히 이해되지 않는 바를 선생께 여쭈어봅니다." 선생은 웃으면서 대답하길, "어르신, 틀렸소이다! 그들의 병은 다리와 이마에 병이 든 것입니다. 그러나 나의 병은 덕행에 병이 든 것입니다. 또 그들이 겪는 것은 뛰어난 인재가 없음에 맞닥뜨린 것일 따름입니다. 지금의 조정은 인재들이 사방에서 물을 붓듯 많

---

29 (唐)柳宗元, 「起廢答」『柳宗元集』卷15, 中華書局, 2000, p.438: "今先生來吾州亦十年, 足軼疾風, 鼻知膻香, 腹溢儒書, 口盈憲章, 包今統古, 進退齊良, 然而一廢不復, 曾不若躄足涎顙之猶有遭也。朽人不識, 敢以其惑, 質之先生." 先生笑且答曰: "叟過矣! 彼之病, 病乎足與顙也; 吾之病, 病乎德也. 又彼之遭, 遭其無耳. 今朝廷泊四方, 豪傑林立, 謀猷川行, 群談角智, 列坐爭英, 披華發輝, 揮喝雷霆. 老者育德, 少者馳聲, 卬角羈貫, 排厠鱗征. 一位暫缺, 百事交幷, 駢倚懸足, 曾不得逞, 不若是州之乏釋師大馬也; 而吾以德病伏焉, 豈躄足涎顙之可望哉? 叟之言過昭昭矣, 無重吾罪!"

고, 영웅호걸들이 삼림처럼 서 있어서, 그들의 책략은 냇물처럼 흐르고, 무리 지어 논쟁하며 지혜를 다투며, 길게 늘어서 앉아 재능을 겨루고 있으니, 화려함을 걸치고 광채를 비추고, 휘두르고 고함치는 것이 천둥이 치는 듯합니다. 나이가 든 이는 덕행을 닦고, 젊은이들은 이름이 널리 퍼졌습니다. 남녀 어린아이조차 줄지어 참여하며 빽빽이 나아갔습니다. 만약 한 자리가 잠시 비게 되면, 온갖 일들이 일제히 교차하였습니다. 많은 이가 모여들어 지략을 다투면서도, 어떤 이는 일찍이 목적을 달성하지 못하기도 하였으니, 이 州에서 스님과 큰말이 부족한 것 같지는 않았습니다. 나는 덕행이 병들어 여기에 숨어있는 것이기에, 어찌 절름발이 화상과 침을 질질 흘리는 병든 말과 같은 희망이 있겠습니까? 어르신의 말씀은 분명히 틀렸으니, 나의 죄를 더 무겁게 하지 마시지요!

그의 말은 하나의 논리에 따라 차분히 나열되는 듯하다. 하지만 이러한 유순한 표현 뒤에 감추어져 있는 깊은 뜻은 문장을 읽는 가운데 무겁게 배어져 나온다. 그의 비분의 감정은 결코 안정되어 평심을 찾는 것이 아니라 바로 내심 깊이에서 더 강하게 억눌려 감추어져 있는 원망의 마음이 자칫 억제할 수 없이 폭발하기 직전에까지 이른 듯, 가슴에 와닿고 있다. 비록 상대와의 대화 중 자연스럽게 불평을 토로하는 차분한 정서를 선택하여, 보는 이들에게 원망의 격정을 갑작스럽게 느끼지는 않으나, 그보다 더 무겁게 다가서는 아픔으로 가슴이 무너져 내리게 하는 그 원망의 마음. 어쩌면 이것이 바로 폄적으로 인해 맺힌 원망의 심리를 표출하는 유종원만의 모습이라고 말할 수 있을 것이다.

4. 나오며

이제까지 진행한 문헌 자료 및 폄적 문인들의 작품 탐색 과정에 따르면, 폄적된 문인들의 작품 속에 반영되어 있는 '원망'의 심리양상은 매우 복합적이면서도 특별한 양상으로 나타남을 알 수 있었다. 본 논문을 마무리하면서 이러한 복합적인 '원망' 심리양상의 범주를 크게 두 가지 경향으로 정리하는 것으로 결론을 대신하고자 한다.

먼저, 원망의 심리가 마음속 깊은 곳에서 조금씩 커지면서, 내적으로 자신을 해치며 고통스럽게 하는 경향이다. 이러한 심리양상은 긍정적으로는 자기 초월에 이르기도 하지만, 극단적인 자기 증오의 모습으로 귀결되기도 한다.

원칙을 중시하고, 부도덕함을 싫어하며, 강직하게 자신을 꼿꼿이 해왔기에 마지막까지 자신을 스스로 무너져내리게 할 수 없었던 劉長卿은 그 원망을 영원히 자신에게 가두어 두고 싶었으나 조금씩 배어 나오는 애잔한 고통을 끝내 가릴 수 없었다.

마음속 가득 넘쳐흐르던 비분과 억울함을 간혹 크게 소리치며 분출해보기도 했던 柳宗元은 그 원망의 심리를 억누르고 억눌러 끝내 차갑게 정제된 언어로 내뱉는 고귀한 절제를 통해, 자신을 고통스러운 인생의 절망적 나락으로 떨어지지 않도록 하였다.

이러한 경향은 바로 우울, 초조, 애잔함, 억눌림 등의 심리양상이 이성적 작용으로 강제되어 마치 원망의 심리가 정제되어 녹아버린 듯한 경우이다. 정신분석적 입장에서 볼 때, 우울함과 같은 이러한 심리양상은 결국 분노의 또 다른 표출형식이라 할 수 있다. 프로이트(Sigmund Freud)는 분노가 무의식적으로 자기에게 향해진 현상을 '우울장애'라고 여겼으며, 또한 그것은 기본적으로 사랑하던 대상의 무의식적 상실에 대한 반응이라고도 보았다. 사랑하는 대상의 상실은 실제 일어난 일일 수도 있고 상상 속에서 또는 상징적으로 일어난 일일 수도 있다. 어떤 경우이든, 사랑하는 대상을 상실하는 경험을 하게 되면, 자신의 중요한 일부가 상실되는 슬픔뿐만 아니라 자신을 버려두고 떠나간 대상에 대한 분노를 느끼게 된다. 하지만 이러한 분노의 감정이 향해질 대상은 이미 사라진 상태이고, 당사자는 도덕적 억압 등으로 인해 분노 감정이 오히려 무의식 속으로 잠복하게 되어, 그 분노는 결국 자기 자신에게로 향하게 된다. 이렇게 분노가 내향화되면 자기 비난, 자기 책망, 죄책감을 느끼게 되어 자기 가치감의 손상과 더불어 자아 기능이 약화되고, 그 결과 우울 장애가 나타나게 된다. 이러한 과정은 무의식적으로 진행되기 때문에 당사자에게 자각되지 않는다.[30] 하지만 "그것은 또한 한 사람의 내적인 정신적 삶 속에서 일어나는 심각한 부조화의 강력한 상징이기도 하며, 비록 바람직한 방법은 아니라고 하더라도 어쨌든 누적된 분노를 발산하는 방법이기도 하다."[31]

屈原이 마지막 자기 몸을 汨羅水에 던질 때까지, 몇 번이나 현실을 고개 저으며 부정하고, 또 몇 번이나 자신을 끝없이 억눌렀으나, 끝내 자기 증오의 지경까지 이르게 한 그 원망의 처음 시작, '우울함'. 폄적된 지식인들은 이 원망의 문턱에서 제일 먼저 만난 이천 근 같은 무거움으로부터 자신을 감당할 수가 없었던 것이다.

둘째, 원망의 심리가 밖으로 드러나 격정적으로 분출, 비분강개하는 분노의 양상으로 나타나는 경향이다. 이는 극단적인 지경에 처하게 된 폄적 문인들에게 쉽게 나타나는 심리양상 중의 하나로서, 많은 문인의 작품 속에서 발견할 수 있다. 다양한 모든 원망의 심리양상을 포괄하고

---

30 권석만, 『이상심리학의 기초-이상행동과 정신장애의 이해』, 학지사, 2014, p.145.

31 디어도어 루빈(Theodore Isaac Rubin), 안정효 역, 『절망이 아닌 선택(Compassion and Self-hate)』, 나무생각, 2016, p.82.

있는 굴원의 '원망' 중 "가슴과 등이 갈라지는 듯 고통스럽고, 마음은 울분이 사무쳐 고통스럽게 묶여있네"와 같은 마음은 바로 이러한 양상을 전형적으로 대표한다.

분노라는 것이 가장 일반적인 원망의 심리표출 방식이기 때문일까? 이러한 심리양상을 단순한 개인의 심리적 혹은 감정적인 반응으로 보기보다는 사회적 또는 정치적으로 조 건지어진 사회적 감정이나 반응으로 보아야 한다는 주장도 있다. 고대 희랍과 로마의 철학자들은 그들의 다양한 작품들 속에서 감정, 특히 분노에 관한 풍부하면서도 체계적인 성찰을 보여주고 있다. 그들은 분노를 인간 존재와 인간 영혼을 이해할 수 있는 핵심적 통로이자 인간이 피할 수 없는 실존적 요소로 간주하였다. 그들에게 있어서, 분노는 공동체 전체에서 나타나는 외적 행위나 운동의 주요한 잠재적 요인이나 모티브로 작용할 수 있는 감정이기에 그 지향성이 타인과 더 나아가 공동체 전체로 확장될 수 있다는 점에서 그 심각성이 증폭될 수 있다고 여기었다.[32] 그런데 사회적 감정으로서의 원망 또는 분노라는 고대 희랍과 로마 철학자들의 이 관점은 고대 중국의 屈原을 위시한 폄적문인들의 원망의 심리 또한 "身修而後家齊, 家齊而後國治, 國治而後平天下"하는 儒家的 功利主義에서 시작되었음을 역으로 증명하고 있다는 점에서 매우 흥미롭기도 하다.

현실적인 신분이나 계급적 면에서 문인은 통치자들에게 충성해야만 하는 관리 중 하나에 불과하지만, 폄적이라는 운명적 좌절을 겪은 한 인간으로서의 문인의 삶은 그 삶 자체만으로 살아 있는 예술형상화의 소중한 대상이 된다. 그리고 그 대상의 내적 심리는 예술형상화 과정에서

---

32 손병석, 『고대희랍·로마의 분노론』, 바다출판사, 2013, pp.15-16.

창작 의도와 결합하고, 새로운 형상화된 주제로 거듭나게 되는 것이다. 굴원의 작품을 세상 속으로 나오게 한 이러한 원망의 심리가 고스란히 작품 속에 담겨 선명한 주제 의식으로 나타나는 것은 바로 이러한 점을 잘 보여주고 있다.

다만 이러한 선명한 주제 의식은 각 작가의 경향에 따라 우울하거나, 초조하기도 하며, 또 애잔하거나 무겁게 가라앉기도 한다. 하지만 그 어떤 예술형상화의 모습으로 나타난다고 할지라도, 폄적된 문인들은 마음 속 담겨있는 그 원망의 심리를 영원히 떨쳐내지 못할 것이다. 왜냐하면 원망의 분출, 억누름, 이성적 정제 등과 같은 심리적 양상 역시 극단의 조건으로 내몰려 흔들려 쓰러져가는 생명의 마지막 숨소리 그 자체이기 때문이다.

처음 근원적인 '두려움'으로부터 시작된 폄적 문인들의 심리양상은 내적 공간의 첫 단계인 '원망'에 이르게 되었고, 이제 이어지는 폄적 문인들의 심리양상에 관한 그다음 연구는 더 깊은 내적 심연으로 들어가게 될 것이다.

제3장

지식범주의 변신, 現量 다시 읽기
: 唯識佛敎의 認識論에서 古典詩學으로

1. 들어가는 말

인류의 적지 않은 문화예술 활동은 인간이 존재하고 있는 客觀世界 자체를 본질적으로 혹은 실제적으로 알고 있는가 라는 '인간의 認識 가능성'이라는 근원적 의문으로부터 비롯되었다고 말할 수 있다. '내가 인식하고 있는 세계는 과연 본래부터 실재하는가', '나는 이 세계를 제대로 인식하고 있는가', 혹은 '이 세계는 내 머리가 그려내는 눈앞의 그림자에 불과한 것인가'라는 끝없는 의문은 철학적 혹은 예술적 영역 등 인간의 많은 정신적 영역 등에서 점차 '인식 활동' 혹은 '예술 사유활동'이라 불려졌고, 동서양을 막론하고 역사가 기록되기 전부터 현재까지 다양한 방식과 각각의 영역에서 끊임없이 진행되고 있다. 학문의 영역 중 '認識論' 분야는 이러한 의문에 대한 해답을 집중적으로 모색하고자 하는 대표적 탐구영역이라 불려질 수 있다. 이 인식론은 또한 인식의 근원과 과정, 결과라는 동일한 활동 양식으로 인해 예술 사유활동의 形象化 과 정을 설명하는 문화예술 영역까지 적용될 수 있었다. 이러한 까닭에 근 대 서구에서는 절대적 존재 신을 경배하던 神學으로부터 哲學을 독립시 키기 위하여, 많은 철학자들이 신학과 철학의 구분기준을 '인식론'을 통 해 찾고자 하였다.

서구철학에서 정의하는 '인식론(epistemologia, epistemology, theory of knowledge)' 은 인간의 인식과 지식의 기원, 그 구조와 범위, 방법과 과정 등을 탐구 하는 학문을 가리킨다. 특히 독일 철학자 칸트(Kant Immanuel)는 그의『순 수이성비판(Kritik der reinen Vernunft)』에서 인간의 모든 선험적 대상인식 의 가능성에 대해 주의하였다. 여기서 '대상 인식'은 대상에 대한 인식, 즉 그것의 무엇임과 어떠함을 아는 것을 의미하는데,[1] 그는 시간과 공간 상의 사물[인식대상]들에 대한 인간의 모든 인식은 순수 지성 개념인 範疇 (Category)들이 이 사물들의 경험적 直觀들에 적용되는 한에서만 가능하 다고 여기었다. 이 칸트의 인식론은 현재까지 서구철학의 인식론 발전과 정에 매우 중요한 의미를 차지하고 있다.

東洋哲學思想 분야에서 인식론 활동은 서구철학과 유사하면서도 다른 면을 지닌다. 동양의 전통적 인식론은 마음[心]이 중심이 되고 직관이 요 구되며 生命性을 요구하고, 나아가 德性을 함양하는 방향으로 유도된다. 즉 自我와 事物의 관계를 추리, 분석하는 입장보다는 덕성 함양에 비중 을 둔다는 의미이다. 대표적인 동양철학사상 중의 하나인 儒家哲學의 인 식론은 사실 자기 '修身'에서 출발하여 사물로 나아가면서 자기의 外延

---

1   배정호,「대상 인식과 형상적 종합」,『철학논총』제74집, 2013, 제4권, p.275.

을 끊임없이 확대해 나가기는 하지만,[2] 상대적으로 사회 공리적 측면에 치우쳐 있는 유가 철학의 '수신' 역시 마음의 수양에서부터 시작되기에, 객관세계와 마음[心]의 관계에서 비롯되는 인간의 기본 인식 활동의 중요성은 당연히 소홀히 되지 않았다. "인간은 태어나면서 고요함은 천성이다. 사물에 느끼고 접촉하여 그 마음이 움직임은 천성의 욕망이다. 사물이 이르러 안다는 것을 인지하게 되니, 그런 뒤에 좋고 나쁨이 형태지어진다(人生而靜, 天之性也. 感於物而動, 性之欲也. 物至知知, 然後好惡形焉.)"라는 『禮記·樂記』篇의 말 역시 인간의 마음[心]과 객관 사물과의 접촉을 통한 인식 활동을 단적으로 설명하는 말이기도 하다. 인식 과정의 主體와 客體를 구분해주는 이러한 전제 위에, 마음[心]이 감각기관을 통해 사물의 이치[理]를 인식함을 설명하는 '格物致知'로 인식론의 대상을 확대해 가면서, 유가 철학은 실제 본연의 인식론을 체계화시킬 수 있었다.

유가 철학만큼이나 동양 문화의 사상 관념, 문화예술, 생활 습관 등에 매우 깊은 영향을 미친 佛敎哲學은 인식론적 측면에서 그 기원을 古代 印度 因明學에까지 거슬러 올라간다.

'인명(因明 hetu-vidyā)'은 고대 인도의 전통 학문인 '五明' 중의 하나로서 '추리와 증명에 관한 학문'을 가리킨다. 여기서 '因(hetu)'은 '이유'를 말하는 것으로 추리의 전제를, '明(Vidyā)'은 '학문', '지식'을 말한다. 이 '인명'은 논리학과 인식론 두 부분을 포괄하며 또 긴밀히 결합되어 있다. 이후 인명학설의 발전에 따라 인식론 부문이 더욱더 확대되어 '量論'을 형성함으로써 인명은 점차 '內明[佛學]'으로 포함되었다.[3] 이같은 이유로 흔히 '인명'을 '佛敎論理學', '佛敎量論'이라 규정하기도 한다.[4] 이후 인

---

2   류성태, 「장자 제물론편에 나타난 인식론」, 『범한철학』 제27집, 2002, pp.99-100.
3   羅照, 『佛敎與中國文化』, 中華書局, 1995, p.96.

명학이 불교를 통해 중국에 전해지고 朝鮮과 日本에 퍼져 '漢傳因明'이 되었으며, 티베트 쪽으로 전해져 '藏傳量論'이 되었다. 당시 '經部', '正量部', '中觀派', '瑜伽行派' 네 개의 불교 종파 중 瑜伽行派는 '有宗', '法相宗'이라고 불렸다. '瑜伽'는 '서로 응한다[相應]'는 의미를 가지고 있는데, 지혜로써 대상을 있는 그대로 명료하게 파악한다는 現觀(梵語 abhisa-maya)을 통해 진리를 깨닫는 방법의 하나이다. 이 종파는 이후 다시 두 갈래로 나눠져, 唯識古學은 '難陀', '安慧'를, 唯識今學은 '陳那', '護法'을 대표로 하였다. 唐代 玄奘이 전한 것은 주로 '護法'의 唯識今學이었으며, 중국의 '法相宗'[5]으로 전해졌다. 이 법상종의 철학인식론[지식론]인 '量論'은 바로 고대 인도의 '量論(pramānas)'이 전파되어 유식 불교의 교리로 자리 잡은 것이다.

'量論'에서 '量'이란 것은 지식[인식]의 근원 혹은 지식[인식]의 형식 및 지식[인식]의 진위를 판단하는 표준 등을 가리킨다. 그래서, '量論', '所量', '量智'는 지식[인식]의 방법, 지식[인식]의 대상, 지식[인식]의 기능 등을 각각 의미한다.[6]

---

4   姚南强, 『因明學說史綱要』, 上海三聯書店, 2000, pp.18-23: 기원전 6-4세기 고대 인도는 사상의 百家爭鳴시대로 불교 또한 이때 점차 흥기하기 시작하였다. 당시 전통 바라문교 (Hinduism)의 外道六派인 '數論派', '正理派', '勝論派', '聲論派', '瑜伽派', '吠檀多派'는 격렬한 논쟁을 통해 최초의 원시 철학 논리 사상을 형성하였다. 그들의 사상은 불교 종파인 中觀宗과 瑜伽宗의 교리로 점차 흡수되었고, 인명 역시 점점 불교에 포함되었다. 비록 인명의 연원은 外道라 일컫는 불교 이외의 종파에서 비롯되었지만, 인명이라는 이 술어를 처음 제기한 것은 불교 쪽이었다. 구체적으로 말하자면, 唯識宗의 '世親'과 三支 '新因明'을 만든 제자 '陳那(Dignaga)'가 그 출발이다.

5   法相宗은 중국 불교의 종파 중 하나이다. 이 종파는 모든 사물[法]의 상대적 진실[相]과 절대적 진실[性]로 인해 나를 얻게 되며, 또한 마음[心]밖에 독립적인 경계는 있을 수 없음을 강조하기에 '唯識宗'이라고도 일컫는다. 창시자 玄奘 및 그 제자 窺基가 늘 大慈恩寺에 거주한 까닭에 또 '慈恩宗'이라고도 일컬었다. 대표적인 전적으로 『成唯識論』 등이 있다.

6   姚南强, 『因明學說史綱要』, 上海三聯書店, 2000, p.22.

陳那(Dignaga, AD5-6C)의 『集量論』[7]에 따르면, 量은 오직 '現量(pratyaksa)'
과 '比量(anumāna)' 두 가지 종류만 있으며, 인간의 인식 대상은 '自相(사
물개별의 속성, svalaksana)'과 '共相(사물일반의 속성, sāmānyalaksana)' 뿐이고,
'現量'은 '自相'을 대상으로 하고, '比量'은 '共相'을 대상으로 한다고 하
였다.[8] 이후 이 量論은 유식불교의 인식론으로 작용하면서 모든 이론연
구와 수행 실천의 근본이 되었으며, 예전의 '達磨[dharma, 진리, 法]'에 대
한 탐색을 대신하여 '나는 과연 세계를 인식할 수 있는가' 라는 철학적
문제의 근원으로 나아가는 방편이 되었고, '現量'은 인식 활동 과정을
설명하는 지식 범주로서의 모습을 갖추게 되었다.

본 연구는 고대 인도의 因明學에서 기원한 量論이 중국 유식 불교의
인식론으로 전래된 후 개념과 논리구조에 대해 살펴보고, 그 개념의 淵
源과 구성 원리로부터 핵심 지식범주의 하나인 '現量'이 中國古典詩學範
疇로 확대, 적용되어지는 과정을 체계적으로 고찰하고자 한다.

2. 唯識佛敎의 認識論 範疇: '現量'

고대 인도의 인식론인 量論은 중국 유식 불교의 교리로 편입된 이래,
인식의 근원과 형식, 대상 등에 대해 많은 논리를 전개하였다. 유식 불
교 교리에 따르면, 인간이 세계를 인식할 때 인간의 주관적 인식 요소는

---

7   『集量論 Pramānasamuccaya』은 고대 인도의 저명한 因明學者, 佛敎大論師 陳那
    (Dignaga, AD5-6C)의 대표저작으로서, 唯識學派의 그 학설준거로 삼는 11부 論典의 하
    나로 여겨진다.
8   (인)陳那, 『集量論略解』, 中國社會科學出版社, 1982, p.2.

오직 '마음[心]'만이 있으며, 이 '마음[心]'에서 일어나는 다양한 정신작용은 반드시 육체적인 감각기관을 통해 이뤄진다. 인간은 본래 육체의 여섯 가지 감각기관[六根]을 이용하여 외부 세계를 인식하지만, 그 인식 작용[六識]은 그 대상이 있어야만 비로소 발생한다. 인간 몸 밖의 객관세계가 바로 그 인식 대상[六塵]이다.

이러한 기본지식의 기초 위에, 체계적인 개념 이해를 위해 『相宗絡索』의 구체적 내용으로 한 걸음 더 들어가 본다. 『相宗絡索』은 明淸 시대 대학자 王夫之가 말년에 저술한 法相宗, 즉 유식 불교에 관한 佛學 전문 저술이다. 梁啓超는 당시의 佛學에 대해 다음과 같이 평가하였다.

> 淸 이전 佛學은 매우 쇠미하여 高僧조차도 많지 않았으며, 설사 있다고 하여도 사상계와는 아무런 관계가 없었다. 居士들 중 淸初 王夫之가 法相宗을 깊이 연구하였으나, 그것만 오로지 좋아했던 것은 아니다.[9]

梁啓超의 평가와 같이 불학 이외에도 많은 학문적 성과를 가지고 있는 巨儒 王夫之가 『相宗絡索』을 지은 뜻은 儒學을 공부하는 이들이 심리 현상, 생명현상, 인식 실천에 대해 그 시야를 확대하고 이해를 풍부히 하여, 義理가 복잡하여 연구하기가 비교적 난해한 법상종의 모든 사상을 포괄 관통하여 쉽게 이해하고 받아들이게 하는 데 있다고 할 것이다.[10] 따라서 『相宗絡索』에 실린 유식 불교의 인식론 現量에 대한 전문적 해석을 체계적으로 이해할 수 있다면, 法相宗의 인식론이 中國古典詩學의 범주로 전환되어진 내적 원리를 파악하는데 단초로 삼을 수 있

---

9 梁啓超, 『淸代學術槪論』 第三十條, 東方出版社, 1996, p.90: "前淸佛學極衰微, 高僧也不多, 卽有, 亦於思想界無關係. 其在居士中, 淸初王夫之頗治相宗, 然非其專好."

10 王恩洋, 「相宗絡索提要」, 『相宗絡索』附錄, 『船山全書』第13冊, 岳麓書社, 1996, p.589.

을 것이다.

『相宗絡索』에 따르면, 법상종에서는 8종류의 '識'과 51종의 '心所'를 모든 심리 현상의 원인과 본질이라 여기었다. 그 중 '識'은 곧 '인식'이다. 색[色]을 인식하는 것은 '眼識'이 되고, 소리[聲]·향기[香]·맛[味]·접촉[觸]을 인식하는 것은 耳·鼻·舌·身識이 된다. 그들은 모두 외부 세계의 물질 현상을 대상으로 하기에 '五識'이라 통칭한다. 또 구체적인 것과 추상적인 것, 外界와 內界, 물질과 정신 일체 현상을 대상으로 하는 '관찰'·'사유'·'상상'·'판단' 등의 인식 작용은 第六識 '意識'에 의해 이뤄진다. 이 여섯 종류의 인식 이외에, 법상종은 난해한 第七識 末那識(Manas)과 第八識 阿賴耶識(alaya-vijnana)을 인식체계 속에 또 두고 있다. '말나식'은 '의식'을 뿌리로 하기에 '意根'이라 한다. '아뢰야식'의 의미는 '藏識'인데, '能藏', '所藏', '執藏'의 뜻이다. '能藏'은 그것이 모든 진리·현상의 씨[種子]를 대리하여 감출 수 있다는 것이다. '所藏'은 그것이 말나식에 의해 '薰習'되었다는 것이다. 사람의 모든 경험과 경력, 행위와 동작은 '아뢰야식' 중에 습성으로 저장되어 존재하기에 '아뢰야식'은 일체 법의 근본, 생명의 원천이라 여겨지고, '말나'는 오랜 시간 동안 그것을 執藏하며 '자아'라 여긴다.

유식 불교에서는 모든 만물의 현상은 마음에서 만들어지는 것이라 하였다. 이는 인식 대상인 객관세계가 사실 인간의 인식 작용으로부터 독립하여 존재하는 실제 경계가 아니며, 실재한다고 인식하는 것은 본질을 緣으로 삼아 생긴 그림자에 불과하며, 그 본질은 실제 객관세계와 관계없는 第八識 '아뢰야식'에 감춰진 종자로부터 생겨난 것이라 여기기 때문이다.

이 법상종의 교리 개념 중 인간의 대표적인 심리기능인 인식 활동과 관련된 것은 '三境', '三量', '三自性'이다. 여기서 '三量'은 실제 인식 상태를 만들어내는 '現量', '比量', '非量'을 가리키는데, 이 중 본 논문은 '現量'에 집중하여 연구를 진행한다.

'現量'에 대한 체계적 이해를 위하여, 인식의 결과임과 대상인 '三境'에 대해 우선 알아본다.

> '性境'은 性이며, 실재하는 것이다. 보는 것 안다는 것은 땅·물·불·바람, 색깔·향기·맛·촉감 등 이미 실제 있는 것에 대하여 분명하고 완연한 경계로 인식한다는 것으로 또한 실제와 같이 아는 것이니, 情이 헤아리고 추측하여 실제 그러하지 않은 경계를 꾸며낸 것이 아니다.⋯⋯'帶質境'은 땅·물·불·바람 四大, 색깔·향기·맛·촉감 五塵으로 인하여 생겨나는 것으로, 이 경계가 일어나는 것은 相分(인식 대상, 所取)에 집착하여 그 見分(인식 주체, 能取)이 생기는 것이다.⋯⋯모든 전도되고 황당무계한 것들은 전부 이 경계가 만들어내는 것으로⋯⋯이 경계는 前五識이 간여하지 않는다.⋯⋯獨影境은 실제 있는 것에 의거하여 그 경계를 세운 것이 전혀 아니라, 오직 그 그림자만을 가지고 있는 것으로, 실제로 쓰는 것은 조금도 없다. 이 경계는 오직 第六識만이 가지고 있다.⋯⋯性境은 實性에서 생겨난다. 帶質境은 遍計性에서 생겨난다. 獨影境은 依他起性에 의해 생겨난다.[11]

'三境'은 三量의 인식 과정을 거쳐 생겨난 산물이다. 三量의 인식 과정은 각각 세 개의 인식 경계를 만드는데, 만들어진 경계는 인식이 된 이후 三量의 인식 대상이 된다. 위에서 언급된 것처럼 '性境'은 실제 내적 경계와 외적 경계의 본성에서부터 생겨난 형태이기에, 눈[眼]·귀[耳]·

---

11 (明)王夫之,『相宗絡索』'三境'條,『船山全書』第13冊, p.534: "性境 性, 實也. 所見所知者, 於地水火風·色香味觸旣所實有, 認所明了宛然之境界, 亦是如實而知, 非情計所測度安立不必實然之境.⋯⋯帶質境 因四大五塵之質帶起, 立此一境, 是執著相分而生其見分.⋯⋯一切顚倒迷妄皆此境所爲,⋯⋯此境前五所無.⋯⋯獨影境 全不因實有而立其境, 獨有其影, 了無實用. 此境唯第六有之.⋯⋯性境實性所生; 帶質, 遍計性所生; 獨影, 依他起性所生."

코[鼻]·혀[舌]·몸[身]의 감각기관이 색깔[色]·소리[聲]·향기[香]·맛[味]·접촉[觸]을 대상으로 인식한 '前五識'에 의해 인식됨과 동시에 다른 것들과는 독립적으로 존재한다. 그래서 王夫之는 "석가모니가 '前五識'으로써 성경 현량설로 삼았다는 것은 반대로 第六識 七識을 천하게 여김으로써 前五識을 귀하게 여기는 것이다"[12]라고 이야기하였다. 이는 第七識 '말나식'과 第八識 '아뢰야식' 중에는 이 性境이 없고 오히려 '前五識'이 이 경계를 이끌며, 第六識 '의식' 또한 '前五識'에 의해 분별심을 발생하게 됨을 의미한다.

실제 존재하는 객관세계의 모든 사물 현상과 일상적인 事理는 인식주체[見分, 能取, 能緣]의 마음에 의해 의식적으로 바뀔 수 있는 것이 아니라 사람들의 인식과 무관하게 객관적으로 존재하기에, 실제성이 있는 경계일 수밖에 없다. 하지만 그것이 만들어낸 인식 경계는 정확한 인식을 통해서만이 증명할 수 있으며, 그 유일하고 정확한 인식이 바로 '現量' 인식인 것이다.

인간의 인식 활동 중 보이는 것 모두가 다 진실한 것은 결코 아니다. 이는 단지 외부 세계와 관련된 착각 현상, 즉 가상의 그림자일 뿐이다. 이러한 착각은 모두 第六識 '의식'의 잠재 능력에 따라 만들어진 것이다. 예를 들어, 새끼 가닥을 보고서 그것을 뱀이라고 여긴다면, 비록 그 뱀은 원래 존재하지 않는 착각 속의 허상이지만, 그 인식 경계는 필경 그 새끼 가닥이 가지고 있는 뱀과 같은 긴 형태의 성질로부터 기인한 것이다. 이러한 경계를 '帶質境'이라 일컫는다.

과거를 회상하거나 미래를 생각할 때, 기억 속에 출현하는 여러 종류

---

12   (明)王夫之, 『讀四書大全說』卷十, 『船山全書』第6冊, p.1088: "釋氏以前五識爲性境現量之說, 反以賤第六·七識而貴前五識也."

의 장면들이나 상상 속의 모습이 사실처럼 여겨지지만, 실은 그 경계는 이미 사라진 그림자일 뿐이며 근본적으로 발생한 적이 없는 거짓된 경계이다. 꿈에서 본 사물 역시 실제 존재하는 것이 아니며 순전히 마음에서 일어나는 망상일 뿐이다. 법상종은 이러한 인식 경계를 '獨影境'이라 일컫는다. 이 세 가지 경계는 인식 활동 중 각각 인식의 한 측면을 차지하고, 실제 인식 상태로서의 三量과 함께 전체 인식 과정을 구성한다.

그러나 인식의 결과이자 대상인 '三境' 역시 세 가지 自性[모든 법이 갖추고 있는 변하지 않는 본성]을 벗어날 수는 없다. 법상종에서는 일체 법에는 세 가지 自性, 즉 '三自性[三自相]'이 있다고 하는데, 그 세 가지는 바로 '圓成實性', '依他起性', '遍計所執性'이다.

圓成實性'은 곧 眞如의 본체로서, 원만하지 않음이 없고, 성숙하지 않음이 없으며, 허망함이 있지 않으니, 견주고 추측하면 그르고, 눈을 깜박하면 잃어버리게 되니, ……바로 眞如의 現量이다. ……'依他起性'은 혹 경계에 의지하거나 혹 五根에 의지하거나 혹 언어에 의지하거나 혹 뜻에 의지하는 것 등 엎치락뒤치락 다른 사리에 의지하면서 진실된 것과 허망함을 변별하여 실제 알게되는 것으로 ……比量이다. 이로부터 사리를 헤아리면 그릇됨이 없어서, 비록 眞如를 직접 증명하지는 못하여도, 그 원인을 따져 증명할 수 있다. ……'遍計性'은 眞如에 의지하거나 事例에 의지하지 않고, 모든 세간의 전도된 法上類나 不相類를 좇아, 두루 추측하여 거짓됨을 참된 것으로 생각하는 것이니, 非量이다.[13]

---

13 (明)王夫之,『相宗絡索』'見分三性'條,『船山全書』第13冊, p.542: "'圓成實性' 卽眞如本體, 無不圓滿, 無不成熟, 無有虛妄, 比度卽非, 眨眼卽失, ……乃眞如之現量也. ……'依他起性'或依境, 或依根, 或依言, 或依義, 展轉依彼事理, 揀別眞妄而實知之 ……比量也. 繇此度理無謬, 雖未卽親證眞如, 而可因以證如.……'遍計性'不依眞如, 不依事例, 從一切世間顚倒法相類不相類, 遍爲揣度, 而妄卽爲眞, 非量也."

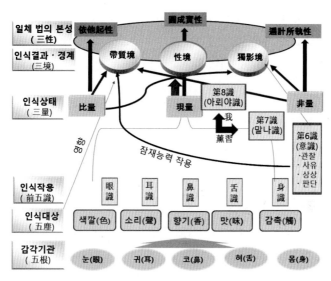

〈그림 1〉 法相宗 唯識佛敎의 認識 원리도(개념과 상호관계에 의거, 저자 정리)

법상종에서는 인간의 정상적 인식을 '미혹되고 거짓되다[迷妄]'라고 일컫는다. 그 까닭은 사람들이 외부 세계와 사물이 진실이라 믿기 때문이다. 법상종은 一切諸法은 모두 '인연'을 기다려 만들어진 것으로 생각하였다. 이것이 바로 이른바 '十二緣起' 등의 緣起法이다. 이 연기법의 본성을 '依他起性'이라 일컫는데, "환상은 있는 것이 아닌데, 있는듯하여 속이고 미혹되고 어리석어지는 것이다. 이런 것은 모두 依他起性이라 이름한다."[14] 그것은 인연에 따라 생겨나고 이미 생겨나면 곧 없어져 버리기 때문에, 법상종은 이를 '諸法無我'라 일컫는다. 이 '諸法無我'의 이치는 일체 법의 진리이고, 그 相은 일체 법의 實相이며, 그것은 일체 법에 두루 퍼져 있고 恒常하기때문에 진리의 실상과 眞如 본체를 바로 세워

---

14   (唐)玄奘, 韓廷傑 校釋, 『成唯識論校釋』卷八, 中華書局, 1998, p.580: "如幻事等非有似有 誑惑愚夫. 一切皆名依他起性."

'圓成實性'으로 만들었다. 하지만 결코 '依他起性'과 완전히 분리되어 별도로 '圓成實性'이 있는 것이 아니라, 모든 '依他起性'이 본래 가지고 있는 '諸法無我'의 진리 실상이 바로 '圓成實性'인 것이다.

'依他起性'에서 '圓成實性'에 도달할 수 없어 이리저리 헤아리고 따지면서 늘 모든 일을 주재하며 실제 주체가 있다고 고집하고 인연에 따라 생겨나지 않는 진리도 있다고 고집하거나, 원인도 없고 결과도 없으며 물드는 것도 깨끗한 것도 없고 모든 존재하는 것이 없다고 잘못된 생각을 고집한다면, 이 모든 것은 '遍計所執性'이다. 이는 객관적 근거가 전혀 없는 것으로서 본래 없는 사실이지만 단지 내심에서 고민하여 그러하다고 고집하는 것일 뿐이다.

법상종은 일체 정이 있는 생명의 '미혹함'과 '깨달음'의 구분이 바로 이 세 가지 自性에서 비롯된다고 생각하였다. 하지만 만약 現量으로써 사물의 본성을 제대로 볼 수 있다면, 그렇게 인식되는 경계는 바로 '性境'이고 이 인식은 이미 '圓成實性'에 도달한 것이다. 만약 '比量'으로써 사물과 사리를 따지고 깊이 생각하여 헤아려본다면 인식되는 경계는 정확한 '獨影境'이 될 수는 있으나, 이 인식은 여전히 '依他起性'의 지배하에 있게 된다. 만약 '非量'으로써 진리의 실상을 전도시키면, 거짓된 것이 진실이 되고 인식되는 경계는 단지 부정확한 '獨影境'과 '帶質境'뿐이다. 이 인식은 모두 '遍計所執性'에서 비롯된다.

그렇다면 인식 대상으로서 '三境'과 일체 법의 세 가지 自性에 대한 이해의 바탕 하에 실제 인식 과정으로서 '三量'에 대해 논해보자. 『相宗絡索』에서는 '量'을 다음과 같이 설명하였다.

> 量이란 것은 보이는 相을 인식하는 것으로, 前境을 가르고 정하여 아는 경계로 삼기 때문이다. 경계는 안으로 세우고, 量은 바깥으로 그린다. '前五

識'이 비춰지는 경계를 量으로 한다면, '第六識'은 따져보고 헤아리는 것을 量으로 하며, '第七識'은 집착하는 바를 量으로 한다.[15]

'量'을 지식의 근원이나 혹은 인식형식 및 지식의 진위를 판단하는 기준으로 삼고 있는 고대 인도 철학의 관점과 이러한 설명을 비교해 보면, 그 뜻은 기본적으로 맥을 같이한다. 王夫之는 기본적으로 이처럼 고대 인도 철학의 量論 관점을 계승함과 동시에 자신의 견해를 더하여 다음과 같이 三量을 한층 상세하고 구체적으로 해석하였다.

'現量', 現은 現在, 現成, 顯現眞實의 뜻이 있다. 現在는 과거를 인연으로 하여 모습을 만드는 것이 아니다. 現成은 접촉하자마자 깨닫는 것으로 인위적으로 깊이 생각하고 따지지 않는다. 顯現眞實는 곧 저것의 體性이 본래 이와 같은 것이니, 의심이 없이 드러내고, 허망함을 참여시키지 않는 것이다. 前五識이 속세(六塵)와 감각기관(六根)에서 합쳐질 때, 즉시 실제처럼 지각하는 것은 현재 본래의 色法이기에, 깊이 헤아림을 기다리지 않고 의심스럽고 허망됨은 더욱 없으니, 순전히 이 量이다. ······ '比量' 比란 것은 각종 일로써 각종 이치를 비교하여 헤아리는 것이다. 서로 유사한 것으로써 같은 것을 비교하기도 하는데, 예를 들어 소로써 토끼를 비교하면 모두 다 짐승이다. 혹은 서로 유사하지 않은 것으로써 다른 것을 비교하기도 하는데, 예를 들어 소가 뿔이 있다는 것으로써 토끼가 뿔이 없다는 것을 비교하면, 결국 확신을 얻게 된다. 이 量은 이치에는 그릇됨이 없지만, 본래 실상을 기다리는 데는 원래 비교함을 기다리지는 않는다. 이는 순전히 헤아리고 분별하는 것에서 생겨난 것이기 때문에, 오직 六識만이 이를 가지고 있다. ······ '非量'은 情은 있으나 이치는 없는 망상으로, 나에게만 집착하여 스스로를 확고히 여기고 끝까지 지키며, 결국 이 하나의 量만이 의지

---

15 (明)王夫之, 『相宗絡索』 '三量'條, 『船山全書』 第13册, p.536: "量者, 識所顯著之相, 因區劃前境爲其所知之封域也. 境立於内, 量規於外. 前五以所照之境爲量, 第六以計度所及爲量, 第七以所執爲量."

할만하고 바른 것이라고 여기는 것이다. 第七識은 순전히 이 量이다. 대개 八識의 相分은 根身, 器界로 된 幻影의 種子에 처음부터 물들지 않으나, 眞如를 오염시키면, 七識이 집착하며 量이라 여기니, 이는 천번 만번 잘못된 것이고, 땅에 금을 그어 감옥을 만드는 바탕이다. 第六識은 일부분의 散位獨頭意識으로, 홀연히 一念을 일으키면, 거북이 털과 토끼 뿔(절대로 있을 수 없는 일)과 같은 지난 것들을 만들어낸다.[16]

'現量'은 즉 圓成實性이 그림자로 드러나는 것이지만,[17] 實性本量은 아닌 듯하다. 比量은 依他起性이 만든 것이고, 非量은 遍計性이 망령되게 만든 것이다.[18]

王夫之는 現量에 '現在', '現成', '顯現眞實' 세 가지 의미가 있다고 생각하였다.

이 중 '現在'라는 의미는 '인식의 時空性'을 논증한 것이다. 다시 말해, 現量의 인식은 과거의 지식에 기반하지 않으며 오직 객관 실재만을 직접적으로 반영한다.

---

16   (明)王夫之, 『相宗絡索』'見分三性'條, 『船山全書』第13冊, pp.536-538: "'現量', 現者, 有現在義, 有現成義, 有顯現眞實義. 現在, 不緣過去作影. 現成, 一觸卽覺, 不假思量計較.顯現眞實, 乃彼之體性本自如此, 顯現無疑, 不參虛妄. 前五於塵境與根合時, 卽時如實覺知是現在本等色法, 不待忖度, 更無疑妄, 純是此量. ……'比量', 比者, 以種種事, 比度種種理. 以相似比同, 如以牛比兔, 同是獸類; 或以不相似比異, 如以牛有角, 比兔無角, 遂得確信.此量於理無謬, 而本等實相原不待比. 此純以意計分別而生, 故唯六識有此.……'非量', 情有理無之妄想, 執爲我所, 堅自印持, 遂覺有此一量, 若可憑可正. 第七純是此量. 蓋八識相分, 乃無始熏習結成根身器界幻影種子, 染污眞如, 七識執以爲量, 此千差萬錯, 畵地成牢之本也. 第六一分散位獨頭意識, 忽起一念, 便造成一龜毛兔角之前塵."

17   (明)王夫之, 『相宗絡索』'三量'條, 『船山全書』第13冊, p.538: 王恩洋校注에 이르길: "'現量乃圓成實性顯現影子', 非. 圓成實是諸法究竟眞理, 并沒有什麼影子 ; 旣云影子, 也便不是現量了."

18   (明)王夫之, 『相宗絡索』'三量'條, 『船山全書』第13冊, p.536: "現量乃圓成實性顯現影子, 然猶非實性本量. 比量是依他起性所成, 非量是遍計性妄生."

'現成'이라는 의미는 '인식의 直觀性'을 논증한 것이다. 다시 말해 객관 사물을 접촉하는 순간 조금의 이성적 사유나 추상적이고 議論的인 논리의 개입이 없이 대상을 인식하는 것이다.

'顯現眞實'이라는 의미는 '인식의 眞實性'을 논증한 것이다. 다시 말해 現量 인식은 제육식 '의식'의 이성적 인식 작용에서 원래 대상의 본질과 다른 인식 결과를 만들어낸 것이 아니라, 구체적인 객관 物像과 본성을 진실되고 완전하게 드러낸다는 것이다. 王夫之는 "석가모니는 오직 現量만을 크고 귀하게 여겼으나, 現量에서 비롯된 것은 결국 반드시 사물에 기인한다"[19]라 하였다. 이 중 매우 관건적인 점은 現量은 분명 실재적 사물에 근거하여 인식 작용을 발휘한다는 데 있다. 사람의 인식 결과[혹 경계] 중 '性境'은 실재 내적 경계와 외적 경계의 본성에서부터 생겨난 體相이다. 現量이 인식과정 중 단지 '性境'에서만 기인하는 까닭 역시 그가 인식하는 것이 단지 사실뿐이고 이름이나 분류, 분별을 가지지 않았기 때문인 것이다.

王夫之가 이처럼 상세한 해석을 한 이래 많은 학자들이 유식 불교의 인식론인 지식 범주 現量을 해석하려 하였다. 그중 영국의 인도 철학자 와더(A. K.Warder)는 "現量은 분별이 없는 지식이다. 여기서 '無分別(avikalpaka)'이라 해석하는 것은 '분류(visesana)'나 혹은 假立名言(abhidhyāyaka) 등의 '전환(upacāra, 比喩)'을 거치지 않은 지식을 말하는데, 그것은 다섯 가지 감각 기관의 각 방면에서 직접 色境(rûpa) 등과 같은 경계(境, artha)에 기인하여 나타난 것이다"[20]라고 하였다. 와더의 이러한 現量에 대한 해석은 상당

19   (明)王夫之, 『讀四書大全說』卷十, 『船山全書』第6冊, 제1089: "釋氏唯以現量爲大且貴, 則始於現量者, 終必緣物."
20   (영)A. K.Warder, 『印度佛教史』, 商务印书馆, 2000, p.421.

히 체계적임에도 불구하고, "생각하지 않고 얻는 것"[21]이라고 한 王夫之의 촌철살인을 넘어서지는 못한다고 하겠다.

王夫之는 또 '比量'의 해석에서 '比度'라는 말로써 논리적 사유의 개입을 증명하였다. '現量'이 일체 물상의 본질을 얻는 과정은 '直覺'의 과정이지만, '比量'은 인식과정 중에 개체 간의 보편성과 개별 개체가 간직하고 있는 개별성을 확인하기 위해서 반드시 다른 사물이나 事理가 필요하다. 여기서 사물 현상의 보편성과 개별성을 확인하기 위해 논리 사유의 작용은 필수불가결한 것인데, 바로 이 점이 現量과 比量의 구분점이다.

'非量'은 한마디로 '부정확한 지식'이라 개괄할 수 있다. 소위 '情은 있으나 理는 없는 망상'이란 것은 비록 주관적 인식의 개입은 있으나 논리적으로 따지고 헤아려보는 과정도 없음을 가리킨다. '非量'은 부정확한 '獨影境'이나 '帶質境'에서만 기인하기 때문에 이 경계는 사실과 전혀 부합하지 않는다.

지금까지 유식 불교의 인식론 범주로서의 現量에 대한 개념과 논리구조를 살펴보았다. 인도 因明學과 달리 유식 불교의 인식론에서는 일체 법의 본질에 더 가까이 가기 위하여 실제 인식 과정으로서 現量과 比量의 통일을 끊임없이 지향하고 있다. 『相宗絡索』에 따르면, 법상종의 일체 명제는 모두 '現量'의 진실이며, 일체의 해석은 모두 '比量'으로써 논증한다고 하였다. 比量이 없으면 現量이 없는 것이고, 現量이 없다는 것은 또 比量이 없다는 것이다. 변증법적 관점에서 보자면, 現量과 比量을 통일시키는 것이 유식 불교 인식론의 최고의 과제인 셈이다.

---

21   (明)王夫之, 『讀四書大全說』卷十, 『船山全書』第6冊, p.1088: "不思而亦得."

3. 古典詩學範疇: 現量

그렇다면 王夫之는 왜 법상종의 지식 범주 現量을 시학 범주로 옮겨 왔을까? 그는 도대체 문학적 틀 안에서 이 現量으로 무엇을 강조하고 추구하고자 하였을까? 이러한 의문에 대한 해답은 그 스스로가 『相宗絡索』에서 해석한 現量의 세 가지 의미 '現在', '現成', '顯現眞實'에서 찾을 수 있을 것이다. 그 중 유식 불교 인식론의 지식 범주 '현량'에서 시학 범주로의 변화가 두드러지는 '現在', '現成' 의미의 적용과 인식론적 해석을 구체적으로 언급한 '心目' 관계로부터 그 변화의 모습을 고찰해 보자.

3.1. '現在'와 '現成'의 적용

『相宗絡索』의 내용에 따르면, 現量의 '現在'的 의미는 '인식의 時空性'을 논증한 것이었다. 즉 '現量'의 인식은 과거의 지식에 기반하지 않으며 단지 객관 실재를 직접적으로 반영함을 의미한다. 이러한 유식론의 인식론은 시학 영역에서는 바로 시가 창작구상의 '현재'적 의미에 대한 주장으로 응용하여 해석할 수 있다.

'현재'는 시가 창작과정에서 개념화되고 추상화된 사상이론을 심미 대상으로 하지않으며, '그 즉시'라는 시간성과 '바로 그곳'이라는 공간성을 가지고 사람, 사물, 사건, 경물, 경치 등의 物像을 시가 심미 대상으로 한다는 것을 의미한다. 다시 말해 눈앞에 지금 존재하는 경물만이 創作靈感을 일으키는 심미적 동기를 가지고 있다는 것이다.

시인의 直覺능력(즉 심미 지각력)은 바로 시인의 창작 영감이다. 창작활동에서 영감은 순전히 시인 스스로의 감각 인식을 통해 만들어진 것이지, 복잡한 정신 사유 절차를 거쳐 만들어진 산물이 절대 아니다. 예를 들어, 자극적인 감각, 단순한 정신 의지 혹은 결심 등은 절대 시인에게 진실한 창작 영감을 줄 수가 없다. 소위 '영감'이란 것은 모종의 특정 物像을 접촉, 발견한 순간 비로소 떠오르는 것이다. 여기서 모종의 특정 物像이란 것은 시가 창작에서 심미 대상이 될 수 있는 사람이나 사물, 현상 등을 가리킨다. 그들은 창작의 원천이며, 또 창작구상의 출발점이다. 王夫之는 시인은 창작 대상 속에 간직되어 있는 審美結晶을 直覺 直觀하도록, 필히 '바로 그 현장'에서 '직접 겪어야 한다'라고 주장했다. 다음 그의 주장을 다시 살펴보자.

> 몸으로 겪어보고, 눈으로 보는 것이 엄격한 철칙이다. '흐리고 맑아짐이 여러 골짜기에 따라 달라지고'·'천지는 밤낮으로 떠 있네'와 같이 큰 경치 (大景)를 지극히 잘 묘사한다고 할지라도 역시 이러한 한계를 벗어날 수 없다. 지도를 보면서 '평야는 靑州와 徐州로 들어가네'라고 말할 수는 없으니, 오직 누대에 올라야만 직접 볼 수 있는 것일 따름이다. 담을 사이에 두고 雜劇 공연하는 것을 들으면, 그 노랫소리는 들을 수 있지만, 그 춤은 볼수가 없으며, 더 멀리 떨어지면 단지 북소리만 들릴 뿐이니 무슨 대목을 공연하였는지 말할 수 있겠는가? 앞으로는 齊와 梁이 있었고 뒤에는 晩唐과 宋이 있는데, 모두 마음을 속이어 재주를 자랑하는 것일 뿐이다.[22]

왕부지가 이 단락에서 주장하고자 하는 것은 시가의 심미 대상은 반드시 '目之所見'한 物像을 '身之所歷'한 과정을 거쳐 형상화를 진행해야만, 비로소 생동감을 갖춘 진실한 작품이 될 수 있다는 것이다. 만약 그

22　(明)王夫之,『薑齋詩話·夕堂永日緖論內編』第7條,『船山全書』第15冊, p.821: "身之所歷, 目之所見, 是鐵門限. 卽極寫大景, 如'陰晴衆壑殊'·'乾坤日夜浮', 亦必不逾此限. 非按輿地圖便可云'平野入靑徐'也, 抑登樓所見者耳. 隔垣聽演雜劇, 可聞其歌, 不見其舞; 更遠則但聞鼓聲, 而可云所演何齣乎? 前有齊梁後有晩唐及宋, 人皆欺心以炫巧."

렇지 않으면, 마치 지도를 보고 경치를 그리고 벽 뒤에 서서 雜劇 공연
을 보는 것과 같아, 비록 그 겉모습은 비슷하게 모방할 수 있을지라도,
자신의 체험을 바탕으로 한 진실한 창작 영감은 부족하게 되어, 결국 虛
情虛意의 경계만 남아버리게 된다.

앞에서 인용한 '陰晴衆壑殊'구는 바로 한눈에 들어오는 終南山의 전
경으로, 짙은 듯 옅은 듯, 있는 듯 없는 듯한 햇볕으로써 천 개의 골짜기
만개의 산봉우리가 가지고 있는 천태만상을 잘 표현해 주고 있다. 시인
의 자기 상상력이나 추측 등의 사유활동만을 이용한다면 이러한 '陰晴
衆壑殊'구는 과연 만들어질 수 있었을까? 시의 창작 대상인 종남산이
'지금 현재' 시인이 있는 '그 현장' 눈앞에서 펼쳐지고, '당시'에 직접 종
남산에 오른 '경험'과 '그 경험에서 얻어진' 감회가 있어야만 王夫之가
평가한 대로 "(창작의) 공교로움과 고통스러움이 모두 다 갖추어졌다.
사람의 힘을 하늘에 보태니, 하늘과 하나가 되었네"[23]라고 적어낼 수 있
기 때문이다.

유식 불교의 인식 과정에 대한 앞장 내용에서 확인했듯, '마음[心]'과
'외부 세계[境]'의 접촉을 통한 객관세계의 인식은 반드시 눈[眼]·귀[耳]·
코[鼻]·혀[舌]·몸[身] 다섯 감각기관을 거쳐야만 한다. 만약 이 다섯 감각
기관[五根]을 거치지 않는다면, 인간의 인식 작용은 근본적으로 발생될
수 없다. 다섯 감각기관[五根]과 외부 세계의 접촉은 인식 작용 중 제칠
'말나식'과 제팔 '아뢰야식'의 영향 하에 '의식'을 만들어낸다. 만약 이
인식 작용의 과정 중에 제칠 '말나식'에 의해 물들어 환상을 가지지 않
는다면 사람은 物像의 '眞如'를 지각할 수가 있다. 이것이 바로 '現量'이

---

23 (明)王夫之,『唐詩評選』卷三,『船山全書』第14冊, p.1001: "工苦安排備盡矣. 人力參天, 與
      天爲一矣."(王維「終南山」詩 評語)

다. 창작구상 과정 중, 王夫之가 '現量'의 '현재'로써 강조하고자 하는 바는 바로 진정한 창작구상 과정이 '사유', '추측', '상상'에 의해 물들지 않고, 인식 작용의 가장 기본적 요구, 즉 '본 것', '들은 것', '물은 것', '맛본 것', '접촉한 것' 등에서 출발하여 반드시 '그 당시', '그곳'이란 조건하에서 운용되어야 한다는 것이다. 이런 뒤에야 시는 비로소 "그 당시의 現量적 정경을 가질 수 있게 되는 것이다."[24]

다음 '現成'은 사전적으로 '현재 만들어진다'라는 의미를 가진다. 그렇다면 도대체 어떠한 사물이 '눈앞에서의 한 찰나(眼前一刹那)'에 만들어지는 것일까? 창작 구상과정 중 발생하는 '형상 사유'의 운동방식이 바로 그러하다. 王夫之는 '現成'을 "접촉하자마자 깨닫는 것으로, 思量과 計較를 빌리지 않는다"라 해석하였다. 이러한 해석은 그가 바로 창작구상 과정 중 창작 사유의 '순간성'이나 '直觀性'을 추구함을 증명한다. '卽景會心'으로 해석한 의미를 살펴보자.

'僧敲月下門'은 단지 망상억측일 뿐이라 마치 딴 사람의 꿈을 말한 것과 같으니, 설사 형용함이 그럴싸할지라도, 어찌 일찍이 조금이라도 마음과 관련된 것이었겠는가? 그러함을 알고 있는 이가 '밀다[推]', '두드리다[敲]' 두 글자를 깊이 읊조림은 타인을 대신하여 생각을 하는 것이다. 만일 景을 대하자마자 내면의 감흥이 솟아올랐다면[卽景會心] '推'字가 되든, '敲'字 되든 반드시 그중 하나에 생각이 머물게 되어, 景에 따르고 情에 따르면[因景因情] 자연히 영묘해질 것이니, 어찌 수고롭게 이리저리 견주고 비교하리오? '긴 강에 지는 해는 둥글고'는 처음부터 일정한 景이 있었던 것이 아니었고, '강 건너 나무꾼에게 묻네'는 처음부터 생각하지 않고 얻은 것이니, 즉 禪家에서 이야기하는 이른바 '現量'인 것이다.[25]

---

24 (明)王夫之, 『明詩評選』卷四, 『船山全書』第14冊, p.1321: "乃有當時現量情景."(皇甫涊「謁伍子胥廟」詩 評語)

王夫之는 세 개의 시구로써 창작구상의 두 측면인 '冥思苦索'과 '卽景會心'을 비교 설명하였다. 賈島의 「題李凝幽居」시 중 '僧敲月下門'는 앞 구인 '鳥宿池邊樹'와 함께 시인이 시어를 정미하게 다듬는 데 심혈을 기울였음을 보여주고 있다. 賈島는 창작구상 중 길고 긴 숙고를 거쳐, 마침내 '敲'자를 이용하여 시적 환경의 그윽하고 고요함을 형상화하기로 결정하였다. 적막 속에 산사의 문을 두드리는 역설적인 소리를 가미함으로써 고요함을 형상화한 이 부분은 사실 사람들의 예상을 뛰어넘는 뛰어난 표현이 아닐 수 없다. 비록 시인은 심사숙고의 과정을 거쳐 마침내 남다른 절묘한 詩境을 만들어내었지만, '敲'를 선택하여 만들어진 이 아름다움은 사실 완전히 시인의 '興會' 바깥에서 빚어 나온 것이지, 절대 마음[心] 속에서 자연스럽게 느껴 얻어진 것이 아니다. 이 점에서 본다면 "단지 망상억측일 뿐이어서 마치 딴 사람의 꿈을 말한 것과 같다"는 평가는 당연하다고 생각한다. 王夫之는 『相宗絡索』에서 "比量에서 比란 것은 각종 일로써 각종 이치를 비교하여 헤아리는 것이다. 서로 유사한 것으로써 같은 것을 비교하기도 하는데, ……순전히 헤아리고 분별하는 것에서 생겨난다. '非量'은 情은 있으나 이치는 없는 망상으로, 나에게만 집착하여 자신의 생각만을 확고히 한 채 끝까지 지키며, 결국 이 하나의 量만이 의지할만하고 바른 것이라고 여기는 것이다"[26]라고 해석하였다. 이러한 관점에 따르면, 賈島의 이 같은 창작구상과정은 순전히 '比量'이나 '非量'에 속한다. 왜냐하면 '僧敲月下門'구가 "단시 망상억측일 뿐이

25 (明)王夫之, 『薑齋詩話·夕堂永日緒論內編』第5條, 『船山全書』第15册, p.820: "'僧敲月下門', 只是妄想揣摩, 如說他人夢, 縱令形容酷似, 何嘗毫髮關心? 知然者, 以其沈吟'推'敲'二字, 就他作想也. 若卽景會心, 則或推或敲, 必居其一, 因景因情, 自然靈妙, 何勞擬議哉? '長河落日圓', 初無定景; '隔水問樵夫', 初非想得: 則禪家所謂現量也."
26 (明)王夫之, 『相宗絡索』'三量'條, 『船山全書』第13册, p.536.

어서……조금이라도 마음과 관련된 것이었겠는가……타인을 대신하여 생각하는 것이다"라는 평가는 現量 인식과는 부합되지 않기 때문이다.

이와 상반되게 '長河落日圓', '隔水問樵夫' 두 시구에 대해, 王夫之는 '卽景會心'의 작품이라 평가하였다. 사전 해석에 따르면, '卽'은 '就', '至'의 의미이다. 따라서, '卽景'은 "경물을 직접 대면하다", "경물에 접촉하다" 등으로 해석할 수 있다. '會'는 "깨닫다" "이해하다"의 뜻이다. 따라서 '卽景會心'은 "경물을 조우하여 순간적으로 깨닫다"라는 의미로 해석된다. 이미 몇몇 선배 학자[27]가 '卽景會心'에 많은 함의를 부여했지만, 몇 가지 시학적 함의를 더 보태려 한다.

王夫之의 주장에 따르면, '卽景會心'은 '現量'의 시학적 의미와 맥을 같이한다. 특히 '現成'은 그를 대표한다고 할 수 있다. 그중 창작 사유의 순간성과 "인위적으로 깊이 생각하고 따지지 않음"은 가장 핵심적인 것으로, 그를 통해 "일시에 흥이 일어나 그 자리에서 만들어진 미묘함을 얻는(得一時因興現成之妙)"[28] 경계에 이르게 되었다. 주지하다시피, 시가 예

---

[27] 童慶炳은 "'卽景'은 바로 경물을 직관하는 것인데, 이는 사물의 외적 형태에 대한 시인의 관조를 가리키는 것으로, 감성적 파악이다. '會心'은 마음속으로 깨닫고 이해하는 것인데, 이는 사물의 내적 함의에 대한 시인의 깨달음을 가리키는 것으로, 이성적 파악이다. '卽景會心'은 바로 경물을 직관하는 한순간, 외재적인 경물에 내재적인 정이 생겨나고, 그 정은 경물에 깃들어, 형태와 의미, 形과 神, 감성과 이성의 완전하고도 동시적인 통일을 실현하는 것이다."(『中國古代心理詩學與美學』, 中華書局, 1992, p.71)라고 주장하였다. 필자는 '卽景會心'에 대한 童慶炳의 이 주장이 비교적 정확하다고 여기기는 하지만, 그 중 "'卽景'은 감성 파악이고, '會心'은 이성적 파악이며, '卽景會心'은 바로 감성과 이성의 통일이다"라는 주장에는 동의하지 않는다. 왜냐하면 王夫之는 '卽景會心'에는 '現量'의 '現在' 의미를 포함하고 있다고 생각하기 때문이다. 만약 그의 주장과 같이 '卽景會心'이 감성과 이성의 통일이라면, 王夫之가 말한 "現成은 인위적으로 깊이 생각하고 따지지 않는다(現成是不假思量計較)"라는 주장과 모순이 발생한다. '現量'은 일종의 순수감성이다. 따라서 이성적 요소가 일단 개입되면 그것은 이미 '現量'이 아닌 것이다.

[28] (明)王夫之, 『古詩評選』卷六, 『船山全書』第14冊, p.872: 江總 「侍宴臨芳殿」詩 評語.

술의 형상은 구체적인 것이기 때문에 그 형상은 시인의 추리, 비교에서 나온 것이 아니라, 시인이 보고 듣고 경험한 것에서 유래한다. 심미 대상으로서의 객관세계[景]는 그 자체로서 존재하여 시인에게 무궁한 미적 추구를 가져다줄 뿐만 아니라, 시인이 아름다움을 감지하였을 때의 희열을 기대하게끔 한다. 하지만 이 객관세계는 필경 사람과 단절되어 그 스스로의 규율에 따라 존재한다. 이 때문에 그 자체는 대상으로서의 의미를 사실 넘어설 수 없다. 심미 객체[景]가 또 다른 하나의 심미 형상으로 재탄생되는 때는 오직 시인이 자신의 심미 지각 능력으로써 객관세계의 본질을 순간적으로 포착하는 그 순간, 바로 심미 주체인 시인을 조우할 때이다. 우린 이러한 과정을 문학작품 탄생의 과정, 시가 탄생의 과정이라 부른다. 시는 바로 이렇게 심미 주체인 시인에 의해 심미 대상인 경물과 서로 만나, 주체와 객체가 한 아궁이 속에서 융화되면서 마침내 진실한 심미 가치로 형상화되는 것이다.

이러한 주장을 총괄해 볼 때, 시학적 측면에서 소위 '卽景會心'은 창작구상과정에서 객관 사물의 심미 정화를 정련된 수사나 이성적 판단, 추측, 비교 등 이성 사유의 외재적 개입에 의한 손상됨이 없이, 단지 시인의 형상 사유 과정만을 거쳐 완전무결하게 또 다른 심미 정화로 옮겨가는 순간적인 활동이라 정의할 수 있다. 王夫之가 창작구상에서 이 같은 원칙을 일관되게 추구해 왔음은 문학 관련 저작 중에 보이는 많은 언급에서 충분히 확인할 수 있다.

우선 詩歌를 창작할 때,

> 경물에 다가서자마자 정을 품다.(卽景含情)[29]

29　(明)王夫之, 『古詩評選』卷五, 『船山全書』第14冊, p.746: 謝惠連 「西陵遇風献康樂五章」詩

눈길이 닿자마자 마음이 생겨난다.(觸目生心)[30]

경치를 만나자 마음이 생겨난다.(會景而生心)[31]

사물에 다가서자마자 정에 도달하다.(即物達情)[32]

사물을 조우하면 반드시 감정이 생겨난다.(觸物必感)[33]

敍事詩나 文章을 창작할 때,

사실을 집어넣으니, 사실을 접하자마자 정이 생겨난다.(使事翻入, 即事爲情)[34]

시는 곧 사실을 접하자마자 정이 생겨나고, 말을 듣자마자 그 상황을 그려내게 되니, 史法을 쓴 것이다.(詩則即事生情, 即語繪狀, 一用史法)[35]

사실을 접하자마자 정을 머금는다.(即事含情)[36]

관련 저작에서 부단히 주장한 그의 이 담론들은 비록 그 함의가 조금씩 차이가 있기는 하지만 '即景會心'의 시학 해석과 맥락을 같이 한다. 王夫之는 '長河落日圓', '隔水問樵夫' 두 시구가 "禪家에서 말하는 現

評語.

30 (明)王夫之, 『明詩評選』卷六, 『船山全書』第14册 p.1492: 邵宝「盂城即事」詩 評語.

31 (明)王夫之, 『薑齋詩話·夕堂永日緒論內編』제27조, 『船山全書』第15册, p.830.

32 (明)王夫之, 『薑齋詩話·夕堂永日緒論內編』제48조, 『船山全書』第15册, p.842.

33 (明)王夫之, 『詩廣傳』卷二, 『船山全書』第12册, p.409: 「論節南山」

34 (明)王夫之, 『古詩評選』卷三, 『船山全書』第14册, p.635: 徐防「賦得蝶依草」詩 評語.

35 (明)王夫之, 『古詩評選』卷四, 『船山全書』第14册, p.651: 古詩「上山采靡芜」詩 評語.

36 (明)王夫之, 『古詩評選』卷六, 『船山全書』第14册 p.833: 王融「臨高台」詩 評語.

量이다"라고 평하였다. 이 평가 역시 이 두 구가 '卽景會心'적 요구에 부
합한다는 사실에서 비롯된 것이다.

'長河落日圓'와 '大漠孤烟直'은 邊塞에 접어든 뒤 눈으로 본 국경 밖
의 특이하면서도 웅장하고 아름다운 풍관을 묘사한 것으로, 王國維는 이
시구를 보고 '千古壯觀'[37]의 명구라고 일컫기도 하였다. 그런데 이 시구
는 시인이 책상 주변에서 상상으로 만들어낸 것이 결코 아니라 멀리 邊
塞지방으로 나가는 도중, 전형적인 사막의 경물을 보자마자 '그 자리서
적어낸[現成]' 작품으로서 광활한 화면과 웅장하고 힘찬 意境을 가진 시
적 표현이라 할 수 있다.

'隔水問樵夫'구는 창작구상에 대한 王夫之의 이상적 추구를 더더욱
선명하게 부각시켰다. 王夫之는 이 聯을 평하면서 다음과 같은 찬사의
말을 보태었다.

> 結語 또한 그 광대함을 형용하고 있는데, 뛰어남은 '벗어남'에 있다.[38]

> 右丞의 뛰어난 점은 사방을 두루 끌어당기고, 둥글게 아우르는 가운데
> 자연스레 드러나게 하는 데 있다. 예를 들어 종남산이 광대하다고 말하고
> 자 하면, '사람이 들어가 머물 곳을 찾고자, 강 건너 나무꾼에게 묻네' 시구
> 로써 드러내었다.[39]

黃培芳는 이 시에 대해 다음과 같이 평가하였다.

37 (民)王國維, 『人間詞話』第51條, 『人間詞話新注』, 齊魯書社, 1994, p.45: "'大漠孤烟直,
    長河落日圓', 此種境界, 可謂千古壯觀."
38 (明)王夫之, 『唐詩評選』卷三, 『船山全書』第14冊, p.1001: "結語亦以形其闊大, 妙在脫
    卸."(王維 「終南山」詩詩語)
39 (明)王夫之, 『唐詩評選』卷三, 『船山全書』第14冊, p.1002: "右丞之妙, 在廣攝四旁, 圜中
    自顯. 如終南云闊大, 則以'欲投人處宿, 隔水問樵夫'顯之."(王維 「觀猎」詩 評語)

신비로운 경지이다. 사십 자 중 한 글자도 바꿀 수 없으니, 옛사람들이
말한 사십 인의 현인과 같다(글자 한 자의 결함도 작품 전체에 영향을 미
친다). 작은 곳에서 큰 것을 보며 매듭을 짓자마자 종횡으로 뒤섞여 변화무
쌍해지니, 사라지고 거두는 묘함을 가장 잘 얻었다.[40]

이 평어 중의 "錯綜變化, 最得消納之妙"는 두 가지 함의를 가지고 있
다. 첫째는 終南山 자체의 심대하고 헤아릴 수 없는 변화이고, 둘째는
시인의 시선을 大景에서부터 돌아오는 산 중의 사람으로 홀연히 옮겨간
것이다. 이 '錯綜變化'의 시적 경지는 '隔水問樵夫'에서 정점을 찍는데,
'사라지고 거두는(消納)' 여운을 남기고 있다. 王夫之가 말한 '벗어남[脫
卸]'은 바로 이러한 意境의 또 다른 표현일 따름이다. 王夫之는 이 의경
을 만들어낼 수 있는 원인이 "처음부터 생각하지 않고 얻었던 것[初非想
得]"에 있다고 주장하였다. "初非想得"은 시가 작품이 "사물과 접촉하자
마자 곧 느껴져, 깊이 고민하고 따져보는 것을 빌리지 않았음"을 가리킨
다. 王夫之는 『夕堂永日緖論內編』에서 이에 대해 한 걸음 더 들어간 해
석을 하였다.

'사람들이 들어가 머물 곳을 찾고자, 강 건너 나무꾼에게 묻네'는 산의
멀고 넓으며 황폐하고 아득함을 알 수 있는데, 위 여섯 구와 처음부터 정
취가 다르지 않고, '主'와 '賓'이 분명하니, 獨頭意識이 터무니없이 상상하
여 그려낸 것은 아니다.[41]

40　陳鐵民 校注, 『王維集校注』卷二, p.195: 再引用'翰墨園重刊本『唐賢三昧集浅注』卷上'之
　　言: "神境. 四十字中無一字可易,　一結從小處見大, 錯綜變化, 最得消納之妙."
41　(明)王夫之, 『薑齋詩話·夕堂永日緖論內編』第16條, 『船山全書』第15冊, p.825: "欲投人處
　　宿, 隔水問樵夫則山之遼廓荒遠可知, 與上六句初無異致, 且得賓主分明, 非獨頭意識懸相
　　描摹也."

유식 불교의 인식론에서 언급되는 '獨頭意識'은 어떤 때는 실재하는 '性境'을 인식할 수도 있고, 또 어떤 때는 단지 착각하는 '帶質境'만을 인식하거나 심지어 실재하는 것이 하나로 없는 마음에서 일어나는 '獨影境'만을 인식할 수도 있다. 본래 入定에 들었을 때 보여지는 것을 제외하고는 '獨頭意識'은 진실성은 전혀 없고 단지 예측하고 고민하고 망상, 환각만이 있기에, 그들은 比量이나 非量에 속한다. 王夫之가 '隔水問樵夫'를 평할 때 '獨頭意識'을 언급한 까닭 역시 창작구상 과정 중 진실한 감각의 유무와 추측 짐작의 개입 여부를 토의해 보려 하는 데 있다. 이러한 논리에 따르면, '隔水問樵夫'구는 "스스로 헤아리고, 스스로 예견하거나" 혹은 "꿈속, 환각 속" 같은 比量·非量에서 나온 것은 아니며, 바로 '一觸卽覺'하고 '卽景會心'한 '現量'의 산물에 속한다는 것을 의미한다.

3.2. '心目'을 통한 발현

王夫之는 지식론의 범주에서 시학 영역으로 '現量'의 의미를 적용하면서, 직접 '현량'을 언급한 것 이외에 '卽景會心'와 같은 시학 명제를 통해 그의 시학 이상을 주장하기도 하였다. 그렇다면 王夫之의 저작 중 여러 차례 언급되고 있는 '心目' 역시 그와 동일한 시학적 의의를 가지고 있는 것일까? 또 '現量'과는 과연 어떻게 연관되어 있을까?

철학사상 논저 중 王夫之는 '마음[心]'과 '눈[目]'을 다음과 같이 해석하였다.

마음[心]이란 것은 사람의 도리가 스스로 서는 것으로, 마음[心]에서 움직여 느끼게 되면 사람의 마음이 느껴 통하지 않음이 없다.[42]

그 마음[心]으로써 그 귀와 눈[耳目]를 바르게 하고, 그 귀와 눈[耳目]으로써 그 마음[心]을 생기게 한다.[43]

이 해석에 비춰보면, '마음[心]'은 정신상의 '인식'을 상징하고, '눈[目]'은 인식 과정 중의 '감각기관'을 상징하는 것으로 볼 수 있다. 객관세계를 인식할 때, 사람은 반드시 자신의 감각기관[五根]을 통하여 인식 대상을 감지한다. 이 같은 인식 과정 중, 각 감각기관은 자체의 본분에 따라 자기 일을 수행한다. 예를 들어, "눈으로 색을 변별하면, 색은 다섯 가지로 드러난다. 귀로써 소리를 살피면 소리는 다섯 가지로 달라진다. 입으로써 맛을 감지하면, 맛은 다섯 가지로 구별된다."[44] 하지만 감각기관[目]의 기능은 분명 한계가 있다. "보면 보이고, 들어서 들리면 (사물이) 있다 라고 말한다. 눈이 보는 것에서 끝나고, 귀가 듣는 것에서 끝나면 (사물이) 없다 라고 말한다."[45] 그래서 王夫之는 감각기관의 이같은 한계에 대하여, "눈으로써 보는 것은 얕으나, 마음으로써 보는 것은 정확하다"[46] 라고 지적하였다. 만약 오직 감각기관에만 의지한다면, 감각기관이 파악하는 객관세계에 대한 자료는 근본적으로 '인식'이라고 일컬을 수 없다. 진정한 인식 활동은 감각기관이 파악한 자료를 분석하고 해석할 수 있

42 (明)王夫之, 『禮記章句』卷十九, 『船山全書』第4冊, p.930: "心者, 人道之所自立, 動於心而感, 人心無不格矣."

43 (明)王夫之, 『詩廣傳』卷三 「小雅·論都人士」篇, 『船山全書』第3冊, p.432: "以其心貞其耳目, 以其耳目生其心."

44 (明)王夫之, 『尚書引義』卷六, 『船山全書』第2冊, p.407: "由目辨色, 色以五顯; 由耳審聲, 聲以五殊; 由口知味, 味以五別."

45 (明)王夫之, 『張子正蒙注』卷九, 『船山全書』第12冊, p.361: "視之而見, 聽之而聞, 則謂之有. 目窮於視, 耳窮於聽, 則謂之無."

46 (明)王夫之, 『古詩評選』卷四, 『船山全書』第14冊, p.646: "以目視者淺, 以心視者長."(「古詩十九首」評語)

어야하며, 이 같은 과정은 정신상으로 '감지', '해석', '추리', '판단' 활동을 책임지는 마음[心]에 의지해야만 한다. 마음[心]이 있고 난 뒤에야 감각기관은 비로소 자신의 기능을 제대로 잘 발휘할 수 있게 되어, "눈이 만나 색이 되고, 귀가 만나 소리가 되는 것이다"[47]

마음[心]의 능력은 감각기관[目]과 서로 비교하면 상대적으로 한계가 없다고 할 수 있다. 그래서 王夫之는 마음[心]의 풍부한 함의와 거대한 능력에 대해 다음과 같이 설명하였다.

> 바람과 천둥은 형태는 없으나 모습은 있으며, 마음[心]은 모습은 없으나 느낌은 있으니, 고로 일단 생각을 일으키기만 하면 천 리 밖의 경계와 사리가 순식간에 기울어져 나타나니, 바람과 천둥보다 빠르구나.[48]

> 마음[心]이란 것은 만물의 주인으로서, 곧고 방탕함이 한순간 생각의 응함에서 구분되니, 고로 또 "마음이 들떠서 오락가락하면 벗이 네 생각을 좇을 것이다"라고 경계하며 천하의 움직임을 말하는 것이다. 길하고 흉하고 얻고 잃음을 서로 느끼는 것은 다함이 없으나, 마음[心]이 영혼으로 잘 움직여, 쉽게 왕래하는 것으로 요동치게 되면, 곧고 순수할 수는 있으나 후회가 없기는 쉽지 않다.[49]

마음[心]이 이처럼 엄청난 역량을 가지고 있는 내적 존재라 할지라도, 마음[心]은 그 홀로 존재할 수 없다. 만약 마음[心]과 감각기관[目]이 서로 협력하지 않는다면, 인간은 객관세계를 근본적으로 인식할 수 없으며,

---

47 (明)王夫之, 『莊子解』卷六, 『船山全書』第13冊, p.169: "目遇之而成色, 耳遇之而成聲."
48 (明)王夫之, 『張子正蒙注』卷三, 『船山全書』第12冊, p.134: "風雷無形而有象, 心無象而有覺, 故一擧念而千里之境事現於俄傾, 速於風雷矣."
49 (明)王夫之, 『周易內傳』卷三上, 『船山全書』第1冊, p.280: "心者, 萬物之主, 貞淫判於一念之應, 故又戒以'憧憧往來, 朋從爾思', 言天下之動, 吉凶得失相感者無窮, 而心以靈而善動, 易爲往來所搖, 則能貞吉而無悔者未易也."

감각기관 또한 스스로 파악한 객관세계의 정보를 근본적으로 감지하고
해석하고 판단하거나 추측할 수가 없다. 따라서 마음[心]과 감각기관[目]
은 필수 불가결한 관계로 맺어질 수밖에 없는 것이다. 아래 주장에서
'心目' 관계를 다시 살펴보자.

> 귀[耳]가 소리와 합쳐지고, 눈[目]이 색과 합쳐지는 것은 모두 열고 닫는
> 마음[心]의 창문 때문이다. 합해지면 고로 서로 인지한다.[50]

> 한 사람의 몸에 머물러 있는 것은 마음[心]이다. 그러나 마음의 신명함은
> 심장, 폐, 지라, 간, 신장 五藏에 흩어져 기탁하고, 귀, 눈, 코, 입술, 혀 五官
> 에서 감각을 기다린다.[51]

> 이러한 까닭에 마음[心]이란 것은 곧 눈의 안쪽 모습이고, 귀[耳]의 안쪽
> 창문이며, 얼굴의 안쪽 거울이고, 말의 안쪽 자물쇠이다. 그 나뉘어 있는
> 것을 합하기에, 즉 합한다 라고 이른다.[52]

사실 고대부터 다수의 학자는 대부분 정신상에서 마음[心]의 주도적
지위를 인정하는 것에 편중되어있었고, 육체 감각기관의 중요성에는 그
다지 주의하지 않았다.

> 마음[心]은 천지신명이 부여한 것으로, 일신의 주재자가 된다. 性은 아주
> 많은 도리로서 하늘에서 얻어, 마음에서 완전해지는 것이다. 智識과 念慮에

50　(明)王夫之, 『張子正蒙注』卷四, 『船山全書』第12冊, p.146: "耳與聲合, 目與色合, 皆心所
　　翕辟之牖也, 合, 故相知."

51　(明)王夫之, 『尙書引義』卷六, 『船山全書』第2冊, p.412: "一人之身, 居要者心也. 而心之神
　　明, 散寄於五藏, 待感於五官."

52　(明)王夫之, 『尙書引義』卷四, 『船山全書』第2冊, p.355: "是故心者卽目之內景, 耳之內牖,
　　貌之內鏡, 言之內鑰. 合其所分, 斯以謂合."

서 발현된 것은 모두 情이다. 그러므로 마음[心]은 性과 情을 총괄하는 것
이라고 이른다.[53]

　마음[心]이 아직 생겨나지 않으면 性에 속하고, 생겨나면 곧 情이 된
다.[54]

　하지만 王夫之는 이전 학자들과 달리 법상종 교리를 깊이 연구하는
중, 대체 불가능한 감각기관[目]의 중요성을 확인하게 되었고, 인간의 마
음[心]과 감각기관[目] 각자가 담당하는 독립된 역할을 충분히 인식하였
다. 이러한 인식론적 관점의 공감과 지지를 바탕으로 王夫之는 '心目'의
개념을 시학 영역으로 다시 가져왔다. 많은 시학 저작 중에 王夫之는
'以心目相取', '心目爲政'라는 명제를 빈번히 사용하였다.

　단지 마음과 눈[心目]이 서로 취하는 곳에서 景을 얻고 句를 얻으면 곧
생기[朝氣]가 있게 되며 神筆이 된다. 景이 다하면 뜻[意]이 그치고 뜻[意]
이 다하면 말이 멈추게 되니 필히 미친 듯이 찾아 억지로 묶어, 있는 것을
버리고 없는 것을 찾으려 해서는 안 될 것이다.[55]

　말(語)이 완전히 情에 미치지 못하더라도 情이 자연히 무한하게 되는 것
은 마음과 눈[心目]을 법으로 하고, 외물에 의지하지 않은 까닭이다.[56]

53　(宋)朱熹, 『朱子語類』卷九十八, 中華書局, 1999, p.2514: "心是神明之舍, 爲一身之主宰.
　　性便是許多道理, 得之於天而具於心者. 發於智識念慮處皆是情, 故曰心統性情者也."

54　(宋)朱熹, 『朱子語類』卷九十八, 中華書局, 1999, p.2515: "心之未發, 則屬乎性; 旣發, 則
　　情."

55　(明)王夫之, 『唐詩評選』卷三, 『船山全書』第14冊, p.999: "只於心目相取處得景得句, 乃爲
　　朝氣, 乃爲神筆. 景盡意止, 意盡言息, 必不强括狂搜, 舍有而尋無."(張子容「泛永嘉江日暮
　　回舟」詩 評語)

56　(明)王夫之, 『古詩評選』卷五, 『船山全書』第14冊, p.769: "語有全不及情而情自無限者, 心
　　目爲政, 不恃外物故也."(謝朓「之宣城郡出新林浦向板橋」詩 評語)

이러한 '以心目相取'와 '心目爲政' 명제는 시학적 관점에서 몇 가지 의의를 가진다.

첫째, 이는 시가를 창작할 때, 눈[目, 감각기관]으로써 포착한 객관 경물과 작가의 마음[心, 창작 감흥]을 서로 하나로 융합하여, 창작구상과 실제 창작과정을 완전하게 완성한다는 것을 가리킨다.

이 함의는 사실 앞에서 언급한 '卽景會心'의 개념이다. 이미 살펴보았듯이 '卽景會心'은 이성적 사유나 외재적인 개입이 없이 오직 시인의 형상 사유만을 거쳐 순간적으로 순수감성을 발휘하는 것이다. 만약 눈[目]의 작용만을 언급한다면 이 '形象化' 과정은 분명 '形似'에만 그칠 수 있을 것이다. 마음[心]의 협조와 동의가 있었기에 비로소 객관 경물의 심미 정화를 완전하면서도 아무런 부족함 없이 또 다른 종류의 形象으로 옮길 수 있었던 것이다. 이것이 바로 '卽景會心'을 추구하는 시학 이상이며, 또한 '심목으로 서로 취하고(以心目相取)', '심목을 주재자로 삼는(心目爲政)' 現量的 시학 이상인 것이다. '以心目相取'와 '心目爲政'하는 '卽景會心'의 특성을 충분히 보여주는 다음 평가를 살펴보자.

> '연못가에 봄 풀 돋아나고', '나비는 남쪽 정원으로 날아드네', '밝은 달은 쌓인 눈 비추고'와 같은 시는 모두 마음속[心中]과 눈 속[目中]에서 함께 융합되어, 말을 뱉자마자 곧 구슬같이 아름답고 옥처럼 윤이나니, 요컨대 각기 그 품고 있는 바를 보여주어 景色과 서로 만나게 된 것이다.[57]

'池塘生春草', '胡蝶飛南園', '明月照積雪' 세 구는 경치를 그릴 때, 묘

---

57 (明)王夫之, 『薑齋詩話·夕堂永日緖論內編』第4條, 『船山全書』第15册, p.820: "池塘生春草', '胡蝶飛南園', '明月照積雪', 皆心中目中與相融浹, 一出語時, 卽得珠圓玉潤, 要亦各視其所懷來, 而與景相迎者也.."

사하는 것이 결코 상상의 산물이 아니며 게다가 어떠한 인위적인 수식의 흔적을 거의 찾아볼 수 없이 아주 자연스럽다. 시인은 실제 경물의 심미 정화를 포착하여, 시어로써 자연스럽게 묘사해내었다. 그래서 봄날의 경치와 시인의 희열감이 그 가운데에서 하나로 융화되어, 과거에 대한 시인의 기억은 마치 수채화같이 한 구 한 구 중에 선명하게 나타나, 마치 시인의 輾轉反側하는 마음속 근심조차도 이러한 경치 중에 사라지는 듯하다. 이들 시구가 이 같은 심미 특성을 가지고 있기에 王夫之는 '得珠圓玉潤'으로써 그 아름다움을 높이 평가하였다. 시인은 눈앞의 경치를 접하였을 때, 마치 스스로가 객관 경물과 한 몸 일체가 되는 듯해진다. 시인은 근본적으로 창작의 감흥을 끌어내기 위하여 고뇌할 필요가 없으며, 또 처음부터 자신의 느낌 가운데 존재하지조차 않았던 字句를 딱딱하게 짜낼 필요가 없다. 시인은 자신의 '心目'으로써 진실한 景色을 直觀하고, 자신의 감흥이 시어 속에 녹아들도록 하는 것이다. "각기 그 품고 있는 바를 보여주어 景色과 서로 만나게 된다"라는 것은 바로 심미 대상의 진실한 면모와 시인의 '心目'이 일체가 된 오묘한 경계를 가리키는 것이다. 이 같은 사실로부터 王夫之가 창작구상 중 중요시하는 것이 '心目'으로서 景色의 정화를 直觀하는 것임을 알 수 있다. 이는 '現量'을 설명했던 '卽景會心'과 동일한 의미이다.

둘째, 王夫之는 "단지 마음[心]과 눈[目]이 서로 취하는 곳에서 景을 얻고 句를 얻으면 곧 생기[朝氣]가 있게 되며 神筆이 된다"라고 하였다. 여기에서 '心'과 연관된 것은 '情'이며, '目'과 연관된 것은 '景'이다. 만약 '心'이 '目'을 취하게 되면, 마음속의 '情'은 '景'을 얻어 객관화된다. 만약 '目'이 '心'을 취하게 되면, 외재적인 '景'은 '情'을 얻어 주관화된다. 이는 양방향의 과정이다. 이 과정 중에 '情景交融'의 경계는 자연스럽게 완성된다.

셋째, 王夫之는 심미 대상인 천지 경물과 작가의 '마음과 눈(心目)' 간
의 관계를 주장할 때 '以心目相取', '心目爲政'이 객관 경물의 미적 본질
을 포착하고 이를 완전하게 표현해내기 위한 필요 조건임을 강조하였다.

> 하늘과 땅 사이에 고유한 것은 자연의 아름다움인데, 흐르고 움직이며
> 생겨나고 변화되는 것에 따라 그 綺麗함을 만들어낸다. 마음과 눈[心目]이
> 미치는 곳에 文情이 이르니, 그 본래의 영화를 묘사함이 마치 존재하는 듯
> 드러내면, 빛나고 아름다움으로써 밝게 비추어 사람을 감동하게 함이 끝이
> 없게 된다. 古人들은 이로써 吟詠되어졌기에 神采가 절묘하다. 후인들은 그
> 아름다움에 놀라지만 바탕을 좇아 구하였음을 몰랐기에 이에 저들에게서
> 는 얻을 수가 없으며 단지 바깥으로부터 온 화려한 말만을 기록하여 액자
> 속에 題字만을 걸어두고 흰 것을 만나기만 하면 모두 銀이 되고 향을 만나
> 기만 하면 모두 사향노루의 향이 되며, 달을 사랑하여 언니로 삼고 바람을
> 불러 이모로 여기며, 숨어있는 龍은 虯龍으로 여기고 호랑이를 바꾸어 표
> 범을 만드니 어찌 저러한 형세로 굽이 영향을 미칠 수 있겠는가?[58]

> 천지의 景物, 작가의 마음과 눈[心目]은 마치 신령스러운 마음과 교묘한
> 재주가 부딪히기만 하면 곧 모여드는 것과 같으니, 어찌 다시 그 주저함을
> 고민하겠는가![59]

王夫之는 객관 심미 대상[자연 경물]은 고유의 심미 요소를 품고 있는

---

58 (明)王夫之, 『古詩評選』卷五, 『船山全書』第14册, p.752: "兩間之固有者, 自然之華, 因流
    動生變而成其綺麗. 心目之所及, 文情赴之; 貌其本榮, 如所存而顯之, 卽以華奕照耀, 動人
    無際矣. 古人以此被之吟詠, 而神采卽絶. 後人驚其艶, 而不知循質以求, 乃於彼無得, 則但
    以記識外來之華辭, 懸相題署:遇白皆銀, 逢香卽麝, 字月爲姊, 呼風作姨, 隱龍爲虯, 移虎成
    豹, 何當彼情形, 而曲加影響?"(謝庄「北宅秘園」詩 評語)
59 (明)王夫之, 『古詩評選』卷五, 『船山全書』第14册, p.733: "天壤之景物, 作者之心目, 如是
    靈心巧手, 磕着卽凑, 豈復煩其躊躕哉!"(謝靈運「遊南亭」詩 評語)

데, 이러한 경물 고유의 아름다운 요소를 묘사해내기 위해, 시인은 반드시 "마음과 눈이 미치는 곳에 文情이 이르도록" 해야 함을 강조하였다. 시가 작품 중, '마음이 신령스럽고 재주가 교묘하게' '천지의 경물'을 묘사해낼 수 있는지는 시인의 '마음과 눈이 서로 얻는(心目相取)' 여부에 달려있다.

마지막으로 王夫之는 '형식주의 창작', '인공적 수식', '이성적인 주관 판단'에 반대하였다.

이러한 주장은 시인은 응당 '心目相取'를 통해 심미 대상을 하나의 완전한 심미 존재로 여기고 진실하고 완전하게 파악하고 표현해내어야 하며, 개인적인 주관 의지로써 함부로 판단하거나 잘못된 영향을 끼쳐 미적 생동감과 완전성을 분리시켜서는 안 됨을 강조한 것이다. 梁·陳 이전의 시인들은 모두 진실한 창작 태도로써 경물을 그려내었지만, 그 이후의 시인들은 景語의 아름다움을 위해, 그 마음과 눈[心目]중에 나타나는 경물의 모습에서 벗어나 이전 사람들에게 배워온 경물을 묘사하는 시어들로써 경물을 묘사하였다. 하지만 이는 그 시인의 마음과 눈[心目]에서 얻어진 경물이 아니라, 시인의 정감과는 아무런 상관도 없는 한 무더기 말 쓰레기에 불과할 따름이라고 王夫之는 믿었다.

이상과 같이 '마음과 눈[心目]'을 중심으로 한 시학 추구는 王夫之 저작의 많은 부분에서 쉽게 발견할 수 있는데, 대부분 '現量'의 의미와 맥을 같이한 '卽景會心', '情景交融'적 함의를 가지고 있다. 이러한 점에서 '心目'개념과 '現量'범주는 시학적 측면에서 매우 밀접한 내적 연계를 가지고 있음을 확인할 수 있었다. 王夫之가 여러 차례 강조했던 '心目相取'는 유식 불교의 인신론적 논리를 정확히 반영하여 결국 '卽景會心'의 창작 태도로 이어졌으며, 이는 바로 '現量'의 또 다른 모습이었던 것이다.

4. 나오는 말

王夫之가 법상종 유식 불교의 견해를 깊이 연구한 것은 불교를 종교적으로 대하려 했던 것이 아니라 明代까지 시대를 휘감았던 心學의 유행에 반발한 시대적 요구에 대답한 것이라 짐작된다. 唐代 이후 중국 불교는 禪宗이 주류를 이루어 형이상학적 색채가 매우 강하였다. 하지만 법상종을 중심으로 한 유식 불교는 기존 불교의 성격과 달리 관념적 성격 속에서도 논리적이고 체계적이며 분석적 요소가 많아,[60] 明末 이후 요구되어진 실사구적이고 과학적인 시대 흐름에 충분히 보폭을 함께 할 수 있었다. 이러한 이유 때문인지 王夫之가 처음 개척했던 유식 불교에 대한 당시의 학술적 연구는 이후 중국 근대에 이르러 본격적으로 유행하기도 하였다.

『相宗絡索』에 대한 고찰에서 확인되었듯, 王夫之는 明末 淸初 당시 처음으로 유식 불교에 관한 전문적인 연구를 통해, 당시 중국철학 사상의 결점이라 여겨진 인식론의 부재나 논리성의 부족을 충분히 보완해내었으며, 더 나아가 이를 시학 범주로까지 확대하여 그 외연을 확장했다. 지금까지의 연구 결과에 따르면, 王夫之는 일부 교리의 해석에서는 조금 다른 견해를 가지고 있지만 인식론 영역에서는 기본적으로 법상종의 기본 관점을 수용하고 있다.

또 유식 불교의 인식론 영역에서 시학 범주로 확장된 현량 범주는 창작구상 중 반드시 출현하게 되는 각종 명제를 실증적으로 해석한 시학 이론으로 자리 잡아, 이미 중국 고전 시학의 핵심적 범주로 한 단계 격

---

60   김제란, 「동·서학의 매개로서의 唯識學의 유행」, 『불교학보』 제47집, 2007, pp.231-232.

상되었다.

그의 시학 범주 현량은 유식 불교의 인식론적 논리를 그대로 품고 있다. 소위 '인식'이란 마음[心]과 경계[境]가 서로 만나 일어나는 '이해'라고 정의하고 싶다. 인간은 다섯 가지 감각기관을 통해 객관세계를 인식하는데, 이러한 과정에서 제칠 '말나야식'에 의해 물들지 않고 '의식'과 올바르게 결합하여 현량의 인식으로 객관 사물의 본질을 투영하면 그 인식된 경계는 '性境'이 되며, 이로부터 원만하고 완전하며 거짓되지 않은 '圓成實性'의 自性에 이르게 된다. 이것이 바로 모든 진리에 이르는 완전무결한 인식의 과정이다. 이 인식 과정과 같이, 시가 창작의 과정은 창작 주체가 창작 대상의 심미 정화를 부단히 형상적으로 인식하고 찾아가는 탐색 과정으로서, 심미 대상으로서 객관세계를 만났을 때 시인은 분명 자신의 다섯 감각기관을 통해 그 심미 대상을 바라보고 호흡하며, '그 즉시' '그곳'에서 '卽景會心[현량 인식]'하여 심미 정화를 포착하게 된다. 그 포착의 과정은 '영감'이라는 외적 모습을 가지게 되고, 이로부터 탄생된 가장 완전하고 아름다운 시가 작품 안에는 시인의 형상적 인식과 감각기관을 통해 포착된 심미 정화가 하나로 융화되어 완전한 형상화의 결정체로 담겨진다.

시가 창작에서 형상화 결정체의 탄생과정은 만물 본성을 '생각하고 따져보는' 比量에서 출발하여 非量의 갈림길로 잘못 접어들지 않고, 마침내 일체 법의 실상을 現量으로 인식하여 얻은 性境에서 圓成實性의 自性에 이르는 유식 불교의 인식 과정과 너무나 닮아있다. 이 점에서 볼 때, 지식 범주 현량의 시학 범주로의 전환과 응용은 무결점의 완성이라고 평가할 수 있다.

유식 불교는 일체 모든 법은 오로지 마음[心]에서 비롯된다고 여긴다.

그러나 王夫之가 유식 불교의 현량을 시학 중에 적용할 때는 '現在'와 '現成', '顯現眞實'으로 해석하였고, '心目相取'를 수백 번 되뇌었다. 그 속에는 객관세계와 동떨어져 있는 듯한 유식 불교의 마음[心]은 어느덧 사라져 버리고, 王夫之의 '以氣爲主'的 철학 세계관과 함께 움직이는 마음[心]만이 깊이 새겨져, 세계 그리고 시가 창작을 더 논리적이고 구체적으로 해석하고 설명하고 있다.

제4장

『詩經』에 대한 雜感性 문장, 『詩廣傳』 考察

1. 들어가는 말

1368년 朱元璋이 세운 漢族의 왕조 明은 이백칠십여 년의 긴 역사를 지나 마침내 1600년대에 마지막 어둠의 터널로 접어들었다. 李自成에게 北京을 내준 崇禎帝는 스스로 목숨을 끊음으로써 기울어진 명의 운명을 알렸다. 이후 이미 꺼져가는 불씨를 다시 피워보려던 시도가 적지 않았으나, 1662년 南明의 永歷帝가 피살되고 反淸復明의 마지막 씨앗인 대만 鄭成功의 왕국이 淸軍에 의해 무너지자 명조는 역사 속으로 철저히 사라져 버리고 만다.

역사가들은 朱元璋이 세운 한족의 왕조 명의 멸망 원인은 직접적으론 李自成의 난과 외부적으로 끊이지 않고 명을 위태롭게 한 만주족의 흥기에서 비롯된 것이나, 보다 내적인 것은 환관과 내각의 정치적 부패, 경제구조의 와해 등 명 중기로부터 발생한 왕조 유지능력의 상실과 이

를 사상적으로 뒷받침한 理學의 경직성에 있다고 흔히 이야기한다. 弘治
正德 연간을 경계로 程朱理學이 중심이 되던 명의 학술사상은 王陽明의
心學에 그 주도권을 넘겼으며, 명이 멸망하자 이 심학에 반발해 일어난
새로운 시대 풍조가 經世致用 사상이었다.

　明末 淸初 당시 黃宗羲, 顧炎武와 함께 경세치용 사상의 선두에 선 王
夫之는 儒學의 '經世'정신으로, 經·史에 관한 방대한 지식을 활용하여
정치, 정책, 제도, 역사를 자세히 논하였다. 후대인들은 그의 학술에 대
하여 초기에 정주이학의 영향을 벗어나지 못하였으며, 평생 張載의 학설
을 받들며 존중하였고 宋明理學의 이단이라 일컬어지는 陸王心學을 혐
오하였다고 평가하고 있다. 왕부지는 儒家六經이 각각 저마다의 역할이
있다고 생각하였다.

　　『詩』의 比興, 『書』의 政事, 『春秋』의 名分, 『禮』의 儀禮, 『樂』의 規律은
　　닮지 않은 것이 없으며, 『易』이 그 義理를 총괄한다.[1]

　그는 육경은 先聖大道의 뜻을 충분한 해석할 수 있는 체계를 상호 간
에 잘 갖추고 있으며, 『역경』은 그 가운데 가장 근본이 된다고 여기었
다. 그는 올바른 治經은 결국 세계를 바르게 이해하는 첩경이 된다고 생
각하였기에, 학술 생애 중 經學의 義理를 찾는데 많은 정력을 투여하였
고, 당시 시대사조와 결합하여 經書의 微言大義를 해석해 내는 것에 힘
을 기울였다. 유학의 전통을 새롭게 創新하겠다는 "六經責我開生面"의
준엄한 태도는 실제 그의 삶에 그대로 구현되기도 하였다.[2] "나라의 다

1　(明)王夫之, 『周易外傳』卷六, 『船山全書』第1冊, 岳麓書社, 1993, p.1039: "詩之比興, 書
　　之政事, 春秋之名分, 禮之儀, 樂之律, 莫非象也, 而易統會其理."
2　葛榮晉 主編, 『中國實學思想史』中卷, 首都師範大學出版社 1994, p.541.

스림은 道에 근본을 두어야 하고, 道는 마음에 근본을 두어야 한다. 傳은 經에 날개를 다는 것이지만 經은 세상에 날개를 다는 것이다. 그 관건은 학술에서 통괄된다. (그 시대의)학술은 人心의 日月이다"[3]라고 여기던 당시 지식인들은 학술문화 상황이 사회정치 상황을 결정하고, 국가의 성쇠 흥망과 밀접한 관계가 있다고 인식하였다. 유학 사상에 근간을 둔 또 한 명의 지식인으로서 "국가가 흥하고 망하는 것에는 한낱 필부에도 책임이 있다"[4]는 왕부지의 다짐 역시 명조의 멸망 원인을 중국의 역사 문화 뿌리, 특히 經典의 해석에서 찾고자 하는 당시 지식인들의 초인적이고 결연한 의지를 대표하고 있다.

이러한 왕부지의 의지를 쏟아 넣은 경전 관련 저작 중 『시경』 관련 저작은 그의 학술 세계에서 매우 중요한 위치를 차지하고 있다고 말할 수 있다.

『시경』에 대한 왕부지의 인식은 기본적으로 "왕도정치를 한 자의 자취가 사라지자 시가 없어졌고, 시가 없어진 연후에 춘추가 지어졌다(王者之迹息而詩亡, 詩亡然後春秋作)"는 『孟子·離婁下』篇의 관점을 계승한다. 그는 『四書訓義』 중 맹자의 말을 다음과 같이 해석하였다.

> "왕도정치를 한 자의 자취가 사라졌다"는 것은 平王이 동천하고 政教號令이 천하에 미치지 않음을 이르는 것이다. "『시』가 없어졌다"는 것은 「黍離」가 「國風」으로 낮춰지자 「雅」가 없어졌음을 이르는 것이다. 『春秋』는 魯의 史記 이름이기에, 공자가 이 때문에 그를 첨삭하여, 노 은공 원년에서 시작하였지만, 실제는 평왕 49년이다.[5]

---

3   (明)錢謙益, 「大學衍義補刪序」, 『有學集』卷十四, 『錢謙益全集』第5冊, 上海古籍出版社, 2003, p.675: "治本道, 道本心. 傳翼經, 而經翼世. 其關棬統由乎學也. 學也者, 人心之日月也."

4   (明)顧炎武, 「正始」, 『日知錄』卷十三: "國家興亡, 匹夫有責."

『시경』에 대한 이러한 시각은 왕부지의 다른 저작인 『詩廣傳』에서도 쉽게 엿볼 수 있다.

평왕이 東都에 나라를 세우자, 晉·鄭이 보좌하고, 齊·宋이 감히 거스르지 않았으니, 백성들이 비록 고생하고 원망하였으나, 오히려 얽히고설켜 서로 헤어지기 어려운 情이 있었다. 桓王에 이르러, 뒤에는 忠厚의 은택이 끊어졌다. 그러므로 隱公 3년에 평왕은 崩御하고, 환왕은 보위에 올랐으니, 『춘추』가 여기에서 시작되었다. 맹자가 "聖王이 시를 채집하여 민정을 살피던 일이 사라지자 『시』가 없어졌으며, 『시』가 없어진 이후에 『춘추』가 지어졌다"라고 이른 것은 환왕을 말하는 것이다.[6]

즉 왕부지는 전통적 관점을 계승하여, 『시경』은 『서경』에서 『춘추』로 넘어가는 과도기에 처해있는 사실의 기록일 뿐만 아니라, 『시경』의 각 시편 또한 시대의 한 걸음 한 걸음의 변화를 반영하고 있다고 여겼다. 그에게 있어 『시경』은 『역경』처럼 그 스스로가 義理를 총괄할 수는 없지만, 그 義理가 천하에 어떻게 구현되는지를 보여주는 거울이었고 『춘추』가 지어지기 전까지 시대를 기록한 역사였다.

전통사상과 결을 달리하는 '志', '情', '心' 등 개념에 대한 해석의 변화와 각 시편의 군왕·신하에 대한 美刺, 버림받은 여인이나 사회 풍조에 대한 평가의 상이함[7]등, 『시경』에 대한 왕부지의 일부 관점은 기존 『시

5　(明)王夫之, 『四書訓義』卷三十二, 『船山全書』第8冊, 岳麓書社, 1996, p.516: "'王者之迹息', 謂平王東遷, 而政教號令不及於天下也. '詩亡', 爲黍離降爲國風, 而雅亡也. 春秋, 魯史記之名, 孔子因而筆削之, 始於魯隱公之元年, 實平王之四十九年也."

6　(明)王夫之, 『詩廣傳』卷一, 『船山全書』第3冊, 岳麓書社, 1996, p.343: "平王立國於東, 晉·鄭輔之, 齊·宋不敢逆, 民雖勞怨, 猶有繾綣之情焉. 迄乎桓王, 而後忠厚之澤斬矣. 故隱公之三年, 平王崩, 桓王立, 春秋於是乎託始. 孟子曰: '王者之迹熄而詩亡, 詩亡然後春秋作', 謂桓王也."

7　高文霞, 「論王夫之對『詩序』的反動及其成因」, 『蘭臺世界』, 2015年 第6期, p.178.

경』 해석의 기준이 되던 「詩序」와 다른 면도 있으나, 최소한 『시경』에 대한 기본 이해[8]는 전통적 시각과 궤를 같이한다.

왕부지의 학술 세계에서 이 같은 위치를 점하고 있는 『시경』 관련 저작을 간략히 살펴보면, 『詩經稗疏』는 『시경』에 출현하는 각종 사물과 해석 등을 고증하고 그 해석의 바름과 틀림을 판단하여 여러 학설의 부족한 부분에 다시 주석을 다는 등, 각 시편을 매우 상세하게 해석한 저작으로서, 淸代 詩經學에서 매우 중요한 위치를 차지하고 있다. 그는 이 책에서 「毛詩」의 견해에만 치우치지 않고, 『爾雅』를 시작으로 『毛詩傳箋』이나 『詩譜序』를 다시 보고, 『毛詩正義』, 『詩集傳』 등 역대 『시경』 대가들의 여러 해석을 채택하여 자신의 주장을 정리하였다. 말미에는 『詩經考異』와 『詩經叶韻辨』 두 편을 부록으로 하고 있다.

『詩譯』은 『시경』의 예술 방법론으로부터 '引譬連類', '見微知著' 등의 규칙을 설명함으로써, '興觀群怨'論이나 '情景交融'論 등을 中國文學批評史의 중요한 비평 명제로 자리 잡게 하였다.

『夕堂永日緒論·內編』은 역대 시인들과 작품에 대한 평가와 시학적 견해를 밝힌 詩話 작품이다. 이 저작은 작품과 시인들에 대한 평가의 글에서 文과 質, 意와 勢, 形과 神 및 '興觀群怨' 등 시가 비평과 관련된 다양하고 독특한 견해를 밝히고 있는데, 왕부지 문학사상의 핵심을 담고 있는 매우 의미 있는 문학 비평 저작 중의 하나라 말할 수 있다.

저작의 동기와 성격이 선명한 이들 『시경패소』, 『시역』, 『석당영일서

---

8 「毛詩序」: "치세의 음악은 편안하고 즐거우니 그 정사가 화하며, 난세의 음악은 원망하고 노여워하니 그 정사가 괴리되며, 망국의 음악은 애처롭고도 그리워하니 그 백성이 곤궁하다. 그러므로 득실을 바루고 천지를 동하고 귀신을 감동하게 하는 것은 『시』보다 더한 것이 없다(治世之音, 安以樂, 其政和, 亂世之音, 怨以怒, 其政乖, 亡國之音, 哀以思, 其民困. 故正得失動天地感鬼神, 莫近於詩.)"

론·내편』 등의 저작과는 달리, 왕부지의 『시경』 관련 저작에는 자신의
다른 저작이나 전통적 『시경』 관련 저작과는 차별화된 저작이 하나 있
다. 그것이 바로 본 논문의 연구 대상인 『詩廣傳』이다.

『시광전』은 『시경』 관련 저작으로서는 독특한 특색을 가진다. 여기서
'독특하다'라고 표현하는 까닭은 『시경』을 바라보고 이해하는 해설형식
과 내용이 전통적 주석이나 해설 등에서 보이는 전형적인 형식과 내용
으로부터 멀리 벗어나 그 자신만의 차별성을 가지기 때문이다.

본 연구는 이러한 특별함을 보이는 『시광전』 본문에 대한 상세한 윤
독과 기존 연구성과를 기초로 하여, 『시광전』의 서술특징을 살펴보고
그 주장의 내재적 구조를 고찰함으로써, 왕부지 문학사상의 근간에 접근
해보고자 한다.

2. 『詩廣傳』의 서술특징: 자유롭고 폭넓은 雜感性 문장

『시경』 관련 청대 今文經學派의 중요한 연구 저작이라 평가받는 魏源
의 『詩古微』에서는 "고향 先正 衡山 왕부지 선생의 『시광전』을 얻었는
데, 비록 齊·魯·韓 三家를 고증하지는 않았지만, 깊고 오묘한 이치가 탁
견이라, 왕왕 몰래 그와 함께 한마음이 되기도 하였다"[9]라고 『시광전』을
평가하였다. 그런데 이러한 '精義卓識'이라는 높은 평가는 간혹 이를 일
독하는 후인들에게 오히려 작지 않은 난관으로 작용하기도 하는데, 우선
『시광전』의 저작 동기와 성격에 대한 이해로부터 이 난관을 헤쳐 나가

9 　(淸)魏源, 『詩古微·詩古微目錄書後』, 『魏源全集』第1冊, 岳麓書社, 2004, p.736: "得鄕先
　　正衡山王夫之詩廣傳, 雖不考證三家, 而精義卓識, 往往暗與之合."

려 한다.

『시광전』의 저작 동기와 성격에 대한 이해를 높이기 위해서는 『시광전』을 校閱하고 訂正했던 王孝魚 선생의 견해를 먼저 참조하지 않을 수 없다. 船山學 개척자로 평가받는 王孝魚 선생은 왕부지의 이 저작의 성격에 대해 다음과 같이 설명하였다.

> 『시광전』은 왕선산이 『시경』을 읽으며 적은 雜感性 문장이다. 그는 개인의 철학, 역사, 정치, 윤리와 문학적 관점에서 출발하여, 『시경』 각 시편에 대하여 본뜻을 확대하여 설명하고 자신의 주장을 더하였기에, '廣傳'이라 불렀다. 전체 책은 모두 다섯 권으로 나눠져 있고, 제1·2권은 이「남」과 십삼「국풍」을, 제3권은 「소아」를, 제4권은 「대아」를, 제5권은 「주송」·「노송」과 「상송」을 논하고 있다. 전체 책은 모두 합쳐 237편의 크고 작은 문장으로 되어있다.[10]

실제 『시광전』에 실려 있는 237편에 이르는 문장들을 일독하면, 王孝魚 선생이 지칭한 '雜感性 문장'이란 말이 『시경』의 전통 주석을 단순히 보충하거나 왕부지의 시학 관점만을 주장하기 위해 이 책이 저술된 것이 아님을 의미하고 있다는 것을 알 수 있다. 사전적 의미에서 '雜'이란 '섞다', '다양하다', '비정상적이다'라는 의미로 해석된다. 이를 근거로 소위 '잡감성 문장'을 정의하면, '보편적 형식이 아닌 특별하거나 자유로운 서술형식으로써, 다양한 여러 감정이나 생각 등을 적어낸 문장'이라 정리할 수 있다. 즉 왕부지는 『시경』을 빌어 특별하거나 자유로운 서술형식으로써, 인간의 다양한 여러 감정이나 정치, 사상, 철학, 문학적 주장을 자유롭게 적어내어 그것을 책으로 엮은 것이다. 이러한 해석에 따라,

10   王孝魚, 「中華本點校說明」, 『船山全書』第3冊, 岳麓書社, 1996, p.517.

『시광전』의 서술특징은 우선 '자유로움'과 '넓고 다양함'이라는 두 가지 특징으로 귀결할 수 있다고 본다.

그중 첫 번째 특징은 '자유로움'이다. 이는 『시광전』이 전통적 해석이나 서술의 구속으로부터 자유롭다는 의미인데, '詩廣傳'이란 명칭에서 그 단서를 발견할 수 있다.

'詩廣傳'이란 명칭은 이 저작이 『시경』에 대한 '傳'의 하나임을 설명한다. 본래 고대에 '傳'이라고 하는 것은 '經'에 대한 해석이다. 예를 들어 毛亨의 『毛詩故訓傳』, 朱熹의 『詩集傳』등은 모두 『시경』이나 『시경』의 시편에 대한 해석과 주장으로서, 고대에 시가를 감상하고 해설하는 고정된 형식이었다.

사실 詩經學史 상 『시경』을 '傳'한 사람은 적지 않지만, 그중 『모시고훈전』은 『시경』을 '傳'한 경전적인 저작으로 여겨져 역대 古文經學家들의 중시를 받았다. 唐 孔穎達은 '傳'을 해석하길, "傳이란 것은 그 뜻을 전하여 알려주는 것이다"[11]라고 하였다. 이 해석의 뒤를 이어 또 "訓이란 것은 말하는 것으로, 사물의 모습을 말하여 사람에게 알려주는 것이다"[12]라고 덧붙였다. '訓'은 본래 일종의 해석방법으로서, 그 목적은 古語의 뜻이 명확하게 통하게 하는 것이다. 劉毓慶 선생은 "『모시』의 '故訓'과 『이아』의 '詁訓'은 사실 같은 것으로 선진시대 유가가 경전을 해석하는 것에서 유래하였다"[13]라고 하였다. 다시 말해, 『모시』의 해석은 「釋言」「釋詁」의 형식으로 구분된 『이아』와 같이 세밀하게 분류되어 있지

---

11 (唐)孔穎達, 『周南關雎訓詁傳』第一, 『十三經注疏·毛詩正義』上, 北京大學出版社, 1999, p.2: "傳者, 傳通其義也."

12 (唐)孔穎達, 『周南關雎訓詁傳』第一, 『十三經注疏·毛詩正義』上, 北京大學出版社, 1999, p.2: "訓者道也, 道物之貌, 以告人也."

13 劉毓慶, 『從文學到經學 - 先秦兩漢詩經學史論』, 華東師範大學出版社, 2009, p.421.

는 않다는 것이다. 孔穎達은 "'詁訓'이란 것은 고금의 다른 말을 해석하고, 사물의 모습을 분별하는 것이니, 즉 해석하는 뜻이 모두 여기에 귀결된다"[14]라고 疏를 달았다. 즉 '詁訓'은 고금의 다른 말에 대해 해석하고 분별하는 것이고, '傳'은 시구나 전체 시의 뜻에 대해서 상세히 해석하는 것으로 論說이나 議論의 특성을 겸하고 있다. 따라서 『모시고훈전』의 중점은 '訓'보다는 주로 '傳'에 치우쳐 있고, 朱熹의 『시집전』 또한 이와 같다. 그러나 毛亨의 『傳』과 朱熹의 『傳』은 모두 訓詁를 빌어 적은 것으로, 먼저 '訓'한 뒤 '傳'한 것이다. 그러나 왕부지의 『시광전』은 '傳'이지만 '訓'의 지원을 완전히 벗어나 독립적으로 '傳'을 이루고 있다. 『시광전』은 기존 '傳'과 달리, 시의 원문을 기록하지도, 字句·詩語에 대한 해석에 집중하지도 않았으며, 시가의 전체 의미에 대해서 상세히 설명하고 詩意로부터 상당히 많은 부분을 '확대·파생[引伸]'하여 주장을 펼쳤다. 즉 『시광전』은 전통적인 '詁訓'방식이나 「序」·「傳」에 구애되지 않은 채 '雜感'이라는 독특하고 자유로운 서술형식을 이용하여 '傳'의 공간을 충분히 확대함으로써 독특한 '논술적 설명'방식을 이루었다.[15]

『시광전』의 두 번째 특징은 '넓고 다양함'이다. 이는 『시광전』이 『시경』 각 시편을 '넓게[廣]' '확대·파생[引伸]'시켜 해석하며, '확대·파생[引伸]'된 그 해석은 '다양하고 넓은[廣]' 영역의 주장을 담고 있다는 重義的 의미이다.

앞에서 살펴보았듯이, 『시광전』은 분명 '傳'이다. 다만 여기서 반드시 기억해야할 것은 전통적인 '傳'과 달리 '廣'한 '傳'이란 점이다. 『시광전』

---

14 (唐)孔穎達, 『周南關雎訓詁傳』第一, 『十三經注疏·毛詩正義』上, 北京大學出版社, 1999, p.2: "'詁訓'者, 釋古今之異辭, 辨物之形貌, 則解釋之義盡歸於此."

15 納秀艶, 「王夫之『詩經』學研究」, 陝西師範大學博士學位論文, 2014, pp.65-68.

의 한 문장 한 문장을 세심히 살펴보면, 왕부지는 여기에 자신의 심오한 철학사상, 정치이상, 문학주장을 폭넓게 담고 있음을 알 수 있다. 그는 『시경』 한 편 한 편을 '넓게[廣]' '확대·파생[引伸]'하여 그 사상을 '넓게[廣]' 주장하였으며, 정치, 윤리, 도덕, 사상, 역사 및 문학 등 관련된 그의 다양한 주장들은 여기에서 '확대·확장'하였거나 '파생'되어 나왔다. 『시경』의 시편과 짝을 이루는 『시광전』의 해석을 예로 하여 이러한 특징을 살펴보자.

첫째 「周頌·芣苢」篇이다. 이 시편은 모두 열두 구로, 전체 시는 아래와 같다.

> 采采芣苢, 薄言采之.　캐고 캐는 질경이를 잠깐 뜯노라.
> 采采芣苢, 薄言有之.　캐고 캐는 질경이를 잠깐 얻노라.
> 采采芣苢, 薄言掇之.　캐고 캐는 질경이를 잠깐 줍노라
> 采采芣苢, 薄言捋之.　캐고 캐는 질경이를 잠깐 훑노라
> 采采芣苢, 薄言袺之.　캐고 캐는 질경이를 잠깐 옷소매에 담노라.
> 采采芣苢, 薄言襭之.　캐고 캐는 질경이를 잠깐 옷자락에 담노라.

「부이」편은 시 그 자체로만 본다면, 부녀자들이 질경이 따는 수레 앞에서 편하게 부른 노래로, 노동의 모습 속에서 부녀자의 편안한 마음을 엿볼 수 있다. 이 시를 해석하는 전통적 견해를 우선 확인하고, 왕부지의 해석을 살펴보자.

> 「모서」 : 「부이」는 後妃의 아름다움을 읊은 것이니, 천하가 화평해지면 부인들이 자식을 둠을 즐거워하게 된다.

> 『시집전』: 교화가 행해지고 풍속이 아름다워서 家室이 화평하니, 부인이 일이 없어 서로 더불어 이 질경이를 뜯으면서 그 일을 읊어 서로 즐거워한

것이다.

『모시정의』: 만약 천하가 전란으로 뿔뿔이 흩어지고 병역이 그치지 않으면, 자신도 돌보지 못하는 형편이니, 이때 어찌 자식을 생각하리오? 이제 천하가 평화로워, 부인들이 비로소 자식이 있음을 즐거워하는 것이다.

전원 속에서 노동하는 한가로움을 노래하는 듯한 이 노래를 『모전』과 『모시정의』에서는 평화로워진 천하에서 부녀자들이 자식을 둠을 즐거워한다는 견해로 해석하였다. 朱熹만이 한가로워진 부인들이 질경이를 뜯으며 즐거워한다고 해석하였다. 淸人 方玉潤은 『詩經原始』에서 "독자가 마음을 가라앉히고 감정에 사로잡히지 않은 채 이 시 속에 잠겨 노닐다 보면, 문득 농가 부녀자들이 삼삼오오 들판에서 수를 놓으며, 바람이 부드럽고 날씨는 화창한 가운데 무리 지어 노래하고 서로 화답하여, 노랫소리는 부드럽고 정신이 어떻게 넓게 트이는지 모를 정도이니, 이 시는 그 실마리를 찾을 필요 없이 저절로 그 뛰어남을 얻게 된다.……지금 남방의 부녀자들이 산에 올라 차를 따며 함께 노래하는 것은 여전히 이러한 남겨진 풍습에 있는듯하다"[16]라고 평하였다. 이런 각각의 시각을 염두에 두고, 이제 『시광전』의 내용을 살펴본다.

「부이」편은 힘써 일하던 것을 잠시 쉬는 것을 노래한 것이다. '文王은 일찍이 허름한 옷을 입으시고, 길을 넓혀 밭을 개척하시었고,' '이른 아침부터 해 기울 때까지 온종일 바쁘시어 밥 먹을 겨를도 없으셨는데', 농가의 여자들이 노래하며 풀을 줍는 것은 일이 있음을 잊어버리고 세월을 아까워하지 않는 바와 같다. 그러므로 나랏일을 게을리하면 백성을 살필 겨를도 없고 백성들과 더불어 쉴 시간도 없을 뿐이다. 정전이 없어지고 논밭길이

---

16   程俊英·蔣見元, 『詩經注析』上冊, 中華書局, 1999, p.20.

열리면, 백성들은 이에 원칙(법도) 없는 수확을 하게 된다. 월령이 없어지고 입춘입하·입추입동이 어지럽혀지면, 백성들은 이에 무질서하게 (농사일을) 안배하게 된다. 겸하여 아울러 官에서 징수를 할 때는, 농사짓는 이가 열을 수확해도 다섯을 거두어가게 되어, 백성은 이에 마음이 걱정으로 옮겨가 그 (농사짓는)일을 잘 하지 못하게 되는 것이다. 아무런 원칙 없이 수확하면, 욕심 있는 이들이 다투게 된다. 무질서하게 (농사일) 안배를 하게 되면, 게으른 이들은 더욱 게을러진다. 마음이 걱정으로 옮겨가면 일이 잘 되지 않고, 초췌해지고 하던 것만 반복하게 되어, 평생 힘들게 고생하고도 일을 할수록 더욱 야위어가니, 백성들이 힘을 쓸 수 없게 된다.[17]

왕부지는 「부이」편에 대하여 처음에 "힘써 일하던 것을 잠시 쉬는 것을 노래"하여, 질경이를 캐는 노동 이후 부녀자들의 편안함과 여유로움을 이야기하는 듯하였다. 하지만 『尙書·周書·無逸』편의 文王의 일을 인용하여 그 정치적 견해를 밝혔다. 이어지는 문장에서 그는 井田制의 폐지를 언급하며 土地兼幷制度를 맹렬히 비판하였다. 역사에서 확인된 바만 보더라도, 왕실, 귀족, 토호 등에 의한 대토지 소유의 합법화를 만든 토지겸병은 인근 소농들의 경작 토지를 매매나 고리대 등의 방법으로 흡수하거나 병합하여 대농장이 되는 불법적인 토지점유를 만들어내는 제도로서, 소수의 부자는 더욱 부자가 되고 다수의 빈곤자는 더욱 빈곤하게 만들어, 백성들이 고달픈 삶을 영위하다 결국 뿔뿔이 흩어지도록 하는 데 매우 치명적 역할을 한 역사의 산물이었다. 명대 당시 토지겸병

17　(明)王夫之, 『詩廣傳』卷一, 『船山全書』第3冊, 岳麓書社, 1996, p.304: "芣苢之詩, 力之息也. '文王卑服, 卽康功田功', '自旦至於日中昃, 不遑暇食', 田家婦子, 乃行歌拾草, 一若忘其所有事而弗愛其日. 故徧國無暇民, 廙民無暇日, 無與爲之息焉耳. 井田廢, 阡陌開, 民乃有無度之獲; 月令廢, 啓閉亂, 民乃有無序之程. 兼幷興, 耕者穫十而斂五, 民乃心逐於憂而不善其事. 獲之無度, 則貪者競; 程之無序, 則惰者益愉; 心移於憂而所事不善, 則憔悴相仍, 終歲勤苦而事愈棘, 民不可用矣."(周南 「論芣苢一」)

의 사례는 『大明會典』이나 『明史』, 『御製大誥』 및 『續文獻通考』 등의 典籍에서 수없이 많이 보이며 그 방법도 다양하게 나타나고 있다.[18] 한 국가의 경제구조를 결정하는 토지제도는 그 올바른 시행 여부에 따라 사회의 계급구조를 뒤흔드는 중요한 요인으로 작용하고, 백성의 생존과 도 직결되었다.[19] 왕부지는 토지겸병은 민심의 혼란을 조성하고 농사에 무심하게 하며 나아가 농업의 지속적인 발전에 엄중한 영향을 주기에, 백성들의 삶을 위해 반드시 고쳐져야 한다고 주장하였다. 이러한 비판에 머물지 않고 더 나아가 왕 노릇을 하는 자들의 백성들에 대한 통치는 어 떠한 모습을 보여야 하는지, 토지의 分封과 관리에 대한 대안을 통해 그 방법을 제시하기도 하였다.

> 만약 윗사람이 마음을 부지런히 하면, 아랫사람은 힘을 수고롭게 하지 않아도 된다. 아랫사람은 어떻게 힘을 수고롭게 하지 않을 수 있을까? 농 사짓는 선진적 기술[式]을 가르쳐주면, 일을 함에 법도가 있다. 파종과 수 확의 적당한 시기[時]를 가르쳐주면, 일을 함에 순서가 있다. 토지로서 적 합한 정도[資]를 가르쳐주면 일을 하면서 비로소 근심이 남지 않게 된다.[20]

그는 토지의 분봉과 관리는 '式' '時' '資'에 대한 중시, 즉 '농사짓는 선진적 기술[式]', '파종과 수확의 적당한 시기[時]', '토지로서 적합한 정 도[資]'가 매우 중요하며, 이 세 가지가 서로 간에 유기적으로 결합 되어 그중 하나도 빠져서는 안 됨을 강조하였다.[21]

---

18 宋正洙, 『中國近世鄕村社會史硏究』, 도서출판 혜안, 1997, pp.78-81.
19 葛榮晉 主編, 『中國實學思想史』中卷, 首都師範大學出版社 1994, pp.537-539.
20 (明)王夫之, 『詩廣傳』卷一, 『船山全書』第3冊, 岳麓書社, 1996, p.304: "上有勤心, 下無勤 力. 下奚以能無勤力也? 授之以式, 則爲之有度矣; 授之以式, 則爲之有度矣; 授之以時, 則 爲之有序矣; 授之以資, 則爲之而無餘憂矣."(周南「論芣苢一」)
21 程碧花, 「王夫之『詩廣傳』硏究」, 福建師範大學碩士學位論文, 2008, p.17.

위 『시광전』의 내용에 비춰보면, 왕부지는 「부이」편이 후비의 아름다움을 읊은 시편이라고만 해석하지 않았으며, 심지어 질경이 따는 노동의 모습 속에 부녀자의 편안한 마음만을 단순히 노래한 것으로 해석되길 더더욱 원치 않았다. 그는 「부이」편의 내용을 '확대[引伸]'하여, 백성에 대한 올바른 통치의 모습에 대한 지지와 토지겸병에 대한 반대 속에, 제도적 대안까지 제시하며 그의 정치사상을 강하게 주장한 것이다. 여기서 『시경』의 시편은 그에 의해서 더욱 '廣'하게 설명되고 논술되어, 정치제도 개선을 위한 방편으로 자리 잡게 된 것이다.

백성의 삶을 보살피고 왕 노릇하는 자의 바른 도리를 힘 있게 웅변하던 왕부지의 이러한 정치사상은 「論茉莒」편에서만 볼 수 있는 것이 아니다.

> 백성의 것을 바르게 취하는 자는 백성의 풍족함만 보고 나라의 위급함을 보아서는 안 된다. 백성이 풍족하면, 나라가 비록 위급하지 않아도 취한다. 비록 나라가 위급하더라도 백성이 풍족하지 않으면 취해서는 안 된다. 백성의 것을 바르게 취하지 않는 자는 반대로 情이 그 위급한 곳으로 내달려 백성들이 풍족하지 않음을 불쌍히 여기지 않는다. 진실로 위급한 바가 아니라면 비록 백성이 취할 만하더라도 느슨하게 해야 한다. 진실로 위급하면, 비록 취할 만한 것이 없더라도, 급하게 해야 한다. 그러므로 취하고 취해서는 안 되는 셈을 제대로 할 줄 아는 자는 곧 함께 백성을 생각할 수 있고 함께 나라를 생각할 수 있어, 취함에 궁하지 않다.(小雅 「論大東」)[22]

---

22 (明)王夫之, 『詩廣傳』卷三, 『船山全書』第3冊, 岳麓書社, 1996, p.420: "善取民者, 視民之豊, 勿視國之急. 民之所豊, 國雖弗急, 取也; 雖國之急, 民之弗豊, 勿取也. 不善取民者反是, 情奔其所急, 而不恤民之非豊: 苟非所急, 雖民可取, 綏也; 苟其所急, 雖無可取, 急也. 故知取勿取之數者, 乃可與慮民, 乃可與慮國, 不窮於取矣. 順逆者, 理也, 理所制者, 道也; 可否者, 事也, 事所成者, 勢也. 以其順成其可, 以其逆成其否, 理成勢者也. 循其可別順, 用其否則逆, 勢成理者也. 故善取者之慮民, 通乎理矣; 其慮國, 通乎勢矣."(小雅 「論大東」)

'군자의 부역감이여, 돌아올 기약을 모르고'. 기약하지 않은 것이 아니라, 비록 기약하고자 하나 할 수 없다. 東周가 백성들의 마음을 잃어버렸으니, 마땅히 망하는 것이다.(王風「論君子於役」)[23]

선왕은 힘쓴 지 천년 만에 겨우 이루었지만, 후인들은 어지럽힌 지 하루 아침에 순식간에 무너지니, 그러므로 백성들을 막는 것은 물을 막는 것과 같다 라고 말한다. 개미 한 마리의 구멍이 천 리가 되는 큰물을 만드니, 이는 막을 수 있는 것이 없다.(王風「論汾沮洳」)[24]

나라를 다스리는 통치자들이 백성을 편안히 하고 그 삶을 보살피는 것은 왕 된 자의 바른 도리임을 웅변하던 왕부지의 정치사상은 당연히 유학 사상에 근간을 둔 것이다. 왕 된 자들이 백성을 편안히 하고 어질 게 대할 수 있는 정책을 제대로 시행할 때만이 "함께 백성을 생각할 수 있고, 함께 나라를 생각할 수 있다." 만약 백성들을 조금도 생각하지 않고, 가혹하게 세금을 거둬들인다면, 백성의 마음은 당연히 이로부터 멀어지고 머지않아 나라는 멸망의 길에 들어설 수밖에 없다. 東周의 멸망 역시 그 원인은 이로부터 말미암는다. 일단 백성의 마음이 그 나라로부터 떠나버리면 그것은 그 무엇으로도 막을 수가 없으니, 이는 마치 개미 하나가 만든 구멍에 긴 제방이 터져 큰물이 지는 것과 다르지 않다.

둘째, 「周頌·思文」篇이다. 이 시편은 모두 여덟 구로, 전체 시는 아래와 같다.

---

23 (明)王夫之, 『詩廣傳』卷一, 『船山全書』第3冊, 岳麓書社, 1996, p.341: "君子於役, 不知其期', 非不爲之期也, 雖欲期之而不得也. 東周之失民, 宜其亡矣." (王風「論君子於役」)

24 (明)王夫之, 『詩廣傳』卷二, 『船山全書』第3冊, 岳麓書社, 1996, p.360: "先王勞之千載而僅以成, 後人淫之一旦而疾以敗, 故曰防民猶防水也. 一蟻之穴, 千里之溢, 無能禁矣."(王風「論汾沮洳」)

思文後稷,　　문덕을 간직하신 後稷이여,
克配彼天.　　저 하늘에 짝하여 계시도다.
立我烝民,　　우리 뭇 백성들에게 곡식을 먹임이,
莫匪爾極.　　그대의 지극한 德이 아님이 없도다.
貽我來牟,　　우리에게 來牟를 주심은,
帝命率育,　　上帝께서 명하여 두루 기르게 하신 것이라,
無此疆爾界,　이 경계와 저 경계를 없게 하시고,
陳常於時夏.　떳떳한 道燧를 이 中夏에 베푸셨도다.

「사문」편은 周나라 사람들이 시조인 후직에게 제사를 지내는 내용으로, 백성을 위하여 복을 지은 후직의 덕이 하늘과 동등한 제사의 儀禮를 누릴만할 정도로 크다는 것을 찬미한 것이다. 이 시에 대한 전통적 견해는 대략 아래와 같다.

「毛序」: 「사문」은 후직을 하늘에 짝한 시이다.

『詩集傳』: 후직의 덕이 참으로 하늘에 짝할만하였으니, 우리 뭇 백성이 곡식을 먹을 수 있게 한 것은 그 덕의 지극함이 아님이 없다.

『毛詩正義』: 「사문」시는 후직을 하늘에 짝하는 시가이다. 주공이 이미 禮를 만들고, 후직을 추천하여 감응하는 상제에 짝짓도록 하여, 南郊에서 제사를 올렸다. 이미 제사를 지내고, 후직의 덕이 하늘에 짝지을만하다는 뜻을 술회하여, 이 노래를 지었다.

그렇다면 왕부지는 이 시편을 어떻게 해석할 것인가. 다시 『시광전』을 살펴보자.

燧人·神農氏 이전에 군자가 주군에게 가지 않고, 여자가 배필에게 시집 가지 않는다는 걸, 나는 감히 알지 못했으니, 부자·형제·친구가 서로 믿고

친할 필요가 없었다는 의미는 거의 밝은 빛과 같이 자세히 살핀다는 것인
가? 미혹함에 빠져있기 이전에 신선한 음식은 서로 섞이기 어려웠으며, 九
州의 들판에는 밥을 먹지 않고 불을 태우지 않는 자가 있어, 털과 피의 기
운이 마르고 본성은 불평이 많았음을 나는 감히 알지 못하였다. 軒轅氏의
통치는 오히려 마땅하지 않은 것인가? 『易·繫辭下傳』에 이르길, "황제·요·
순은 의상을 만들어 천하를 다스렸다"하였다. 음식의 기운은 깨끗하고 옷
의 쓰임은 곧 문채로워졌다. 백성들이 다스려지는 것은 후직이 곡식을 먹
이기 때문이다.[25]

왕부지는 이 「사문」편을 전통적 시각과 달리 보았다. 그는 후직이 백
성들에게 곡식을 먹인 일을 빌어, 그 뜻을 '확대[引伸]'시켜 자신의 역사
관을 논한 것이다.

先史時代, 즉 수인씨 신농씨 이전에 인류는 미개한 시대에 살고 있었
다. 인간은 날 것과 익힌 음식을 서로 뒤섞어 먹었다. 몸에는 옷이 없었
고 예의는 더더욱 없었다. 임금과 신하의 구분도 없었고 남녀가 뒤섞여
살았다. 혼인에는 분별됨이 없었고 부자의 구별도 없었으며 형제의 情도
없고 친구의 의리도 없었다. 황제·요순시대에 이르러, 사람들은 깨끗한
익은 음식을 먹고 아름다운 의상을 입게 되면서, 야만적인 생활로부터
벗어나 점차 문명생활을 하기 시작하였다. 왕부지는 후직의 공이 백성들
이 농사를 짓게 하고 농업생산에 힘을 기울이도록 하며, 농경문명의 기
초를 다진 것에 있음을 강조하였다. 인류사회는 역사의 발전 속에서 부
단히 문명화되고, 역사의 진화 중 사회의 발전을 독려하고 사회는 역사

---

25   (明)王夫之, 『詩廣傳』卷五, 『船山全書』第3冊, 岳麓書社, 1996, p.491: "燧·農以前, 我不
      敢知也, 君無適主, 婦無適匹, 父子·兄弟·朋友不必相信而親, 意者其僅頮光之察乎? 昏墊以
      前, 我不敢知也, 鮮食顈食相雜矣, 九州之野有不粒不火者矣, 毛血之氣燥, 而性爲之不平.
      軒轅之治, 其猶未宣乎? 易曰: '黃帝·堯·舜垂衣裳而天下治.' 食之氣靜, 衣之用乃可以文.
      烝民之聽治, 後稷立之也."(周頌 「論思文」)

의 진보를 촉진한다. 왕부지는 「사문」에 대한 해석으로부터 진화론적
역사관을 '확대·파생[引伸]'해 낸 것이다.

　셋째, 「鄘風·載馳」편이다. 이 시편은 모두 스물넷 구로, 전체 시는 아
래와 같다.

載馳載驅,	말 달리고 수레 몰아,
歸唁衛侯.	돌아가 衛侯를 위문하리라.
驅馬悠悠,	말 몰기를 멀리하여,
言至於漕.	漕邑에 도착하리라.
大夫跋涉,	대부들이 산 넘고 물 건너오니,
我心則憂.	내 마음은 근심하노라.
旣不我嘉,	나를 좋게 여기지 않는지라,
不能旋反.	곧바로 돌아가지 못하노라.
視爾不臧,	너에게 좋지 않게 여겨지나,
我思不遠.	내 그리움은 잊을 수 없노라.
陟彼阿丘,	저 언덕에 올라,
言采其蝱.	貝母를 캐노라.
女子善懷,	여자가 근심을 잘하는 것은,
亦各有行.	또한 각기 道가 있거늘.
許人尤之,	許나라 사람들 이를 허물하니,
衆穉且狂.	저 사람들 어리석고 미쳤도다.
我行其野,	내 들판을 걸어가니,
芃芃其麥.	우북한 보리로다.
控於大邦,	큰 나라에 하소연하고프나,
誰因誰極.	누구에게 의지하고 또 누가 도와줄까.
大夫君子,	大夫 君子들아,
無我有尤.	나를 허물하지 말지어다.
百爾所思,	그대들이 생각을 백방으로 하나,
不如我所之.	내가 가는 것만 못하느라.

이 「재치」편은 許穆公의 부인이 衛의 멸망을 슬퍼하여 漕邑으로 가서 衛侯를 위문하고 許大夫에게 위나라를 구해달라는 주장을 표현하기 위해 지은 시로서, 전체 시구에서 부인의 근심스러운 마음을 쉽게 느낄 수 있다. 시에 대한 전통적 해석을 보자.

「毛序」: 「재치」는 허나라 목부인이 지은 것이니, 宗國이 전복됨을 민망히 여기고 능히 구원하지 못함을 스스로 서글퍼한 것이다.

『詩集傳』: 宣姜의 딸이 허목공의 부인이 되었다. 그는 위나라가 멸망함을 민망히 여겨 말을 달리고 수레를 몰아 돌아가서 장차 조읍으로 가서 위후를 위문하려 하였는데, 도착하기 전에 許나라의 대부들이 분주히 산을 건너고 물을 건너 뒤쫓아 오는 자가 있었으니, 부인이 장차 그들이 돌아가서는 안 되는 義로써 와서 고하려는 것임을 알았다. 그러므로 마음에 이것을 근심하였다. 그는 이윽고 끝내 돌아가지 못하고는 마침내 이 시를 지어 스스로 그 뜻을 말한 것이다.

『毛詩正義』: 허목공의 부인이 위나라의 멸망을 민망히 여겨, 허나라가 작고 국력이 약해 구할 수 없음에 마음에 상처를 입어, 돌아가 그 오빠를 위문하고자 하였다.

『左傳·閔公二年』조에는 "겨울 12월, 狄人들이 위를 공격하였다. 위懿公은 학을 좋아하여, 학이 타고 다니는 軒이 있었다. 곧 적인들과 전쟁을 하려고, 나라에서 갑옷과 투구를 받은 이들이 모두 '학을 파견하시오! 학은 관직과 봉록도 있는데, 우리가 어찌 전쟁을 할 수 있겠는가!'라고 말했다.……적인과 熒澤에서 교전하다, 위국의 군사들이 대패하고, 적인은 마침내 위를 멸망시켰다"라고 「재치」편에서 이야기한 위의 멸망에 관한 사실을 역사로 기록하고 있다. 사실 이러한 역사적 사실을 통한 증명은 시에 생동감을 넣어주며, 독자로 하여금 작품에서 전달하고자 하는 詩意를 명확하게 이해하게 해주는 특징이 있다. 이 때문인지, 「재치」편에 대한 전통적인 해설은 대부분 허목공의 부인이 위의 멸망을 슬퍼하고 그의 오빠를 위문하려 했다는 내용으로 크게 차이가 나지 않는다. 그렇다면 『시광전』은 이를 어떻게 보았을까?

> '그대들이 생각을 백방으로 하나, 내가 가는 것만 못하니'. 내가 가는 것이 얼마나 고생스러운 것임을 스스로 말을 할 수는 없다. 그러나 그대들이 백방으로 하는 것은 이보다 못하다, 참으로 이보다 못하다.[26]

처음 「재치」편을 이야기하면서 왕부지는 멸망한 위를 구할 방법도 힘도 없는 자신의 처지를 한탄하는 허목공 부인의 마음속 끓어오르는 초조함, 근심 그리고 울분에 안타까워한다. 그런데 만약 왕부지의 이 글이 여기서 매듭지어진다면 『시광전』은 그저 다른 전통적인 『시』 해설서에서 크게 벗어남이 없다 할 것이다. 하지만 계속되는 『시광전』의 문장을 읽어 내려가다 보면, 그는 『시』를 다시 새로운 방향으로 '넓게[廣]' '확대·파생[引伸]'시키고 있음을 알 수 있다.

> 「재치」의 원망하는 여인, 「서리」의 遺臣, 湘水에 빠져 죽은 노인네, 燕南에서 죄수가 된 옛 재상은 슬프게 읊조리다 도리어 쓰러져도 한마디 말로써 그를 선양할 수도 없으니, 그 情을 함께 이야기할 따름이다. 十七史를 어디에서부터 이야기해야 하나! 공허한 옛날 암울한 현재, 그림자를 찾고자 하여도 마치 찾을 수 없을 듯하다.[27]

---

26 (明)王夫之, 『詩廣傳』卷一, 『船山全書』第3冊, 岳麓書社, 1996, p.334: "'百爾所思, 不如我所之.' 我所之者何若, 不能自宣也; 而百爾之不如, 洵不如矣." (鄘風 「論載馳」)

27 (明)王夫之, 『詩廣傳』卷一, 『船山全書』第3冊, 岳麓書社, 1996, p.334: "載馳之怨婦, 黍離之遺臣, 沈湘之宗老, 囚燕之故相, 悲吟反覆, 而無能以一語宣之, 同其情者喻之而己. 一部

위나라의 멸망에 근심하는 허목공의 부인, 西周의 遺臣으로 亡國之歎
하는 大夫, 자신의 곧은 뜻을 받아주지 않는 楚懷王을 원망하며 멱라강
에 몸을 던진 屈原, 燕南에서 元의 죄수가 된 옛 재상 文天祥은 결국 망
해가는 옛 조국을 안타까워하며 가슴 가득 울분을 안고 옛날을 되돌아
보는 이들이다. 왕부지는 결국 「재치」편의 해석에 이들을 소환하여 망
국의 유신인 자신의 심정까지 '넓게[廣]' '확대[引伸]'하였다. 이것은 『시』
를 해석하고 논하는 '傳'을 적는 작업을 마치 시인이 시를 창작하여 그
속에 자신의 감정을 기탁하는 것과 똑같이 여기며, 창작품인 '傳'에 스
스로 망국의 울분을 기탁하고 있는듯하다. 그래서 이 『시광전』의 행간
에는 주인 바뀐 강산을 바라보며 안타까워하는 명 유신의 비통함이 절
절히 어려 있음을 느낄 수 있다. 어쩌면 위를 구할 어떤 방법도 없어 가
슴 가득 울분이 가득했던 허목공 부인은 어느 순간 이민족의 침략에서
부터 명을 구하지 못했던 衡陽의 한 지식인으로 오버랩되며 '공허한 옛
날과 암울한 현재'를 처절히 느끼고 있었는지 모른다.

명 유신의 울분과 다짐은 『시광전』 「論素冠」편에도 고스란히 담겨있다.

河北이 할거하자, 백 년의 衣冠禮樂이 몰락하여 남김이 없었으니, 이후
燕雲十六州가 契丹을 떠받들어도 부끄러워하지 않았다. 그러므로 人情을
거스르고 禮法을 욕되게 하니, 사람들이 비로소 바라보고 의아해했다. 그
다음에 어쩔 수 없이 이어지고, 이미 오래되어져 가면서 잊어버렸다. 슬프
도다! 나는 날이 넘어 버리고, 천하가 그것을 따르며, 점점 오래도록 물들
면, 마음속 '가슴에 맺혀있는' 이를 구하여도 거의 그 사람이 없을 것을 두
려워하노라! '가슴에 맺혀있다'는 것은 천지의 외로운 기운이다. 군자는 살
수도 죽을 수도 있으나 잊을 수는 없으니, 진실로 이를 지켜야 한다.[28]

_____

十七史, 從何說起! 曠古杳今, 求影似而不得"(鄘風「論載馳」)

28   (明)王夫之, 『詩廣傳』卷一, 『船山全書』第3冊, 岳麓書社, 1996, p.377: "河北之割据也, 百

「소관」편은 본래 '삼년상을 행하지 않음을 풍자한 시'라고 하여, 喪禮에 관한 내용이 주가 된다. 하지만 왕부지는 이 「소관」편을 또 한 번 '넓게[廣]' '확대[引伸]'하여 해석하고 있다. 그는 시편 중 '가슴에 맺혀있음'을 명 유신의 울분으로 '확대[引伸]'하여 해석하고, 이 '蘊結'한 울분을 품고 있는 '君子'는 결국 포기할 수 없는 抗淸復明의 마음을 품고 있는 '明 遺臣'으로, '살 수도 죽을 수도 있으나 잊을 수는 없는' '진실로 지켜야 하는 것'은 변함없는 옛 왕조에 대한 충성의 마음이라고 고쳐 적었다.

왕부지는 '廣傳'이라는 서술형식을 빌려 매우 파격적인 생각들을 과감히 표현하였다. 엄격한 의미에서 이는 그의 경학적 관점과도 구별되고, 심지어 그를 넘어서기도 했다. 왕부지가 이렇게 자유롭게 자기의 주장을 충분히 표현할 수 있었던 것은 원문에 기초하지만, 그것에 구속되지 않는 '廣傳'이라는 '논술적 설명' 방식 덕분이다. 이처럼 『시광전』의 '넓은[廣]' '확대·파생[引伸]'은 정치, 역사, 사상 등에까지 이를 뿐만 아니라, 그의 주관적 의지와 감정까지 포괄하는 놀랄만한 확장성을 보여주었는데, '雜感'이라고 치부하기에는 너무 무겁고 파격적이다.

3. 『詩廣傳』의 내재적 精髓: '情', '性情'

그렇다면 자유로움과 넓음으로 대표되는 『시광전』의 핵심적인 논지

年之衣冠禮樂淪喪無餘, 而後燕雲十六州戴契丹而不恥. 故拂情蔑禮, 人始見而驚之矣. 繼而不得已而因之, 因之旣久而順以忘也. 悲夫! 吾懼日月之逾邁, 而天下順之, 漸漬之久, 求中心之'蘊結'者, 殆無其人與! '蘊結'者, 天地之孤氣也. 君子可生可死而不可忘, 愼守此也."(檜風 「論素冠」)

는 무엇이며, 왕부지가 이 틀 속에서 말하고자 하는 바는 무엇인가? 전
체 237편을 고찰한 결과, 『시광전』 권5까지를 꿰뚫는 내재적 精髓는
'情', '性情' 두 개념이다.

3.1. '情': 詩의 본질

총 5권으로 엮여 있는 『시광전』 전체 본문에서 가장 많이 언급되고
있는 의미 있는 개념은 '情'이었다. 통계적으로 총 422회 출현하는 '情'[29]
은 명실상부하게 『시광전』의 성격을 규정하는 열쇠라 할 수 있으며, 전
체 237편의 문장들도 비평한 시편의 성격이나 내용에 관계없이 모두
'情'자가 관통하고 있었다. 이러한 점에서 본다면, 『시광전』은 『시경』의
시적 상황을 빌어서 각 시편의 '情'을 정치, 철학, 역사, 문학 등에까지
확장[引伸]하여 논한 저작이라고 다시 정의할 만하다. 「邶風·北門」편을
읽으며, 왕부지는 다음과 같은 담론을 제시하였다.

> 시는 뜻[志]을 말하는 것이지, 意를 말하는 것이 아니다. 시는 情을 표현
> 하는 것이지 欲을 표현하는 것은 아니다. 마음[心]이 하고자 하는 바는 뜻
> [志]이다. 생각[念]이 얻고자 하는 바는 意이다. 스스로 억제할 수 없는 상
> 태에서 發한 것은 情이다.[30]

여기에서 왕부지는 "시는 情을 표현하는 것이다"라는 명제를 제시하

---

29 金陵本을 底本으로 1963년 校閱을 마친 『船山全書』의 『詩廣傳』을 일독하며 저작 중 '情'
  자의 출현 횟수를 통계로 내어본 결과, 卷一 174회, 卷二 104회, 卷三 87회, 卷四 35회,
  卷五 22회로, 『詩廣傳』 중에는 총 422회의 '情'자가 출현하고 있음을 확인하였다.

30 (明)王夫之, 『詩廣傳』卷一, 『船山全書』第3冊, 岳麓書社, 1996, p.325: "詩言志, 非言意
  也; 詩達情, 非達欲也. 心之所期爲者, 志也; 念之所覬得者, 意也; 發乎其不自已者, 情也."
  (邶風 「論北門」)

였다. 시학적 관점에서 볼 때, 이러한 천명은 그가 일관되게 주장한 詩歌抒情論이『시광전』에서 그대로 견지되고 있음을 보여줄 뿐만 아니라,『시광전』의 정수를 고찰해내기 위한 작업 역시 '情'에서 시작되어야 함을 보여주는 것이다. 이제 '情'의 역할에 주목하며,『시광전』을 다시 읽어본다.

『시광전』237편의 문장 중 첫 번째 편은『시경·관저』편을 논한 것이다. 주지하다시피, 전통적 시학관을 대표하는「모시서」에는『시경』의 첫 번째 작품인「관저」편에 '시가 발생론', '시의 효용', '시의 六義', '樂而不淫, 哀易不傷' 등 대표적인 儒家의 詩敎論을 담고 있다.「모시서」가 그러하듯,『시광전』「論關雎」편 역시 왕부지가『시광전』에서 관건처럼 주장하고자 하는 바를 충실히 담고 있다고 말할 수 있다.

> 夏나라는 忠을 숭상하는데, 忠은 그로써 性을 사용한다. 殷나라는 質을 숭상하는데, 質은 그로써 才를 사용한다. 周나라는 文을 숭상하는데, 文은 그로써 情을 사용한다. 質과 文은 忠의 쓰임이고, 情과 才는 性의 규율이다.[31]

유가 시학의 시교론에서는『시경』의 가장 중요한 기능을 "그것으로써 부부를 다스리고 孝敬을 이루고 人倫을 두텁게 하여 敎化를 아름답게 하고 풍속을 바꾸는" 것에 두었다. 이『시』는 周가 文을 숭상하였기에 만들어졌으며, 그 "文은 그로써 情을 사용"하였다. 성인과 군자가 情으로써 文을 만들고, 文으로써 情을 담아낼 수 있는 것 역시『시』의 근본

---

31 (明)王夫之,『詩廣傳』卷一,『船山全書』第3册, 岳麓書社, 1996, p.299: "夏尚忠, 忠以用性; 殷尚質, 質以用才; 周尚文, 文以用情. 質文者, 忠之用, 情才者, 性之撰也. " (周南「論關雎一」)

이 여기에 있기 때문이다. 「논작소」편은 이러한 「논관저」편의 논지를
그대로 잇고 있다.

> 성인은 情을 표현하여 文을 만들고, 군자는 文을 공부하여 情을 담아낸
> 다. 琴瑟의 우애, 종과 북을 연주하는 즐거움은 情이 지극함이다. 百輛으로
> 맞이함은 文이 갖추어짐이다. 「관저」를 참으로 잘 배운 것은 오직 「작소」
> 뿐이구나! (이는) 그 文으로써 배울 수 있지 情으로써 배울 수 있는 것이
> 아니다. 그러므로 情이 가장 지극한 것이고, 文은 그다음이며, 法은 가장
> 아래가 된다.[32]

朱熹는 『시집전』에서 「작소」편에 대하여, "문왕의 교화를 입은 諸侯
에게 시집오는 부인은 후비의 교화를 입어, 專靜하고 純一한 덕이 있다"
라 해석하였다. 이는 「관저」편을 바라보는 시각과 일치한다. 왕부지는
제후가 百輛으로 부인을 맞이함은 文이 갖추어진 것이라 여기었다. 여기
서 文은 문학일 뿐만 아니라 禮樂과 制度을 가리키는 것이기도 하다. 성
인과 군자는 가장 근본인 情을 기반으로 文을 만들었고, 군자는 예악과
제도를 배워 그 근본을 담아내었던 것이다.

중국 고대인들에게 '시'란 당연히 음악의 일부분으로서 노래를 의미
했다. 이 점에서 볼 때, 儒敎에서 시로써 백성을 교화시키는 '詩敎'와 음
악으로써 백성을 교화시키는 '樂敎'는 거의 같은 의미다. 그리고 그것은
예의로써 백성을 교화하는 '禮敎'와도 통한다.[33] 인간의 내재적 근본인
情을 바탕으로 하여, 그 情을 적은 시로써 인간을 교화하고 그 情을 노

---

32 (明)王夫之, 『詩廣傳』卷一, 『船山全書』第3冊, 岳麓書社, 1996, p.307: "聖人達情以生文,
    君子修文以函情. 琴瑟之友, 鐘鼓之樂, 情之至也. 百兩之御, 文之備也. 善學關雎者, 唯鵲巢
    乎! 學以其文而不以情也. 故情爲至, 文次之, 法爲下." (召南 「論鵲巢」)

33 송진열, 「시경 중의 "악(樂)" 사상 연구」, 『中國學』 제63집, 2018, p.80.

래한 음악으로써 인간을 교화함은 결국 예악과 제도를 배우고 갖추는
유가의 禮敎 실현과 같은 것이기에, 情은 결국 교화의 시작이며 교화의
완성이라 할 수 있다. 이러한 까닭에 왕부지는 '情', '文', '法'의 우선순
위를 분명히 정하여, 그 근본과 기준을 밝힌 것이다. 이렇게 '情'을 근본
으로 한 기준은 그의 시가 작품에 대한 비평 저작에서도 분명히 드러난다.

> 시는 그로써 情을 말하고, 그것을 말한 것은 言路가 된다. 시가 이르는
> 곳에 情이 이르지 않음이 없고, 情이 이르는 곳에 시가 다다른다.[34]

> 情을 말한 것은 가고 오고 움직이고 멈추고, 아득하여 있는 듯 없는 듯
> 한 가운데에 신령스러운 울림을 얻게 된다.[35]

왕부지는 시가 창작과정에서 情의 작용을 매우 중시하였다. 情은 시
를 존재하게 만드는 가장 핵심적 요소이기에, 진정한 시는 당연히 진실
된 情을 기반으로 한다고 생각하였다. 진정한 시가 진실된 情을 이야기
하는 것만이 '신령스러운 울림'을 얻을 수 있으며, 진실한 情을 표현하
였기에 시가 이르는 곳에 情이 이르지 않음이 없고, 情이 이르는 곳에
시가 다다르게 된다고 생각하였다. 이 모든 것을 主宰하는 것이 바로
'情'이다.

> 人情의 노닒은 끝이 없으나 각기 그 情으로써 만나게 되니 이는 시에서
> 귀하게 여기는 바이다.[36]

---

34 (明)王夫之,『古詩評選』卷四,『船山全書』第14冊, 岳麓書社, 1996, p.654: "詩以道情, 道
之爲言路也. 詩之所至, 情無不至; 情之所至, 詩以之至."(評 李陵「與蘇武詩」)
35 (明)王夫之,『古詩評選』卷五,『船山全書』第14冊, 岳麓書社, 1996, p.736: "言情則於往來
動止·縹渺有無之中得靈蟄."(評 謝靈運「登上戍石鼓山詩」)
36 (明)王夫之,『薑齋詩話·詩譯』第二條,『船山全書』第15冊, 岳麓書社, 1996, p.808: "人情

뿐만 아니라, 人情은 그 수만큼이나 다채롭고 변화무쌍하지만, 만약 시인이 시적 대상에 느껴지는 진실한 情을 조금의 손상됨이 없이 시가 작품 속으로 담아낼 수 있다면, 이것은 시의 본질적 임무를 완성하는 것이다. 설사 뛰어난 작가라는 이들이 화려한 미사여구나 다양한 詩法을 활용하여 익숙한 자구만을 모으는 데 치중한다면, 그 시는 人情을 담지 못한 언어의 나열에 불과할 것이다.

시가 창작으로부터 그 범위를 확장하여, 교화의 측면에서도 유가의 詩敎이든 樂敎이든 禮敎이든지 관계없이, 진실한 情에서부터 비롯된 것인지 아닌지의 여부에 따라 교화적 역할을 제대로 수행할 수 있는지 아닌지가 결정되기에, 왕부지는 자기 철학사상의 기초 아래 『시광전』에서 "情이 가장 지극한 것이고, 文은 그다음이며, 法은 가장 아래가 된다"라는 선명한 기준을 세웠던 것이다.

3.2. 性之情: 절제와 여유의 情

시는 인간의 情을 표현하는 것을 본질로 하고 있다. 하지만 유가적 관점에서 볼 때, 인간의 본능으로부터 나온 감정 모두를 시로 표현하지는 않는다. 『禮記·禮運』篇에는 "기쁘고 성내고 슬프고 두려워하고 사랑하며 미워하고 하고자 하는 일곱 가지 情은 배우지 않아도 능하다(喜怒哀懼愛惡欲, 七情弗學而能)"라고 인간의 본성에서 비롯한 '七情'을 이야기하였다. 이 칠정 중 일부는 시의 바탕이 되어 형상화될 수 있지만, 이 모든 감정이 시로써 형상화될 수는 없다. 그렇다면 왕부지가 말한 "시는 情을 표현하는 것이다"라는 말 중의 '情'은 어떤 '情'인 것인가? 감히 추측건대

之遊也無涯, 而各以其情遇, 斯所貴於有詩."

이는 아마도 천지와 인간 내면의 합일을 指向하는 의미에서 나온 '情'이
라고 말할 수 있다. 『시광전』에 들어가기 전, 그의 다른 비평 저작에서
먼저 그 해답을 찾아본다.

> 시는 그로써 性情을 말하는 것으로 '性'의 '情'을 말하는 것이다. 性 중에
> 는 天德·王道·事功·節義·禮樂·文章을 모두 가지고 있으나 『역경』·『서경』·
> 『예기』·『춘추』로 나누어지는 것이니, 그들은 시를 대신하여 性의 情을 말
> 할 수 없으며 시 또한 그들을 대신할 수 없다.[37]

'理'는 천지를 운영하고 '理'가 인간에 체현된 것이 '性'이며 그 '性'이
발현된 것이 '情'이기에, 왕부지가 "시는 情을 표현하는 것이다"라고 말
한 것은 그 '情'이 바로 '理'가 '性'으로 체현된, '性의 情'이라는 것을 의
미한다. 다시 말해, '시가 情을 표현한다'는 것은 '시가 性의 情을 표현
하고 理의 性을 표현한다'는 의미이므로, 결국 시는 '천지의 理'를 표현
하는 것이다. 이러한 까닭에 인간의 내면에서 '천지의 理'와 '인간의 性'
은 '情'과 하나로 합일된다 할 수 있다.

'性'이 품고 있는 규율화된 '理' 즉 '천도', '왕도', '사공', '절의', '예
악', '문장' 등은 『역경』·『서경』·『예기』·『춘추』 등 다양한 형식으로써
그 본래 뜻을 나타낸다. 하지만 이들 경전은 『시경』을 대신하여 '性의
情'을 표현할 수 없으며, 『시경』 역시 그들을 대신할 수 없다. 그 까닭은
바로 『시경』의 본질에서 말미암는다. 『시경』과 기타 유가 경전의 다름
을 이야기한 明 楊愼 역시 왕부지와 동일한 견해를 표명하였다.

37　(明)王夫之, 『明詩評選』卷四, 『船山全書』第14冊, 岳麓書社, 1996, p.1440: "詩以道性情,
　　道性之情也. 性中儘有天德·王道·事功·節義·禮樂·文章, 卻分派與易·書·禮·春秋去, 彼不
　　能代詩而言性之情, 詩亦不能代彼也."(評 徐渭 「嚴先生祠」)

무릇 육경은 각각 본질을 가지고 있는데, 「역경」은 陰陽을 이야기하고, 「서경」은 政事를 이야기하며, 「시경」는 性情을 이야기하고, 「춘추」는 名分을 이야기한다. 후세에 이른바 역사란 것은 좌로는 말을 기록하고 우로는 일을 기록하였으니, 옛날의 「상서」와 「춘추」이다. 「시경」 같은 것은 그 본질과 그 취지가 「역경」 「서경」 「춘추」와는 확연히 다르다. 「삼백편」은 모두 情과 묶이고 性에 부합되어 道德으로 돌아가지만, 道德이라는 글자가 있지 않고 도덕과 性情을 노래한 시구가 있은 적이 없다.[38]

楊愼의 이 단락은 비록 각 문체로써 그들 간의 다름을 설명한 것이지만, 『시경』과 다른 경전의 가장 중요한 다른 점이 바로 '性情'에 있음을 보여준다. 시가는 인간의 '性情'을 표현하는 것이며, 다른 경전과 구별되는 『시경』의 고유한 특징 역시 '性情'에 있다고 할 수 있다. 바로 이것으로부터 『시경』이 시가의 典範임을 확인할 수 있다.[39]

천지와 인간 내면의 합일을 지향하는 이 '性之情'의 주장은 『시광전』의 많은 곳에서 보이는데, 이는 왕부지의 철학사상과 『시경』으로부터 나온 시학 주장의 바탕이 하나임을 보여준다.

情과 才라는 것은 性의 규율이다.[40]

근심과 즐거움이 본래 감춰진 바가 없음을 알게 되면, 性의 쓰임이 될 수 있기에, "情은 性의 情이다"라고 이르는 것이다.[41]

---

38 (明)楊愼, 『升庵詩話』137條 『明詩話全編』第3冊, 江苏古籍出版社, 1997, p.2603: "夫六經各有體, 易以道陰陽, 書以道政事, 詩以道性情, 春秋以道名分. 後世之所謂史者, 左記言, 右記事, 古之尚書·春秋也. 若詩者, 其體其旨, 與易·書·春秋判然矣. 三百篇皆約情合性而歸之道德也, 然未嘗有道德字也, 未嘗有道德性情句也."

39 李鍾武, 「王夫之"二南"論淺探」, 『詩經研究叢刊』第四輯, 2003, p.80.

40 (明)王夫之, 『詩廣傳』卷一, 『船山全書』第3冊, 岳麓書社, 1996, p.299: "情才者, 性之撰也."(周南 「論關雎一」)

41 (明)王夫之, 『詩廣傳』卷二, 『船山全書』第3冊, 岳麓書社, 1996, p.384: "知憂樂之固無蔽

본래 유가에서는 인간이라는 존재는 '心', '性', '情', '意', '身' 등 많은 요소로 구성된다고 여긴다. '性'은 인간 존재의 근본이지만, '情'으로 外現된다. '情'이 나타나는 이상적 모습은 '性'에 의지하는 것이다. 하지만 '情'은 바르게 나타날 때도 사악하게 나타날 때도 있어, 만약 사악하게 나타나게 되면 안으로는 '性'을 해치고 밖으로는 일상에서는 惡行으로 나타나거나 나라의 일에서는 政事에 해를 끼치게 된다. 따라서 '情'을 제어하고 조절하는 데 노력을 기울여야 하는 것이다.

왕부지는 전통적 性情論을 계승 발전시켜 '性'과 '情'의 관계를 설명하려고 했을 뿐만 아니라, 그에 덧붙여 전통 유가에서 금기로 여기는 '欲'의 존재까지 논하였다.

> 곧은 것도 情이고, 음란한 것도 情이다. 情은 性에 영향을 받으니, 性이 그를 감추고 있다. 이에 그것이 情이 되기에 이르러서는, 情 역시 저절로 감춰지게 된다. 감춰진 것은 반드시 性이 낳고 情 또한 바로 欲을 낳으니, 고로 情은 위로는 性에 영향을 받고, 아래로는 欲에 영향을 준다. 영향을 받는 것은 의지하는 바가 있고, 영향을 주는 것은 풀어 주는 바가 있어, 위 아래 반대로 향하나 각각 그 낳은 것을 친히 하니, 이는 사물이 흘러가는 추세이다. 마음에서 그를 깨우친 자는 하나하나 헤아릴 수 있는 정도이다.[42]

'情'은 '性'을 바탕으로 외현된다. 하지만 왕부지는 '情'은 생겨난 이후 스스로 독립성을 가지게 되어 '欲'을 낳는다 라고 여겼다. '情'은 본래

而可爲性用, 故曰: 情者, 性之情也."(豳風 「論東山二」)

42 (明)王夫之, 『詩廣傳』卷一, 『船山全書』第3冊, 岳麓書社, 1996, p.327: "貞亦情也, 淫亦情也. 情受於性, 性其藏也, 乃迨其爲情, 而情亦自爲藏也. 藏者必性生而情乃生欲, 故情上受性, 下受欲. 受有所依, 授有所放, 上下背行而各親其生, 東西流之勢也. 喩諸心者, 可一一數矣."(邶風 「論靜女」)

소극적이진 않지만, '情'이 절제되어 생겨난 欲望은 소극적이다. 이때 '性'에 영향을 받은 '情'은 곧고 바르다. 반대로 절제하지 않아 방탕하여 생겨난 欲望으로 변한 '情'은 음란해진다.[43] 즉 '情'은 '性'과 '欲'의 중간 자로서, 한쪽으로 치우치면 淫亂한 '欲'으로 떨어질 수 있고, 또 다른 한 쪽으로 치우치면 '性'을 곧게 드러낼 수 있다.

> 시는 뜻[志]을 말하는 것이지, 意를 말하는 것이 아니다. 시는 情을 표현 하는 것이지 欲을 표현하는 것은 아니다. 마음[心]이 하고자 하는 바는 志 이다. 생각[念]이 얻고자 하는 바는 意이다. 스스로 억제할 수 없는 상태에 서 發한 것은 情이다. 움직여 스스로 보존할 수 없는 것은 欲이다. 意는 公 이 있고 欲은 大가 있는데 大欲은 志로 통하고, 公意는 情에 바탕을 둔다. 단지 意만을 말하면 사사로운 것이 될 따름이다. 단지 欲만을 말하면 하찮 은 것이 될 따름이다. 사람들이 스스로 바르게 하지 못하여 意가 사사로운 것에 갇히고, 欲이 작은 것에 제한되면 숨기고 감히 스스로 드러내지 못하 여, 오히려 부끄러운 마음만을 가지게 되니, 어찌 길게 노래하고 감탄하며 보기 좋게 꾸미어 문장으로 만들 수 있겠는가?[44]

왕부지는 '情'과 '欲', '志'와 '意'를 구분하여 서로의 관계를 분명히 하였다. '情'은 "스스로 억제할 수 없는 상태에서 發한 것"인데, 이는 사 실 본성에서 發한 것이다. '欲'은 "움직여 스스로 보존할 수 없는 것"으 로서 인간이 외부 사물로부터 자극을 받아 만들어지는 도덕과 품행 등 을 거치지 않고 생겨나는 각종 욕구이다. '情'이 방탕해서 '欲'이 될까

43　谷繼明, 「裕情與舒氣 ― 論王夫之對『詩經』的詮釋」, 『船山學刊』 2013年第2期, p.33.

44　(明)王夫之, 『詩廣傳』卷一, 『船山全書』第3冊, 岳麓書社, 1996, p.325: "詩言志, 非言意 也; 詩達情, 非達欲也. 心之所期爲者, 志也; 念之所覬得者, 意也; 發乎其不自已者, 情也; 動焉而不自持者, 欲也. 意有公, 欲有大, 大欲通乎志, 公意準乎情. 但言意, 則私而已; 但言 欲, 則小而已. 人卽無以自貞, 意封於私, 欲限於小, 厭然不敢自暴, 猶有媿作存焉, 則奈之何 長言嗟歎, 以緣飾而文章之乎."(邶風 「論北門」)

걱정스럽다면 '情'에 대한 절제에 많은 노력을 기울여야 한다. 이러한 관점에 따르면, 시에서 표현하는 '情' 역시 반드시 '性'의 제어와 통제하에서 표현되어야 한다는 것을 알 수 있다.

안에서 생겨나 바깥으로 이루어지는 것이 性이니, 情으로 흘러가도 性에서 말미암는다. 바깥에서 생겨나 안에서 받는 것은 命이다. 性은 가지고 있는 것은 아니지만 命이 아닌 것은 없다. 그 性을 다하면 情에서 행하여져도 곧으니, 性으로써 情을 바르게 하기 때문이다.[45]

성인은 그 心을 다하지만, 군자는 그 情을 다한다. 心은 性과 情을 총괄하며, 性은 情이 절제된 것이다. 자고로 성인이 아니고서는 性에서 다함을 구하지 않거나, 혹 그 방탕함을 근심하거늘, 하물며 情을 다하고서야?[46]

이렇게 '性'에 의해 바르게 제어되고 통제된 '情'은 외적으로 발현될 때 천지 만물의 '理'를 담고 있기에 이미 '理'의 성품을 물려받는다. 하지만 '情'을 제어하는 '性' 스스로가 '情'을 만들어내는 것은 아니다. 孟子의 뜻을 설명한 『讀四書大全說』에서 왕부지는 '性'과 '情' 양자의 명확한 위상을 분명히 설명해주었다.

情은 본래 변하고 합해지는 조짐이고, 性은 단지 一陰一陽하는 실제이다. ······性이란 것은 情 가운데서 행해지지만 性이 情을 낳는 것은 아니며, 또한 性이 사물에 감응하여 변화되어 情이 되는 것도 아니다. 情은 人心이며,

---

45 (明)王夫之, 『詩廣傳』卷三, 『船山全書』第3冊, 岳麓書社, 1996, p.429: "內生而外成者, 性也, 流於情而猶性也; 外生而內受者, 命也, 性非有而莫非命也. 盡其性, 行乎情而貞, 以性正情也"(小雅 「論賓之初筵」)

46 (明)王夫之, 『詩廣傳』卷一, 『船山全書』第3冊, 岳麓書社, 1996, p.308: "聖人盡心, 而君子盡情. 心統性情, 而性爲情節. 自非聖人, 不求盡於性, 且或憂其蕩, 而況其盡情乎?"(召南 「論鵲巢」)

性은 道心이다. 道心은 미묘하여 쉽게 보지 못하니, 사람들 가운데 人心은 내가 태어나면서 가져온 근본이라고 여기지 않는 경우는 적다. 그러므로 온 천하의 사람들은 단지 개개의 情만을 인식하게 되고 性을 인식하지 못하니, 반대로 情에만 노력을 기울인다면 하면 할수록 망령되게 된다. 性은 자기 바탕이 있지만, 情은 자기 바탕이 없다.[47]

『易·咸』卦에 "그 감응하는 바를 살피니, 천지 만물의 情을 다 볼 수 있다"라고 일렀다. 情을 볼 수 있다는 것은 情을 감춤이 없다는 것이다. 이러한 까닭에 情은 性의 실마리이다. 情을 쫓아 性을 平靜할 수 있다.[48]

‘性'과 ‘情' 양자는 하나가 하나를 만들어내는 독립된 관계가 아니다. ‘性' 역시 외부 사물에 감응하여 변화되어 모두 ‘情'이 된 뒤, 그 존재가 사라져 버리는 것이 아니다. 인간의 ‘情'은 단지 ‘天理'가 인간에 체화된 ‘性'을 바깥으로 발하고 이끌어내는 관문일 뿐이다. 외적으로는 천지 사물에 감응하는 ‘人心'을 늘 볼 수 있지만, 천지의 이치를 담은 ‘性'을 볼 수는 없다. 다만 밖으로 드러나는 그 ‘情'을 따라가면 ‘天理'를 稟受한 ‘性'을 平靜할 수 있기에 왕부지는 "情은 性의 실마리이다"라고 말하는 것이다.

이상의 내용에 따르면, 『시광전』에 담고 있는 "詩以道性情, 道性之情也"의 주장은 왕부지의 『시경』에 대한 관점이 "性情을 陶冶하고 독특한

---

47 (明)王夫之, 『讀四書大全說』卷十, 『船山全書』6冊, 岳麓書社, 1996, p.1066: "情元是變合之幾, 性只是一陰一陽之實.······ 性者行於情之中, 而非性之生情, 亦非性之感物而動則化而爲情也. 情便是人心, 性便是道心. 道心微而不易見, 人之不以人心爲吾俱生之本者鮮矣. 故普天下人只識得箇情, 不識得性, 卻於情上用工夫, 則愈爲之而愈妄. 性有自質, 情無自質."

48 (明)王夫之, 『詩廣傳』卷二, 『船山全書』第3冊, 岳麓書社, 1993, p.353: "故易曰: "觀其所感, 而天地萬物之情可見矣." 見情者, 無匿情者也. 是故情者, 性之端也. 循情而可以定性也."(齊風 「論雞鳴」)

風旨를 가지는 것"[49]에 있음을 확인시켜준다. 이러한 관점은 기본적으로 유가의 性情說을 계승한 것이다. 다만 왕부지는 기존 송명이학의 주장과는 확연히 구분되는 특별한 주장을 하였다. 왕부지는 性情論에 있어서는 전통적 관점을 계승하였지만, 정주의 입장과 달리 '欲'의 존재를 인정하였다. 하지만 '性'의 통제와 제어가 있다는 이유로 '欲'의 존재를 인정한 것은 아니다. 『禮記·經解』篇을 보자.

> 공자가 말하기를, "그 나라에 들어가 보면 그 敎化를 알 수 있다. 즉 그 사람됨이 언사나 얼굴빛이 온유하고 性情이 돈후한 것은 『시경』의 가르침이다.[50]

공자는 『시경』의 종국적인 가르침은 '溫柔敦厚'에 있다고 하였다. 왕부지는 '溫柔敦厚'한 시교의 실현을 어떻게 하고자 했을까? 「邶風·燕燕」편에 대한 그의 해석에 주목하자.

> 마음이 담고 있는 것에는 여유로운 德이 있고, 행동이 세워지는 것에는 여유로운 道가 있으니, 모두 그 곧음을 도와 곧 희망에 가득 차 오래도록 근심하지 않기 때문이다. 그러므로 "盆이라는 것은 德의 여유로움이다"라고 이른다. 무릇 그 德을 여유롭게 할 수 있다는 것은 간략한듯하나 크고, 궁한 것 같으나 통하며, 험한듯하나 평온하니, 또 어찌 실행함이 변한다고 더 엄중해지겠는가? 그 바탕일 따름이니라.[51]

---

49 (明)王夫之, 『薑齋詩話·詩譯』第一條, 『船山全書』第15冊, 岳麓書社, 1996, p.807: "陶冶性情, 別有風旨."

50 『禮記·經解』篇: "子曰: '入其國, 其敎可知也. 其爲人也, 溫柔敦厚, 詩敎也.'"

51 (明)王夫之, 『詩廣傳』卷一, 『船山全書』第3冊, 岳麓書社, 1996, p.319: "心之所函, 有餘德焉, 行之所立, 有餘道焉, 皆以輔其貞, 而乃以光明而不疚. 故曰: "盆, 德之裕也." 夫能裕其德者, 約如泰, 窮如通, 險如夷, 亦豈因履變而加厲哉? 如其素而已矣."(邶風「論燕燕一」)

왕부지의 『시경』관은 '陶冶性情, 別有風旨'의 지향으로써 총결되었다. 그런데 『시경』에 대한 '陶冶性情, 別有風旨'의 지향은 강제적인 통제와 절제에 의해서만 이루어지는 것이 아니다. 왕부지는 『주역』 '益'괘의 '여유로움'을 이야기하였다. '여유로운[裕] 道', '여유로운[裕] 德'만이 차라리 '貞性'을 도와 오래도록 근심하지 않게 하고 이치를 관통하고 평온하게 하여, '性情'을 陶冶할 수 있는 것이다. '情'에 대한 그의 주장 역시 이러한 관점과 다르지 않다.

> 情이 이미 가득 차다 잠시 그치어도 그 법도를 훼손하지는 않는다. 그러므로 넓다 라고 말하는 것은 가운데가 공허한 것이 아니고 두루 넓다는 것을 말하는 것이고, 이것을 버리지 않고도 저것으로 통한다는 것을 말하는 것이며, 지금 막 황급해지더라도 여유를 가질 수 있음을 말하는 것이기에, 고로 넓다 라고 이른다. 넓으면 삶과 죽음 가운데서도 여유로워질 수 있다.[52]

이 문장은 「卷耳」편에 대한 평론이다. 급하게 한 가지 일에만 몰두하게 되면 마음의 여유가 없다. 이때 내재된 '性情'은 그 조급함 때문에 움츠려들게 된다. 하지만 근심스러워하는 그 '情'을 너그럽게 하거나[裕] 넓고[廣] 관대[寬]하게 하면 설사 황급한 경우라 하여도 여유를 가지게 되고, '性情'은 넉넉해질 수 있는 것이다. '性情'의 도야는 바로 이렇게 실현되는 것이다. 「周南·葛覃」篇에 대한 왕부지의 해석에서 여유로운 '情'을 다시 찾아보자.

---

52 (明)王夫之, 『詩廣傳』卷一, 『船山全書』第3冊, 岳麓書社, 1996, p.302: "情已盈而姑戢之以不損其度. 故廣之云者, 非中栩而旁大之謂也, 不舍此而通彼之謂也, 方遽而能以暇之謂也, 故曰廣也. 廣則可以裕於死生之際矣."(周南「論卷耳」)

道는 여유로운 마음에서 생기고, 마음[心]은 여유로운 힘에서 생기며, 힘
[力]은 여유로운 情에서 생겨난다. 道에서 여유로움을 구함은 여유로운 情
이 있음보다 못하다. 옛날 道를 아는 이는 천하를 담고도 자기에게 여유로
움 있었으니, 바로 천하를 즐기고도 道가 다함이 없었음이다. 어찌 마음과
힘을 한 묶음으로 하여 일하다가, 일과 선을 긋게 되면 아침저녁 마음이
피폐해지는 것인가? 그것에 선을 긋는 것은 곧 여유로운 情이 없는 것이
고, 여유로움이 없는 것은 어지럽고 막히는 情이다. ……일하는 것에서 편
안해지면 일하는 것 바깥에서 여유로워진다. 일하는 바깥에서 여유로워지
면 곧 일하는 것에서 편안함을 더하게 된다. 여유로움이 있음을 보게 되면,
편안해질 수 있음을 알게 된다. 인간은 성인의 재주를 반드시 가지고 있지
는 않으나, 聖人의 情을 가질 수는 있다. 어지럽고 막혀 여유로움이 없는
자는 그것을 얻을 수 없을 따름이다.……『시』란 것은 씻고 헹구고 두드리
고 쌓고 하는 것으로써도 여유로운 속에서 천하를 편안하게 하는 것이
다.[53]

「모시서」와 『시집전』은 이 시편에 대해 "「갈담」은 후비의 근본을 읊
은 것이다"라고 거의 동일하게 해석하였다. 검소하고 부지런함으로써
일상적인 노동을 편안하고 여유로운 마음으로 행하던 후비가 천하를 교
화할 수 있었던 것은 여유로운 '情'이 몸에 체화되어, 늘 溫柔敦厚하였
기 때문이다. 만약 그 '情'이 어지럽고 막히게 된다면, 그 '情'은 淫함으
로 치우쳐 '欲'으로 변할 것이다. 소위 '聖人의 情'이란 것은 바로 '여유
롭고 관대한 情'이다. '情'을 여유롭게 한다는 것은 내 몸속 '性'이 천하

---

53 (明)王夫之, 『詩廣傳』卷一, 『船山全書』第3冊, 岳麓書社, 1996, p.301: "道生於餘心, 心生
於餘力, 力生於餘情. 故於道而求有餘, 不如其有餘情也. 古之知道者, 涵天下而餘於己, 乃
以樂天下而不匱於道; 奚事一束其心力, 劃於所事之中, 敝敝以昕夕哉? 劃焉則無餘情矣, 無
餘者, 沍滯之情也.……安於所事之中, 則餘於所事之外; 餘於所事之外, 則益安於所事之中.
見其有餘, 知其能安. 人不必有聖人之才, 而有聖人之情. 沍滯以無餘者, 莫之能得焉耳.……
詩者, 所以盪滌沍滯而安天下於有餘者也."(周南 「論葛覃」)

의 '理'를 그대로 구현되게 하는 것이기에 '성인의 情'이라 일컫는다.

4. 나오는 말

특별한 눈으로 『시경』을 凝視했던 왕부지의 『시광전』은 연구자의 관점에서나 독자의 관점에서, 혹은 경학적 면이나 시학적 면, 서술 방법의 면에서 매우 많은 특별함을 만들어낸 저작이다.

우선 『시광전』은 기존 전통적인 방법으로부터 탈피, 서술 방법의 신국면을 열었다고 평가할 수 있다. 『시광전』은 비록 『시경』을 해석하고 연구한 저작이지만 전통 시경학 저작의 형식인 經文에 註, 傳, 疏를 더하는 방식이 아닌 왕부지만의 독창적인 '논술적 설명방식'인 '廣傳'을 활용하여, 개인의 철학, 역사, 정치, 윤리와 문학적 관점에서 『시경』 각 시편에 대하여 본뜻을 확대하여 서술하였다. 자신의 주장을 비록 '傳'이라는 전통적 체재를 빌어 엮은 저작이지만 이는 청대 당시 경전해석의 새로운 국면을 연 것이라고 평가하지 않을 수 없다.

본래 '傳'이라는 체재는 기록되어 있는 것에서 기록되지 않은 것을 구하는 것을 목적으로 하기에, 본의를 확대[引伸]하고 발휘하여 어떤 작용을 이끌어 내는 것을 매우 중요시하였다. 따라서 경전에 '傳'을 다는 해석자들은 자신의 기대 지평(the horizon of expectation)에 따라 경전의 함의와 그에 따른 자신의 주장을 덧붙여 응용하였다.[54] 하지만 『시광전』은 기존 '傳'의 정체성을 파괴할 만한 매우 큰 변화를 가져와, 청대 이후 시

54　周光慶, 『中國古典解釋學導論』, 中華書局, 2002, p.167.

경학 발전에 혁명적 역할을 하였다.

둘째, 『시광전』은 현대의 Essay나 필기 등의 형식에 근접하는 雜感性 문장을 유가 경전의 해석방식으로 제시함으로써, 전통 유가 시학의 고루한 논리적 울타리를 크게 확장하고 자유롭게 하였다.

그러나 독자의 입장에서 볼 때, 이러한 잡감성 문장은 문장 서술의 자유로움과 주제의 광범위함, 의미의 무한한 확장성으로 인하여, 사용된 어휘가 晦澁하고 매 문장의 의미는 매우 난해하다. 古今과 文史哲을 종횡하던 왕부지의 '廣'한 주장은 어떤 때는 심지어 독자를 시가 작품과는 전혀 다른 주장으로 이끌어 감으로써, 독자는 도대체 이러한 말을 왜 주장하는지조차 이해하지 못하게 만들어버리기도 한다.

셋째, 『시광전』은 비평가 및 시가 이론가로서의 주장을 창작자인 자신의 저작 속에 실천적으로 구현해 낸 것이다. 이는 바로 '독자와 작품의 관계'에 대한 왕부지의 주장을 가리킨다. 시학 이론의 핵심을 담고 있는 『薑齋詩話·詩譯』에서 왕부지는 다음과 같이 주장하였다.

> 작자는 일관된 생각을 이용하여 창작하지만, 독자는 각기 그 情으로써 스스로 얻게 된다. ……人情의 노닒은 끝이 없으나 각기 그 情으로써 만나게 되니 이는 시에서 귀하게 여기는 바이다.[55]

이 주장은 이미 중국 문학 비평사 영역에서 진리처럼 여겨지는 시가 감상론의 원칙이다. 작가는 일관된 생각으로 창작에 임하지만, 독자는 자신이 느끼는 정감으로써 작품을 대하고 작품을 감상하는 심미 과정 중 새롭게 만들어지는 자신만의 정감을 얻을 수 있게 된다. 다시 말해,

---

[55] (明)王夫之, 『薑齋詩話·詩譯』第二條, 『船山全書』第15冊, 岳麓書社, 1996, p.808: "作者用一致之思, 讀者各以其情而自得. ……人情之遊也無涯, 而各以其情遇, 斯所貴於有詩."

독자는 자신의 情趣와 感性에 따라 자유롭게 시가의 심미 정수에 접촉하고 그 함의를 해석할 수 있으며, 작품에 대해서도 자신의 기준에 따라 다르게 해석을 할 수 있는 것이다. 이는 '작가' — '작품' — '독자'가 모두 유기적으로 연계되어 있으면서도 고정된 틀에 의해 구속되지 않고, 각각 독립된 영역 속에서 자유롭게 독립된 결과를 얻을 수 있음을 말한다.

『시경』 각 시편에 대하여 '廣傳'이라는 독창적인 '논술 설명방식'을 활용하여, 자신의 철학, 역사, 정치, 윤리와 문학적 관점에서 본뜻을 확대하여 자기 나름의 해석을 이어간 이 『시광전』은 분명 왕부지의 시학 주장이 자신의 창작품 속에 그대로 적용되어 실제로 구현된 實例라고 할 수 있다.

본문 중에서 살펴본 왕부지 철학사상의 지향과 시학 주장을 제외하고도, 이상 세 가지는 손꼽을 수 있는 『시광전』의 특별함이다. 淸代 학자 劉人熙는 「古詩評選序」에서 다음과 같이 이야기하였다.

> 옛날 先師 공자께서는 魯나라로 돌아와 樂을 바로 잡고, 고시 삼천여 편 중에서 삼백 편만을 깎아내고 남겨두었으니, 하늘의 도리가 갖춰지고 人事에 두루 미쳐, 마침내 천고에 빛나는 詩敎의 지극함을 세우셨다. '興觀群怨'한 장은 곧 공자가 刪詩한 序로서 공자가 시의 새로운 국면을 연 것이다. 船山의 『시광전』은 齊·魯·韓 등 三家로부터 달리 새로운 국면을 연 것이다.[56]

비록 몇 가지 의견이 분분하기는 하나, 孔子의 刪詩說은 기본적으로 중국문학사 뿐만 아니라 인류 문화사에도 매우 의미 있는 인문학적 유

---

56 (明)王夫之, 『古詩評選』, 『船山全書』第14冊, 岳麓書社, 1996, p.880: "昔先師孔子反魯正樂, 古詩三千餘篇, 刪存三百篇, 天道備, 人事浹, 遂立千古之詩敎之極。 而興觀群怨一章, 卽孔子刪詩之自序, 是孔子開詩之生面也。船山詩廣傳又從齊·魯三家之外開生面焉。"

산이라 평가받고 있다. 劉人熙가 최고의 유산인 이 刪詩說과『시광전』의 학술적 의의를 함께 竝論한다는 것은 실제로 왕부지의『시광전』에 최고의 격찬을 보낸 것이 아닐 수 없다.

본 논문에서는 편폭의 한정으로 인하여,『시경』삼백오 편 한 편 한 편에 대한「모시서」,『시집전』,『모시정의』등 대표적 해설서들의 견해와 왕부지『시광전』의 주장을 모두 다 비교하고 분석해내지는 못하였으나, 연구자의 한 사람으로서 본 논문에서 미처 다 살펴보지 못한 여러 주장에 대한 학술적 평가는 후일의 계속되는 연구 과정에서 필히 메꾸어질 것임을 스스로 기대해본다.

제 5 장

'興'의 詩學 변천 과정 考察, 첫 번째: 淵源에서 魏晉南北朝까지

1. 들어가는 말

중국 전통문화 영역에서 '興'은 예로부터 풍부한 내적 함의를 가지고 詩學뿐만 아니라, 서법, 회화 등 기타 예술 방면에서 중요한 지위를 차지하고 있다. '興'은 그 造字 원리로부터도 '天人感應'과 '觀物取象'하는 고대인의 원시적 사유가 내재적으로 응축되어 예술의 창작과정 중에서 발현되는 특성을 가지고 있다. 이러한 특성으로 인해 '興'은 사물을 느끼며 감정을 토로하고, 景物을 빌어 감정을 표현하는 미적 심리의 탐색 과정을 거쳐 예술창조 활동의 신비함을 집약할 수 있게 되었으며, 중국 전통문화의 특징이 잘 투영되어 있는 전통 예술 개념 중의 하나라 여겨졌다.

中國文學批評史에 굵은 족적을 남기고 있는 문학가들의 여러 詩學論

著와 학자들의 시학 주장에서 그 비평 이론적 의의가 빈번히 언급되고 있다는 점에 착안하더라도, '興'은 중국 고전 시학 내에서도 소홀히 할 수 없는 중요한 위치를 차지하고 있다는 것을 짐작할 수 있다.

본 논문은 전체 중국 전통문화 개념 가운데 문학적 측면에서 다양한 해석의 여지를 두고 논의가 전개되고 있는 '興'의 시학적 의의를 이해하기 위하여, 그 시학적 함의의 변천 과정을 중점적으로 연구, 고찰하고자 한다.

2. '興'의 淵源

2.1. '興'의 시작

'興'과 관련된 가장 이른 어원인 甲骨文에 따르면, '興'자는 맨 처음 象形字로 알려져 있다. 甲骨文과 이후의 金文에 근거하면, 역대 학자들은 모두 '興'자의 본뜻이 '일어나다[起]'라고 해석하였다.

字形에서 보자면, '興'은 여러 손이 하나의 사물을 함께 위로 드는 것을 형상하고 있고, 그 의미 역시 이러한 형상에 따라 정의되고 있다.

[甲骨文]　　　[金文]　　　[小篆]　　　[楷體]

['興'자의 字源演變 과정][1]

훗날, 『說文解字』에서 말하길, "舁는 함께 드는 것이다. … 興은 일어나는 것이다. 舁와 同으로 이루어진다. '同'은 함께 힘을 합친다는 것이다."[2]라 하였다. 여기에서 '興'은 '함께 힘을 합쳐 든다'라는 동작을 표시하는 단순한 동사에 불과하다. 그래서 '興'의 대상은 사물이 되는 것이며, 사물을 '擧'하고 '起'하는 것이 '興'의 유일한 목적이 되는 것이다.

先秦시대에 이르러, '興'에 대한 해석은 조금씩 변화의 모습을 보인다. 잘 알려진 『論語·泰伯』篇 孔子의 "시로써 일어나고, 예를 통해 확립하고, 음악으로써 완성된다"[3]라는 말에 何晏이 注를 가하길, "包咸이 이르길, 興은 일어나는 것이다. 몸을 수양함에 마땅히 시를 먼저 배워야 함을 말한다"[4]라 하였다. 즉, 孔子는 사람의 수양은 『詩經』으로써 일어나고, 音樂에 의해 완성된다고 여기었다. 이것은 바로 '興'의 功用的인 가치이다.

잘 알려지다시피, 孔子는 또 "시는 감흥을 일으킬 수도, 자세히 살필 수 있고, 함께 어울릴 수도, 원망할 수도 있다."[5]라고 말하였다. 이 말은 중국 문학 비평사에서 다양한 의미로서 해석되고 있다. 그중 후대 朱熹의 注로써 그 뜻을 새겨보면, '뜻을 느껴 드러낸다(感發志意)'라는 의미이다. 이는 감상자의 마음이 감동하여 움직이게끔 한다는 것으로, 시가 감상의 각도에서 「陽貨」篇의 '興'을 바라본 것이다. 물론, 孔子의 말에 朱熹의 해석 이외의 공용적 의미나 교육적 의미 역시 포함하고 있기는 하

1   『漢典』, http://www.zdic.net: '字源演變'
2   (漢)許愼, 『說文解字』卷三上, 中華書局, 1998, p.59: "舁, 共擧也. … 興, 起也. 從舁從同. 同力也."
3   『論語·泰伯』篇: "興於詩, 立於禮, 成於樂."
4   (魏)何晏 注, (宋)邢昺 疏, 『論語注疏』卷八, 北京大學出版社, 1999, p.104: "包曰: 興, 起也. 言修身當先學詩."
5   『論語·陽貨』篇: "詩可以興, 可以觀, 可以群, 可以怨."

나, 시학적 관점만을 볼 때, 공자의 이 말에는 분명 시가 본연에 내재된 시가 감상론적 개념을 포함하고 있다.

이러한 『論語』의 각 어구에 대한 의미를 분석해볼 때, '興'의 대상에는 이미 조금씩 변화가 생겼음을 발견할 수 있다.

원문	대상의 변화	의미의 변화
興於詩, 立於禮, 成於樂.(「泰伯」篇) 詩可以興, 可以觀, 可以群, 可以怨.(「陽貨」篇)	사물 → 修身, 感興	단순 동작의 의미 → 공용적, 시가감상적 의미

이와 같은 '興'의 의미변화 과정에 따르면, 孔子는 단순한 동사로서 사용된 '興'을 공용적이고 시가 감상론적 개념으로 한층 승화시켰음을 알 수 있다.[6]

2.2. 原義의 변화 징조

先秦을 거쳐 漢代에 접어들면서 漢代 經學家들의 注疏에 나타나는 '興'은 다소 변화를 보이게 된다. '동작'을 표시하는 구체적 의미의 '興'에서부터 변화를 보이면서, 그 본의와 상당한 거리가 있는 引伸義인 '譬喻'의 의미로 변화되기 시작한 것이다.[7]

비록 毛亨은 '興'의 함의와 특징을 직접적으로 해석하거나 논술한 적

---

6 興의 공용적 해석은 유가적 가치관의 기초 위에서 만들어진다. 김의정은 "흥이라는 용어는, 그 출발이 孔子의 입을 통해 이루어졌기 때문에 유가의 적극적 실용적 언어관과 연관이 있을 것으로 보인다.(「興의 特徵에 대한 探索」, 『中國語文學誌』第11輯, 2002, p.73)" 라고 주장하기도 하였다.

7 羅立乾, 「經學家 '比·興' 論述評」, 『古代文學理論叢刊』, 新文豊出版公司, 1989, pp.77-89.

은 없지만, 『毛傳』에서 각 작품 편에 특별히 '興'이라 표시하였으며, '興
體'로 그려진 사물의 형상 특징을 상세히 注를 달아 밝혔다.

근심하는 것은 興이다. '采采'는 캐는 일이다. '卷耳'는 苓耳이다. '頃筐'
은 삼태기를 이어서 쉽게 담게 만든 그릇이다.[8]

興이다. 바람과 비가 서로 느끼듯이, 친구 간에는 서로 기다려야 한다.[9]

朱自淸 선생의 고찰에 따르면, 『毛傳』에는 『詩經』중 '興也'라고 注를
단 것이 모두 116篇에 이른다. 이 『毛傳』의 '興也'의 '興'에는 두 가지
의미를 가지는데, 그 하나는 '發端'의 의미이고, 또 다른 하나는 '譬喩'의
의미이다. 이 두 가지 의미가 하나로 합쳐진 것이 바로 '興'인 것이다.[10]

『毛傳』에서는 「大雅·大明」篇 '우리 군대가 일어나도다(維予侯興)' 아래
에 "興, 起也"라고 말하고 있는데, 이 역시 『毛傳』에서 해석하는 많은
'興'의 의미 중의 하나로서, 실제 '興'의 본의에 부합하는 것이다.

또 다른 의미는 복잡하면서 그 뜻이 명확하지 않은 '비유'적 수사를
가리키는데, 바로 예술 표현수법의 한 종류로서 '興'의 의미이다. 唐 孔
穎達은 比와 興은 모두 바깥 사물에 의탁하나, 比는 드러남이 興은 은근
히 감추어짐이 우선이란 것[11]으로 '比興'을 구분하였다. 그의 이 말에는

---

8   『詩經·周南·卷耳』篇: "憂者之興也. 采采, 事采之也, 卷耳, 苓耳也. 頃筐, 畚属易盈之器
    也."

9   『詩經·小雅·谷風』篇: "興也. 風雨相感, 朋友相須."

10 朱自淸, 「詩言志辨·比興」, 『朱自淸說詩』, 上海古籍出版社, 1998, p.51.

11 (漢)鄭玄 箋, (唐)孔穎達 疏, 『毛詩正義』卷1, 北京大學出版社, 1999, p.12: "比와 興은
    비록 똑같이 바깥 사물에 덧붙이고 의탁하지만, 比는 드러나고 興은 감추어진다. 마땅히
    먼저 드러나고 뒤에 감추어지기에 고로 比가 興의 앞을 차지하고 있다. 『毛傳』이 특별히
    興을 말한 것은 그 이치가 감추어져 있기 때문이다.(比之與興, 雖同是附託外物, 比顯而興

'興'의 비유적 의미가 비록 아주 명확히 드러나진 않지만, 당시 毛亨이 '興'에 은근한 비유적 의미가 있음을 인식하고 있었음을 설명해주고 있다. 그러나 이러한 隱喩的 의미로서의 '興'은 주관적인 推測, 引伸의 속성과 부정적으로는 견강부회적 속성까지 가지고 있기에, '興'이 가지고 있는 본래의 의미에서는 그 각도를 달리하고 있다고 말할 수 있다. 예를 들면, 아래 작품들이 그와 같다.

> 興이다⋯⋯. 후비가 군자의 덕을 기뻐하니, 어울리지 않음이 없고, 또 그 얼굴색을 음란하게 하지 않고, 삼가 그윽하고 깊으니, 雎鳩새가 분별이 있음과 같은 것이다.[12]

> 興이다. 칡이 자라 널리 퍼져 가시나무에 덮이고, 넝쿨이 자라 들판에 뻗음은 부인이 바깥에서 다른 집에 가정을 이룬 것을 비유한다.[13]

다음으로 『周禮』에 제시된 '六詩'에 관한 언급을 잠시 살펴본다.

> 풍, 부, 비, 흥, 아, 송 六詩를 가르쳤다.[14]

> 鄭衆이 말하길, "比란 것은 사물에 비유하는 것이다. 興이란 것은 사물에 일을 기탁하는 것이다"라 하였다.[15]

　　隱. 當先顯後隱, 故比居興先也. 毛傳特言興也, 爲其理隱故也.)"

12　『周南·關雎』篇: "興也⋯⋯. 後妃說樂君子之德, 無不和諧, 又不淫其色, 愼固幽深, 若關雎之有別焉."

13　『唐風·葛生』篇: "興也. 葛生延而蒙楚, 蘞生蔓於野, 喻婦人外成於他家."

14　『周禮·春官·宗伯』篇: "教六詩, 曰風, 曰賦, 曰比, 曰興, 曰雅, 曰頌."

15　(漢)鄭玄 注, (唐)賈公彦 疏, 『周禮注疏』卷二十三: "鄭司農云, 比者, 比方於物. 興者, 託事於物."

漢 鄭衆은 여기서 '比', '興'을 정의하면서 '比'와 '興'의 경계를 분명히 그었을 뿐만 아니라, '比'와 '興'의 예술적 특징과 함의를 잘 지적하였다. 시인의 형상 사유활동은 바로 여러 사물의 구체적인 형상을 접하고, 예술적인 구상을 하는 것이다. 鄭衆이 그의 정의에서 강조한 것은 바로 창작활동 중 '比'와 '興'을 활용한 사유활동과 사물 현상과의 관계이다. 즉, '比'는 사물을 이용하여 예를 든 것이고, '興'은 事理를 사물에 寄託하는 것으로, 둘 다 모두 사물과는 분리될 수 없는 것이다.

작가는 언어로써 사물 현상이 가지고 있는 각종 특징들을 작품 속에 반영하기 때문에, 이와 같은 창작구상 활동과 사물 현상과의 관련성은 작품 속에 분명히 드러난다. 비록 본래 동일한 사물 현상이라 할지라도 또 다른 여러 측면에서는 각기 특징을 가지고 있는데, 시인은 바로 각각의 특징을 이용하여 각기 다른 시적 의미를 담아낸다. 시인이 '興'이 비유하고 있는 사물의 이치를 이용하여 사물 현상의 특징에 의미를 함축하게 되면, 사람들은 단지 사물 현상의 특징만을 음미하고 연상함으로써 비유에 내포된 의미를 이해하게 되는 것이다. 바로 이 때문에 鄭衆은 바로 각 사물이 가지고 있는 고유의 특징을 매우 중시하였다. 鄭衆의 이러한 정의는 비록 아주 간단하지만, 이후 후인들이 '比'와 '興'에 대한 정의를 내리는데 적지 않은 영향을 미치었다.

黃侃 선생은 『文心雕龍札記』에서 劉勰의 '比'와 '興'에 대한 해석을 평가하면서, 劉勰의 견해는 鄭衆의 정의에 뿌리를 두고 있음을 주장하였다.

> 劉勰이 比와 興을 분별한 것은 가장 명확하다. (그 이유를 말하자면) 첫째는 情感을 일으켜 이치를 덧붙인 까닭이고, 둘째는 꾸짖어 말하고 에둘러 비유하지만, 경계를 분명히 그었기 때문이니, 鄭衆의 뜻을 훌륭하게 얻었다.[16]

여기서 "鄭衆의 뜻을 훌륭하게 얻었다"라는 말에는 두 가지 의미가 있다. 하나는 劉勰의 해석은 결국 鄭衆이 내린 '比', '興'의 정의에서부터 영향을 받았기에 "比와 興을 분별한 것은 가장 명확하다"라는 것이며, 또 다른 하나는 '比'와 '興'에 대한 鄭衆의 관점은 사물과 연관된 부분에서 비롯된 것이기에, '興'은 사물과의 관계로부터 그 정의를 내릴 수 있다는 것이다. 곧 '興'의 작용이란 것은 "사물을 접하여 情을 일으키고, 부분을 취하여 뜻을 기탁한다"[17]는 것에 있으며, 이는 곧 사물과의 접촉을 통해, 감정을 불러일으키고, 또 사물의 모종 특징을 잡아내어 작가의 의도가 반영된 의미를 시어 속에 기탁한다는 것이다.

이 같은 鄭衆의 해석은 古代文論史에서 예술표현 수법으로서의 '興'이 가진 譬喩의 의미를 풍부하게 했을 뿐 아니라, '興'의 본의에 가까운 '발단'으로서의 의미에 근거할 때 창작구상 과정 중 형상 사유의 생성과 작용에 대해 중요한 단서를 제공해준다.

그러나 鄭玄에 이르러, '興'에 대한 漢儒의 해석은 政教的 성격을 명확히 드러내었다. 『毛詩正義』에 鄭玄의 箋이 보인다.

> 風·雅·頌이란 것은 시편의 각기 다른 詩體이며, 賦·比·興이란 것은 시문의 각기 다른 말일 따름이다.[18]

이러한 鄭玄의 해석 이후 많은 사람들은 이같이 단정된 주장을 공인된 내용으로 받아들이게 되어, 마침내 '風', '雅', '頌'을 『詩經』의 분류,

---

16 黃侃, 『文心雕龍札記』, 華東師範大學出版社, 1997, p.221: "彦和辨比興之分, 最爲明晰. 一曰起情與附理, 二曰斥言與環喩, 介畫憭然, 妙得先鄭之意矣."

17 黃侃, 『文心雕龍札記』, 華東師範大學出版社, 1997, p.219: "觸物以起情, 截取以託意."

18 (漢)鄭玄 箋, (唐)孔穎達 疏, 『毛詩正義』卷1, 北京大學出版社, 1999, p.12: "風雅頌者, 詩篇之異體, 賦比興者, 詩文之異辭耳."

'賦', '比', '興'을 『詩經』의 예술표현수법으로 인식하게 되었다. 사실 그 이전의 학자들 역시 '風雅頌'·'賦比興'에 대하여 각각의 관점을 가지고 있었지만, 鄭玄이 『毛詩』에 箋注를 덧붙이게 되면서부터, 시를 쓰는 세 가지 방법인 '賦', '比', '興'과 詩의 美刺的 내용은 더욱더 긴밀히 결합하게 된다.

> 賦는 편다는 것을 이르니, 현재 정치와 교화의 잘되고 못된 것을 그대로 펼쳐 적는 것이다. 比는 지금의 잘못을 보고, 감히 직접 지적해서 말하지 못하고, 비슷한 것을 취하여 말하는 것이다. 興은 지금의 훌륭함을 보고, 아첨 아부에 빠지는 것을 꺼려서, 좋은 일을 들어 그것을 빗대어 권고하는 것이다.[19]

鄭玄의 이러한 해석은 '詩敎'적인 목적에 비춰볼 때, 『詩經』을 여섯 가지 정치 교화 내용과 작용을 가진 詩文으로 나누는 것과 같다. 鄭玄이 이처럼 판단한 것은 시의 기능은 바로 "공을 따지고 덕을 기리어, 그 아름다움을 돕고 거스르지 않으며, 잘못을 풍자하고 꾸짖어 그 악함을 바로잡아 옳은 길로 돌아서게 하는 것"[20]에 있다고 스스로 생각했기 때문이다. 사실, 鄭玄은 '興'을 '譬喩'로 해석하였을 뿐만 아니라, 그것을 詩의 '美刺' 기능과 관련지어 정치 교화의 내용으로 해석하였는데, 이것은 전통 儒家經典을 해석할 때, 여타의 諸家思想을 배척하고 오직 유가의 사상만을 존중했던 漢代 시대사조의 영향을 받은 것과 분명 관련되어 있다.

19　(漢)鄭玄 注, (唐)賈公彥 疏, 『周禮注疏』卷二十三, 北京大學出版社, 1999, p.610: "賦之 言鋪, 直鋪陳今之政敎善惡. 比見今之失, 不敢斥言, 取比類以言之. 興, 見今之美, 嫌於媚諛, 取善事以喩勸之."

20　(漢)鄭玄, 「詩譜序」: "論功頌德, 所以將順其美, 刺過譏失, 所以匡救其惡."

儒家思想이 漢代 사상 의식 형태 중 통치적인 지위를 차지하게 되면서, 『詩』는 평범한 시가 총집에서 유가 경전으로 변화되었으며, 점차 유가의 윤리적 이치에 따라 『詩』를 해석하는 것이 하나의 흐름이 되었다. 이러한 『詩』의 위상 변화에 따라, '興'을 정치적 교화로 해석하는 '譬喩'의 의미 역시 점차 공인되기에 이르렀다 할 수 있다.

淸 劉寶楠의 『論語正義』에는 "鄭衆은 比, 興을 해석하길 사물을 이용하여 말하였고, 鄭玄은 일을 이용하여 말하였으니, 서로 족하다"[21]라는 말이 실려 있다. 이는 곧 鄭衆의 '比'와 '興'에 대한 해석은 '比', '興' 본래의 예술 특징에 치중하고 있지만, 鄭玄의 해석은 이와 달리 '比', '興' 예술 방법의 정치 교화 작용에 치중하고 있음을 의미한다. 『論語正義』의 이러한 설명은 바로 鄭玄의 정치 교화 위주의 『詩』 해석 태도에 초점을 맞추고 있다. 이 점에 비춰볼 때, 鄭玄의 '興' 해석은 毛亨, 鄭衆과 당연히 다른 점이 있다. 만약 毛亨이 '興'을 '譬喩'의 의미로 해석한 것이 『毛傳』에서는 명확히 두드러지지 않았다고 말한다면, 鄭玄은 『鄭箋』에서 『毛傳』에 있는 모든 '興'을 '譬喩'로 해석하였다고 말할 수 있을 것이다. 그래서 『毛傳』에서는 "興也, …"라고 말하였고, 『鄭箋』의 대부분에서는 "興者, 喩……"라고 말한 것이다. 『詩經』 각 작품에 대한 이들의 설명을 예로 들어보자.

> 興이니, 이때 위의 임금이 그 자리를 걱정하지 않은 까닭에 그 신하가 임금을 섬기길 소원하여 폐위함을 비유하고 있다.(「邶風·旄丘」篇)[22]

21　(淸)劉寶楠, 『論語正義』卷二十, 中華書局, 1990, p.690: "先鄭解比·興就物言, 後鄭就事言, 互相足也."

22　「邶風·旄丘」篇: "興者, 喩此時衛伯不恤其職, 故其臣於君事亦疏廢也."

興이니, 扶胥나무가 산에서 자란다는 것은 태자 忽이 바르지 않은 사람을 윗자리에 두는 것을 비유한다. 연꽃이 습지에서 자란다는 것은 忽이 아름다운 덕을 가지고 있는 이를 아랫자리에 두는 것을 비유한다. 이 시는 신하를 쓰는 것이 顚倒되어 그 있어야할 바를 잃어버림을 말하고 있다.(「鄭風·山有扶蘇」篇)[23]

興이니, 작은 새가 굽은 언덕의 조용한 곳에 멈추어서 기대어 쉰다는 것은, 작은 신하들이 경대부 중 어질고 두터운 덕이 있는 자를 택하여 의지하는 것을 비유한 것이다.(「小雅·綿蠻」篇)[24]

흥이니, 왕이 몸을 굽혀 현자를 얻게 되니, 현자가 굽히어 와서 쫓음이 마치 飄風이 굽은 언덕으로 드는 것과 같고, 그 오게 된 까닭은 백성을 기르기 위한 것임을 비유한다.(「大雅·卷阿」篇)[25]

鄭玄의 이러한 해석을 거치면서, '譬喻'의 의미는 점차 漢代 經學家들이 '興'을 해석할 때 채택하는 기본 함의가 되었다고 할 수 있다. 漢代 經學의 그늘에 있던 당시의 詩學 역시 이러한 추세의 영향에서 자유롭지 않았다. 예를 들어, 王逸은 『楚辭章句』에서 아래와 같이 말하였다.

「離騷」의 글은 『詩經』에 기대어 興을 취한 것으로, 유사한 것을 이끌어 비유하였기 때문에 아름다운 새와 향기로운 풀로써 忠節과 짝을 이루었다. 불길한 날짐승과 나쁜 사람들로써 아첨하는 것을 비유하였다. 총명하고 수양을 갖춘 미인으로써 임금과 필적하였다. 宓妃와 아름다운 여인으로써 賢

---

23 「鄭風·山有扶蘇」篇: "興者, 扶胥之木生於山, 喻忽置不正之人於上位也. 荷華生於隰, 喻忽置有美德者於下位. 此言其用臣顚倒, 失其所也."

24 「小雅·綿蠻」篇: "小鳥知止於丘之曲阿静安之處而託息焉, 喻小臣擇卿大夫有仁厚之德者而依属焉."

25 「大雅·卷阿」篇: "興者, 喻王當屈體以得賢者, 賢者則猥來就之, 如飄風之入曲阿然, 其來也爲長養民."

臣을 비유하였다. 규룡, 난새, 봉황으로써 君子에 기탁하였다. 회오리바람,
구름, 무지개로써 소인으로 여기었다. 그 말은 온화하고도 고상하였으나,
그 뜻은 선명하고 뚜렷하였다.[26]

'依詩取興, 引類譬喻'는 「離騷」가 먼저 하나의 '사물[物]'을 들어 이야
기하고, 그런 뒤에 '配', '比', '媲', '譬', '託' 등으로 뒤의 글을 해석하고
있다는 것을 의미한다. 다시 말해, 王逸은 「離騷」의 이러한 '譬喻的 운
용이 『詩經』의 전통을 계승하였음을 보여주는 實例라고 말하고 있는 것
이다. 이는 곧 당시의 漢儒들의 '興'에 대한 '譬喻的 의미 해석 경향의
한 단면이라 할 수 있다.

이상의 고찰에서 볼 때, 漢儒 - 특히 鄭玄 - 의 해석을 거치면서, '比',
'興'은 모두 '譬喻'로써 정치 교화의 '義理'를 표현하는 수단이 되었으며,
이로부터 '興'의 본뜻은 철저히 변화되기 시작하였음을 알 수 있다.

3. 魏晉南北朝의 '興'

이전까지 詩文 창작 및 감상과 상당한 거리를 가지고 있던 漢儒의
'興' 해석은 魏晉南北朝 시대에 접어들면서, 문학의 자각과 심미 의식에
대한 각성을 가져온 시대적 조류에 따라, 새로운 변화의 모습을 보이지
않을 수 없었다. 당시의 시대조류 속에 많은 문학가는 '興'에 대한 해석
을 『毛傳』, 『鄭箋』의 속박에서 벗어나려 시도하면서, 동시에 순수한 문

---

26   (淸)洪興祖, 『楚辭補注』, 中華書局, 2000, p.2: "離騷之文, 依詩取興, 引類譬喻, 故善鳥香
草, 以配忠貞. 惡禽臭物, 以比讒佞. 靈修美人, 以媲於君. 宓妃佚女, 以譬賢臣. 虬龍鸞鳳,
以託君子. 飄風雲霓, 以爲小人. 其詞溫而雅, 其義皎而朗."

학적 의미에서의 '興'에 대해서도 점차 새로운 주장들을 제기하기 시작하였다.

단순히 동작을 표시하는 동사로서 시작된 '興'이 漢代의 사상적 영향 아래에 政敎的 색채가 짙어졌고, 이제 魏晉문학과 사상의 발전에 따라 내재적으로 잠재되어 있던 문학예술 색채를 한 꺼풀씩 드러내기 시작한 것이다. 이는 곧 '興'의 의미가 다의적이고 복합적인 발전 추세를 가지게 되었음을 의미한다.

3.1. '興' 해석의 변화

西晉의 摯虞는 『文章流別論』에서 '賦', '比', '興'에 대하여 예전보다 더 진일보적인 해석을 하였다.

> 賦란 것은 펼치고 늘어놓은 것을 일컫는다. 比란 것은 비슷한 것을 빗대는 말이다. 興이란 것은 느낌이 있어 하는 말이다.[27]

摯虞는 여기서 '比'가 '비슷한 것을 빗대는 말(喩類之言)'이며, '興'은 '느낌이 있어 하는 말(有感之辭)'임을 강조하였다. 그는 '興'과 '比'를 서로 비교하면, 정감에 따라 사물을 느끼는 심미 체험과정이 분명히 드러난다는 것을 확신하였다. '興' 중에도 역시 '비유'의 과정이 있지만, 본질적 특징으로 말하자면 그 역시 '有感之辭'인 것이다. 이른바 '有感之辭'란 것은 인간 情感의 자율적인 활동으로부터 만들어진 심미 체험의 결과이기에, 타율적 요소가 조금도 개입해 있지 않다. 이것은 살아있는 인간의 감정

---

27 (西晉)摯虞, 『文章流別論』, 『藝文類聚』卷56, 上海古籍出版社, 1982, p.1018: "賦者, 敷陳之稱也. 比者, 喩類之言也. 興者, 有感之辭也."

을 조금도 담지 않고 단순한 언어 문자의 나열만으로 시가 작품을 만들
어낸다면, 설령 그 시가 언어 구성상에서 아무리 중요한 뜻을 말하고 있
고 심오한 道를 담고 있다고 할지라도, 그 속에는 '興'이 조금도 있을 수
없다는 것을 말한다.

挚虞의 이 관점은 위진 남북조시대 사람들이 기존의 '興'에 대한 인식
으로부터 해방되는 데 매우 중요한 작용을 하였다. 挚虞가 여기서 말한
'興'은 시인이 詩語로써 직접 흉금을 그려낸 것이 아니라, 시인의 주관
적인 감정을 구체적인 사물 현상에 外化시킨 것이다. 다시 말해 구체적
사물 현상을 빌어 자신의 감정을 토로한 것이다. 이러한 점을 볼 때, 挚
虞는 그 함의 상 이미 '興'에 사물을 접하여 정감을 불러일으킨다는 의
의를 부여한 것이라 말할 수 있다.

시가의 창작 중 심미 체험의 과정을 초점으로 한 挚虞의 주장에 더욱
힘을 보탠 것은 바로 劉勰의 주장이다. 劉勰은 이전 漢儒의 예속으로부
터 완전히 벗어나 '興'의 본래 의미에 더욱 충실할 수 있도록 많은 노력
을 기울였다. 그 첫 번째 과정이 바로 '賦', '比', '興'을 명확한 구분하는
것이었다.

> 賦란 것은 펼치는 것이다. 문채를 펼치고 늘어놓으며, 사물을 그려내고
> 정감을 적는 것이다.[28]

> 比는 직접 빗댄다는 뜻이다. 興은 일으킨다는 뜻이다. 논리의 긴밀함을
> 중시하는 것에 적절히 유사한 사물을 들어 사물을 분명히 하고, 정감을 일
> 으키는 것에는 정과 미묘한 관계가 있는 사물에 의지하여 논의를 불러일으
> 킨다. 정감을 일으키는 것이기에 '興'이란 형식이 이루어졌으며, 논리의 긴

---

28 (梁)劉勰, 『文心雕龍·詮賦』篇: "賦者, 鋪也. 鋪采攡文, 體物寫志也."

밀함을 중시하기 때문에 '比'라고 하는 것이 생겨나는 것이다. 比는 마음속
의 불평을 직접 밝히는 것이나, 興은 완곡히 비유하여 풍유하는 것이다.[29]

劉勰의 해석은 비록 여전히 '興'을 "완곡히 비유하여 풍유하는 것(環譬
以託諷)"이라고 한 것처럼 漢儒를 답습한 면이 없지는 않으나, "정감을 일
으키는 것이기에 興이란 형식이 이루어졌으며, 논리의 긴밀함을 중시하
기 때문에 比라고 하는 것이 생겨나는 것이다"라는 해석에서 알 수 있
는 것처럼, '比'와 '興'을 '정감의 격발' 측면에서부터 구분해보려는 점에
서 상당히 주목할 만하다. 왜냐하면 比가 주는 느낌과 영감이 대부분 이
성적 사색 활동에 포함된다면, 興이 주는 느낌과 영감은 대부분 감성적
직감에서부터 이끌려지는[30] 특징을 가지고 있기 때문이다.

사실 詩學 理論의 발전추세로 볼 때, 劉勰의 이런 해석은 '興'에 아주
중요한 몇 가지 시학적 의의를 부여한 것이다. 먼저 "興者, 起也"라는
'興'의 본뜻을 다시 회복시킨 의의가 있다. '擧', '起'의 본뜻을 가진 '興'
은 漢代에 들어와서도 본래 의미를 여전히 유지하고 있기는 하였으나,
獨尊儒術하던 漢代의 시대 압박 아래서 그 본래 의미가 뒷전으로 밀려
나 있었다. 하지만 문학과 예술의 자각과 존중을 기치로 하던 위진남북
조 시대는 시학 관념 역시 그 본질로 회귀하길 요구하였던 것이다.

둘째, '起也'라는 본뜻을 회복시켰다는 것은 바로 '起'의 대상이 '情感'
이라는 사실을 구체적으로 가리킨 것이며, 이는 더 나아가 정감을 불러
일으킨다는 것과 '興'의 밀접한 관계를 확인하는 의미를 가지게 된다.
시가의 창작과정에는 작가들의 다양한 수사법들이 창작 과정 속에 더해

---

29 (梁)劉勰, 『文心雕龍·比興』篇: "比者, 附也. 興者, 起也. 附理者切類以指事, 起情者依微以
擬議. 起情故興體以立, 附理故比例以生. 比則畜憤以斥言, 興則環譬以託諷."
30 葉郎, 『中國美學史大綱』, 上海人民出版社, 1999, p.91.

진다. '對比', '比喩', '誇張', '映襯', '對偶', '飛白', '錯綜' 등 대부분의 수사법은 그 작용을 통해 작품이 가진 形象美를 더욱 풍부하게 하거나 감상자들이 작품 속에 더 깊은 정감을 느낄 수 있도록 하기 위한 形象化의 방편이다. 하지만 이러한 수사법이 창작과정에 운용되기 이전의 단계는 오로지 창작 대상으로서 사물과 창작 주체로서 시인의 정감만이 만나게 된다. 시인이 감각기관을 통해 창작 대상인 사물을 접하는 순간, 창작의 영감이 떠오르게 되며, 이 영감이란 것은 결국 마음속에 담겨있는 시인의 정감이 형상화된 심미 의식으로 격발되는 것이기에, 곧 '起'의 대상이 된다. 또 창작 영감이 떠오른다는 것은 곧 '興'이 일어나는 것이고, 이는 곧바로 정감을 불러일으키는 연쇄작용을 불러일으키는 것이다.

셋째, "정감을 일으키는 것이기에 '興'이란 형식이 이루어졌다"라는 말과 같이, 詩歌의 '興體' 역시 劉勰의 이와 같은 해석의 기초 위에 세워졌다는 사실을 증명하였다. '興體'는 예술표현 수법으로서 '賦', '比', '興' 중의 '興'을 가리킨다. '興'이 이렇게 예술표현 수법으로 만들어진 것은 '起情'을 詩語 속에 어떠한 방식으로 담아내어야 하는 것인가라는 본질적 요구에서 시작되어, 결국 시인의 情感이 "'사물', '현상', '이치' 등 형상 대상물과의 관계로부터 그 존재가 설명"되는 하나의 예술표현 수법인 '興體'를 이루게 된 것이다. 이러한 까닭에 비록 예술 형상 수법 중의 하나로서 작용하기에 이성적 사유가 더해지지 않을 수 없지만, 동일한 수사법을 가한다고 할지라도, 작가가 그 감흥과 사물 간의 내재적 관계를 얼마나 파악하고 있느냐는 시가 수사법으로서 '興'이 자신의 본질적 존재 방식에 충실했는지 아닌지를 판단하는 기준이 되기도 한다.[31]

---

31   李鍾武, 「船山詩學에 나타난 詩學範疇 '興'에 관한 小考」, 『中國學』第37輯, 2010, pp. 175-176.

이밖에 '興'에 관한 劉勰의 주장에서 이러한 시학 이론적 함의와 더불어 소홀히 할 수 없는 또 한 가지는 그의 주장이 '興', '情', '物'의 관계, 즉 '창작의 감흥', '작가의 정감', '창작 대상인 사물'의 관계를 확정해 주었다는 것이다. 劉勰은 '情'을 '興'의 직접 대상으로 끌어왔을 뿐 아니라, 그 이전에 이미 '興'과 '情' 사이의 관계를 명확히 하였다.

> 여러 초목금수와 여러 종류의 사물에 대하여서는 사물을 접하여 감흥을 일으키고 정감을 토로하며, 사물의 변화에 따라 사물과 정이 합쳐짐을 구하고, 사물의 외형을 그려내면, 언어는 반드시 섬세하면서 치밀해야 한다. 사물의 이치를 그려내면 그 이치는 옆에서 비교함을 귀하게 여기었다. 이는 또 小賦의 범위로서 독특하고 정밀함을 얻는데 관건적인 것이다.……높은 곳에 올라 시를 짓는 뜻은 경물을 보고 정감을 불러일으키게 하기 위해서이다. 정감은 사물로써 일어나는 것이기에 그 뜻은 분명하면서 아정해야 한다. 사물은 정감으로써 구체적으로 드러나는 것이기에 그 말은 필히 정교하고 아름다워야 한다.[32]

劉勰은 각종 풀과 나무, 동물, 많은 사물의 종류들과 사람들과 관계에 있어, "사물을 접하여, 감흥을 일으키고 정감을 토로한다(觸興致情)."고 주장하며, 높은 곳에 올라서면 시를 잘 지을 수 있는 까닭이 경물을 보면 정감을 일으키고 정감은 외부 사물로부터 일어나기에, 그 內涵이 분명하면서도 아정해야 하며, 외부의 사물은 정감을 통해 구체적으로 드러나기에, 그 문장은 정교하면서도 아름다워야 하기 때문이라고 구체적으로 예를 들어 설명하기도 하였다.[33]

---

32 (梁)劉勰, 『文心雕龍·詮賦』篇: "至於草區禽族, 庶品雜類, 則觸興致情, 因變取會, 擬諸形容, 則言務纖密. 象其物宜, 則理貴側附. 斯又小制之區畛, 奇巧之機要也.……原夫登高之旨, 蓋睹物興情. 情以物興, 故義必明雅. 物以情觀, 故詞必巧麗."

33 '興'에 대한 해석은 古代로부터 지금까지 그 의미의 다양한 변화만큼이나 학자들 간에

이와 같은 '興', '情', '物'의 관계에 대한 劉勰의 견해는 '興'에 대한 입장과도 맥락을 같이하고 있다. 먼저 '사물[物]'은 興을 일으키는 주요 원인이며, '情'을 이끌어내는 직접적인 대상이다. 둘째, '情'은 興을 일으키는 주체임과 동시에 또한 외부 사물의 심미 요소를 들여다볼 수 있는 내적 창문과 같은 것이다. 셋째, '興'은 '사물[物]'과 '情' 간의 매개체로서, 심미 활동의 모든 과정을 주도한다.

이러한 劉勰의 견해를 문학창작 측면에서 말하자면, '興'은 바로 창작 주체와 객체의 위치를 규정하고, 예술 형상 과정을 이끄는 기능을 가지고 있다고 말할 수 있다. 劉勰이 주장한 '因變取會'란 바로 天地 사물의 변화로 인해, '情'과 '사물[物]'의 결합을 구함을 의미하는 데, 이 모든 작용을 바로 '興'이 이끈다는 것이다.

劉勰은 여기서 더 나아가 또 하나의 중요한 시학 명제를 제안하였다. 창작활동 도중에 작가가 사물[物]을 접하여 참다운 '興'을 일으키기 위한 심리[心] 활동의 조건에 관하여 규정한 것이다.

> 사계절의 경물 변화가 빈번하지만, 감흥에 잠겨 들어가고자 한다면 한정함을 귀하게 여겨야 한다. …… 봄날의 햇볕은 온화하면서 편안하고, 가을날의 바람은 소슬하다. 정감을 쏟아붓는 것은 마치 선물을 하는 듯하고, 흥이 일어나는 것은 화답하는 것과 같다.[34]

많은 이견이 존재한다. 김의정은 劉勰이 "한대 경학가의 해석에서 벗어나지 못하고 정치 교화적 의도의 기탁론과 정감의 자연스러운 발흥을 섞어놓는 우를 범하였다"고 평가한 蔡英俊의 견해(『比興、物色與情景交融』, 臺北, 大安出版社, 1991年)를 인용하여, 유협의 '興'에 대한 해석이 애매한 점이 있음을 주장하기도 하였다.(「興의 정서적 측면에 대한 고찰」, 『中國語文學誌』第10輯, 2001, p.177)

34　(梁)劉勰, 『文心雕龍·物色』篇: "四序紛回, 而入興貴閑……春日遲遲, 秋風颯颯, 情往似贈, 興來如答."

위의 주장에서, 劉勰은 사물을 접하여 억지로 짜내는 이성적 활동을 통해서는 제대로 된 창작의 감흥에 잠겨 들어갈 수 없으며, 한적하고 유유자적하는 심리상태가 진정한 창작의 感興을 일으켜 들어갈 수 있는 최상의 상태임을 강조하였다. 그가 주장한 이 '入興貴閑'의 명제는 바로 '興'이 창작활동 중 어떠한 심미 체험의 조건 속에서 만들어질 수 있는가를 설명하면서, 사물[物]과 작가의 심리[心], 그리고 흥취[興] 사이의 관계를 새로이 정립한 것이다.

'興'에 대한 劉勰의 해석 이후, '興'에 더욱 진일보한 함의를 부여한 이는 鍾嶸이다. 『詩品·序』에서 보이는 '賦', '比', '興'의 시학적 함의에 대한 관계 설정과 조정이 바로 그것이다.

> 詩에는 三義가 있는데, 첫째가 興이고, 둘째가 比이며 셋째가 賦이다. 글이 다 끝나더라도 뜻이 남음이 있는 것을 興이라 한다. 사물을 빌어 뜻을 빗대는 것을 比라 한다. 그 일을 직접 적어, 말에 기탁하고 사물을 그리는 것을 賦라 한다. 이 三義를 확대하면, 정황에 맞추어 쓸 수 있다. 풍골로써 근간을 삼고, 수식으로써 윤색한다면, 그것을 음미하면 그 맛이 끝이 없고, 그것을 들으면 마음이 움직이니, 이것이 詩의 지극함이다. 만약 比, 興만을 사용하게 되면 뜻이 심각해지게 되는 단점이 있으니, 뜻이 심각해지면 말이 껄끄럽다. 만약 단지 賦體만을 사용하면, 뜻이 너무 가벼워짐을 걱정해야 하니, 뜻이 너무 가벼워지면 글이 너무 산만해진다. 이렇게 되면 글이 흐르는 것만을 좋아하여, 문장이 멈춤이 없어 괜히 번잡하고 넘치는 폐단이 있게 된다.[35]

---

35 (梁)鍾嶸, 「詩品·序」: "詩有三義焉, 一曰興, 二曰比, 三曰賦. 文已盡而意有餘, 興也. 因物喻志, 比也. 直書其事, 寓言寫物, 賦也. 宏斯三義, 酌而用之, 乾之以風力, 潤之以丹彩, 使味之者無極, 聞之者動心, 是詩之至也. 若專用比興, 患在意深, 意深則詞躓. 若但用賦體, 患在意浮, 意浮則文散, 嬉成流移, 文無止泊, 有蕪漫之累矣."

'興'에 대한 鍾嶸의 해석 중 가장 관건적인 것은 鍾嶸의 '興'에 대한 총체적인 해석인 "글이 다 끝나더라도 뜻이 남음이 있다(文已盡而意有餘)" 는 부분이다. 이 '文已盡而意有餘'는 바로 심미 경험상에서 시의 본질을 실현한 것이기에, '그 맛이 끝이 없고, 그것을 들으면 마음이 움직이게' 되는 '시의 지극함'이라고 한 것이다. 예를 들어, 어떤 시가 작품이 '興' 이 있다고 말한다면, 그것이 가리키는 것은 결코 어떤 확정된 작가 의도 의 표현도 아니며, 또한 감상자에게 이미 정해져 있는 어떤 정감을 설명 한다는 의미도 아니다. 詩가 '興'을 가지고 있다고 하는 것은 바로 시가 작품이 감상자에게 일종의 미적 경험을 제공한다는 의미로서, 시어를 통 해 감상자가 그러한 정감이 폭발적으로 강하게 일어날 수 있는 순간에 이르게 한다는 것이다.

이러한 상태에서의 작가의 의도는 확정된 것이 아니라, 부단히 생성 되는 것이기에, 바로 '남음이 있는(有餘)' 것이며, '다 끝나지(已盡)' 않는 것이다. 鍾嶸의 이러한 주장이 제기된 이후, 후인들은 '文已盡而意有餘' 의 각도에서 '興'의 의미를 이해하고, 이를 바탕으로 새로운 주장을 제 기하였다.

3.2. '興' 의미 변화의 객관 조건: 시대사조

'興' 의미의 다양화와 복합화라는 측면에서 볼 때, 만약 摯虞, 劉勰, 鍾嶸 등의 문학가들이 내린 '興'에 대한 해석이 주관적 원인이 만들어낸 개별현상이라고 평가한다면, 그 당시의 문학적 사조는 이러한 추세를 촉 진한 객관적인 조건이라 말할 수 있을 것이다.

魏晉 사람들은 각종 사상과 예술 풍조에 있어서, 이전 漢儒 禮敎의 구 속에서 벗어나고자 노력하였으며, 그 결과 예전의 사상적 구속에서 벗어

나 자유로운 풍조를 만들어내었다. 특히 士大夫를 위주로 한 평범한 지식인 계층 중에서 이러한 점은 더욱 두드러졌다. 시대사상 조류의 변화에 따라 이들 지식인 계층 인물들은 인격의 뛰어남을 자유롭게 평가하기도, 그 개성 가치를 존중하기도 하였다. 이러한 시대사조의 밑바탕에서 조금씩 성장하기 시작한 것이 바로 魏晉 시대의 '人物品評' 풍조이다. "세상의 일들에 얽히지 않고, 빌붙고 아첨하는 것에 무심한 것은 이때 명사들의 입신처세의 준칙이 되었다"[36]는 후세의 평가는 바로 자유롭고, 구애됨이 없던 위진 시대 사대부들의 이러한 심리상태와 시대 풍조를 가장 잘 반영하고 있다고 할 수 있다.

후인들은 위진 시대 사대부들의 이러한 모습을 종종 세속적인 것에 구애받지 않고 초연해 하는 유유자적하는 風度라고 간주하기도 하였다. '悠悠自適'과 더불어 이야기되는 '淸淡' 또한 당시 사람들의 또 다른 심리상태이기도 하였다. 소위 '淸淡'이란 것은 생활 정취에서의 만족을 추구하는 것으로, 위진 사람들이 보편적으로 취하고 있던 일종의 삶에 대한 향유와 풍류적인 소양의 표시였다. 앞에서 언급된 摯虞, 劉勰과 鍾嶸의 주장 또한 이와 같은 시대사조의 기초 위에 만들어진 것이다. 『世說新語』에 실려 예로부터 회자되어 잘 알려진 王徽之의 한 일화는 이러한 당시의 시대 풍조를 잘 설명해주고 있다.

> 내가 본래 흥을 타고 왔다가, 흥이 다하여 돌아가려 하는데, 왜 반드시 戴逵를 만나야 하는가?[37]

---

36 羅宗强, 『魏晉南北朝文學思想史』, 中華書局, 1996, p.824.
37 (南朝)劉義慶, 「任誕」篇 『世說新語』, 中華書局, 1999, p.408: "王徽之가 山陰縣에 살면서, 밤에 큰 눈이 내리자, 잠을 자다 깨어나 창문을 열고, 술상을 준비하라 명한 뒤, 사방을 둘러보니 휘영청 밝았다. 일어나 이리저리 왔다 갔다 하며, 左思의 「招隱詩」를 읊었다.

"생활 과정 그 자체의 가치에 흥취를 의탁하여 목적에 구애되지 않는 것으로, 위진 시대 사람들의 유미적인 생활 전형을 보여준다."[38]라는 宗白華 선생의 말처럼, "흥을 타고 와서, 흥이 다하여 돌아간다"는 王徽之의 이 말은 자유자재한 위진 사람들의 전형적인 생활 태도와 심리상태를 잘 반영해주고 있는 말이다. 하지만 이러한 심리상태는 어쩌면 결코 위진 사람에게 한정된 전유물이 아니라, 인간 본연의 性情의 표현이라 할 수 있다. 王徽之의 그리움 또한 무심코 드러나는 '感興'의 한 모습이라 할 수 있다. 이러한 감흥 활동은 理智와 무관한 것이기 때문에, 그 감흥이 부지불식간에 흘러나오든 아니면 갑자기 멈춰지든, 모두 이성적 제어 아래에 있지 않은 것이다. 이러한 점에서 볼 때, 王徽之의 "흥을 타고 와서, 흥이 다하여 돌아간다"는 말은 바로 구애되지 않는 감흥의 본질을 잘 설명하는 것이다.

위진 사람들의 자유로운 생활 태도와 심리상태는 예술 생활 속에서도 그 작용을 발휘한다. 그들에게 있어, 시가 창작은 또한 이러한 興에 의지하는 생활의 연장선상에 있는 것이다. 北齊의 魏收는 北魏 高祖의 행적을 기록할 때, "시문을 짓는 재주가 뛰어나고 넉넉하며, 문장 쓰기를 좋아하여, 詩, 賦, 銘, 頌은 興에 맡겨 마음껏 지었다."[39]라고 적었다.

그러다가 홀연히 戴逵가 그리웠다. 그 당시 戴逵는 멀리 剡縣에 있었는데, 마음 내키는 대로 바로 밤새도록 작은 배를 타고 나아갔다. 하룻밤을 지나 비로소 剡縣에 도착하여, 戴逵의 집문 앞에 이르렀는데, 들어가지 않고 몸을 돌려 돌아갔다. 사람들이 그 까닭을 묻자, 王徽之는 '내가 본래 흥을 타고 왔다가, 흥이 다하여 돌아가려 하는데, 왜 반드시 戴逵를 만나야 하는가?'라고 이르렀다.(王子猷居山陰, 夜大雪, 眠覺, 開室, 命酌酒, 四望皎然. 因起彷徨, 詠左思招隱詩. 忽憶戴安道. 時戴在剡, 即便夜乘小船就之. 經宿方之, 造門不前而返. 人問其故, 王曰, '吾本乘興而來, 興盡而返, 何必見戴?')"

38 宗白華, 『藝境』, 北京大學出版社, 1999, p.127.

39 『魏書』卷七下『高祖記』第七下: "고상하게 책읽기를 좋아하여, 손에서 책을 놓지 않았다. 五經의 뜻을 살피고 문득 외워보고 하였으며, 배움은 스승의 가르침을 받지 않아도 그

여기서 '흥에 맡겨 마음껏 짓는다(任興而作)'는 것은 바로 이지적인 통제를 받지 않는 자유로운 감흥의 창작을 가리킨다. 이러한 창작은 단지 영감이 가져오는 도취 상태에서만 비로소 가능할 듯하다. 작가는 그저 "흥을 타고 왔다가, 흥이 다하여 돌아가는"것과 같이 감흥이 일어남에 따라, 마음껏 한 구 한 구의 창작을 해나가면 되는 것이다. 이러한 이유로 인해, 역대의 많은 작가는 '任興而作'의 태도로써 영감의 격발로부터 비롯된 시가 창작 태도를 대표하였으며, 이러한 조건 아래에서의 '興'만이 비로소 작가의 시가 창작 동기를 불러일으키는 핵심적인 요소라 여기게 되었다.[40]

따라서 작가의 창작 충동을 불러일으키고, 창작 영감을 포착하는 것이 모두 이 '興'에서 시작된다는 점에 착안할 때, '興'은 바로 시가 창작의 핵심 요소라고 볼 수 있을 것이다.

4. 나오는 말

중국 문학사의 한 영역에 뿌리를 내린 '興'은 이상과 같은 변천 과정

정수와 오묘함을 찾아내었다. 역사서와 諸子百家는 거치지 않음이 없었다. 『莊子』와 『老子』를 말하길 좋아하였고, 특히 그 뜻을 해석하는데 정통하였다. 시문을 짓는 재주가 뛰어나고 넉넉하며, 문장쓰기를 좋아하여, 詩, 賦, 銘, 頌은 興에 맡겨 마음껏 지었다(雅好讀書, 手不釋卷. 五經之義, 覽之便講, 學不師受, 探其精奧. 史傳百家, 無不該涉. 善談莊老, 尤精釋義. 才藻富贍, 好爲文章, 詩賦銘頌, 任興而作.)"

40 汪涌豪 선생은 詩學 範疇로서의 '興'에는 두 가지 의미가 있다고 여기었다. 첫째는 창작발생론적인 의미로서 '興起'가 그 하나이고, 또 하나는 수용론적 의미로서 '興味'이다. (『範疇論』, 復旦大學出版社, 1999, p.19) 그의 주장에 따르면, '任興而作'의 '興'은 바로 창작발생론적인 의미를 가지고 있다.

을 거쳐 가면서 매 시기 변화되는 다양한 문화 관념과 새롭게 출현하는 詩學的 개념을 더하여 그 속에 응축하기도 하였고, 또 시대의 변화에 따라 점점 옅어져 가는 이전 개념의 흔적을 그 쓰임 속에 여전히 담아두고 있기도 하였다. 이 때문에 '興'의 시학적 함의의 변천과 확대 과정에 대한 고찰은 한 詩學範疇에 대한 고찰이라는 의의에만 머물지 않고, 하나의 예술 개념이 어떠한 역사 발전과정을 거쳐, 개념의 논리적 구조가 어떻게 분화되고 체계화되어갔던가를 동시에 확인할 수 있게 하였다. 비록 한 시학 범주의 함의와 작용의 세부 발전과정을 전면적으로 이해한다는 것은 결코 단순한 일만은 아니지만, 그 변화의 법칙을 체계적으로 살펴보기 위해 이러한 변천 과정에 대한 고찰은 멈춰서는 안 될 연구 작업일 것이다.

역대로 '興'은 '擧起', '發端'과 '引起' 등의 단순한 의미에서 '譬喻'의 의미로 발전되어졌다. 이 '譬喻'의 의미는 또 표현에서의 수사적 의미와 정치 교화에 초점을 맞춘 '美刺'적 의미의 '隱喻'로 다시 나누어진다. 이후, 魏晉南北朝를 거치면서, '興'은 자유로운 시대사조의 조건 아래 점차 시학적 측면의 내적 함의를 풍부화해 나가면서 초보적인 시학 범주로서 변화 발전되어갔다.

중국 전통 시학의 발전 측면에서 비록 '興'은 그 연원에서는 단순한 사전적 의미인 동사 '起'의 의미에서 시작되었지만, 이후 비유적 의미인 '比興'의 뜻을 거쳐, '感興寄託'과 '文已盡而意有餘'라는 내적 함의로 진화 발전되어갔다. 창작 대상의 측면에서 '觸興致情'라는 주장을 끌어내었으며, 작가 주관적 측면에서는 함축과 묘사의 뜻을 제창한 의의가 있다고 말할 수 있다. 또한 주관과 객관적 성격이 결합하여 형상화된 작품이라는 측면에서는 '意在言外, 回味無窮'의 심미 意境을 제기한 의의도 있다.

이러한 의의가 하나로 융화됨으로써 '興'은 魏晉 南北朝까지 문학창작이론의 기본 개념과 시학 범주로서의 초보적 모습을 갖추기 시작하였다. '興'은 이후 唐, 宋, 明, 淸代의 시대변화와 새로운 문학사조의 출현에 따라 내적 복합화를 거치고, 외연을 넓혀 가며, 시학 범주로서의 체계화 과정을 이루어 나간다.

제6장

'興'의 詩學 변천 과정 考察, 두 번째: 唐에서 宋까지

1. 들어가는 말

인류의 많은 문화성과 가운데, 詩歌는 대표적인 서정적 문학예술이다. 창작자로서의 시인은 사물과의 관계로부터 자기 창작의 영감을 얻게 되고, 그 창작의 영감은 창작과정 속에서 形象思惟의 도움을 받아 서정적 색채를 띤 예술적 이미지로 뚜렷하게 다시 만들어진다. 감상자들은 형상화된 작품에 대한 감상으로부터 또 하나의 이미지나 추상적 사유를 얻게 된다.

만약 中國詩學에서 이러한 시가 창작과 감상의 전 과정을 공통으로 관여하고 해석할 수 있는 시학 개념 혹은 범주[1]를 찾는다면, 아마도 '興'

---

1   '범주(範疇, Category)'는 '객관 사물의 특징과 관계에 관한 기본 개념'이다. 중국 시학에

을 가장 먼저 손꼽을 수 있을 것이다.

변천 과정에 관한 前篇 연구에서 확인된 바와 같이, '興'은 '擧起', '發端'과 '引起' 등의 의미에서 문학의 수사적 요소와 사회적 요소를 동시에 가진 '譬喩'의 의미로 발전하였다.

魏晉 시대에 이르러 '興'의 발전은 '완곡히 비유하여 풍유하는(環譬以託諷)' 漢代의 요소를 내포하고 있기도 하였으나, '사물을 접하여, 감흥을 일으키고 정감을 토로하는(觸興致情)' 시가 본연의 발생론적 관점과 '글이 다 끝나더라도 뜻이 남음이 있는(文已盡而意有餘)' 감상론적인 관점의 해석으로 내적으로 더욱 풍부화 되었다. 또한 이러한 발전은 '興'이 시가 창작과 감상의 매 과정을 빈틈없이 분석해낼 수 있는 질적 변화의 운동 법칙성을 갖추게 하였다고 할 수 있다. 하지만 변화되는 시대 요소는 '興'이 시가 창작과 감상 과정 등에 대한 해석의 방편에만 머물지 않도록 하였다.

중국 문학사에서 시가 발전의 최고조기와 문학의 전면적 질적 혁신기로 평가되는 唐代와 宋代에 이르러, '興'은 외적으로 시대의 문학사조와 시가 작품의 창작 방향을 이끌어 내고, 내적으로는 기존 해석의 바탕 위에 좀 더 새롭고 체계화된 개념과 범주로서 변모되길 요구받았다. 이러한 요구에 따른 '興'의 변화는 시학 속에서 '興'이 내재적으로 더욱 복합적인 의미를 가지게 만들고, 다양한 다른 개념과의 화학적 물리적 결합을 통해 새로운 외연의 확대 혹은 해체를 가져오게 하였다. 하지만 그와

서의 '범주'는 현대적이고 서구적인 의미에서의 '분류(classification)'의 성격보다 '주제나 개념 영역(thematic areas)'의 성격에 더욱 근접해 있다고 할 수 있다. 이러한 범주는 고도로 응집된 언어의 결정체이기에, 내재적으로 상당히 풍부한 함의와 해석의 다양성을 가지고 있다.(李鍾武, 「船山詩學에 나타난 詩學範疇 '興'에 관한 小考」, 『中國學』 第37輯, p.168.

동시에 '興'의 운동법칙이 가진 규칙성에 영향을 미쳐 해석의 난해함을
예고하기도 했었다. 중국의 석학 錢鍾書 선생이 "興의 뜻은 확정하기가
가장 어렵다"[2]라고 한 까닭 역시 바로 변천 과정에서의 '興'의 이러한
면 때문이다.

이제 본 논문은 전편의 연구를 바탕으로, 내적 복합화와 외연 확대로
의 과정을 밟아가는 唐, 宋代 '興'의 변천 과정을 살펴보고, 이를 통해
'興'의 기존 함의가 唐, 宋代의 사상 및 시대사조의 변화 속에서 어떠한
새로운 시학 함의를 가진 개념 또는 범주로서 변천되어 가는지를 연구,
고찰하고자 한다.

2. 詩學範疇로의 발전: 唐代의 '興'

魏晉 시대 문학사조의 발전을 거치면서, '興'은 중국 문학이론 비평사
에서 시가 이론의 한 범주로서 차츰 중요한 위치를 차지하게 되었다.

隋와 初唐 시기는 위진의 영향 아래, 詩壇에 宮體의 정취가 가득하였
다. 시인들은 시를 지을 때 여전히 화려하고 정교함만을 추구하였으며,
운율과 단어의 정교함이나 군더더기 말로 수식하는 것만 중시하고, 사람
들의 진실한 정감을 표현하거나 생활을 작품 속에 그려내는 것은 관심
이 없었다. 당시 陳子昂과 몇몇 文人들은 이러한 위진 시대의 화려한 餘
風과 初唐의 궁체 시풍을 반대하고 風骨을 제창하였다. 이러한 풍조의
성행에 따라, 문학 비평이론 또한 점차 사회적이고 諷刺的인 색채를 띠

---

2   錢鍾書, 『管錐編』第一冊, 中華書局, 1979, p.62.

게 되었는데, '興' 역시 당시의 시대사조의 영향을 받지 않을 수 없었다.

2.1. '興寄'의 주장

陳子昂과 白居易는 '興寄'와 '寄興'의 각도에서 '興'을 해석하려 하였
는데, 이는 시가의 政敎美刺 작용을 강조한 사회적인 관점이다. 陳子昂
은 「與東方左史虬修竹篇序」에서 아래와 같이 주장하였다.

> 문장의 도가 폐해진 지 오백 년이 되었다. 漢·魏의 風骨이 晉·宋에 전해
> 지진 않았으니, 문헌에서도 증명할 수 있다. 내가 일찍이 틈이 있을 때면
> 齊·梁 시대의 시를 살펴보았는데, 문체가 화려하고 지나치게 번잡하여, 興
> 寄가 모두 끊어져, 매번 탄식하였다. 옛사람을 생각하면, (지금의 문풍이)氣
> 勢가 쇠퇴해짐을 두려워하고, 「풍」·「아」의 시편이 지어지지 않을까 늘 마
> 음 졸였다.[3]

東方虬의 「詠孤桐篇」을 읽은 뒤 興에 취해 지은 「修竹篇序」에서 陳
子昂은 '風骨'과 '興寄'로써 시가의 예술 수준을 평가하는 기준으로 삼
고, 궁체시의 綺麗한 시풍을 비판하고, 漢魏風骨을 찬양하였다. 그가 주
장한 '風骨'과 '興寄'는 결국 唐代 詩歌革新運動의 기치가 되어 盛唐의
시풍을 일신하는 중요한 작용을 한다.

그렇다면, 陳子昂은 「序」에서 왜 '興寄가 모두 끊어졌음'을 안타까워
했던 것인가? '興'의 또 하나의 발전단계인 陳子昂의 '興寄'는 과연 어떠
한 시학적 함의를 가지고 있는가? 후대의 많은 학자는 이 '興寄'에 대하

---

3   (唐)陳子昂, 「與東方左史虬修竹篇序」, 『中國歷代文論選』第二冊, 上海古籍出版社, 1990,
    p.55: "文章道弊五百年矣. 漢·魏風骨, 晉·宋莫傳, 然而文獻有可徵者. 僕嘗暇時觀齊·梁間
    詩, 彩麗競繁, 而興寄都絶, 每以永歎. 思古人常恐逶迤頹靡, 風雅不作, 以耿耿也."

여 적지 않은 해석을 하였다.[4] 대표적인 학자들의 해석을 종합해 볼 때, 결국 '興寄'는 '比興'과 '寄託'이라는 두 가지 시학 개념의 결합으로 만들어진 것이라 판단된다.

劉勰과 鍾嶸, 孔穎達 등이 밝힌 바와 같이,[5] '比'는 드러내는 것이고 '興'은 감추는 것이다. 그래서 '比'는 직접 토로하고, '興'은 은근히 풍자한다. 이러한 두 가지 효과가 결합된 '比興'은 사물이나 일을 빌어, 어떠한 일이나 의미를 비유하거나 풍자하는 것으로 '興'이 가졌던 '글이 끝나더라도 뜻이 남음이 있는' 효과까지 가지게 된다. 이러한 '比'와 '興'의 결합이 만들어낸 '比興'은 태생적 요인으로 인하여, 형상화하는 사물이나 일들에 작가의 뜻을 기탁하는 효과가 있다.

이러한 '比興'에 다시 별도의 '寄託'을 결합하여 탄생된 '興寄'는 比興의 효과와는 다른 차별화된 효과를 가지게 될 것임을 쉽게 추측할 수 있다. 그것은 바로 사물이나 사건 등을 빌어 형상적으로 표현함으로써 수사적인 효과를 충분히 만족시키면서도, 또 한편 수사적인 측면에만 편향되었던 시학 개념에 내용적 측면의 내실화를 기하여 작가의 뜻을 안정적으로 형상물에 寄託하는 효과를 가진다. 여기서 말하는 내용적 측면의

---

4 "興寄의 실질은 시가가 현실을 비판하는 전통을 더욱 발휘하고, 선명한 정치적 경향을 가질 것을 요구하는 것이다"(遊國恩, 『中國文學史』二, 人民文學出版社, 2001, p.33). "興은 감정을 불러일으키는 것이다. 寄는 기탁하는 것이다. 興寄는 바로 느끼는 바가 있으면 시를 짓고, 시를 지으면 시에는 기탁하는 바가 있어야한다는 것으로, 그 중점은 기탁한다는 것에 있다. 이는 比興說에 대한 하나의 발전이다"(羅宗强, 『隋唐五代文學思想史』, 中華書局, 1999, p.65). "興寄는 작품에 충실한 사회적 내용이 있어야 함을 강조하는 것이며, 시가 전체 심미형상을 중시하는 표현이다"(張少康·劉三富, 『中國文學理論批評發展史』上, 北京大學出版社, 1996, p.309).

5 "比者, 附也. 興者, 起也. …比則畜憤以斥言, 興則環譬以託諷"(劉勰, 『文心雕龍·比興』篇). "文已盡而意有餘, 興也"(鍾嶸, 『詩品·序』). "比之與興, 雖同是附託外物, 比顯而興隱. 當先顯後隱, 故比居興先也."(孔穎達, 『毛詩正義』卷1)

내실화는 결국 題材와 形象의 '진실성'으로 나타나게 된다. 그 진실성은 개인적인 면에서는 가식 없는 정감의 토로로 나타나고, 사회적으로는 현실 사회에 대한 비판, 사회현상에 대한 풍자의 강화 등으로 나타난다고 말할 수 있다.

이러한 까닭에 陳子昂이 주장한 '興寄'는 시가에 작가의 정감이 어린 깊은 감동을 기탁하길 요구하는 것이다. 고대 전통적인 문학관에서는 시가의 특징이 바로 '言志抒情'에 있다고 여기었다. 이 '興寄'는 바로 그 정감을 충실히 하고 깊어지도록 요구하는 것이다. 齊梁시기의 詩는 사물의 이치를 체득하는데 뛰어났기에, 외부 사물에 대한 시인의 섬세하고 민감한 審美感受 능력을 잘 체현해낼 수는 있지만, 삶에 뿌리를 둔 진실한 감동은 부족하였다. 심각한 사회모순에 직면하여 분출되는 강렬한 정감은 더더욱 말할 필요가 없었다. 唐代 詩歌革新運動의 선구자로서 陳子昂은 시인과 정치가로서 벼슬길의 곡절이나 시대의 아픔에서 비롯된 인생 체험이 풍부하였기에, 화려하기만 한 齊梁詩가 사람을 감동하게 하는 능력이 부족하고 공허하다는 것을 자연히 심각하게 느끼고 있었다. 따라서 '興寄'가 작가에게 정감 어린 감동을 그려내길 요구한 것은 어쩌면 당연할 수 있다.[6]

결국 陳子昂의 '興寄' 주장은 漢代 經學家들이 줄곧 해석해온 '興'의 정치 교화적이고 의도적인 寄託論 해석이 형식의 틀은 그대로 유지한 채 새로운 내용으로 도약하여 발전한 것이라 할 수 있다.

唐 중기를 거쳐 문학과 정치의 관계가 날로 밀접해져 가면서, 儒學 부흥에 뜻을 모은 몇몇 문인들은 시가 혁신으로써 정치활동에 참여하려

---

6   王運熙·楊明, 『中國文學批評通史』隋唐五代卷, 上海古籍出版社, 1994, pp.114-120.

하였다. 이때부터 魏晉 시기 文人들에 의해 버려졌던 '美刺', '比興'의 전통은 다시 유행하기 시작하였다. 唐代 시가 혁신의 한 축을 이루었던 白居易 역시 陳子昂이 제기한 '興寄'의 함의를 고스란히 담고 있는 주장을 강하게 제기하였다. 新樂府運動을 제창했던 그의 시학 주장은 내용적 측면에선 전통적인 儒家主義的 시가 이론과 그 맥이 서로 통한다. 「與元九書」와 「新樂府序」에서 그의 대부분 시학 주장을 엿볼 수 있다.

> 詩는 황제, 신하, 백성, 사물, 사건들을 위해 지어져야 하며, 문장 자체를 위해 지어져서는 안 된다.[7]

> 매번 다른 사람을 만나 이야기를 하면서도 시정을 많이 물었습니다. 매번 書史를 읽으면서 나라를 다스리는 도리를 구하였지요. (이때) 문장은 마땅히 시대에 맞게 지어야 하고, 시는 사실에 맞게 창작되어야 함을 비로소 알게 되었답니다.[8]

그는 詩歌가 현실과 분리되지 않고, 반드시 사회, 정치, 백성들의 생활과 결합되어야 함을 주장하였다. 이는 그의 시가 혁신운동의 가장 기본이 되는 주장이며, 그의 시학 주장의 근간을 이루는 것으로, 창작과정에서는 比興과 諷刺의 수사로써 구체화됨을 알 수 있다.

> 그러므로 이별을 묘사하려면 한 쌍의 오리와 한 마리 기러기를 끌어와 興을 일으켰지요. 군자와 소인을 풍자하려면 향초와 사악한 새를 끌어와 비유하였습니다.[9]

---

7 (唐)白居易, 「新樂府序」, 『白居易集』第一冊, 中華書局, 1999, p.52: "爲君·爲臣·爲民·爲物·爲事而作, 不爲文而作也."

8 (唐)白居易, 「與元九書」, 『白居易集』第三冊, 中華書局, 1999, p.962: "每與人言, 多詢時務. 每讀書史, 多求理道. 始知文章合爲時而著, 歌詩合爲事而作."

'興'의 발전단계라는 점에 착안하면, 白居易의 이러한 比興과 諷刺의 주장은 결국 비유적인 수사 효과와 기탁 효과가 있는 '興寄'의 함의와 다른 것이 아니다. 詩道에 대한 그의 바람을 실현하고자 마음먹던 左拾遺 재직 시절의 생각에서 이러한 점을 쉽게 엿볼 수 있다.

> 꼬집어 말하기 힘든 것은 번번이 시를 적어 읊으며, 조금씩 황제에게 전해져 알게 되길 바라였습니다.[10]

諫官으로서 백거이의 이러한 바람은 바로 六義 중 '완곡히 비유하여 풍유하는'[11] '興'의 전통을 십분 활용하였음을 말하는 것으로, 唐 중기 '興'의 발전단계에서 가장 주목해야 할 '은유', '풍자', '기탁'의 바탕이 되는 것이다. 그의 『詩經』 작품에 대한 평가를 보자.

> '북풍은 차갑기도 하고'는 바람을 빌어 위세를 내세워 포악함을 풍자한 것이네. '눈비 부슬부슬'은 눈비를 빌어 병역에 징발되는 이들을 가엾게 여기는 것이었네. '산앵두나무의 꽃'은 꽃에 대한 느낌으로써 형제의 도리를 완곡히 타이른 것이네. '캐네 캐네 질경이'는 예쁜 풀로써 아들이 생긴 것을 기뻐하는 것이었네. 이러한 시들은 모두 이것에서 興을 일으켰지만, 그 표현하는 뜻은 그것으로 되돌아간다네.[12]

---

9   (唐)白居易, 「與元九書」, 『白居易集』第三冊, 中華書局, 1999, p.961: "故興離別, 則引雙鳧一雁爲喩. 諷君子小人, 則引香草惡鳥爲比."

10 (唐)白居易, 「與元九書」, 『白居易集』第三冊, 中華書局, 1999, p.962: "難於指言者, 輒詠歌之, 欲稍稍遞進聞於上."

11 (梁)劉勰, 『文心雕龍·比興』篇: "環譬以託諷."

12 (唐)白居易, 「與元九書」, 『白居易集』第三冊, 中華書局, 1999, p.961: "'北風其涼', 假風以刺威虐也. '雨雪霏霏', 因雪以愍征役也. '棠棣之華', 感華以諷兄弟也. '采采苤苢', 美草以樂有子也. 皆興發於此, 而義歸於彼."

『詩經』의 「北風」, 「采薇」, 「棠棣之華」, 「芣苢」편에 대한 평가에서, 白居易는 "이것에서 흥을 일으켰지만, 뜻은 그것으로 되돌아가"[13]는 표현을 매우 뛰어나게 생각하였다. 여기서 '이것[此]'은 분명 '바람', '눈비', '꽃', '풀' 등의 사물이지만, 그 사물은 바로 시인이 담아내고자 하는 뜻을 기탁하고 있는 중요한 '興'의 매개이다. 그 기탁하는 바가 바로 '그것[彼]'으로서, '위세를 내세워 포악함을 풍자하고, 병역에 징벌되는 이들을 가엾게 여기며, 형제를 완곡히 타이르고, 아들이 생김을 기뻐하는' 것이다.

'興'의 전통적 해석에 기초한 그의 주장은 齊梁의 작품에 대한 평가에서 다시 한번 확인되어 진다.

> 謝朓의 「晩登三山還望景邑」시 '남은 노을은 흩어져 비단이 되고, 맑은 강물은 명주처럼 고요하다', 鮑照의 「玩月城西門廨中」의 '떨어진 꽃잎 먼저 이슬에 버려지고, 가지 떠난 잎은 홀연히 바람에 이별하네' 등 이러한 작품은 그 글이 아름답기는 아름다우나, 나는 그것이 풍유하는 바를 알지 못하겠습니다. 이 때문에 이들 시는 단지 바람, 눈, 꽃, 풀을 희롱할 따름이라고 제가 말했던 것입니다. 이때 六義는 모두 사라져버렸습니다.[14]

白居易는 元稹에게 적은 이 편지글에서 '六義가 모두 사라져 버렸다'라고 六朝시기의 문학 풍조를 낮게 평가하였다. 그는 漢末 五言詩가 비록 古詩와는 구별되어 오히려 古詩의 比興寄託의 유산을 그대로 구현해낼 수 있었으나, 위진 시대의 화려했던 山水田園詩는 차라리 시가의 比

---

13 (唐)白居易, 「與元九書」, 『白居易集』第三冊, 中華書局, 1999, p.961: "興發於此, 而義歸於彼."

14 (唐)白居易, 「與元九書」, 『白居易集』第三冊, 中華書局, 1999, p.961: "'餘霞散成綺, 澄江淨如練', '離花先委露, 別葉乍辭風'之什, 麗則麗矣, 吾不知其所諷焉. 故僕所謂嘲風雪·弄花草而已. 於時, 六義盡去矣."

興 전통과 배치된다고 여기었다. '風雅比興 외에 공허한 글을 적은 적이 없었다'[15]라는 張籍에 대한 평가와 비교해보면, 白居易가 생각하는 詩道 가 '완곡히 비유하여 풍유하는' '興'의 뜻에 있음을 명확히 알 수 있다.

그런데 흥미로운 것은 표면상에서 볼 때, 唐 중기 이들이 주장한 '譬 喩'의 의미와 漢儒들이 주장한 '譬喩'는 '政敎美刺'의 의미를 똑같이 가 지고 있지만, 그 실질은 다소 다른 면이 있다. 漢儒가 '興'을 '譬喩'라고 해석하여 봉건 통치자의 정치 교화에 도움이 되게 하였다고 말한다면, 唐 중기 문인들이 '興'을 '譬喩'라고 해석한 것에는 백성과 사회도덕에 대한 중시의 측면이 비교적 강하다. 다시 말해, 漢儒의 '譬喩' 해석이 주 로 하층사회에 대한 '敎化'에 초점을 맞춘 것이라면, 唐 文人들의 '譬喩' 는 상층 인물에 대한 '諷刺'에 초점을 맞춘 것이라 할 수 있다.

이 점에 착안해 보면, 唐代 '興'을 해석하는 추세는 순수 시학적 함의 이외에 현실 사회에 대한 '諷刺', '寄託'의 요소가 훨씬 두드러졌음을 알 수 있다.

2.2. '興象'의 주장

'興寄'가 初唐에서 中唐까지 '興'의 시학적 변천 과정을 대변하였다면, 盛唐 시기 興의 변천 과정을 대표하는 것은 殷璠의 '興象'論이다.

唐代 시학 중에서 '興'은 魏晉의 문학사조의 영향 아래 '感興'이나 '시 적 정서', '창작의 영감' 등을 가리키는 경우가 많다. '象'은 사물의 외부 표현 형태를 가리킨다. 이러한 의미를 따른다면, '興象'은 결국 시가 중

---

15 (唐)白居易, 「讀張籍古樂府」, 『白居易集』第一冊, 中華書局, 1999, p.2: '風雅比興外, 未嘗 著空文.'

의 완전한 '審美意象', 즉 이미지를 가리키는 것으로 볼 수 있다. 이러한
심미 의상은 주로 비교적 감추어져 있는 객체 형상을 가리키는 것으로,
사람들의 마음을 감동시켜 움직이게 하고, 농후한 미적 정감을 만들어내
며 사람들의 풍부한 상상력을 불러일으켜 준다.[16] 이러한 '興'과 '象'의
본래 의미와 수사적 효과에 기초하면, '興象'은 시가의 '形象性'과 '審美
性'을 강조한 개념임을 알 수 있다.

　殷璠은『河岳英靈集紋』중에서 '興象'을 처음 제기하였다.[17]『河岳英靈
集』은 殷璠이 盛唐 시인 중 뛰어난 작품들을 뽑아 묶은 것으로, 24명의
작품 234수가 실려 있다.[18] 殷璠은 자신의 문학적 기준에 따라, 시가 작
품을 選錄하고 문두에 그 작가들의 작품 세계에 대한 평론을 덧붙여, 자
신의 문학적 관점을 주장하였다. 따라서『河岳英靈集』의 작품 선록기준
을 살펴보면, 殷璠의 문학 주장과 興의 또 하나의 변천단계인 '興象'이
어떠한 배경과 의의 속에서 만들어졌는지 알 수 있다. 먼저 그 紋를 살
펴보자.

　견식이 좁고 조예가 깊지 않은 무리는 옛사람들이 궁상각치우 음률조차

16　張少康, 劉三富,『中國文學理論批評發展史』上卷, 北京大學出版社, 1995, p.318.
17　劉順은 孔穎達의 '興必取象'(『毛詩注疏』)과 '實象'·'虛象'(『周易注疏』) 등의 해석이 '興'
　　과 '象'의 관계에 대한 이론적인 기초가 되어, 初唐시기 '意象'의 대량 출현을 자극하였고,
　　이를 바탕으로 다시 '興象'이론이 탄생할 수 있었다고 주장하였다. 하지만, 이후의 사람들
　　은 '興象'이 殷璠의『河岳英靈集』에서 가장 일찍 출현하였기에 모두 唐人들의 독창적인
　　공로라고만 여기고, 孔穎達의 결정적인 공헌은 제대로 평가하지 않고 있다고 주장하였다.
　　(劉順,「鄭『箋』·孔『疏』與朱熹『詩集傳』"興"論略析」,『廣西社會科學』, 2012年 第2期, p.
　　154)
18　傅璇琮 선생의 판본 고증(『唐人選唐詩新編』, 陝西人民敎育出版社, 1996, p.102)에 따르
　　면,『河岳英靈集』에 실려 있는 시인의 수와 작품의 수는 조금의 차이가 있다.『文苑英華』
　　卷712에 실려 있는 紋에는 35인, 170수로 되어있고,『文鏡秘府論』南卷「定位」에 실려
　　있는 것은 24인 234수이다. 본 논문은『文鏡秘府論』본을 따른다.

분별하지 못하고 자구가 질박하다고 질책하며, 모범으로 삼기를 부끄러워 하였다. 그래서 이단이라 공격하고, 함부로 천착하니, 내용은 부족하나 말은 늘 넘쳐나, 모두 興象은 없고 단지 가볍고 화려함만을 귀하게 여기었다. 설사 상자에 시가 가득한들 장차 무슨 쓰임이 있겠는가?[19]

殷璠은 「敍」에서 뛰어난 작품으로 평가되기 위한 시가 작품의 내용과 예술 특색 등이 담긴 시가 작품의 선록 기준 등을 밝히고 있다. 殷璠은 「敍」에서 시가가 '興象'을 갖추기를 주장하면서, 화려한 문장의 수사나 과장된 수식이 위주가 되는 형식주의적 창작을 반대하였다. 그는 六朝의 시에 대하여 "모두 興象은 없고, 단지 가볍고 화려함만을 귀하게 여기었다"라고 폄하하였다. 이러한 그의 '興象'에 대한 중시는 『河岳英靈集』에 수록된 작가들의 평론에서도 쉽게 찾아볼 수 있다. 특히 陶翰의 詩에 대한 평론에서는 이 점이 두드러진다.

역대의 시인 중 시와 문장이 모두 아름다운 이가 드물다. 지금의 陶翰은 실로 그 두 가지를 겸하고 있다고 일컬어지니, 興象도 많고, 風骨 또한 갖추었기 때문이다. 삼백 년 이전으로 돌아가야만 비로소 그 시문의 우열을 논할 수 있다.[20]

이는 곧 陶翰의 시가 그가 제시한 뛰어난 시가의 기준에 매우 부합함을 의미한다. 따라서 陶翰의 작품 세계와 예술적 특징을 깊이 이해한다는 것은 결국 殷璠이 주장한 '興象'의 의미를 깊이 이해하기 위해 매우

---

19 (日)弘法大師 原撰, 王利器 校注, 「集論」, 『文鏡秘府論校注』南卷, 中國社會科學出版社, 1983, p.346: "挈瓶膚受之流, 責古人不辨宮商, 詞句質素, 耻相師範. 於是攻異端, 妄穿鑿, 理則不足, 言常有餘, 都無興象, 但貴輕艷. 雖滿篋笥, 將何用之?"

20 (唐)殷璠, 『河岳英靈集』, 『唐詩紀事』卷二十三: "歷代詞人, 詩筆雙美者, 鮮矣. 今陶生實謂兼之, 旣多興象, 復備風骨. 三百年以前, 方可論其體裁也."

중요하다. 수록된 열한 수 작품 중 대표적 작품들의 시구를 살펴보자.

悠悠五原上, 아득한 五原에 올라,
永眺關河前. 오래도록 關河 앞을 바라본다.
北人三十萬, 북쪽 사람들 삼십 만,
此中常控弦. 이 속에서 늘 시위를 당긴다.
秦城亘宇宙, 秦의 장성은 우주까지 이어져 있고,
漢帝理旄旃. 漢帝는 병력들을 다스린다.
刁斗鳴不息, 銅鍋 치는 소리는 끊이지 않고,
羽書日夜傳. 격문은 밤낮으로 전해진다.
五軍計莫就, 漢나라 다섯 장군의 계책은 성공하지 못하였고,
三策議空全. 세 왕조의 변경정책은 의론만 분분하네.
大漠橫萬里, 큰 사막은 만 리를 가로지르고,
蕭條絶人煙. 적막함은 인적을 끊는구나.
孤城當瀚海, 孤城은 사막을 마주하고,
落日照祈連. 석양은 祈連을 비춘다.[21]

이 시와 비슷한 풍격을 가진 또 다른 작품의 시구에는 시인의 울분이
그려져 있다.

射殺左賢王, 흉노의 좌현왕을 쏘아 죽이고,
歸奏未央殿. 돌아와 미앙궁에 아뢰고자 하네.
欲言塞下事, 邊境의 일들을 아뢰고 싶으나,
天子不召見. 천자는 부르시지 않는구나.
東出咸陽門, 동으로 함양문을 나서니,
哀哀淚如霰. 서글픔에 싸라기눈처럼 눈물 흘리네.[22]

---

21 (唐)陶翰,「出蕭關懷古」,『河嶽英靈集』卷上, 欽定四庫全書本.
22 (唐)陶翰,「古塞下曲」,『河嶽英靈集』卷上, 欽定四庫全書本.

이 두 수는 盛唐 당시 유행했던 邊塞詩에 속하는 작품이다. 시가는 직설적인 어조로써 변방 전쟁터에서의 외로움과 슬픔의 감정을 그려내고 있다. 또한 전체 시의 풍격에는 공을 세우고자 하는 열정을 드러내며, 이를 알아주지 못하는 천자에 대한 울분까지도 자연스럽게 투영되어 있는듯하다.

시인이 작품 속에서 사용한 '五原'·'關河'·'秦城'·'宇宙'·'漢帝'·'大漠' 등의 시어들은 감상자들을 광활하고 원대한 자연 속으로 이끌어내어, 작품 속의 강력한 기세를 느끼게 해준다. 이는 마치 盛唐의 시인들이 齊梁 이래의 宮體詩의 족쇄를 끊어내고, 깊은 규방으로부터 벗어나 山水와 田園, 邊塞의 광활함으로 뛰쳐나왔다는 문학사적 평가를 확인해주는 듯하다.

하지만 시인은 단순히 시의 영역을 확대한 것에 머물지 않았다. 그는 광활한 자연으로부터 감상자들에게 강한 기세를 전달해줌과 동시에, 변방에서의 외로움, 주저앉아 버릴 것 같은 심적 고달픔과 이를 알아주지 못하는 울분을 작품 속에 그대로 투영해내고 있다. '孤城'·'落日'·'霰'의 시어는 바로 이러한 시인의 마음을 그대로 담아낸 것으로, '孤城'은 시인의 외로움이며, '落日'은 시인의 좌절이다. 이러한 표현 방법은 바로 시인의 정감을 주변 경물들과 서로 융화시켜내는 전형적인 情景交融的 표현이다. 특히 「古塞下曲」 마지막 구의 '霰'은 싸늘해지는 겨울 날씨를 표현한 듯하지만, 더욱 중요한 것은 '霰' 자체가 내포하고 있는 함축적 의미이다. 변방에서의 고달픔은 불러주지 않는 천자에 대한 섭섭함과 원망을 마주하자 눈물로 흘러내린다. 이는 마치 빗방울이 갑자기 찬바람을 만나 싸라기눈으로 만들어져 힘없이 떨어져 내리는 것과 같다. '霰'은 그 모양처럼 한낱 작은 눈 알갱이에 불과하다. 시인은 비록 자신의 슬픔

어린 눈물을 싸라기눈에 비유하여 그려내었지만, 시인이 그려내고자 한
것은 바로 흩날리는 시인 그 자신이다. '霰'은 뜨거운 눈물로 흘러내리
고, 시인은 그와 함께 흩날린다. 시인이 그려낸 슬픔의 형상은 이미 또
하나의 고독과 슬픔으로 새로운 형상을 그려내고 있는 것이다.

이러한 陶翰의 작품들에 대한 분석에 따른다면, 이 작품 속의 기세는
이 시가 현실적이고 남성적이며, 강개함을 가지고 있는 風骨이 있음을
보여주고 있으며, 이러한 風骨은 情과 景이 서로 융화되는 형상화 과정
에서 새로운 형상을 다시 만들어낸다. "興象도 많고, 風骨 또한 갖추었
다"는 殷璠의 陶翰 시에 대한 평가는 결국 광활한 자연의 묘사에서 나
타나는 작품의 강렬한 기세, 情과 景이 융화되는 예술표현 방법과 그에
따른 함축미를 갖춘 작품의 풍격 등을 모두 함께 가리키는 것이라 할 수
있다.

'興象'에 대한 이해를 높이기 위하여 또 한 명의 시인을 살펴본다. 殷
璠은 대표적 산수 자연 시인으로 평가되는 孟浩然의 시 6편을 『河岳英
靈集』에 선록하였다. 선록된 작품의 문두에 그의 시를 아래와 같이 평가
하였다.

> 孟浩然의 시는 문채가 아름답고, 조리가 치밀하며, 절반은 우아한 격조를
> 따르면서도, 전체적으로 범속한 체제는 없애버렸다. 예를 들어, 「永嘉上浦
> 館逢張八子容」시의 '멀리 뭇산들을 대하며 술을 마시고, 외로운 섬에서 함
> 께 시를 지었다'구는 興象은 말할 것도 없고, 또 옛 사실까지 겸하고 있으
> 며, 「望洞庭湖贈張丞相」시의 '기운은 운몽택에 서리고, 물결은 악양성을 뒤
> 흔든다'구 역시 뛰어난 작품으로 여겨진다.[23]

---

23 (唐)殷璠, 『河岳英靈集』, 『唐詩紀事』卷二十三: "浩然詩文彩蘴茸, 經緯綿密, 半遵雅調, 全
削凡體. 至如'衆山遙對酒, 孤嶼共題詩', 無論興象, 兼復故實, 又'氣蒸雲夢澤, 波撼岳陽城',

이 가운데 殷璠이 '興象'을 갖추고 있어 말할 필요도 없다고 평가한 孟浩然의 작품을 살펴본다.

逆旅相逢處,　여관은 서로가 만난 곳,
江村日暮時.　강촌의 해가 저물 때였지.
衆山遙對酒,　멀리 뭇 산들을 대하며 술을 마시고,
孤嶼共題詩.　외로운 섬에서 함께 시를 지었지.
廨宇隣鮫室,　관아 숙소는 교룡의 방을 이웃하고,
人煙接島夷.　밥 짓는 연기는 섬사람들까지 닿아있네.
鄕園萬餘里,　고향 동산 만여 리에,
失路一相悲.　길을 잃어 함께 슬퍼하네.[24]

이 시는 孟浩然이 浙江省 溫州 樂成에 폄적되어 있는 친구 張子容을 찾아와 강산과 여러 섬들을 둘러보고, 함께 지낸 소회를 그대로 적어낸 시이다. 시는 전체 여덟 구로 구성되어있지만, 벗과의 여행 사실과 감회를 한 필에 적어내어 그 기세가 하나로 통하는 듯하다.

시인은 首聯에서 두 친구가 만난 시간과 장소를 번갈아 적으며, 독자를 우울한 시의 意境 속으로 이끌고 들어가, 독자의 연상을 이끌어낸다. 전체 시는 여정에 대하여 자세히 기록하면서 유람했던 경치를 사실적으로 적어내었고, 그 속에 그리웠던 벗에 대한 마음을 그려내어 情과 景이 하나로 융화되어 있다. 殷璠이 특히 '興象은 말할 것도 없고, 또 옛 사실까지 겸하고 있다'라고 頷聯의 두 구를 높이 평가한 까닭은 이 시구들이 두 벗이 강산과 섬들을 유람하던 옛 사실을 단순히 기술한 듯하지만, 사실 시인은 '衆山'과 '孤嶼'를 대비시켜 마음 깊은 속에 있는 외로움을 더

亦爲高唱."

24　(唐)孟浩然,「永嘉上浦館逢張八子容」,『孟浩然集』卷3, 欽定四庫全書本.

욱 두드러지게 하였을 뿐만 아니라, 그들과 멀리서 술잔을 기울이고, 그 속에서 함께 시를 짓는다는 형상으로써 이룰 수 없는 실의의 심정을 그 대로 그 속에 담아내고 있기 때문이다. 이는 이른바 "정을 머금어 잘 표현하고, 경을 접하여 감흥을 낳고, 사물의 본질을 체험하여 그 정수를 얻게 된 것"[25]일 뿐만 아니라, 象 바깥의 意境을 새롭게 만들어냄으로써, 뜻을 이루지 못한 시인과 벗의 '길을 잃은 슬픔'을 더욱 잘 그려내고 있다. 여기서 '興象'은 바로 감상자의 感興을 불러일으켜 시의 '象外之境'을 만들어내는 중요한 요소로 작용한다고 할 수 있다.

『河岳英靈集』에 선록된 이러한 두 시인의 작품 세계에 대한 분석을 통해 볼 때, 殷璠이 제안한 '興象'은 '興'의 본뜻을 기초로 하여, '興'과 '象'의 발전 요소를 응축하고 있음을 알 수 있다.

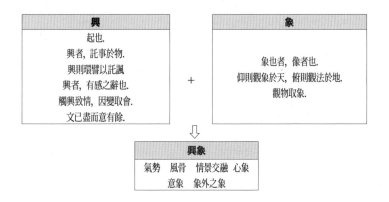

'興象이 많다'라거나, '興象은 말할 것도 없고, 옛 사실에도 부합한다' 라는 평가에서의 '興象'은 결국 눈앞의 象이 아니라, 마음속의 象을 말

25　(清)王夫之,『薑齋詩話·夕堂永日緒論內編』27條,『船山全書』第15冊, 嶽麓書社, 1996, p. 830: "含情而能達, 會景而生心, 體物而得神."

하는 것으로서, 시인이 그 심미안으로써 세상 모든 만물과 만사들로부터 얻어낸 특정의 '象'이다. 이러한 象은 사람들의 마음을 움직여 사람들의 마음속에 感興을 불러일으킬 수 있다. 사람의 마음으로부터 感興을 불러일으킨 이후 다시 그 象을 살펴보면, 象은 더욱 함축적이게 되고, 또 사람들의 주관적 마음과 서로 잘 부합될 수 있게 된다. 그래서 시가 중에서 象과 興은 하나인 것이며, 情과 景은 서로 융화되는 것이다.[26] 이러한 象은 단순한 외형적 이미지가 가지고 있는 경계를 뛰어넘어, 고도로 응축된 의미를 가진 새로운 예술적 효과를 만들어내게 되는데, 이른바 司空圖가 말한 '象外之象', '言外之意'의 경계이다.

3. 전통의 계승과 개념의 체계화: 宋代의 '興'

기존 발생론적이고 감상론적인 '起也', '感興' 등의 관점에서 더 나아가 내용적 측면에서의 '譬喩', '寄託', '諷刺'의 요소가 한층 강화된 唐代 '興' 해석의 발전과정은 宋代에 이르러 이전 시대의 시학적 요소를 그대로 흡수, 변화시키는 다양화와 복합화 추세를 띠며 시학 범주로서 '안정화' 상태로 접어들기 시작하였다. 시학 발전사상, 이와 같은 현상은 비단 '興'의 변화 발전에만 국한되어 나타나는 것이 아니라, 많은 다른 시학 이론이나 개념에서도 함께 나타난다.

'안정화'라는 개념은 비록 하나의 시학 개념이나 이론에 대한 참신한 새로운 해석은 없지만, 이전 시학 성과를 바탕으로 하여, 다양한 복합적

26　黃琪, 「殷璠『河岳英靈集』"興象"槪念論析」, 『重慶師範大學學報』, 2012年 第2期, p.93.

인 특징이 더해지고 동시에 또한 시학 이론과 개념의 한 줄기를 새롭게
세워 완전한 상태로 점차 완성되어가는 것을 의미한다.

　宋代 '興'에 대한 해석 중, 주목할 만한 것으로는 크게 세 가지를 꼽을
수 있다. 鍾嶸의 '글이 다 끝나더라도 뜻이 남음이 있다(文已盡而意有餘)' 해
석에 대한 계승이 그중 하나이며, '일어나다(起也)'라는 '興'의 본래 해석
에 충실한 것과 '사물을 접하여 情을 일으킨다(觸物以起情)'라는 해석이 또
하나이다.

　잘 알려져 있는 것처럼, 宋代는 理學의 영향을 받아, 이 시기만의 독
특한 시대 풍조를 형성하였다. 宋人들의 눈에 문학창작이란 것은 사물을
느껴 興을 일으킬 때의 정감 표현일 뿐만 아니라, 객관 사물과 인생 내
면에 대한 통찰과 지혜의 한 면모이며 고상한 품격의 도야와 넓은 흉금
을 길러내는 방편이었다. 이러한 시대 풍조 영향 아래, 宋人들은 詩歌가
'理趣'의 경계를 가지길 요구하였다.

> 　대체로 옛사람들은 시를 함부로 짓지 않았고 많이 짓지도 않았으며,
> 혹 한 편의 시를 짓게 될라치면, 반드시 천하의 지극한 정성을 다하였
> 다. 理를 묘사하면 理致와 興趣가 혼연일체로 되도록 하였고, 일을 묘사하
> 면 일이 매우 분명해지도록 하였으며, 사물을 묘사하면 사물의 상태가 아
> 주 흡사하도록 하였다.[27]

　여기서 '理致'와 '興趣'로 해석된 '理趣'는 '形'과 '神', '情'과 '理'가 결
합되어 만들어진 것으로, 단순한 物理도 아니며, 宋代 理學家들이 추구

27　(宋)包恢, 「答曾子華論詩」, 『敝帚稿略』 卷二, 『四庫全書』 集部 別集類, 第1178冊, 上海古籍
　　出版社, 1987: "蓋古人於詩不苟作, 不多作, 而或一詩之出, 必極天下之至精. 狀理則理趣渾
　　然, 狀事則事情昭然, 狀物則物態宛然."

해 마지않았던 情과 慾을 제거한 추상적인 性理도 아니다.[28]

'理趣'는 표면상에서는 平淡하지만 思考가 세밀하면서 정감이 깊은 경계를 이른다. 그 시적 경계는 시가가 담백하면서도 깊은 함축성을 가지길 추구하는 것이다. 그래서 오직 그 내적 함의만을 본다면, 鍾嶸의 '文已盡而意有餘'의 시적 경계는 宋代의 이러한 詩風과 꼭 들어맞는 경계라 할 수 있다. 이 때문에 '興'에 대한 宋人들의 해석 중에는 鍾嶸의 주장을 뿌리로 한 것이 적지 않다.

먼저 北宋 蘇軾의 주장을 보자.

> 무릇 興이란 것은 마치 그 뜻[意]이 이러하다고 이르는 것과 같다. 뜻[意]은 그 당시에는 느끼는 바가 있지만, 시간이 이미 지나가 버리면 알 수 없게 되니, 고로 이러한 류는 뜻[意]을 유추할 수는 있지만, 말로 풀 수는 없다.[29]

蘇軾이 여기에서 '意'의 개념만을 사용하고 '情'의 개념을 언급하지 않은 것은 '興'이 '情'의 촉발이란 점을 결코 알지 못해서가 아니라, '興' 중의 '意'가 평범한 정감이 아닌 깊고 진지한 심정과 작가의 뜻을 담고 있음을 강조하기 위해서이다. 따라서 여기서 '興'은 바로 작가의 정을 기탁하고 있으면서도 함축적 의미를 지니는 시어로서의 '興'을 말하는 것으로, 직접적으로 그 뜻을 드러내는 것이 아니라 은근히 뜻을 머금고 있는 것이다. 이 때문에 단순한 말로써 표현될 수 없고 연상 과정을 통해 비로소 그 뜻에 이르게 되는 것이다.

---

28 張毅, 『宋代文學思想史』, 中華書局, 1995, p.113.
29 (宋)蘇軾, 「詩論」, 『蘇軾文集』卷二, 中華書局, 1999, p.56: "夫興之爲言, 猶曰其意云爾. 意有所觸乎當時, 時已去而不可知, 故其類可以意推, 而不可以言解也."

蘇軾 이외에도, 그 밖의 宋代의 많은 문인 역시 상당수가 이러한 의의가 있는 '興'을 언급하고 있다. 예를 들어, '興'을 시가 수법으로서뿐만 아니라, '말은 여기에 있으나 뜻은 저기에 기탁되어(言在於此, 而意寄於彼)' 있는 시적 경계를 가리키는 것이라고 여기었던 南宋 羅大經의 주장 역시 같은 맥락에 기초한 것이다.

> 詩歌는 興보다 중요한 것은 없으니, 聖人의 말 또한 오로지 興으로만 된 것이 있다. ……대개 '興'이란 것은 사물로 인하여 느껴져 촉발되는 것이기에, 말은 여기[此]에 있으나 뜻은 저기[彼]에 기탁되어 깊게 음미해야만 알 수 있으니, 賦와 比가 그 일을 곧바로 말하는 것과 같지 않다.[30]

鍾嶸의 '文已盡而意有餘'의 시학 전통을 계승한 이러한 견해들과 함께, 또한 宋代 '興'에 대한 해석 중 영향력이 가장 큰 것은 朱熹의 견해였다. 朱熹는 『詩集傳』을 저술하여, 『詩經』에 대한 체계적인 연구를 진행하였으며, 이전의 여러 해석을 명확히 정리하고자 노력하였다. 興에 대한 해석은 그중 매우 중요한 부분이다.

> 興이란 것은 먼저 다른 사물을 말함으로써 읊고자 하는 말을 이끌어 내는 것이다.[31]

朱熹의 이 해석은 몇 가지 의미로 나누어 분석할 수 있다. 먼저, 興은 '먼저 말하는[先言]' 것이다. 둘째, 먼저 말하는 것은 다른 사물[他物]이지,

30 (宋)羅大經, 「詩興」, 『鶴林玉露』乙編卷四, 中華書局, 1997, p.185: "詩歌莫尚於興, 聖人言語, 亦有專是興者. ……蓋興者, 因物感觸, 言在於此, 而意寄於彼, 玩味乃可識, 非若賦比之直言其事也."

31 (宋)朱熹, 『詩集傳』卷一, 上海古籍出版社, 1980, p.1: "興者, 先言他物以引起所詠之詞也."

사물의 본래 의미가 아니다. 셋째, 興의 주요한 목적은 시인의 의도에 따라 읊고자 하는 말[所詠之詞]을 이끌어 내는 것이다. 여기서 '다른 사물[他物]'과 '읊고자 하는 말[所詠之詞]' 사이는 당연히 시학적인 관계가 존재하며 그 관계는 다양한 형식과 내용으로 나타날 수 있다. 만약 시를 감상할 때 많은 추측이나 연상을 불러일으킬 수 있게 하기 위해서라면 최소한 의미나 음운상의 관계가 필요하다. 바로 이러한 점이 朱熹의 해석이 기존 해석과 다른 점이다.

『詩經』 작품에 대한 해석을 예로 들어보면, 漢代 『毛傳』은 「關雎」편에서 '정이 두터우면서 분별이 있다[摯而有別]'라는 물수리의 성품으로써 後妃의 德을 비유하였다. 이는 比體[關雎]와 興體[後妃之德] 사이의 유사성을 기초로 한 것으로 더 나아가 도덕이나 정치적인 의미로까지 견강부회 된다. 이에 반해 朱熹의 『詩集傳』은 이 편에 대하여 "저 관관거리며 우는 물수리가 강가 위에서 서로 더불어 다정하게 울고 있으니, 이 요조숙녀가 어찌 군자의 좋은 배필이 아니겠는가?"[32]라는 해석을 붙였다. 여기서 '興'이 가리키는 것은 '他物[위 문단]'과 '所詠之詞[아래 문단]' 사이의 '먼저 말한 것[先言]'과 '이끌어 내는 것[引起]'의 관계이다. 이를 기호화해 보면, 『毛傳』이 '興'을 해석하는 형식은 'A喻A''로서, 'A'는 반드시 시문 중 하나의 문단이고, 'A''는 은연중에 내포하고 있는 모종의 비유적 의미이지 시문 중의 또 다른 문단을 가리키는 것이 결코 아니다. 이와 달리 『詩集傳』의 '興'의 형식은 '先言A以引起B'로서, 'A'와 'B'는 모두 시문 중의 하나의 문단이며, 동일 장 중의 윗글과 아랫글이다.

『毛傳』을 대표로 하는 漢代 經學家들은 『詩經』을 성현의 글로 보고

---

32 (宋)朱熹, 『詩集傳』卷一, 上海古籍出版社, 1980, p.2: "彼關關然之雎鳩, 則相與和鳴於河洲之上矣, 此窈窕之淑女, 則豈非君子之善匹乎."

서 美刺와 諷諭의 뜻을 담아 해석하려 하였기에 견강부회한 면이 적지 않았으나, 朱熹는 詩에 대한 漢代 經學家들의 이러한 견강부회적 해석에 반대하였다. 그래서 그는 '興'을 윗글과 아래 글 사이의 '先言'과 '引起'라는 수사적인 관계로 된 것임을 밝히고, 기본적으로 정치·도덕적 관점에서의 비유적 의미와는 무관하게 바라보았던 것이다.

이는 '興'을 '賦'·'比'와 똑같이 일종의 수사 방법의 하나로만 인식하는 문학 수사적 관점으로서, 漢代 經學家들의 인식에 대한 일대 돌파라 말할 수 있다.[33] 朱熹의 이 해석은 사물을 빌어 情을 표현하는 시가의 수사적 특성을 바탕으로 한 논리적인 해석일 뿐만 아니라, 『詩經』의 시체 스스로가 독립적인 시체로서 바로 설 수 있게 중요한 역할을 한 주장이라 평가된다.[34]

하지만 朱熹의 이러한 '興'에 대한 해석이 鍾嶸이 주장한 '興'의 '文已盡而意有餘'한 시적 경계를 부정한다는 의미는 아니다. 그는 다만 '興'의 본뜻인 '起也'의 의미에 기초하여, 사물을 빌어 읊고자 하는 시가 창작의 감흥을 일으키는 '興'의 수사적인 과정에 대한 설명에 충실하였을 따름이다.

이외에도 '興'에 대한 朱熹의 설명은 이전 漢儒의 '興'에 대한 해석과 비교할 때 많은 발전적인 요소를 가지고 있다. 그중 가장 중요한 것은

---

33 檀文作,「朱熹對『詩經』文學性的深刻體識」,『首都師範大學學報』, 2004年 第1期, pp.73-74.

34 朱熹의 해석은『詩經』賦·比·興의 시체가 독립적인 시체로서 바로 설 수 있게 한 중요한 역할을 하기도 하였지만, 또 후대 학자들의 비판을 받기도 하였다. 金宜貞은 朱熹가『詩經』각 장에 대하여 賦·比·興을 기계적으로 적용하였고, '興' 이외에도 '賦而興', '興而比' 등 많은 항목을 별도로 추가하여 정밀한 논의를 시도했음에도 불구하고 결과적으로 더욱 혼란스러워져 버렸기에 후대 학자들의 비판을 받았다고 소개하였다.(「『詩經』'興'詩에 대한 기존 논의를 통해 본 興의 성격 고찰」,『中國語文學論集』第51號, 2008, p.2)

'比'와 '興'에 대하여 상세한 설명을 하고, 명확한 구분을 하고자 했다는
점이다.

> 저 사물을 말하는 것은 興이고, 저 사물을 말하지 않는 것은 比이다.
> ……比는 단지 처음부터 견주기만 하고, 드러내지 않는다. 興과 比는 서로
> 비슷한 듯하지만, 실은 같지 않다. …… 예를 들어 比가 그 사물을 말하면,
> 그것은 실제 일을 말하는 것이다. 예를 들어, 「周南·螽斯」편의 '메뚜기의
> 깃이 많이 모였구나, 너의 자손이 번성함이 당연하도다'에서 '螽斯羽'는 바
> 로 그 사람을 말하는 것이며, 아래쪽의 '宜爾子孫'은 여전히 '螽斯羽'에 대
> 해서 말할 뿐, 실제 일을 말할 필요가 없으니, 이러한 까닭에 比라고 이른
> 다.……比는 하나의 사물로써 하나의 사물을 견주는 것이지만, 가리키는
> 일은 항상 말 바깥에 있다. 興은 저 사물을 빌려 이 일을 이끌어 내지만 그
> 일은 항상 아래 구에 있다. 단지 比의 의미는 비록 분명하지만 얕고, 興의
> 의미는 비록 넓으나 그 맛은 오래간다.[35]

朱熹은 비록 理學家로서의 관점을 가지고 있지만, 漢儒들이 『詩經』의
찬미와 풍자의 내용을 견강부회하게 해석하기 위해, '比'와 '興'을 사용
한 것과 달리 문학 고유의 특징을 존중하여 '興'을 해석하려 하였다. 그
러므로 劉勰처럼 '사물[物]'과의 관계로부터 '興'를 해석하였고, 현실이나
정치, 윤리선악을 풍자하기 위해서가 아닌, 시가예술이 가지고 있는 특
징과 문학적인 관점으로 '比'와 '興'에 대하여 정의를 내린 것이다. 이러
한 정의는 '興'의 변천 과정에서는 물론 전체 시학사적 측면에서 이제까

---

35 (宋)朱熹, 『朱子語類』卷八十, 中華書局, 1994, p.2069: "說出那物事來是興, 不說出那物
事是比. ……比底只是從頭比下來, 不說破. 興·比相近, 却不同. ……如比那一物說, 便是說
實事. 如 '螽斯羽詵詵兮, 宜爾子孫振振兮'! '螽斯羽'一句, 便是說那人了, 下面'宜爾子孫',
依舊是就'螽斯羽'上說, 更不用說實事, 此所以 謂之比. ……比是以一物比一物, 而所指之
事常在言外. 興是借彼一物以引起此事, 而其事常在下句. 但比意雖切而却淺, 興意雖闊而
味長."

지 많은 六義 해석에 대한 견해를 총괄하고 체계화한 중요한 의의를 가진다.

그런데 '興'의 시학 범주로의 발전이란 측면에서 본다면, 朱熹의 견해만큼 주목할 만한 것에는 또 李仲蒙의 견해가 있다.

> 物을 서술하여 情을 말하는 것을 賦라고 이르니, 情은 物에서 다하게 된다. 物을 찾아 情을 의탁하는 것을 比라고 이르니, 情이 物에 붙어있는 것이다. 物을 접하여 情을 불러일으키는 것을 興이라고 이른다.[36]

李仲蒙의 주장은 기존 '賦·比·興'에 대한 해석과 다소 차이가 있다. 그의 관점에서 '賦'와 '比'는 단지 일종의 예술 수법에 불과한 것이기에, 그는 단지 작가가 시가의 수사 방법을 어떻게 운용해야하는 가를 짚어준 것이다.

'物을 서술하여 情을 말하고', '物을 찾아 情을 의탁하는' 것은 바로 창작과정 중 작가가 '賦'와 '比'의 수사 방법을 운용하겠다는 의지를 보여주는 것이다. 전체 창작과정 중 이 단계를 짚어보자면, 이는 분명 '창작활동 도중'이 될 것이다. 하지만 '興'에 대한 李仲蒙의 해석은 완전히 달랐다. 그는 '物을 접하여 情을 불러일으키는 것(觸物以起情)'을 '興'이라고 해석하였지만, '興'의 예술 수법이 어떠하다거나 혹은 그것이 '比'의 예술 수법과는 어떤 점이 다르다 라고 구체적으로 설명하지 않았다. 李仲蒙이 주장한 '觸物以起情'은 모종 특별한 상태에 대한 설명일 따름이지, 결코 창작활동 도중 어떠한 예술 수법을 선택해야 하는 지를 언급한 것이 아니다. 단계로 말하자면, 이는 그 발생 시점 상 '창작활동 이전'이

---

36   (明)楊愼, 『升庵詩話』卷四, 『明詩話全編』三冊, 江蘇古籍出版社, 1997, p.2597: "李仲蒙曰: '敍物以言情, 謂之賦, 情物盡也. 索物以托情, 謂之比, 情附物也. 觸物以起情, 謂之興.'"

라 할 수 있을 것이다.

李仲蒙은 바로 '興'을 시가 창작과정 중에서 설명하였으며, '창작 대상[物]'과 '창작 주체[情]' 간의 '내재적 관계'와 '창작 발생 과정'을 설명한 것이다. 그의 이러한 주장은 기본적으로 세 가지 점에 기초한 것이다. 그 첫째는 '興'의 종국적인 목적이 '起情'에 있다는 것이고, 두 번째로 '觸物'은 '起情'의 가장 우선적인 조건이며, 마지막으로 '物', '情과 '興' 사이에는 필연적인 내재적 관계가 성립되어 있다는 것이다.

이상과 같은 李仲蒙의 주장은 시학 범주의 발전 추세에 있어 한 편으로 劉勰, 鍾嶸 등 이전 시론가들의 전통적 관점을 계승하여, 시학 범주로서의 '興'의 多義性과 複合性을 강화시켰을 뿐만 아니라, 기존의 예술 수법 중심의 관점에 국한되지 않고, '興'을 시가 창작발생론적 관점에서부터 해석하려고 시도한 혁신적 의의를 가지고 있다.

4. 나오는 말

'興'은 六義의 하나로서 이제까지 中國詩學 발전의 가장 중심에서 수많은 양적 질적 발전과정을 거쳐 왔다. 이제까지의 시학 변천 과정에 대한 고찰을 통해 볼 때, '興'은 시가의 발생론적 관점이나 감상론적인 관점 또는 시가의 기능적 측면이나 수사기법으로서의 측면에서 각기 자기 운동성을 가지고 발전해왔음을 알 수 있다.

唐代에 이르러, '興'은 시가 혁신운동의 중심 기치로 작용한 '興寄'로 확대 변화하여, 漢代 經學家들의 정치 교화적이고 의도적인 寄託論 해석을 발전적으로 계승하고, 개인의 정감 토로와 사회에 대한 비판, 풍자의 기능을 강화시켰다. 이와 더불어 매 작품이 자기만의 기세와 風骨을 머금고, 시가 형상의 주, 객체인 情과 景이 융화되어 함축적인 독특한 意境을 가져야됨을 요구한 '興象'으로의 발전은 시가 예술 실천의 자각에 대한 唐人들의 이론적 총결임을 보여주고 있다고 평가받는다.[37]

고상한 품격 도야가 시가 창작의 주요한 목적이었던 宋代 시인들의 '理趣'에 대한 추구와 '觸物以起情'의 해석은 宋代의 '興' 해석이 '文已盡而意有餘'의 경계를 발전적으로 계승하고 있음을 보여주고 있다. 특히 漢儒의 견강부회적『시경』해석을 반대하고 문학 고유의 특징을 존중한 朱熹의 해석은 六義 해석에 대한 견해를 총괄적으로 정리하고 체계화시킨 중요한 의의가 있다.

'興'의 시학 변천 과정은 중국문학사의 발전과정과 그 궤를 함께한다고 말할 수 있다. 그것은 바로 '興'이 중국문학사의 시대별 문학사조가 가지고 있던 요소들을 고스란히 내포하고 있을 뿐만 아니라, 각 시대의 문학사조를 이끄는 능동적 역할까지 해내었기 때문이다.

汪涌豪 선생은 錢穆선생이 「中國民族之文字與文學」에서 주장한 중국 문자의 탄생 및 변화 특성과 관련된 말을 빌려 말하길, 옛 글자에서 새로운 의미를 받아들여 새로운 글자를 만들어내는 중국 문자의 造字 특성 때문에, '興'과 같은 중국 시학 범주들은 의미의 상호 영향, 확장을 자연스럽게 만들어내게 되었으며, 범주와 범주 간의 순환적 해석, 서로 간의 의미 확정은 또한 상호 간의 간섭과 피차간 상호침투라는 동태적인 체계를 형성하게 된다고 주장하였다.[38] 시학 범주의 탄생, 변화, 발전에 대한 그의 이러한 관점처럼, 唐, 宋代 이후 '興'은 상호 순환과 침투과정을

---

37   陳伯海, 「釋"意象"下」, 『社會科學』, 2005年 9期, p.113.
38   汪涌豪, 『中國文學批評範疇十五講』, 華東師範大學出版社, 2010, p.5.

거쳐 가면서 '興會'와 같은 새로운 시학 범주로 외연을 확대하기도 하지
만, '性靈', '神韻', '格調' 등 기타 범주 탄생에 의미와 운동방식의 다양성
을 통해 그 내적 함의를 보태어 새로운 시적 경계를 만들기도 하였다.

제7장

船山詩學에 나타난 詩學範疇 '興'에 관한 小考

1. 들어가는 말

　인류문화 체계 중에 출현하는 무수한 範疇는 영원한 시간과 무한한 공간을 보유하고 있는 것처럼 보인다. 인류가 새로운 신선한 문화를 창조할 때마다, 혹은 과거의 문화유산을 반복적으로 음미할 때마다, 이들 범주는 항상 인류의 문화와 함께 호흡하였다.

　文學 역시 인류문화의 영역 중 풍부하고 자유로운 정신 역량을 가지고 있는 자산 중의 하나로, 인류가 발명한 가장 우수한 문명 수단인 言語文字를 이용하여, 인류의 무궁무진한 정신 자원을 지면 위에 찬란히 펼쳐놓은 것이다. 문학을 포함한 많은 人文文化 중의 범주들 또한 같은 류의 정신활동의 산물로서 한 글자 혹은 두 글자의 문자를 활용하여 정신활동 중의 각 요소의 특징을 설명할 수 있을 뿐만 아니라, 그 본질과 상호간의 관계를 체계적으로 해석할 수 있다. 그래서 '범주(Category)'를

'객관 사물의 특징과 관계에 관한 기본 개념'이라고 말한다.

사전적 의미에서 범주는 '동일한 성질을 가진 부류나 범위'로 간명하게 정의되기도 하지만, '사물의 개념을 분류함에 있어서 그 이상 일반화할 수 없는 가장 보편적이고 기본적인 최고의 類槪念. 아리스토텔레스에 의하여 술어화된 것'이라는 백과사전식의 철학적이고 논리학적인 해석을 하기도 한다. 범주는 이미 여러 차례 실천적인 증명을 거치면서, 이미 내재되고 축적되어 人類思惟의 성과로 만들어진 관념적 존재물이기에, 역대 중국의 많은 문학 연구가, 특히 古代文論 연구자들은 '範疇' 혹은 'Category'라는 정형화된 어휘가 출현하기 전부터, '범주'라고 정의된 모종의 이러한 특징을 종종 활용하여 문학의 특징, 본질을 해석하려 했을 뿐만 아니라, 나아가 그 해석에 기초하여 문학 자체의 규율성을 찾으려 시도하였다. 이 때문에 詩學에 한정하여 말하자면, 중국 시학에서의 '범주'는 어쩌면 현대적이고 서구적인 의미에서의 '분류(classification)'의 성격보다 '주제나 개념 영역(thematic areas)'의 성격에 더 근접해 있었다고 할 수도 있을 것이다.

그러나 이러한 범주는 고도로 응집된 언어의 결정체이기에, 내재적으로 상당히 풍부한 함의와 해석의 다양성을 가지고 있다. 간혹 범주 자체의 이러한 특징이 문학론이나 작품의 해석에 있어 또한 부정적인 효과를 낳기도 한다. 汪涌豪 선생은 고대문학(시학) 범주는 '直覺思惟', '超越的 논리', '움직일 수 있는 動態的 체계'를 주요한 특징으로 한다고 주장하였다.[1] 문학 연구자의 관점에서 보자면, 이는 적지 않은 연구의 어려움을 예상케 하는 말이다. 그러나 또 다른 측면에서 볼 때, 시학 범주는 동

---

1   汪涌豪, 『範疇論』, 復旦大學出版社, 1999, 第3章.

태적인 변화 중에 내재적 규율과 질서를 만들어내기에, 그 변화 운동의 추세로부터 특정 시학 이론의 규율과 법칙을 알 수 있을 뿐 아니라, 범주와 범주 상호 간의 연계성에 대한 연구로써 전체 시학 구조의 진면목을 알 수 있도록 하는 긍정적인 측면도 가지고 있다. 이는 '시학 범주' 연구의 적극적인 측면이라 말할 수 있다.

'船山'은 "하늘이 무너지고 땅이 꺼지는(天崩地裂)"[2]시대에 살았던 대사상가 王夫之(1619-1692)를 가리킨다.[3] 철학사상 면에서 船山은 '陸王心學에 대한 배척', '程朱理學에 대한 비판적 계승', '張載의 氣철학에 대한 적극적 發揚'이라는 평가를 받으며, 氣一元論的 思想으로 중국사상사의 한 축을 담당하고 있다. 이러한 철학 사상적 입장은 그의 시학 이론 속에서도 고스란히 담겨있어, 그의 시학은 복잡한 내부구조와 난해한 함의로 유명하다. 따라서 본 논문은 '범주'의 긍정적 측면을 연구의 방편으로 삼아, 이러한 난해함을 띠고 있는 船山 시학 이론에 관한 연구에 착수하려 한다.

船山의 시학은 중국문학비평사에서 抒情主義 전통을 계승한 시학으로 평가받고 있다. 따라서 문학 관련 船山의 저작 중 시학 이론 저작이든 詩歌作品批評選이든 간에, 가장 많이 언급된 시학 범주는 '情'이다.[4] 이는 船山 시학이 抒情主義 전통을 계승함과 아울러 明代 主情主義 문학의 조류로부터 자유로울 수 없다는 것을 의미한다. 하지만 그의 시학 이

---

2   (明)黃宗羲,『弘光實錄鈔』,『黃宗羲全集』第2册, 浙江古籍出版社, 1994, p.14.

3   이하 본 논문에서 사용하는 모든 '船山'은 '王夫之'를 가리키는 호칭이며, 그 저작 전체를 모아 놓은 '『船山全書』' 역시 王夫之의 저작이나 이와 관련된 저작들을 가리키는 것이다.

4   본 논문의 詩學 範疇 고찰 대상은 王夫之의 詩學 理論 저작 중 대표적인 저작인『詩譯』,『夕堂永日緒論內編』,『夕堂永日緒論外編』3종과 대표적인 詩歌作品批評選인『古詩評選』,『唐詩評選』,『明詩評選』3종으로 하였다.

론이 명대 주정주의 문학과 다른 점은 과도한 主情的 입장이 아닌 儒家
主義的 관점을 분명히 견지하고 있다는 것이다. 이렇게 서정적 전통과
유가주의적 관점을 동시에 포괄하고 있는 船山 시학의 특징을 잘 나타
내줄 수 있는 지표가 혹 '情' 이외에 있다면, 그것은 바로 '興' 범주이다.
이는 '興'이 사람들의 감성적 활동과 직접적으로 관련되어 있으면서도,
운용적 측면에서 儒家의 詩敎的 특징을 충실히 반영하고 있기 때문이다.
따라서 본 논문에서는 船山 시학의 내재적 구성과 성격을 연구 고찰하
기 위한 일환의 목적으로, 船山 시학 체계에서 주도적인 역할을 하는
'情' 범주를 다시 해석할 수 있게 하는 주체로서, 또 해석의 대상으로서
시학 범주 '興'을 직접적인 연구 대상으로 하였다.

　사실 중국 문학 발전사에서 '興'은 가장 자주 사용됨과 동시에 고전
시학의 근간을 이루고 있는 범주 중의 하나이다. 따라서 '興'이 가지고
있는 함의는 전체 고대 문론의 발전과정을 고스란히 반영하고 있다고
해도 과언이 아닐 것이다. 이는 '興' 범주가 복합적이고 종합적인 함의와
폭넓은 운용범위를 가지고 있음을 의미한다.

　船山 시학에서 나타나는 '興' 범주는 창작구상에서부터 창작 실천 및
감상 활동까지 모두 관계되어 진다. 또한 杜甫의 「한식 전날 배 위에서
짓다(小寒食舟中作)」詩에 대한 評語인 "意와 興이 서로 교차하여 도달한
다."[5]와 같이 실제 시가 작품에 대한 비평에서도 이 '興'은 예외 없이 운
용되고 있다.

　이를 운용 측면에서 나누어보면, '賦比興'의 '興', '感興'의 '興', '興觀
群怨'의 '興'으로 나누어 볼 수 있다. 물론 이러한 분류 이외에도, 船山

5　(明)王夫之, 『唐詩評選』卷四, 『船山全書』第14冊, 嶽麓書社, 1996, p.1097: "意興交到."
　　(杜甫 「小寒食舟中作」詩 評語)

시학의 '興' 범주는 다른 범주의 변화 발전과정과 같이, 복합과 축적의 과정을 거치면서, 袁凱의 「봄날 계곡에서 회포를 적다(春日溪上書懷)」詩에 대한 평어인 "한 번 흥회를 써서 일으켜 시를 이루니, 자연히 정과 경이 모두 이르렀네."[6]와 같이 새로운 '興會' 범주를 만들어내기도 한다. 이제 그 중, 船山 시학 내에서 '興'범주의 세 가지 운용 형태를 분석해보고, 기존 시학 연구성과에 대한 계승과 船山 시학 중 창조적 반영 형태에 대하여 고찰하려 한다.

2. '賦比興'의 '興'

船山의 많은 저작 중 출현하는 빈도로 볼 때, 가장 많은 언급이 되는 것은 바로 '賦比興'의 '興'인데, 이는 특히 시가 작품에 대한 비평에서 두드러진다. 예를 들면,

> 앞 열두 구는 모두 賦이고, 뒤에서는 또 그를 써서 興으로 만들었으니, 정제된 금을 더 정련하는데, 어찌 그것을 닮지 않을 수 있으리?[7]

> 興, 賦가 혼란스럽지 않다. 李夢陽의 '강물 위 송이송이 꽃은 햇볕에 쌍을 이루네.'의 시구에 楊愼은 감탄하면 절창이라 여기지만, 이 시가 이미 먼저 그 경지를 얻었음을 알지 못한 것이다.[8]

---

6   (明)王夫之, 『明詩評選』卷四, 『船山全書』第14冊, 嶽麓書社, 1996, p.1478: "一用興會標舉成詩, 自然情景俱到."(袁凱「春日溪上書懷」詩 評語)

7   (明)王夫之, 『古詩評選』卷五, 『船山全書』第14冊, 嶽麓書社, 1996, p.735: "前十二句皆賦也, 後又用之爲興, 精金入大冶, 何像之不可成哉."(謝靈運「登永嘉綠嶂山詩」評語)

8   (明)王夫之, 『唐詩評選』卷四, 『船山全書』第14冊, 嶽麓書社, 1996, p.1139: "興, 賦不亂. 李獻吉有'江花朶朶照成雙'之句, 楊用修嘆爲絶唱, 不知此已先得之."(韓偓「傷亂」詩 評語)

옛 풍취를 얻어 조화로 들어갔다. 興을 사용하고, 比로 끝을 맺었다.[9]

'賦比興'의 '興'은 통상 시의 내용상의 분류인 '風雅頌'과 함께 시가의 예술수법이라 일컬어지는 六義[10]를 구성하고 있다.

賦는 편다는 것을 이르니, 현재 정치와 교화의 잘되고 못된 것을 그대로 펼쳐 적는 것이다.

比는 지금의 잘못을 보고, 감히 직접 지적해서 말하지 못하고, 비슷한 것을 취하여 말하는 것이다.

興은 지금의 훌륭함을 보고, 아첨 아부에 빠지는 것을 꺼려서, 좋은 일을 들어 그것을 빗대어 권고하는 것이다.[11]

賦는 그 일을 직접 진술하는 것이니, 거리낌이 없기에, 득실이 함께 말해진다.

比는 사물에 비유 의탁하는 것이니, 감히 곧게 말하지 못하고 마치 두려워하는 것이 있는 것과 같다. 지금의 잘못된 것을 보고 비슷한 류를 취해서 그것에 대해 말한다 라고 하는 것이다.

興은 일을 사물에 의탁하면 곧 興이 일어나는 것이다. 비슷한 것을 취하고 유사한 것을 이끌어, 자신의 마음을 일으키는 것이니, 시문에서 모든 초목조수를 들어 뜻을 나타내는 것은 모두 興辭이다.[12]

---

9   (明)王夫之, 『明詩評選』卷一, 『船山全書』第14冊, 嶽麓書社, 1996, p.1172: "得古入化. 用興, 比結."(唐寅「相逢行」評語)

10 (漢)鄭玄 箋, (唐)孔穎達 疏, 『毛詩正義』卷1, 北京大學出版社, 1999, p.11: "詩有六義焉: 一曰風, 二曰賦, 三曰比, 四曰興, 五曰雅, 六曰頌."

11 (漢)鄭玄 注, (唐)賈公彥 疏, 『周禮注疏』卷23, 「大師」, 北京大學出版社, 1999, p.610: "賦之言鋪, 直鋪陳今之政敎善惡. 比, 見今之失, 不敢斥言, 取比類以言之. 興, 見今之美, 嫌於媚諛, 取善事以喩勸之."

12 (漢)鄭玄 箋, (唐)孔穎達 疏, 『毛詩正義』卷1, 北京大學出版社, 1999, p.11: "賦者, 直陳其事, 無所避諱, 故得失俱言. 比者, 比託於物, 不敢正言, 似有所畏懼, 故云'見今之失, 取比類

이러한 '賦比興'에 대한 초기의 경전적인 해석은 이후 시대의 변화에 따라, 그 함의를 점점 더 풍부하게 더 해갔다. 船山은 실제 시가 작품 비평 중에서 '賦比興'의 운용을 상당히 중시하였다. 그는 시가의 예술효과는 오로지 형상물에 가장 적합한 '賦比興'을 어떻게 운용하느냐에 따라 비로소 제대로 발휘할 수 있으며, 이러한 까닭에 '賦比興'의 운용 정도로써 시가의 우수함을 평가하는 표준으로 삼는 것이라고 여겼다. 그러나 만약 적합한 '賦比興'의 운용을 선택하려 한다면, 우선 각자가 가지고 있는 예술 특성을 잘 이해해야할 것이다. 본문은 각자의 예술 특성을 가지고 있는 '賦比興' 중 수사적 성격이 비견될 수 있는 '比'와 '興' 양자만을 주의해서 보려 한다.

比란 것은 비슷한 것을 빗대는 말이다. 興이란 것은 느낌이 있어 하는 말이다. (摯虞)[13]

比는 직접 빗댄다는 뜻이다. 興은 일으킨다는 뜻이다. 논리의 긴밀함을 중시하는 것에 적절히 유사한 사물을 들어 사물을 분명히 하고, 정감을 일으키는 것에는 정과 미묘한 관계가 있는 사물에 의지하여 논의를 불러일으킨다. 정감을 일으키는 것에는 '興'이란 형식이 생기며, 논리의 긴밀함을 중시하기 때문에 '比'라고 하는 것이 생겨나는 것이다. 比는 마음속의 불평을 직접 밝히는 것이고, 興은 완곡히 비유하여 풍유하는 것이다. (劉勰)[14]

글이 다 끝나더라도 뜻에 남음이 있는 것을 興이라 한다. 사물을 빌어 뜻을 빗대는 것을 比라 한다. (鍾嶸)[15]

以言之'.… 興者, 託事於物則興者起也. 取譬引類, 起發己心, 詩文諸擧草木鳥獸以見意者, 皆興辭也."

13 (晉)摯虞, 「文章流別論」, 『藝文類聚』卷56: "比者, 喻類之言也. 興者, 有感之辭也."

14 (梁)劉勰, 『文心雕龍·比興』篇: "比者, 附也; 興者, 起也. 附理者, 切類以指事, 起情者, 依微以擬議. 起情, 故興體以立, 附理, 故比例以生. 比則畜憤以斥言, 興則環譬以託諷."

比와 興은 비록 똑같이 바깥 사물에 덧붙이고 의탁하지만, 比는 드러나고 興은 감추어진다. 마땅히 먼저 드러나고 뒤에 감추어지기에 고로 比가 興의 앞을 차지하고 있다. 『毛傳』이 특별히 興을 말한 것은 그 이치가 감추어져 있기 때문이다. (孔穎達)[16]

興은 다른 사물을 먼저 말함으로써 읊고자 하는 말을 이끌어내는 것이다. 比란 것은 저 물건으로 이 물건을 빗대는 것이다. (朱熹)[17]

사물을 서술하여 情을 말하는 것을 賦라고 말한다. 情과 사물이 다하게된다. 사물을 찾아 情을 의탁하는 것을 比라고 말한다. 情은 사물에 덧붙는다. 사물을 접하여 情을 일으키는 것을 興이라고 말한다. 사물이 情을 움직이게 하는 것이다. (李仲蒙)[18]

'比興'의 차이점은 역대 많은 文論家가 주의해오던 것이다. '比興'의 변천은 唐代 孔穎達의 '比는 드러내지만, 興은 감추어진다(比顯而興隱)'라는 주장이 비교적 실제 상황에 부합한다 할 수 있다. 왜냐하면 '比'와 '興'은 형상 사유로서 기원을 같이하지만, '比'의 표현특징은 외부 사물의 모습을 가깝게 그려내는 것에 치우치고, '興'은 '情理'의 머무름에 착안함이 많다. 唐代 皎然은 『詩式』중에서 "象을 취하면 比라 이르고, 義를 취하면 興이라 이르니, 義는 象 아래의 의미이다(取象曰比, 取義曰興, 義即象下之意)"라고 하였다. 이는 곧 '比'와 '興'의 드러내고 숨김의 차이를 반

---

15 (梁)鍾嶸,「詩品·序」: "文已盡而意有餘. 興也; 因物喩志, 比也."

16 (漢)鄭玄 箋, (唐)孔穎達 疏,『毛詩正義』卷1, 北京大學出版社, 1999, p.12: "比之與興, 雖同是附託外物, 比顯而興隱. 當先顯後隱, 故比居興先也. 毛傳特言興者, 爲其理隱故也."

17 (宋)朱熹,『詩集傳』卷1, 上海古籍出版社, 1980, p.1: "興者, 先言他物以引起所詠之詞也. 比者, 以彼物比此物也."

18 (明)楊愼,『升庵詩話』卷四,『明詩話全編』三册, p.2596: "物以言情謂之賦; 情物盡也. 索物以託情謂之比; 情附物也. 觸物以起情謂之興; 物動情也."

영하고 있다. 비록 개별의 특징으로 인해, '比', '興'은 서로 차이점이 있
지만, 이들의 관계는 서로 분리할 수 없는 관계이기에 서로 연관된 부분
또한 있다. 『文心雕龍·比興』篇에서 유협은 이들의 관계를 이렇게 표현
하였다.

> 시인은 比·興의 수법을 운영할 때, 사물을 접촉하면 주도면밀하게 관찰
> 한다. 사물이 비록 북방의 胡人과 남방의 越人과 같이 서로 상관이 없는 듯
> 하나, 서로 합쳐지는 곳은 마치 간과 쓸개와 같이 서로 긴밀하다. 사물의
> 모습을 견주어보거나 그 심정을 취하려, 글을 고르려면 필히 과감해야 한
> 다. 각종 比와 興 수법이 노래 속에 모이게 되면, 문장은 마치 하천의 물결
> 과 같이 생동적일 것이다.[19]

이러한 劉勰의 견해에 덧붙여, 船山은 특히 그 연관관계에 대하여 창
작시 형상의 주체와 대상이 되는 情과 景에 대한 정확한 비유를 통해 설
명하였다.

> 興은 意가 있고 없는 사이에 있으며, 比 역시 깎고 새기기를 용납하지
> 않는다. 情과 관련된 것이 景이므로, 자연히 情과 서로 호박과 겨자의 관계
> 가 된다. 情과 景은 비록 마음에 있고 사물에 있다는 구분이 있지만, 景이
> 情을 생기게 하고, 情이 景을 생기게 한다. 슬픔과 즐거움이 촉발되고, 영
> 달과 쇠락함이 만나는 것은 서로 그 집을 간직하기 때문이다.[20]

창작 작품 속에서 서로가 서로의 존재근거가 되고, 상호 보완관계를

---

19 (梁)劉勰, 『文心雕龍』, 「比興」篇: "詩人比興, 觸物圓覽. 物雖胡越, 合則肝胆. 擬容取心,
　　斷辭必敢. 攢雜詠歌, 如川之澹."
20 (明)王夫之, 『薑齋詩話·詩譯』16조, 『船山全書』第15冊, 嶽麓書社, 1996, p.814: "興在有
　　意無意之間, 比亦不容雕刻. 關情者景, 自與情相爲珀芥也. 情景雖有在心在物之分, 而景生
　　情, 情生景. 哀樂之觸, 榮悴之迎, 互藏其宅."

이루는 '情'와 '景'이 "서로 호박과 겨자의 관계가 되고(相爲珀芥)", "서로 그 집을 간직하는(互藏其宅)" 관계로 형상화되기 위해서는, 작가가 발휘한 다양한 창작수법 역시 큰 역할을 한다. 뛰어난 작품은 유사한 사물을 가져와 드러내며 빗대어 표현하지만, 그 표현의 뒤에는 감추어진 '興'이 담고 있는 여운 같은 수사적 효과가 반드시 깔려있다. 이런 경지에까지 이르면 比와 興의 구분은 아무런 의미가 없게 되어, 比는 興으로 또 興은 比와 함께 어우러지게 되는 것이다. 그래서 작품 속에는 비록 수사 작용으로서 '興'이 더해졌으나, 그 興은 작가의 의식 속에 있는 없는 듯 하게 되어, 더욱 깊은 연상 작용을 일으켜 "글이 다 끝나더라도 뜻이 남음이 있는(文已盡而意有餘)" 예술 경계를 가지게끔 하는 것이다. 이러한 전통에 기초하여, 船山은 실제 작품 비평 중에서 여러 차례 '比興'의 운용 방법에 대하여 언급하였다. 그중 가장 절묘한 운용 방법으로 '比興交融'의 방법을 손꼽았다.

> 한 구 한 구마다 일을 적었으나, 한 구 한 구마다 興과 比를 활용하여, 比 가운데서 興이 생겨나고, 興 밖으로부터 比를 얻으니, 부드럽고 곡진하여 서로 살아나고, 순조로움이 모두 더해진다.[21]

船山의 비평내용에 따르면, 庾信은 시가 작품에서 '比'와 '興'을 교대로 활용하였는데, 심지어는 '比' 가운데에서 '興'이 생겨나게 하거나, 혹은 '興' 밖으로부터 '比'를 얻기도 하여, 결국에는 시가 작품이 '부드럽고 곡진하여 서로 살아나고, 순조로움이 모두 더해지는(婉轉相生, 逢原皆給)' 예술 효과를 만들어내었다. 이러한 '比興交融'의 운용은 바로 이 시인이

---

21   (明)王夫之,『古詩評選』卷一,『船山全書』第14冊, 嶽麓書社, 1996, p.562: "句句敍事, 句
      句用興用比, 比中生興, 興外得比, 婉轉相生, 逢原皆給."(庾信「燕歌行」評語)

'比'와 '興'의 수사기법에 대하여 깊이 체득하고 있음을 의미한다.

또한 여기서 '興'은 비록 예술 형상 수법 중의 하나로서 작용하기에 이성적 사유가 더해지지 않을 수 없지만, 마치 작가의 마음속에 내재된 감흥이 자연스럽게 일어나 하나하나의 시어들과 天衣無縫하게 결합 되어, 수사의 흔적이 전혀 없는 것처럼 뛰어나게 운용되었다고 할 것이다. 이는 동일한 수사법을 가한다고 할지라도, 작가가 그 감흥과 사물 간의 내재적 관계를 얼마나 파악하고 있느냐에 달린 것이다. 이러한 경지가 가능한 것은 '興'이 수사 수법의 하나로서뿐 아니라, "사물을 접촉하면 정을 일으킨다(觸物以起情)"라고 하는 원래의 본질을 가지고 있기 때문이다.

船山은 각기 다른 평어로써 특히 뛰어난 '賦比興'의 운용에 대하여 평가하였는데, 이러한 평어는 그의 시가 작품 비평집인 『古詩評選』, 『唐詩評選』, 『明詩評選』등에 산재되어 있다.

興을 씀이 이처럼 크고 넓으면, 艶情詩 중에 사용해도 진부하지 않을 터, 여기서는 자연히 절묘하다.[22]

興과 賦가 깨끗하고 순탄하다. 기련 네 구는 사물의 이치를 체현하고 뜻을 드러내니, 미묘하고도 오묘하다.[23]

興, 比, 賦가 거침없이 마음껏 사용되었으니, 마치 岳飛가 병사를 통솔함에 절묘함이 마음에 있는 것과 같다.[24]

22　(明)王夫之, 『古詩評選』卷四, 『船山全書』第14冊, 嶽麓書社, 1996, p.700: "用興如許廣大, 入艶詩中抑不迂腐, 此自天巧."(陸雲 「爲顧彦先贈婦往返四首」詩 評語)

23　(明)王夫之, 『唐詩評選』卷二, 『船山全書』第14冊, 嶽麓書社, 1996, p.938: "興賦淸順. 起四句體物見意, 微妙玄通."(儲光羲 「同王十三維偶然作」 評語)

24　(明)王夫之, 『明詩評選』卷一, 『船山全書』第14冊, 嶽麓書社, 1996, p.1159: "興比賦順手恣用, 如岳侯將兵, 妙在一心."(高啓 「君馬橫」詩 評語)

比와 興을 거듭 사용하니, 꼭 들어맞는 부분은 주의해서 평범한 말로써 드러내니, 비단 漢人들의 남겨진 뜻일 뿐 아니라, 또한 『시경』의 유풍이 다.[25]

'超忽', '天巧', '興賦淸順', '順手恣用', '『三百篇』之流風' 등과 같은 평어들은 船山 시학 중에서 뛰어난 '賦比興'의 운용을 보여주고 있지만, 이들 작품은 예술 수사 수법 상에서만 탁월하다는 것만을 반영하고 있는 것이 아니라, 이러한 시가를 창작한 작가들 또한 '觸物生情', '感物興懷' 등과 같이 창작과정에서 작가와 경물과의 내재적 관계를 충분히 잘 이해하고 있어, 심미적인 시각으로써 사물을 잘 관찰하였다는 것을 설명하는 것이다.

이제까지 船山 시학 내에서 작용하는 '賦比興'의 '興' 범주를 살펴보았을 때, '興'은 시가 예술 수사법의 성격을 주요한 기능으로 하고 있어 일차적으로 '사물', '현상', '이치' 등 형상 대상물과의 관계로부터 그 존재가 설명되고 있음을 알 수 있었다. 하지만 작가가 사물의 이치를 제대로 잘 꿰뚫고 있어야만 비로소 작가의 감흥을 그대로 담을 수 있는 수사법 '興'의 운용이 이루어진다는 점은 '興'의 본질을 다시 확인할 수 있게 하는 부분이다.

---

25 (明)王夫之, 『古詩評選』卷五, 『船山全書』第14冊, 嶽麓書社, 1996, p.754: "重用興比, 恰緊處顧以平語出之, 非但漢人遺旨, 亦三百篇之流風也."(鮑照「贈故人馬子喬」詩 評語)

3. '感興'의 '興'

'賦比興'의 '興' 이외에, 船山 시학 중 주목해야할 '興' 범주는 '感興' 의 '興'이다. 사실 字源을 살펴본다면, '感興'의 '興' 역시 하나의 맥락에 서 나왔다. 하지만 별도로 '感興'의 '興'으로 분리하는 것은 수사 방법으 로서의 '興'이 아닌 시가의 창작과 감상 과정에 관여하는 '興' 범주의 중 요성 때문이다.

西晉의 摯虞는 『文章流別論』中에서 "흥이란 것은 느낌이 있는 말이다 (興者, 有感之辭也.)"라고 말하며, '興'이 주체적인 감성의 반응임을 강조 하였다. 『文心雕龍·比興』篇 중에서 劉勰은 "흥이란 것은 일어나는 것이 다. ……정을 일으킨다는 것은 미세한 사물에 의지하여 情意를 헤아린다 는 것이다(興者, 起也……起情者依微以擬議)"라고 말하여, '興'이 감정을 불러 일으키는 '激發'의 특성을 가지고 있음을 밝혔을 뿐만 아니라, '起'의 직 접 대상이 '情感'이라는 것을 밝혔다. 만약 이러한 '感興'이 주체의 감성 적 반응이라고 한다면, 여기에는 분명 주체의 반향을 일으키는 모종 매 개체가 필요할 것이다. 고대의 문인들은 이것에 대하여 지금까지 적지 않은 주장을 펼쳤다. 유협이 제기한 '觸興致情', '睹物興情', '情以物 興', '物以情觀'[26] 등의 견해는 바로 그 모종의 매개가 바로 객관적인 경 물임을 증명해주고 있다. 객관적인 경물에 대한 이 주체의 감성은 고유 의 특성을 담고 있기에, 흔히 魏晉 사람들의 '흥을 타고 와서, 흥이 다하 면 돌아간다(乘興而來, 興盡而返)'는 심리상태는 바로 이를 설명할 가장 적절 한 예라고 말할 수 있다. '乘興而來, 興盡而返'과 같은 류의 감흥활동은

---

26 (梁)劉勰, 『文心雕龍·詮賦』篇.

이지적 활동과는 무관하기 때문에, 모두 이성의 통제 아래에 있지 않은 것이다. 따라서 이러한 점에 착안하여, '感興'의 '興'을 정의한다면, '感興'의 '興'이란 것은 바로 객관적인 경물을 대하였을 때, 자각하지 못하고 저절로 일어나는 형상 주체의 주관적 정감으로서, 이성의 통제를 벗어난 순간성과 돌발성이라는 특징을 가지고 있다 라고 말할 수 있다.

정감을 자연스럽게 드러내고 인위적인 수사의 운용을 반대하는 船山이 이상과 같은 함의를 가진 '感興'의 '興'을 지지할 것임은 의심할 여지가 없다. 그렇다면 船山의 시학 체계 중에서 '感興'의 '興'은 구체적으로 어떠한 함의를 담고 있는지를 살펴본다.

첫째, 船山은 이전의 '興' 전통을 계승하여, '경을 접하여 감흥을 낳고(會景而生心)', '사물을 체험하여 그 정수를 얻게 된다(體物而得神)'는 '興'의 관점을 제기하였다. 시인이 경물을 마주대하였을 때, 어떠한 감흥을 일으켜야만 시인의 마음과 경물이 하나로 일치되어 그려질 수 있을까? 船山은 모든 작가가 추구하고자 하는 이 질문에 대한 답을 제시한 셈이다.

> 정을 머금어 잘 표현하고, 경을 접하여 감흥을 낳고, 사물의 본질을 체험하여 그 정수를 얻게 되면, 곧 자연스레 영통한 자구를 얻게 되고, 조화스러운 공교함의 妙에 들어가게 된다.[27]

여기에서 '會景而生心'은 바로 경물을 마주하였을 때, 작가가 가슴 속으로부터 경물에 대한 모종의 자연스러운 반응이 만들어진다는 것을 설명하고 있다. '體物而得神'이란 것은 사물을 마주 대하는 순간, 작가는 경물의 본질을 깨닫고 그 정수를 포착하게 됨을 설명해주고 있다. 船山

---

27   (明)王夫之,『薑齋詩話·夕堂永日緒論內編』제27조,『船山全書』第15冊, 嶽麓書社, 1996, p.830: "含情而能達,, 會景而生心, 體物而得神, 則自有靈通之句, 參化工之妙."

이 설명한 이 '會景而生心'과 '體物而得神'은 劉勰이 말한 '경물을 접하여 흥을 일으켜, 정감을 이끈다(觸物而起, 引起情感)'는 '觸興致情'의[28] 원칙을 일관되게 꿰뚫고 있을 뿐 아니라, '감흥'의 탄생과 발전과정을 구체적으로 그려낸 뛰어난 의견이다. 이러한 원리에 비춰볼 때, 시가 작품은 작가의 심령과 심미 대상인 경물이 밀접하게 결합될 때, 비로소 작가가 느낀 주관적 감성을 충분히 표현해낼 수 있다는 것을 알 수 있다. 이러한 '會景'과 '體物'의 조화가 이루어져야만, 시의 境界는 비로소 "처음에는 경물로 접어들다, 굽어지고 꺾이어 정을 다하니, 흥이 일어나고 뜻이 생겨나, 뜻이 다한 뒤에서야 말이 그치는(迎頭入景, 宛折盡情, 興起意生, 意盡言止.)"[29] 효과를 얻을 수 있는 것이다. 船山은 나아가 『薑齋詩話·夕堂永日緒論內編』중에서 아래와 같이 주장하였다.

> 무릇 景은 情으로써 합쳐지고 情는 景으로써 생겨나 애초부터 서로 떨어질 수 없는 것으로, 오직 뜻(意)이 이르는 바이다. 둘로 갈라놓으면 곧 情은 興起가 부족하고, 景은 그 景이 아니다.[30]

심미 주체인 '情'과 심미 대상인 '景'은 창작형상화 과정을 거친 이후, 원래 각자로서가 아닌 하나로 융화되게 된다. 따라서 작가의 창작 감흥이 시가 형상 중에 녹아들어 있는 것은 당연한 이치이다. 하지만 창작과정 중 만약 심미 주체인 '情'과 심미 대상인 '景'을 어떠한 인위적인 의도를 가지고 '둘로 갈라놓으면(截分兩橛)', 情語나 景語를 사용하여 그려낸

---

28 (梁)劉勰, 『文心雕龍·詮賦』篇.
29 (明)王夫之, 『明詩評選』卷五, 『船山全書』第14册, 嶽麓書社, 1996, p.1373: 貝瓊「寓翠岩庵」詩 評語.
30 (明)王夫之, 『薑齋詩話·夕堂永日緒論內編』제17조, 『船山全書』第15册, 嶽麓書社, 1996, p.825: "夫景以情合, 情以景生, 初不相離, 唯意所適. 截分兩橛, 則情不足興, 而景非其景."

이 시가작품의 '경을 접하여 감흥을 낳고(會景而生心)', '사물을 체험하여 그 정수를 얻게 된(體物而得神)' '感興'은 자연히 고갈되어 버릴 것이며, 심지어는 시가를 감상하는 독자가 시가 감상의 興趣마저도 느끼지 못하게 할 수도 있다. 이러한 것은 모두 창작 중 '感興' 활동이 理智的 개입이 없는 순간적이고 돌발적 특정을 가지고 있기 때문인데, 일단 작가의 理智가 詩法이라는 이름으로 창작과정 안으로 개입되기 시작하면, 작가의 처음 '感興'은 일순간에 사라져버려 감흥 없는 건조한 시어만이 엉켜져 있는 작품이 되어버리고 말 것이다.

둘째, 船山은 薛道衡의 「昔昔鹽」詩를 비평한 평어 중에서 "흥을 일으킨 곳은 모두 새어나가지 않아, 고로 아름다우면서도 용속하지 않고, 끝맺음 또한 시원시원하다(起興處全不逗漏, 故艶而不俗, 收亦明快)"[31]라고 말하였다. 船山의 이러한 주장은 바로 '감흥'이 순간성과 돌발성을 가지고 있어, 근본적으로 문구의 수식과 조탁의 여지가 없으며, 심미 대상의 심미 정수 역시 조금도 손색 되지 않고, 완전히 시가 작품의 시어 속에 간직될 수 있음을 강조한 것이다. 따라서 설령 보기에 文辭가 화려하고 다채로워 보일지라도, 그 시가 작품의 風格에서는 속된 기운을 찾을 수 없는 것이다. 또 시가 작품 가운데 작가의 창작 의도가 있는 듯도 하고 있지 않는 듯도 하여, "흥을 일으킴이 심원하고, 변화무쌍하다 또 느슨해져, 사람들의 감흥이 몇 곱절 깊어지고(起興遠, 跌蕩緩, 感人倍深)",[32] "意와 興이 서로 교차하며 이르게 되는(意興交到)"[33]것 같은 詩境 역시 理智가 개입하

---

31 (明)王夫之, 『古詩評選』卷一, 『船山全書』第14冊, 嶽麓書社, 1996, p.569: 薛道衡「昔昔鹽」詩 評語.

32 (明)王夫之, 『古詩評選』卷一, 『船山全書』第14冊, 嶽麓書社, 1996, p.523: 何承天「石流篇」評語.

33 (明)王夫之, 『唐詩評選』卷四, 『船山全書』第14冊, 嶽麓書社, 1996, p.1097: 杜甫「小寒食

지 않은 非理性的인 '感興'으로부터 말미암을 때만이 비로소 도달할 수 있는 경지이다. 그래서 船山은 "興은 작가의 意가 있는 듯 없는 듯한 사이에 있고, 比는 또한 깎고 새기는 것을 용납하지 않는다"[34]라고 말하였으며, 그 밖의 시가 작품을 비평할 때도 여러 차례 걸쳐 '감흥'이 만들어 내는 여러 境界를 언급하였다. 예를 들어,

興을 일으켜 일을 쓰니, 새롭게 바뀌어 그 뛰어난 정취를 얻었다.[35]

興을 사용하여 통쾌하고 시원하니, 사람을 감동시킴이 많다.[36]

興을 일으킴이 광대하고 심히 지극하니, 오직 漢人만이 할 수 있다.[37]

생각에 의지할 뿐만 아니라, 또한 흥취에 의지한다. 살펴보면 지극히 크고, 들어가면 지극히 가라앉고, 나오면 지극히 곡진하니, 곧 진정한 시인이구나.[38]

셋째, 船山이 창작시에 순간적이고 돌발적인 창작 태도를 매우 중시한 또 하나의 이유는 바로 '感興'이 바로 內在的 관점에서 자연 생명 호

舟中作」評語.

34 (明)王夫之, 『薑齋詩話·詩譯』 제16조, 『船山全書』第15冊, 嶽麓書社, 1996, p.814: "興在有意無意之間, 比亦不容雕刻."

35 (明)王夫之, 『唐詩評選』卷一, 『船山全書』第14冊, 嶽麓書社, 1996, p.918: "起興使事, 翻新得其佳致."(李嘉右 「雜興」詩 評語)

36 (明)王夫之, 『古詩評選』卷一, 『船山全書』第14冊, 嶽麓書社, 1996, p.551: "用興酣暢淋漓, 動人多矣."(吳均 「城上鳥」詩 評語)

37 (明)王夫之, 『明詩評選』卷四, 『船山全書』第14冊, 嶽麓書社, 1996, p.1325: "起興廣大深至, 唯漢人能之."(梁有譽 「詠懷」詩 評語)

38 (明)王夫之, 『明詩評選』卷五, 『船山全書』第14冊, 嶽麓書社, 1996, p.1422: "不僅恃思理, 亦不僅恃興致. 規之極大, 入之極沈, 出之極曲, 乃是眞詩人."(徐繗 「山家」詩 評語)

흡의 증거이며, 동시에 인간 性情의 표로라고 여기었기 때문이다. 『俟解』 중, 船山은 말하길,

> 興을 일으킬 수 있으면, 곧 豪傑이라고 말한다. 興이란 것은 性情이 氣로 부터 생겨난 것이다. 끌려가며 순응하니, 시대가 그러하면 그렇게 하고, 그렇지 않으면 또 그러하지 않으니, 종일토록 일을 하고도 관직, 전답, 처자에 국한되어지고, 쌀알을 헤아리고 녹을 계산하며, 날마다 그 기개를 억눌러보지만, 하늘을 우러러보아도 그 높음을 알지 못하고, 땅을 내려 보아도 그 두터움을 알 지 못하니, 비록 깨어있어도 꿈과 같고, 보아도 장님과 같아, 부지런히 그 四肢를 움직여보아도 마음이 원활치 않으니, 이는 오직 興이 일어나지 않은 까닭이다.[39]

여기서 船山은 "興者, 性之生乎氣者也."라고 말하였다. 이는 '興'의 근원이 氣의 性으로부터 말미암음을 의미한다. 다시 말해, '氣'로부터 근원함은 객관 사물인 경물을 존재 형태로 한다는 것을 설명하는 것이며, '氣의 性'이라고 하는 것은 사물 속에 내재된 질서가 인간의 性情으로 표출되어 나오는 것임을 의미한다.

이를 종합하면, 이른바 '興'이란 것은 객관 사물을 접촉하였을 때, 사물 속에 내재된 질서가 인간의 性情으로 표출되어 나온 것이란 의미이다. 창작하는 시인의 입장에서 보자면, "性은 그로써 情을 드러내고, 情은 그로써 性을 채워낸다(性以發情, 情以充性)"[40]는 船山의 말과 같이, '性'은

39　(明)王夫之, 『俟解』, 『船山全書』第12冊, 嶽麓書社, 1996, p.470: "能興卽謂之豪傑. 興者, 性之生乎氣者也. 拖沓委順, 當世之然而然, 不然而不然, 終日勞而不能度越於祿位田宅妻子之中, 數米計薪, 日以挫其志氣, 仰視天而不知其高, 俯視地而不知其厚, 雖覺如夢, 雖視如盲, 雖勤動其四體而心不靈, 惟不興故也."

40　(明)王夫之, 『周易外傳』卷五, 「繫辭上」第十一章, 『船山全書』第1冊, 嶽麓書社, 1996, p.1023.

사물과 현상에 대한 시인의 '情'으로써 표출되어지는 것이다.

　船山의 철학사상에 의하면, 객관세계와 만물의 근본은 바로 '氣'이고, '理'는 '氣'의 규율이나 법칙에 불과하다. 그래서 만약 '氣'가 존재하지 않는다면, '理' 또한 그에 따라서 존재하지 않는 것이다. 왜냐하면 "氣란 것은 理가 의존하는 것이고(氣者, 理之依也)",[41] '理'는 단지 陰陽의 필연성과 규칙성을 형용하는 것에 불구하며, 陰陽의 실제 본질은 '氣'이기 때문이다. 그래서 船山은 "理는 단지 하늘과 땅의 신묘함을 본뜬 것이며, 氣가 비로소 하늘과 땅의 실재이다(理只是以象二儀之妙, 氣方是二儀之實)"[42]라고 주장한 것이다.

　이러한 철학적 해석에 따르면, '興'이 없으면 곧 '性'이 없음과 같은 것이고, '性'이 없으면 곧 天地 간의 '氣'와 함께 호흡하고 나누지 않는 것이라고 말할 수 있을 것이다. 그래서 船山은 "興을 일으킬 수 있으면, 곧 豪傑이라고 말한다(能興卽謂之豪傑)"라고 하였다.

　작가의 입장에서 말하면, 이러한 이치는 창작의 원리에도 적용될 수 있다. 예술작품을 창작할 때, 만약 '興'이 없다면, 창작된 작품은 근본적으로 진정한 작가의 '性情'을 담아내었다고 할 수 없다. 이러한 작품은 비록 형식은 하나의 예술작품이라고 할지라도, 실제로는 살아있는 생기가 없는 죽은 고목과 같고 식은 버린 재와 같은 것이다. "시란 사람의 마음이 사물을 느끼어 글로 나타낸 나머지이다(詩者, 人心之感物而形於言之餘也)"[43]라는 朱熹의 말도 진정한 시의 이 점을 강조한 것이다.

　많은 뛰어난 작가는 感興을 일으키는 탁월한 능력을 가지고 있다. 이

41　(明)王夫之, 『思問錄·內篇』, 『船山全書』第12冊, 嶽麓書社, 1996, p.419.

42　(明)王夫之, 『讀四書大全』卷十「告子上」篇, 『船山全書』第6冊, 嶽麓書社, 1996, p.1052.

43　(宋)朱熹, 「詩集傳序」.

러한 능력은 작가로 하여금 객관 경물과 직접 만났을 때, 심미적인 정감을 만들어내게 할 수 있다. 그러나 이러한 능력은 천지 만물의 개별 특징을 깊이 체험하여 터득했을 때만이 비로소 얻어지는 것이기에, 진정한 뛰어난 시가 작품을 창작한다는 것은 '심미 감흥(興)'과 '생명의 본질(氣)'를 하나로 일치시키는 것이다.

이러한 점에서 볼 때, '感興'의 '興'은 결국 인간의 본성을 시가의 창작과정에서 어떻게 담아내는 것 인가의 문제이다. '感興'의 '興'은 창작 단계에서는 작가와 형상화 대상인 객관 경물과의 관계를 설명할 수 있으며, 창작 방법의 측면에서는 순간성과 돌발성을 가지고, 性情이 손색되지 않도록 함을 이야기하고 있다. 하지만 그 무엇보다 이 '感興'의 '興'에서 주의해야 할 관건이 되는 것은 내재적으로 天下의 질서인 '理'와 '氣', 그리고 인간에 稟受된 '性情'의 자연스러운 발로가 이 '感興'의 '興'으로부터 시작된다는 점이다.

4. '興觀群怨'의 '興'

'賦比興'과 '感興'의 '興' 이외에 船山 시학에서 '興'범주를 논하는데 빠뜨릴 수 없는 것은 바로 '興觀群怨'의 '興'이다. 船山은 『詩譯』과 『夕堂永日緖論內編』 두 편의 글에서 시의 '興觀群怨'에 대하여 자세히 논하였다.

> "시는 감흥을 일으킬 수도, 자세히 살필 수 있고, 함께 어울릴 수도, 원망할 수도 있다." 이 말은 지극한 말이다. 漢・魏・唐・宋의 雅俗과 得失이 이로써 판별된다. 詩三百篇을 읽는 것은 필히 이러함 때문이다.[44]

홍취, 살핌, 어울림, 원망, 시는 여기서 다한다.[45]

이 두 가지 설명은 詩의 기능이 이 '興觀群怨' 상에서 완전히 발휘되어 나올 수 있음을 의미한다. 이러한 점으로부터 船山은 그의 시학 이론에서 '興觀群怨'의 작용에 대하여 상당히 중시했을 것임을 어렵지 않게 추측할 수 있다. 그렇다면 船山 시학 체계에서 '興觀群怨'설의 '興'은 어떤 내재적 함의를 가지고 운용되는지 살펴보자.

船山의 '興觀群怨'설 중 '興'범주는 또 다른 측면에서 상당한 중요한 의의를 담고 있다. 왜냐하면, 船山의 '興觀群怨'설 중의 '興'의 함의는 앞에서 제기한 각종 의의를 포괄하며 운용되고 있기 때문이다. 그 몇 가지 함의를 분석하면, 아래와 같다.

첫째, 船山은 杜甫의 「野望」시를 평한 평어에서 杜甫의 이 시가 "흥·관·군·원이 하나의 용광로 철퇴 안에서 담긴 것이다(是攝興觀群怨於一鑪錘)"[46]라고 평하였다. 이러한 호평의 내용에 근거하면, 船山은 '興觀群怨'을 '情'이 상호 간에 연관되어 이뤄진 하나의 완전체라고 보고 있음을 알 수 있다. 여기에서 '興'은 완전체인 '興觀群怨'을 구성하는 일부분임과 동시에 '興觀群怨' 전체를 먼저 주도하는 지위를 차지하고 있다. 만약에 '興'의 작용이 없다면, "興을 일으키는 곳에서 자세히 살필 수 있으니, 그 興은 깊어진다. 자세히 살필 수 있는 데에서 興을 일으킬 수 있으니,

44 (明)王夫之, 『薑齋詩話·詩譯』제2조, 『船山全書』第15冊, 嶽麓書社, 1996, p.808: "'詩可以興, 可以觀, 可以群, 可以怨.' 盡矣. 辨漢魏唐宋之雅俗得失以此, 讀三百篇者, 必此也."

45 (明)王夫之, 『薑齋詩話·夕堂永日緖論內編』제1조, 『船山全書』第15冊, 嶽麓書社, 1996, p.819: "興, 觀, 群, 怨, 詩盡於是矣."

46 (明)王夫之, 『唐詩評選』卷三, 『船山全書』第15冊, 嶽麓書社, 1996, p.1019: 杜甫 「野望」 詩 評語.

그 살핌은 정밀해진다. 함께 어울리는 것으로써 원망하니, 원망은 더욱 잊혀지지 않으며, 그 원망하는 것에서 함께 어울리게 되니, 함께 어울리는 것은 곧 더욱 도타워진다"[47]는 '興觀群怨'의 총체적 작용은 근본적으로 발생할 수가 없는 것이다.

儒家 詩敎에서 강조하는 시가의 '興觀群怨'的 기능 면에서 볼 때도, '興'의 주도적인 지위는 여전히 유효하다. 船山은 시가를 鑑賞할 때, '興觀群怨'은 시의 사회적이며 예술적 기능을 더욱 구체적으로 보여주고, 설명할 수 있는 명제임을 명확하게 주장하였다.

> 하물며 '흥관군원'하려고 하면서, 시 속에 잠겨 헤엄치고 그 깊은 뜻을 생각하여 찾지 않는다면, 어찌 할 수 있는 것이 있겠는가! 기뻐하는 뜻을 이끌어 낼 수 있으면 '흥 할 수 있고', 지극히 은밀한 깊음을 짐작할 수 있으면 '자세히 살펴볼 수 있으며', 바르고 곧은 이치를 온화하고 부드럽게 터득할 수 있으면 '함께 어울릴 수 있고', 뒤엉켜 떨쳐버리지 못하는 정을 슬퍼하며 괴로워할 수 있으면 '원망할 수 있으며', 정성스럽고 돈독한 지극한 이치를 온화하고 부드럽게 하면 '부모를 섬길 수 있고', 성실하고 진지한 지극한 뜻을 부드럽게 하면 '임금을 섬길 수 있다.'[48]

蕭馳 선생은 船山의 이 글을 설명하면서, "儒家 詩敎 중 '感發志意', '考見得失', '和而不流', '怨而不怨', '人倫之道' 등와 같은 사회윤리 도덕적 의미가 비교적 강한 기능들은 '기뻐하는 뜻을 이끌어 내고(揚扢鼓舞之

47 　(明)王夫之, 『薑齋詩話・詩譯』제2조, 『船山全書』第15冊, 嶽麓書社, 1996, p.808: "於所興而可觀, 其興也深. 於所觀而可興, 其觀也審. 以其群者而怨, 怨愈不忘, 以其怨者而群, 群乃益摯."

48 　(明)王夫之, 『四書箋解』卷四下論「興觀群怨章」, 『船山全書』第6冊, 嶽麓書社, 1996, p.259: "況'興觀群怨', 非涵泳玩索, 豈有可焉者乎! 得其揚扢鼓舞之意則'可以興', 得其推見至隱之深則'可以觀', 得其溫柔正直之致則'可以群', 得其悱惻纏綿之情則'可以怨', 得其和柔肫篤之極致則'可以事父', 得其愷弟誠摯之至意則'可以事君'."

意)', '지극히 은밀한 깊음을 짐작하고(推見至隱之深)', '바르고 곧은 이치를 온화하고 부드럽게 터득하며(溫柔正直之致)', '뒤엉켜 떨쳐버리지 못하는 정을 슬퍼하며 괴로워하며(悱惻纏綿之情)', '정성스럽고 돈독한 지극한 이치를 온화하고 부드럽게 하고(和柔敦篤之極致)'와 '성실하고 진지한 지극한 뜻을 부드럽게 하는(愷弟誠摯之至意)' 등의 정감의 전달 활동에 의해 대체될 수 있다."[49]고 하였다. 이는 '興觀群怨'이 유가 시교에서 강조하는 시가의 사회적 기능이 구체적으로 어떻게 발휘되어야 하는 가를 설명해주고 있음을 말해준다. 하지만 이러한 蕭馳 선생의 판단 이외에, 船山의 이러한 견해는 詩歌의 抒情傳統과 政敎主義的 관점의 차이, '詩言志'와 '詩緣情' 간의 차이를 어떻게 융화시켜 내어야 하는가를 분명히 제시하고 있다고 할 수 있다. 즉 이는 시교의 사회적 기능 역시 인간 性情의 흐름과 분리될 수 없다는 것을 의미하기에, 興觀群怨의 작용 또한 이와 동일하게 인간의 性情의 흐름과 분리될 수 없다는 것이다. 船山의 이러한 관점은 또 다른 그의 주장에서도 분명히 확인할 수 있다. 船山은 『論語』에서 시를 논한 장을 상세히 설명하면서, '興觀群怨'을 '興觀'과 '群怨' 둘로 나누어 설명하였다.

　　너희가 詩를 배워서, 흥(興)할 수 있는 되면, 즉 자세히 살필 수(觀) 있게 되어 선을 권함이 마음에 있게 되기에 是非가 드러나게 된다. 모일 수 있으면(群) 즉 원망할 수 있으니(怨), 즐거움을 얻으면 곧 슬픔을 잃어버리게 되고 슬픔을 잃어버리면 곧 더욱 즐거움을 얻게 된다. 부모를 섬기게 되면 곧 임금을 섬길 수 있는 것은 다함이 없는 情이 같기 때문이다. 임금을 섬기게 되면 곧 부모를 섬길 수 있는 것은 게을리하지 않는 공경함이 같기 때문이다. 鳥獸·草木은 아울러 길러져 해가 되지 않으니 만물의 情이 합해

져 한 줄기를 이루게 된 것이다. 너희들이 詩를 배워, 흥취를 일으키고 살
필 수 있게 되어 모이고 원망할 수 있게 되면, 슬픔과 즐거움 외에는 是非
도 없게 된다. 興하고 觀하고 群하고 怨할 수 있는 자는 곧 임금과 부모를
섬길 수 있게 되며, 忠孝와 善惡의 근본이 善惡에서 받아 情을 바르게 한다
는 것은 자식과 신하가 지극히 일치되는 것이다. 鳥獸와 草木 역시 이치에
맞지 않게 드러나는 바가 없으며 情 또한 다르지 않다.[50]

　　여기에서 '興觀'과 '群怨'의 분리는 船山이 '興', '觀', '群', '怨'간의 밀
접한 유기적 관계를 더욱 구체적으로 설명하려는 방편이라 할 것이다.
부모를 섬기고 임금을 섬기는 것은 결국 개인의 '情'이 사회로 발현되는
것이고, 시를 통해 '草木', '鳥獸'에 대한 지식을 얻는 것도 결국은 '草
木', '鳥獸'를 포함한 만물에 깃든 '情'을 통해 세계의 운영원리를 살필
수 있다는 것이다.
　　船山은 이러한 '興觀'과 '群怨'으로의 분리 뿐 아니라, 시가 작품 비평
선 중에 '興怨'의 주장을 제기하기도 하였다.

　　　흥기할 수 있고 원망할 수 있으면, 시인의 최고 자리를 차지할 수 있도
　　　다.[51]

　　이 評語에 따르면, 船山은 뛰어난 시인은 결국 경물을 접하여 자신의

50　(明)王夫之, 『四書訓義』卷二十一, 『船山全書』第7冊, 嶽麓書社, 1996, p.915: "小子學之,
　　其可興者卽其可觀, 勸善之中而是非著; 可羣者卽其可怨, 得之樂則失之哀, 失之哀則得之
　　愈樂. 事父卽可事君, 無已之情一也; 事君卽以事父, 不懈之敬均也. 鳥獸草木並育不害, 萬
　　物之情統於合矣. 小子學之, 可以興觀者卽可以羣怨, 哀樂之外無是非; 可以興觀羣怨者, 卽
　　可以事君父—忠孝, 善惡之本, 而歙於善惡以定其情, 子臣之極致也. 鳥獸草木亦無非理之所
　　著, 而情亦不異矣."

51　(明)王夫之, 『明詩評選』卷八, 『船山全書』第14冊, 嶽麓書社, 1996, p.1587: "可興可怨, 乃
　　得踞詩人獅子坐."(張宇初 「四月三日赴演法觀視斷碑因賦」 評語)

감흥을 불러일으킬 수 있고(可興), 사회의 잘못된 부분을 질책하며 원망할 수(可怨)있다고 여기었다. 이러한 주장은 결국 船山이 가지고 있는 시의 본질에 대한 관점이 어떠한지를 명확히 보여주는데, '興', '觀', '群', '怨' 각 항간의 관계에 대한 고찰에서 이 점은 더욱 확실히 알 수 있다.

각 항간의 함의를 살펴보면, '興─觀', '群─怨'과 '興─怨', '觀─群'의 결합 관계는 중요한 의미적 구분이 있다. 즉 '興─觀'과 '群─怨'은 시의 예술성에 의해 일어나는 개인감정의 서정적 기능에 치중해 있는 반면, '興─怨'과 '觀─群'은 개인감정의 토로로부터 말미암아 비판, 풍자에 도달하는 사회적 효과에 치중해 있다고 할 수 있다. 이러한 점에 비춰볼 때, '興─觀'과 '群─怨', '興─怨'과 '觀─群'의 결합은 바로 시가에 대한 船山의 분명한 요구를 반영하고 있다. 그것은 바로 '藝術性'과 '社會性', 이 두 가지 효과를 반드시 포괄할 수 있어야 한다는 것이다. 船山의 이러한 요구와 동시에 시학적 의미에서 볼 때, '興'은 바로 '자세히 살필 수 있고(可觀)', '함께 어울릴 수 있고(可群)', '원망할 수 있는(可怨)' 출발점이며, 또한 시가가 '藝術性'과 '社會性'의 결합에 도달하기 위한 토대의 역할을 하고 있는 것이다.

둘째, 船山은 '詩可以興'의 '興'은 시가 되기 위한 가장 우선적이고 관건적 기준이라고 여기고 있다. 船山은 孟浩然의 「鸚鵡洲送王九之江左」 詩를 아래와 같이 평하였다.

말로써 뜻을 일으키면 말은 남아도 뜻은 무궁하다. 의로써 말을 구하면, 이 뜻은 길어도 말은 곧 짧아진다. 말이 이미 짧아지면, 말하지 않음만 못하다. 그러므로 "시는 마음속의 뜻을 말한 것이고, 노래는 말을 길게 읊조린 것이다"라고 이른 것이니, 반드시 마음속의 뜻이어야만 시가 되고, 말이어야만 노래가 된다. 흥기할 수 있을지 혹은 흥기할 수 없을지, 그 관건이

여기에 있다.[52]

 "시는 마음속의 뜻을 말한 것이고, 노래는 말을 길게 읊조린 것이다
(詩言志, 歌永言)." 이는 유가주의적 시교 관념을 바탕으로 시와 노래에 대
한 개념을 정의한 오래된 시학 명제로서, 『尙書·舜典』篇에서 가장 먼저
나온 말이다. 許愼은 이에 대하여 『說文解字』에서 "시는 마음속의 뜻이
다(詩, 志也)", "마음속의 뜻은 의이다(志, 意也)", "의는 마음속의 뜻이다(意,
志也)"라고 해석하였다. 「毛詩序」에서는 '情'으로써 '志'를 해석하길, "시
란 마음속의 뜻이 가는 바이니, 마음에 있으면 뜻이 되고, 말로 나타나
면 시가 된다(詩者, 志之所之也, 在心爲志, 發言爲詩)."라고 하였다. 이 명제는 결
국 고전 시학의 가장 관건적인 강령이 되어 지속적으로 계승되기도 하
였는데, 唐代 孔穎達은 이러한 관점을 이어받아, "자기에게 있으면 정이
되고, 정이 움직여 마음속의 뜻이 되는 것이니, 정과 뜻은 하나이다(在己
爲情, 情動爲志, 情志一也)"[53]라고 명확히 밝히었고, 李善은 "시는 그로써 마음
속 뜻을 말한 것이므로, 고로 정을 적는 것이라 이른다(詩以言志, 故曰緣情)"[54]
라고 주장하였다.

 '詩言志'는 春秋戰國 시기 유가의 비교적 보편적인 시학 관점이었다.
『左傳·襄公二十七年』기록에도 趙子文이 叔向에게 "시는 그로써 마음속
의 뜻을 말한 것이다(詩以言志)"라고 말한 기록이 있으며, 『荀子·儒效』篇

---

52 (明)王夫之, 『唐詩評選』卷一, 『船山全書』第14冊, 嶽麓書社, 1996, p.897: "以言起意, 則
   言在而意無窮. 以意求言, 斯意長而言乃短. 言已短矣, 不如無言. 故曰: '詩言志, 歌永言',
   非志卽爲詩, 言卽爲歌也. 或可以興, 或不可以興, 其樞機在此."(孟浩然 「鸚鵡洲送王九之江
   左」詩 評語)

53 (唐)孔穎達, 『春秋左傳正義』卷五十一 「左傳·昭公二十五年」, 北京大學出版社, 1999,
   p.1455.

54 (梁)蕭統, (唐)李善 注, 『文選』卷十七, 上海古籍出版社, 1997, p.766.

에도 또한 "시는 성인의 뜻을 말한다.(詩詩是, 其志也)"[55]라고 한 기록이 있다. 이를 볼 때, 『左傳』의 '詩以言志'는 곧 '詩言志'의 의미를 부가적으로 설명한 것으로 보인다. 이 점에 대해서 朱自淸 선생은 "'詩言志' 이 말은 아마도 '詩以言志' 말에서 나온 듯하나, 피차 독립적이다."[56]라고 설명하기도 하였다.

그런데 船山은 '시가 본질'의 문제에 대하여 이러한 고전 시학의 전통적 관점과는 그 각도를 달리하였다. 孟浩然의 「鸚鵡洲送王九之江左」詩 평어에 나타난 船山의 견해를 자세히 살펴보면, 船山은 시가의 본질이 '興'이라고 주장하고 있음을 알 수 있다. 더욱 정확히 말하자면, 진정한 시가 되는 관건이 바로 '可以興'의 여부에 있다는 것이다. 船山은 결코 "마음속의 뜻을 말하기만(言志)"하면 '시'가 될 수 있다고 여기지 않았다. 그의 관점에 따르면, '興'이 일어나는 상태 아래에서는 '意', '理', '史', '情', '景' 등은 모두 '詩'가 될 수 있지만, 반대로 '興'이 일어나지 않는 상태에서는 詩材로서 아무리 좋은 '意', '理', '史', '情', '景' 등이라 할지라도 모두 진정한 '시'가 될 수 없다는 것이다. 소위 '시'란 것은 시인의 정감을 포함할 뿐만 아니라, 독자가 그 시를 감상할 때 연상 작용을 일으켜 마음과 몸이 그 속에 있는듯하게 해야만 한다. 그러나 '興'이 일어나지 않은 상태에서 창작된 詩歌는 무미건조한 문자의 배열에 불과하여, 시가를 감상하여도 형상화되어 살아있는 시어 중의 신묘한 경계에 잠겨들 수 없는 것은 말할 필요도 없고, 시인이 사물 현상에 대해 느낀 感興조차 느끼지 못하게 된다. 이 때문에 船山은 "흥기할 수 있을지 혹은 흥기할 수 없을지, 그 관건이 여기에 있다.(或可以興, 或不可以興, 其樞機在此)"라

---

55   (淸)王先謙, 『荀子集解』卷四 「儒效」篇, 中華書局, 1997, p.133.
56   朱自淸, 「詩言志辯」, 『朱自淸說詩』, 上海古籍出版社, 1998, p.6.

고 주장한 것이다.

셋째, "흥, 일으키다(興 起也)"라고 해석한 許愼의 『說文解字』에 따르면, '興'의 字源은 '일으키다(起也)'라는 것을 알 수 있다. 여기에 注를 붙인 段玉裁의 『說文解字注』에서는 "흥, 『광운』: '창성하다, 들다, 착하다.' 『주례』 육시는 비를 이르고 흥을 이른다, 흥이란 것은 사물에 일을 기탁하는 것이다. 옛날에는 평성과 거성의 구별이 없었다.……虛陵이라 읽는다(興, 廣韻: '盛也, 擧也, 善也' 周禮 '六詩, 日比曰興, 興者託事於物. 按古無平去之別也……虛陵切)"[57]라고 '興'에 대하여 주석을 더하였다. 『광운』과 『주례』를 빌려 설명한 이 注文에 근거하면, 段玉裁가 注를 붙인 淸代에 이르러서는 '興'의 의미가 점차 확대되어갔으며, 그 성조 또한 옛날과 달리 평성과 거성으로 나누어졌음을 알 수 있다. '起也'라는 '興'의 본래 의미로부터 '盛也, 擧也, 善也'로 의미가 확대되어갔는데, 이는 곧 '感興'의 '興'이며 '興觀群怨'의 '興'이다. 하지만 주의해야할 또 하나의 의미인 '託事於物'는 '譬喩'의 의미로서 곧 '賦比興'의 '興'을 가리키고 있다.

하지만 이러한 字源을 가진 '興'을 볼 때, 船山 시학 중 '興觀群怨'설의 '興'은 전통 '興觀群怨'이 가지고 있는 '일으키다(起也)'의 의미와 '비유를 끌어와 비슷한 것을 잇는다(引譬連類)'의 의미를 동시에 포괄하고 있다고 할 수 있다.

'興觀群怨' 중의 '詩可以興'에 대하여, 西漢의 孔安國은 "비유를 끌어와 비슷한 것을 잇는다(引譬連類)"라고 注를 달았고, 宋代 朱熹는 "뜻을 느껴서 드러낸다(感發志意)"라고 注를 달았다. '引譬連類'의 목적은 직관과 연상의 작용을 통해 개체의 사회 정감을 알리는 데 있으며, 개인의 개성

---

57   (淸)段玉裁, 『說文解字注』舁部, 浙江古籍出版社, 1998, p.105.

과 심리를 밖으로 표현하는 데 사용되어, 善에 대한 개체의 자각을 이끌기도 한다. 그런데 이것은 바로 朱熹가 말한 '感發志意'와 의미가 상통한다. 시가 예술 본질에서 말하자면, 이런 성격의 '興'은 바로 연상과 상상을 통해, 情感, 理智와 객관 사물 현상의 통일에 도달한다. '感發志意'는 결국 예술적 형상화를 활용하여 사람들의 사상이나 감정에 영향을 끼치고, 교육하는 것이다. 이것은 바로 전통적으로 주장해온 '詩可以興'의 교육적 작용이다. 이러한 '興'의 해석에 대하여, 蔡鍾翔 선생은 "이곳에서 孔安國은 '興(平聲)'을 '비유를 끌어와 비슷한 것을 잇는다(引譬連類)'로 해석하여, 시를 짓는 법으로서의 '興(거성)'과 서로 쉽게 혼돈되게 해놓았다"[58]라고 지적하였다. 하지만 宋人 邢昺는 『論語』에 疏를 붙여 말하길, "'詩可以興'이란 것은 또 『詩』를 배우면 유익한 이치를 말하기 위한 것이다. 만약 『詩』를 잘 배울 수 있다면, 『詩』는 사람들이 '비유를 끌어와 비슷한 것을 잇게 하는' 비흥 수법을 쓸 수 있게 한다"[59]라고 하였다. 蕭馳 선생은 邢昺의 이 말에 좀 더 자세한 해석을 덧붙여 말하였다.

　시의 효용 중의 하나는 사람들로 하여금 '비유를 끌어와 비슷한 것을 잇게 하는' 比興의 능력을 배양할 수 있도록 하는 것이다. 邢昺는 분명 孔安國의 注文 중 시를 사용하는 것(用詩)과 시를 짓는 것(作詩)에 대한 모호함이 있는 곳과 원문이 시를 사용하는 것(用詩)을 논의함을 주제로 삼았다는 모순을 해결하려 하였기에, 비로소 여기에서 '사람들이 시를 짓는 능력을 가질 수 있게 하는 것(令人有作詩之能)'을 『詩』의 기능이라고 제기하게 된 것이다.[60]

58　蔡鍾翔·黃葆眞·成復旺, 『中國文學理論史』第1册, 北京出版社, 1987, pp.17-18.
59　(魏)何晏 注, (宋)邢昺 疏, 『論語注疏』, 北京大學出版社, 1999, p.237.
60　蕭馳, 『抒情傳統與中國思想』, 上海古籍出版社, 2003, p.141.

역대 학자들의 이러한 의견과 해석으로부터, '興觀群怨'說과 관련된
분분한 의론들이 일찍이 '興'에 대한 해석의 차이에서 존재했다는 것을
알 수 있다. 하지만 船山은 이러한 차이를 역으로 이용하여 '興觀群怨'
에 대한 새로운 해석을 시도하였다.

> "시는 감흥을 일으킬 수도, 자세히 살필 수 있고, 함께 어울릴 수도, 원
> 망할 수도 있다." 이 말은 지극한 말이다.……그러므로 「關雎」는 興에 해당
> 한다. 康王이 조정의 일을 게을리하자 그를 본보기로 삼았으며, '계책을 크
> 게 하고 명령을 살펴 정하며, 계획을 장구히 하고 때에 따라 고하네.'는 觀
> 이다. 東晉의 謝安은 이를 좋아하여 그 원대한 마음을 더하였다. 人情의 노
> 닒은 끝이 없어 각기 그 情으로써 만나게 되니 이는 詩에서 귀하게 여기는
> 바이다.[61]

黃葆眞 선생은 船山의 "關雎, 興也. 康王晏朝而即爲冰鑑"는 '興觀群
怨'의 '興(평성)'을 연결하여, '賦比興'의 '興(거성)'이 되게 한 것이라고 하
였다.[62] 즉 孔安國의 주석 중 모호했던 의미를 船山이 의도적으로 의미
를 확장하여 이중의 의미를 가지도록 했다는 것이다.

船山의 이러한 의도는 그 밖의 논저에서도 쉽게 확인할 수 있다. 『四
書訓義』권12에서 船山은 "옛사람들은 흥기하는 마음이 있었기에 『詩』가
지어졌지만, ……후인들은 『詩』에서 그 흥기의 마음을 만나게 된다(古人
有興起之心而詩作, ……後人於詩而遇其興起之心.)"[63]라고 말하였다. 여기에서 '古人
有興起之心'은 바로 작가가 마음속으로부터 일으키는 '창작 감흥'을 가

---

61 (明)王夫之, 『薑齋詩話·詩譯』제2조, 『船山全書』第15冊, 嶽麓書社, 1996, p.808: "'詩可
以興, 可以觀, 可以群, 可以怨.' 盡矣. …故關雎, 興也. 康王晏朝而即爲冰鑑. '訏謨定命,
遠猷辰告', 觀也. 謝安欣賞而增其遐心, 人情之遊也無涯, 而各以其情遇, 斯所貴於有詩."
62 蔡鐘翔·黃葆眞·成復旺, 『中國文學理論史』第4冊, 北京出版社, 1987, p.208.
63 (明)王夫之, 『四書訓義』卷二十一, 『船山全書』第7冊, 嶽麓書社, 1996, p.540.

리키는 것으로 '경물을 접하여 흥을 일으키는(觸物而起)' 과정을 잘 보여주고 있다. 이 과정 중의 '興'은 당연히 '興觀群怨'의 '興'이다. 이어지는 "後人於詩而遇其興起之心"은 작품을 감상할 때, 독자로 하여금 작가의 '興起之心'을 상상해내도록 함을 의미한다. 이 짧은 글은 비록 직접적으로 '연상' 작용의 '興'을 언급하지는 않았으나, 그것이 암시하고 있는 것이 '聯想', 즉 '賦比興'의 '興'임을 능히 추측할 수 있다.

船山의 시가 작품 비평선에도 이러한 '興'의 이중적 운용을 찾아볼 수 있는데, 明代 梁有譽의 「越江曲」 시에 대하여 "可賦可興可比."[64]라고 평한 평어가 있다. 이 평어 중에서 船山은 결코 "可以興, 可以觀, 可以群, 可以怨."의 명제를 언급하지 않았다. 단지 일반적인 시가 예술 수법을 의미하는 '賦比興'만을 이용하여, "可賦, 可興, 可比."라 평한 것이다. 이러한 점 또한 船山이 의도적으로 '興觀群怨'의 '興'과 '賦比興'의 '興'을 번갈아 운용하고 있다는 것을 보여주는 것이다.

船山의 이러한 '興'범주의 운용은 작품 감상 측면에서는 독자로 하여금 자유자재의 풍부한 연상 활동을 통하여 작가의 창작 의도를 십분 상상해낼 수 있게 하는 것이다. 게다가 詩歌의 생동적이고 구체적인 형상과 강렬한 감정으로써 다른 이의 마음을 격동시킴으로써, 미적 감각, 인식, 교육, 비판, 풍자 등 많은 측면에서 詩歌가 독자에 대해 할 수 있는 여러 작용을 충분히 발휘할 수 있게끔 해준다.

---

64 (明)王夫之, 『明詩評選』卷八, 『船山全書』第14冊, 嶽麓書社, 1996, p.1605: 梁有譽 「越江曲」 評語.

5. 나오는 말

'詩可以興'이란 중국의 古代文論의 준칙 중의 하나로서 古典的 강령으로 여겨지는 담론이다. 하지만 역대의 많은 연구자는 혹은 담론의 근원과 발전과정을 탐구하기 위하여, 혹은 일치되지 않는 의미를 문학비평사적으로 재해석하기 위하여, 이러한 강령에 내포된 시학적 의의를 좀 더 깊이 궁구하려 하였다. 이러한 과정에 많은 문헌의 수집과 이용, 다양한 연구 방법에 대한 모색이 있었을 것이란 건 쉽게 짐작되는 부분이다. 본 논문에서는 다양한 연구 방법 중 '시학 범주'에 대한 접근방법을 선택하였다. 이는 '범주'라는 철학적 개념이 기존의 내재되고 축적된 성과를 통해, 한 개념에 대한 고도의 개괄을 이루어내고, 논리적 측면에서도 논리구조의 안정성을 이룰 수 있다고 판단했기 때문이다.

이러한 '시학 범주를 통한 접근'이라는 연구 방법을 적용한 본 논문은 船山 시학 중에서 운용되고 있는 '興' 범주의 내적 함의와 다양한 운용 형태를 살펴보게 하였으며, 아울러 전체 船山 시학의 체계를 확인하게끔 하였다.

船山 시학 중에서 해석된 '興'범주는 창작 준비과정에서 실제 창작과정, 감상 그리고 마지막 비평의 단계까지의 모든 과정에서 충분히 그 역할을 발휘하고 있었다. 이러는 사실은 船山의 각 시학 주장과 비평내용에서도 쉽게 확인할 수 있는 사실이다. 비록 개념적 이해와 운용의 실례를 확인하기 위하여, '賦比興'의 '興', '感興'의 '興', '興觀群怨'의 '興'으로 나누기는 하였으나, 船山이 궁극적으로 추구하고자 하는 것은 하나의 사실로 귀납된다. 즉, 理와 氣로 구성되는 천지 만물의 운행 질서를 그대로 담고 있는 인간의 본성을 시가의 창작활동 속에서 어떻게 담아낼

것이며, 이렇게 창작된 시가 또 다른 인간의 본성을 날마다 새롭게 하고 깨우치게 하려면, 어떠한 성격을 가지고 어떠한 단계를 거쳐서 인간에게 다가가야 하는가의 문제인 것이다. 수사법의 하나로서 '興'이든, 아니면 경물과 접하는 단계에서 부지불식간에 끓어 분출되어 나오는 '감흥'과 '정감'의 표로이든, 그것이 인위적인 이성적 개입으로 만들어진 것이 아니라 인간의 '性情'을 그대로 담아낸 것이라면 그것만으로 이미 충분했다. 그래서 船山은 "시는 그로써 性情을 표현하니, 性의 情이다."라고 말한 것이다.[65] '興觀群怨'의 '興'에서 나타난 의도적인 '興'의 복합적 운용은 船山의 이런 뜻을 잘 보여준다.

儒家的 詩教를 절대적으로 지지하던 유학자로서, 船山은 그 다른 누구보다도 시가 가지고 있는 교육과 비판의 작용을 충분히 알고 있었기에, 시를 읽는 이들이 시를 통해 자신을 경계하고, 부모를 섬기고 임금을 섬김을 배울 수 있게 가장 적합한 '興'의 수사 기교를 발휘하길 주장하였으며, 또 스스로가 창작의 작업에 참여하던 작가로서 경물을 접하여 興을 불러일으키고, 그 興이 작품 속에 그대로 녹아 들어가야만, 情景이 交融하고 작가의 性情도 작품 속에 함께 녹아 들어가 살아 숨 쉬는 진정한 시가로서 태어날 수 있음을 알고 있었던 것이다. 그 순서를 바꾸어서 이야기하면, 작가의 性情이 살아 숨 쉬는 진정한 시가 작품이 되어야만, 詩教의 달성과 예술적 성취를 위해 船山이 詩歌에서 궁극적으로 지향하는 "性情을 도야하고 독특한 風旨를 가진다."[66]는 경지에 비로소 도달할

---

65 (明)王夫之, 『明詩評選』卷五, 『船山全書』第14冊, 嶽麓書社, 1996, 1440쪽: "詩以道性情, 道性之情也."(徐渭「嚴先生祠」詩 評語)

66 (明)王夫之, 『薑齋詩話·詩譯』제1조, 『船山全書』第15冊, 嶽麓書社, 1996, 807쪽: "陶冶性情, 別有風旨."

수 있는 것이다. 船山 시학에 나타난 '興'범주는 이러한 船山의 지향을 그대로 담고 있는 상징적인 범주임과 동시에, 각 운용상에서 이 점을 직접 해석해 낼 수 있는 방편적인 범주인 것이다.

제8장

船山詩學 체계 속 '興會'에 대한 一考

1. 들어가며

중국 문학이론 비평사에서 '興'은 매우 중요한 비평개념 중의 하나이지만, 語義的 측면이나 어휘구성 상에서 그 복잡성과 다의성으로 인하여 한마디로 정의하기가 쉽지 않다. 이러한 특성을 가지는 중요한 원인 중 하나는 '興'이 창작과정에서 인간의 감성적 활동과 직접적으로 관련되어 있고, 운용적 측면에서 儒家의 詩敎的 특징을 충실히 반영하고 있을 뿐 아니라 그 비평개념의 적용에도 매 상황에 적합하게 내적함의를 변화시켜 한정적으로 운용되었기 때문이다. 이제까지의 많은 연구에서 '興'이 詩敎의 한 방법이고 시가의 표현 방법의 하나이며 修辭방법이었다는 것을 확인할 수 있었던 것 또한 이 같은 '興'의 복합적이고 다의적 특성에 기초한 것이다. '隱喩', '象徵', '直觀' 등으로의 해석은 바로 그 구체적인 모습이다.

이러한 '興'은 외연의 확대 혹은 개념의 내재적 결합과 융화의 과정을 거쳐 더욱 많은 비평적 기능과 의의를 가지게 되었다. 그 다양하고 풍부한 변화의 모습 중 하나가 바로 '興會'이다.

국내 발표된 '興會'에 관한 이전 연구들에서 이미 밝혔듯이, 中國詩學史에서 오랜 전통을 가지고 있는 '興會'는 船山詩學 체계에 포함된 이후, 古代文論 전통의 계승과 혁신의 과정을 거치면서 더욱 많은 詩學的 함의를 가지게 되었다.[1]

'船山'은 "하늘이 무너지고 땅이 꺼지는(天崩地裂)"시대에 살았던 明清시대 王夫之(1619-1692)를 가리킨다.[2] 王夫之는 많은 시가 이론 저작과 비평서에서 자신의 철학적 세계관을 바탕으로, 풍부한 의미를 가진 '興會'라는 시학 개념과 詩學理想을 구체적이고 상세하게 논술하였다.

본 논문은 '興會'에 대한 개념이나 변천 과정을 다시 확인하기 위한 연구 작업이 아니라, 개념·변천 과정 등과 관련된 기존 연구성과의 기초 위에 '興會'가 船山詩學 체계에서 어떠한 포괄적 시학 함의를 가지고 있으며, 그 시학적 함의는 王夫之의 실제 작품비평에서 어떻게 활용되었는지를 중점적으로 연구, 고찰하고자 한다.

1　「王夫之 시론상의 "興會"개념에 대한 고찰」(趙成千,『中國語文論叢』第19輯, 2000), 「중국 시론상 '興會'의 역사성과 문예 미학적 의의」(趙成千,『中國語文論叢』第27輯, 2004) 등.

2　이하 본 논문에서 사용하는 모든 '船山'은 '王夫之'를 가리키는 호칭이며, 그 저작 전체를 모아 놓은 '『船山全書』' 역시 王夫之의 저작이나 이와 관련된 저작들을 가리키는 것이다.

2. '興會'의 포괄적 시학 함의

기존 연구에서 이미 확인되었다시피 '興會'는 魏晉시대 陸機의 「文賦」에서 '應感'의 개념으로 표현되었다. 하지만 이러한 '興會'의 개념은 '興'의 본래 개념이 보다 새로운 개념들과 기계적 혹은 화학적으로 결합하여 확대·변화되어감에 따라, 점차 풍부한 시학적 함의를 가지기 시작하였다. 따라서 이후 풍부하게 발전된 개념과 시학적 함의는 관련 시학 개념의 계통 또는 그와 연결된 포괄적 결합 관계 가운데서 비로소 구체적으로 이해될 수 있을 것이다.

汪涌豪선생은 그의 文學批評範疇 관련 저작에서, '興會'는 인간의 마음과 사물 양자 간의 돌발적이고 자연스러운 대립과 연결, 또는 이러한 대립과 연결 작용을 일으키는 창작 주체가 분출한 창작 영감과 충동을 가리키지만, 만약 '興會'를 전통적인 比興 범주 계통에 두지 않고 創作 動因인 '起興'에서부터 창작과정의 각종 '意興'을 가리키는 것이라고만 주장하게 되면 그 내포된 의미를 충분히 확인할 수 없게 된다[3]고 하였다.

이는 '興會'가 비록 원래의 '興'의 개념을 내포하고 있지만, 또 다른 시학 개념과의 결합이나 변화된 개별 시학 주장에서는 상이한 시학 함의를 가지게 될 것이란 것을 암시해주고 있다. 따라서 船山詩學 체계에서 '興會' 역시 특별한 시학 함의를 가지고 있을 것이라는 점은 추측하기 어렵지 않다.

王夫之의 시학 이론은 그 내재적 원리와 구성이 다른 이론들과 달리 매우 특별한 것으로 평가되고 있다. 그렇다면, 이러한 船山詩學 체계에

---

3   汪涌豪, 『中國文學批評範疇十五講』, 華東師範大學出版社, 2010, p.5.

서 '興會'는 예전 문학적 전통을 기반으로 하여 과연 어떠한 모습으로 변모되었으며 어떠한 시학적 함의를 포괄하고 있는가? 또한 그 함의는 王夫之의 시학적 이상을 어떻게 반영하고 있는가?

먼저, 王夫之는 '興會'란 것은 인간이 우주 삼라만상의 은밀하고 미묘함을 느끼고 그 미적 요소를 포착해나가는 과정이라 주장하였다.

사실 천지조화의 흐름 중 인간의 마음이란 것은 단지 아주 보잘것없는 작은 존재에 불과하다. 하지만 창작과정 중에서 이는 심미 활동을 주도하는 하나의 당당한 주체가 될 수 있다.

> 하늘과 땅의 경계, 새것 옛것의 흔적, 흥성과 쇠락의 살핌, 흐름과 그침의 조짐, 기뻐하고 싫어하는 기색 등은 내 몸 바깥에서 만들어지는 것으로 '변화(化)'이다. 내 몸 안에서 생겨나는 것은 '마음(心)'이다. 서로 만나고 서로 취하게 되면, 눈 깜짝할 사이에 조짐이 더불어 통하게 되고, 그러면 왕성히 일어나게 된다. '주렁주렁 달린 쓴 오이여, 저 밤나무 섶에 있도다. 내 이것을 보지 못한 지가 지금 삼 년이 되었구나'는 눈 깜짝할 사이에 조짐이 필히 통한 것이니, 하늘의 조화와 인간의 마음이 이어진 것이다.[4]

생활 속에서 사람들이 마주하는 다양한 사물과 현상은 간혹 사람들의 현재 상황을 초월하여 존재하거나 인간의 의식과 무관하게 흘러가기도 하며, 또 간혹 단지 특정 개인에게만 발생하기도 한다. 이는 인간 역시 천지 만물의 한 일부분이기 때문이다. '하늘과 땅의 경계(天地之際)', '새것과 옛것의 흔적(新故之迹)' 등이 바로 그러하며 '흥성과 쇠락의 살핌(榮落之

---

4 (明)王夫之,『詩廣傳』卷二「豳風·論東山二」篇,『船山全書』第3册, 嶽麓書社, 1996, p. 384: "天地之際, 新故之迹, 榮落之觀, 流止之幾, 欣厭之色, 形於吾身以外者, 化也. 生於吾身以內者, 心也. 相值而相取, 一俯一仰之際, 幾與爲通, 而淳然興矣. '有敦瓜苦, 烝在栗薪. 自我不見, 於今三年.' 俯仰之間, 幾必通也, 天化人心之所爲紹也."

觀', '흐름과 그침의 조짐(流止之幾)', '기뻐하고 싫어하는 기색(欣厭之色)' 또한 이러한 자연의 규율을 벗어나 존재할 수 없을 것이다.

그러나 작가의 창작과정에서 인간 외부에 존재하는 객관 사물과 인간의 마음 사이에는 본래 "서로 만나고, 서로 취하게 되고(相値而相取)", "조짐이 필히 통하게 되는(幾必爲通)" 상호 간의 관계를 가지고 있기에, 이러한 자연의 규율에 잠겨 만물과 함께 교류할 때, 언어로써 형용해낼 수 없는 은밀하고도 미세하지만, 순간적인 그 무엇인가가 갑자기 인간의 마음속에서 힘차게 떨쳐 일어나게 된다. 이것이 바로 삼라만상의 이치를 깨달은 모습이며, 또한 그 아름다움을 포착해나가는 '興會'의 고유 모습이다.

하지만 이러한 모습은 객관적으로 상당히 추상적이며 관념성을 가진다. 따라서 이 '興會'에 대한 좀 더 구체적인 이해를 위하여, 王夫之의 글 중 앞에서 언급된 '幾'에 대하여 좀 더 살펴보자.

사실 문헌에서 보이는 '幾'는 단순한 의미의 글자가 아니다. 『易·繫辭下』篇에 이르길, "幾는 움직임의 은미함이니 길함이 미리 드러남이다(幾, 動之微, 吉之先見者也)"라 하였다. 여기에 韓康伯이 注하길, "幾란 것은 가버리면 없고 들어서면 있으며, 무늬를 띠고 있으나 형태를 갖추고 있지 않아, 이름으로써 찾을 수 없고, 형태로써 볼 수가 없다(幾者, 去無入有, 理而不形, 不可以名尋, 不可以形睹者也)"라고 하였다. 唐의 孔穎達은 여기에 다시 "幾는 은미한 것이다, 이미 움직임이 은미한 것이다. 動은 마음이 움직이고, 사물이 움직이는 것을 이르는 것으로, 처음 움직일 때 그 무늬는 아직 드러나지 않고, 오직 미세한 것만이 있을 뿐이다(幾, 微也, 是已動之微 動, 謂心動·事動, 初動之時, 其理未著, 唯纖微而已.)"라고 疏를 붙였다.

王夫之는 자신의 철학 저작에서 여러 차례 '幾'자를 언급하였는데, 그

가운데에 "幾란 것은 움직임이 隱微한 것이다. 은미하지만 필히 드러난다."[5]라고 설명하였다. 이러한 설명에 따르자면 '幾'란 것은 바로 '움직이는 듯, 보이는 듯한 은밀하고 미묘한 조짐'이라고 정의할 수 있을 것이다.

그렇다면 '은밀하고 미묘한 조짐'은 과연 시가 창작의 과정에서 창작될 작품과 어떠한 관계를 맺고 작품으로 실현되어지는 것인가? 그것은 '은밀하고 미묘한 조짐'이 형상화의 대상인 경물의 외적 형상에만 멈추지 않고 그 외적 형상을 투과하여 사물의 본질에까지 이르는 내재적 필연성을 가지기에 가능한 것이다. 즉 내적 근원으로서의 '마음'과 감각기관으로서의 '눈'이 동시에 작용하여, 시인의 감각, 정감, 상상, 이해 등 각종 심리적 기능을 자극시켜낸다는 것이다.[6] '왕성히 일어나는(渤然興矣)' 이 순간은 바로 작가가 경물의 본질을 꿰뚫어 보는 순간이며, 또한 천지만물과 인간의 마음이 서로 연결되는 순간이다. 천지와 인간관계라는 측면에서 '興會'는 바로 이러한 인간의 마음과 만물의 은밀하고 미묘한 징조가 교류하는 상태를 가리키는 것이며, 창작활동의 측면에서는 바로 작가의 마음을 움직일 사물이나 현상과 조우하였을 때 그 본질적 상태를 '直觀'하는 활동 그 자체를 가리키는 것이다.

謝靈運의 「遊南亭」詩를 평할 때, 王夫之는 아래와 같이 평하였다.

천지의 景物, 작가의 마음과 눈은 마치 신령스런 마음과 교묘한 재주가 부딪히기만 하면 곧 다다르게 되는 것과 같으니, 어찌 다시 그 주저함에 괴로워하겠는가! 天地가 미묘하게 합해져 조화를 이루게 되면 또한 나눠지

---

5   (明)王夫之, 『張子正蒙注』卷二, 『船山全書』第12冊, 嶽麓書社, 1996, p.89: "幾者, 動之微,
     微者必著."
6   陶水平, 『船山詩學研究』, 中國社會科學出版社, 2001, pp.130-131.

더라도 쓰임이 있게 되어, 합해져도 나누어짐을 싫어하지 않고, 나누어져
도 합해짐을 거리끼지 않게 된다.[7]

王夫之가 이렇게 이 작품의 예술적 경계를 높이 평가한 까닭 또한 '작
가의 마음과 눈(心目)'으로 천지의 본질을 직관하며 서로 교류하는 '興會'
의 상태를 시인이 작품 속에 고스란히 잘 옮겨 놓았기 때문일 것이다.

둘째, 船山詩學 체계 중 '興會'는 또 시가작품이 추구하는 이상적인
형상화의 경계인 '情景交融'을 실현하는 전제 조건이다. 王夫之는 袁凱
의 「春日溪上書懷」 작품을 아래와 같이 평가하였다.

> 한 번에 興會를 드높여 시를 이루면, 자연히 情景이 모두 (교융의 경계
> 에) 이른다. (하지만) 情景에만 의지하자면 情景(交融의 경계)을 얻을 수 없
> 다.[8]

이 단락은 결국 일단 '興會標擧'하면, 시인의 정감과 경물의 審美精髓
가 자연스럽게 그 시가 작품의 형상 가운데에 스며들게 됨을 의미한다.
그러나 만약 단지 '情'과 '景'에만 의지하여 기계적으로 詩語를 적어
내기만 한다면, 비록 하나의 시어로서 적혀진다고 할지라도 이런 작품은
시인의 정감과 경물이 하나로 어우러지는 완전한 '情景交融'의 경계에
절대 도달할 수 없을 것이다. '情'과 '景'이 시가 창작과정 중 전체 시가
형상화 과정을 제어하는 근본적인 두 요소란 것은 의심할 수 없는 사실

---

7 (明)王夫之, 『古詩評選』卷五, 『船山全書』第14冊, 嶽麓書社, 1996, p.733: "天壤之景物,
   作者之心目, 如是靈心巧手, 磕着卽凑, 豈復煩其躊躕哉! 天地之妙合而成化者, 亦可分而成
   用, 合不忌分, 分不碍合也."(謝靈運, 「遊南亭」 評語)
8 (明)王夫之, 『明詩評選』卷六, 『船山全書』第14冊, 嶽麓書社, 1996, p.1478: "一用興會標
   擧成詩, 自然情景俱到. 恃情景者, 不能得情景也."(袁凱「春日溪上書懷」 評語)

이다. 시가의 창작과정 중 이러한 '情'과 '景'이 상호 침투하여 양자가 '절묘하게 결합되어 흔적을 남기지 않은(妙合無垠)' 완결체를 통상 '情景交融'의 경계라고 일컫는다. 시가가 이러한 경계에 이르렀을 때, 그 속의 '情'과 '景'은 이미 원래의 '情'과 '景'이 아닌 새로워진 형상화의 산물로 변모하게 된다. 王夫之의 이러한 견해는 여러 시학 저작 중에서 쉽게 확인할 수 있다.

> 情에 관한 것이 景이므로, 자연스럽게 情과 서로 호박과 티끌의 관계(불가분의 관계)가 된다. 情과 景은 비록 마음에 있고 사물에 있다는 구분이 있지만, 景이 情을 생기게 하고, 情이 景을 생기게 한다.[9]

> 情와 景은 이름은 둘이지만, 사실은 분리할 수 없다.[10]

본래 시의 정감은 인간의 내재적 영혼에 속해있는 것이기에, 정감이 실린 시는 살아 생동감 있게 움직이는 생명력을 가지게 된다. 그래서 설령 작가가 마주하고 있는 경물이 본래부터 생명력이 없는 것이라 할지라도, 작가에 의해 포착되어 예술형상화의 대상으로 변모한 이후로는 그것은 이미 살아있는 숨결이 없는 단순한 객체가 더 이상 아니다. 이는 그 경물이 예술형상화의 과정에 참여한 이후에 끓어 넘치는 작가의 시적 정감과 결합하고 융화되어, 예술 형상을 갖춘 생명체로 새롭게 변하였기 때문이다. 王夫之는 이러한 형상화된 상황을 情景이 "서로 그 집에 간직되어 있다[互藏其宅, 景에 情을 기탁하고 情에 景을 기탁하고 있다]"[11]라고 여겼

---

9   (明)王夫之, 『薑齋詩話・詩譯』第16條, 『船山全書』第15冊, 嶽麓書社, 1996, p.814: "關情者景, 自與情相爲珀芥也. 情景雖有在心在物之分, 而景生情, 情生景."

10   (明)王夫之, 『薑齋詩話・夕堂永日緒論內編』第14條, 『船山全書』第15冊, 嶽麓書社, 1996, p.825: "情景名爲二, 而實不可離."

는데, 이것이 바로 '情景交融'의 구체적 형상이라 할 수 있다.

하지만 '情景交融'의 경계에 도달하기 이전에, '情'과 '景'은 거치지 않을 수 없는 관건적인 과정이 있다. 비유적으로 말해서 그것은 바로 불을 붙이는 '점화(點火)'의 과정이다. 주지하다시피 작가의 창작 감흥은 '사물을 접하여 정감을 일으키기(觸物以起情)'[12] 이전에는 표면적으로 그저 '情'과 '景' 그 자체일 따름이지만, '情'과 '景'은 예술적 생명체로서의 잠재력을 모두 간직하고 있다. 창작의 순간, '情'과 '景'은 '感興'의 도화선을 늘어뜨리고, 그들에게 불을 붙여 뜨겁게 타오르게 할 '점화'의 주체를 기다리고 있는 것이다. 일단 불이 붙게 되면, '情'과 '景'은 잠재되어 있던 생명의 화염을 분출해내고 최후에는 서로 용해되어 하나가 되는 것이다. 이 '점화'가 바로 전광석화 같은 '興會標擧'의 순간이다. 그래서 '情景交融'의 경계에 도달하고자 한다면, 반드시 '興會標擧' 해야만 한다.

王夫之는 줄곧 謝靈運의 시가 작품을 평가하면서, 극찬을 서슴지 않았다. 「登上戍石鼓山詩」에 대한 그의 평가 역시 예외가 아니었다. 그의 관련 비평들을 살펴보면, 王夫之가 그의 작품을 높게 평가한 이유 중의 하나가 원래 절묘한 '情景交融'에서부터 비롯되었으며, 그 절묘한 경계는 바로 '興會標擧'에 기초하고 있음을 확인할 수 있다.

情을 말하는 것은 오가는 움직임, 어렴풋한 유무 가운데에서 영험한 소

---

11 景과 情은 마치 琥珀을 문지르면 芥子를 흡입하여 붙일 수 있는 것과 같이 서로 밀접하게 연관되어 있어, 그들은 각자의 대립물 가운데 서로 간직되어 있다. 즉 情은 景 가운데 기탁해 있고 景은 情 가운데 기탁해 있는 것이다. 情은 景 가운데 간직되어 있고, 景은 情 가운데 간직되어 있으니 虛 중에 實이 있고 實 중에 虛가 있는 것으로, 이렇게 되어야만 情景相生하고 情景交融의 예술적 효과를 만들어낼 수 있는 것이다.(원문 출처: 『薑齋詩話‧詩譯』第16條, 『船山全書』第15冊, 嶽麓書社, 1996, p.814)

12 黃侃, 『文心雕龍札記』, 華東師範大學出版社, 1997, p.219: "觸物以起情."

리[妙處]를 얻어 그것을 붙잡아 形象을 가지게 된다. 景을 취하는 것은 직접 눈으로 보고 마음에 두며, 실 가닥이 나뉘었다가 합해지는(어지러이 흩트렸다 모았다 하는) 가운데에도, 그 모습이 본래 있는 것이기에 말하여 속이지 못한다. 또 情은 虛情이 아니므로 情은 모두 景이 될 수 있다. 景은 景에만 머무는 것이 아니므로 景은 언제나 情을 머금고 있다. 神理가 천지간에 흘러 천지가 그 모습을 한눈에 환히 알게 보여주면, 크게는 바깥이 없고 세밀하게는 그 경계가 없다. 붓을 대는 처음과 궁리의 시작쯤에도 알 수 없는 것이 존재하거늘, 어찌 단지 '흥회가 드높여진다(興會標擧)' 것이 沈約이 말한 바와 같겠는가![13]

사령운에 대한 王夫之의 이러한 평가는 아마도 한 편의 시가작품에 부여할 수 있는 최고의 평가일 것이다. 왜냐하면 이 비평 중에는 곳곳에 王夫之가 창작과 뛰어난 작품의 가장 뛰어난 표준으로 제시했던 '興會標擧'와 '情景交融'의 흔적을 볼 수 있기 때문이다.

"情이 虛情이 아니기에 情은 모두 景이 될 수 있으며, 景은 景에만 머무는 것이 아니기 景은 언제나 情을 머금고 있다"라는 경계는 단순히 뛰어나다는 정도의 작품 경계가 아니라 이제 머지않아 곧 '妙合無垠'의 완전한 경계에 도달할 수 있음을 암시한다. 이 시적 경계에 접어들 수 있는 최후의 관문이 바로 '興會標擧'인 것이다. 하지만, 王夫之는 그 예술효과를 볼 때, 사령운의 이 작품은 이미 그 관문을 통과했다고 여겼다.

셋째, 船山詩學 중 '興會'는 시가의 수사 효과를 극대화해주는 관건적 역할을 한다. 실은 王夫之는 기본적으로 시가의 창작에 '詩法'을 사용하

---

13   (明)王夫之, 『古詩評選』卷五, 『船山全書』第14册, 嶽麓書社, 1996, p.736: "言情則於往來
       動止·縹渺有無之中, 得靈蜷而執之有象. 取景則於擊目經心·絲分縷合之際, 貌固有而言之
       不欺. 而且情不虛情, 情皆可景. 景非滯景, 景總含情. 神理流於兩間, 天地供其一目, 大無外
       而細無垠. 落筆之先, 匠意之始, 有不可知者存焉, 豈徒興會標擧, 如沈約之所云者哉！"(謝
       靈運 「登上戍石鼓山詩」 評語)

는 것을 반대하였다. 하지만 그는 시법의 존재 가치를 부정하지는 않았다. "어찌 일찍이 法이 없다고 하겠는가? 皎然, 高柄의 법이 아닐 따름이다."[14]라는 그의 주장은 바로 시법에 대한 그의 관점이 무엇임을 잘 암시해주고 있다.

시가 창작 가운데 진정한 의미에서의 '시법'이라고 하면, 그것은 바로 천지자연의 사물과 그 변화 현상, 그리고 운동 과정을 감지하면서, 그 질서와 규율에 위배됨이 없이 그들이 완전하게 예술 형상 속으로 실려질 수 있도록 창작의 과정을 운용하는 것이라고 정의할 수 있다.

이러한 시법의 진정한 효과는 작품 속에서 어떻게 발휘될 수 있는 것인가? 王夫之는 그 해답을 '成章'해서 찾았다. 修辭學의 각도에서 볼 때, '章'은 바로 '章法'을 가리키는데, '章法'이란 통상 시의 '變勢', '體格', '承轉', '用材' 등을 포괄한다. 좀 더 구체적으로 말해, '문장의 플롯', '구성 방식', '층차'와 '단락', '시작'과 '종결', '과도'와 '호응' 등[15]을 가리킨다. 그렇다면 '成章'은 어떻게 이루어지는가? 『夕堂永日緖論·外編』에 있는 주장을 보자.

> 한 편에는 하나의 뜻만을 실어야 하니, 하나의 뜻이 되면 자연히 하나의 기세(氣)로 통하여 시작과 끝이 순조롭게 이루어지는데, 이것을 '成章'이라 이른다. 詩賦, 雜文, 經義가 합치됨이 있다는 것이 바로 이것이다. 이것으로써 고금 사람들의 문장을 살펴보면, 아름다움과 흠이 되는 것이 자연스럽게 드러난다. 교연의 『시식』이 생긴 이후로 詩가 없어졌고, 『당송팔대가문초』가 생긴 이후로 文이 없어졌다. 이 법을 세운 이는 스스로 철없는 아이들을 잘 가르쳤다고 말하지만, 철없는 아이들을 가시밭 속으로 이끌었음을

---

14 (明)王夫之, 『薑齋詩話·夕堂永日緖論內編』第13條, 『船山全書』第15冊, 嶽麓書社, 1996, p.824: "豈嘗無法哉? 非皎然·高柄之法耳."

15 成偉鈞·唐仲揚·向宏業, 『修辭通鑒』, 中國青年出版社, 1992, p.681.

알지 못하니, 그 까닭이 바로 여기에 있다.[16]

여기에서 王夫之는 시가 작품은 오직 하나의 정감이나 사실만을 표현해야만, '기세(氣)'가 작품의 처음 시작에서 끝까지 한 번에 꿰뚫게 됨을 주장하고 있다. 다시 말해, 시가는 그 처음부터 끝까지 작가 정감의 분출과 事理의 서술이 어떻게 진행되느냐에 따라, 작품 중에 생기가 충만할지가 결정된다는 것이다. 이러한 관점은 王夫之의 主氣論的 세계관과 主情的 시학 이상에 기초하여 시가의 구성과 배치 문제를 고려한 주장이다. 그는 또 이러한 '成章'의 시법이 만들어낼 수 있는 시적 경계에 대해서도 명확히 주장하였다.

> 또한 '노씨 집안의 어린 부인'을 말한 詩作을 어떻게 이해해야 하는가? 이는 어떤 章法인가? 또 '불타는 나무, 은빛 꽃과 합쳐졌네' 같은 詩句는 渾然一氣가 되었고 '(나) 또한 변방 병영에서 돌아오지 못할 줄 알고'의 시구는 곡절함이 끝이 없다. 그 밖의 것은 혹은 六句를 평평하게 펼쳐놓은 채 두 글자로 개괄하거나 혹은 六, 七句에서 뜻이 이미 남음이 없으면, 마지막 句에서 飛白法을 활짝 펼쳐 義趣가 매우 초일하고 심원하도록 하였다. 起가 반드시 起일 필요가 없고, 收가 반드시 收일 필요가 없으면 生氣가 신령스럽게 통하도록 하고 成章이 되어 (정감을)표현하도록 해야 한다.……사령운의 五言 長篇에서는 사용하여 章法이 되었으며, 杜甫는 더욱 붓끝을 숨긴 채 드러내지 않고 합하여도 흔적을 남기지 않으니, 어디가 起이고 어디가 收이고 어디가 承이고 어디가 轉인가? 고루한 사람들의 법으로써 어찌 천리마의 준족을 충분히 펼치게 할 수 있으리오![17]

---

16 (明)王夫之, 『薑齋詩話・夕堂永日緒論外編』第11條, 『船山全書』第15冊, 嶽麓書社, 1996, p.847: "一篇載一意, 一意則自一氣, 首尾順成, 謂之成章. 詩賦・雜文・經義有合轍者, 此也. 以此鑑古今人文字, 醇疵自見. 有皎然詩式而後無詩, 有八大家文鈔而後無文. 立此法者, 自謂善誘童蒙. 不知引童蒙人荊棘, 正在於此."

17 (明)王夫之, 『薑齋詩話・夕堂永日緒論內編』第18條, 『船山全書』第15冊, 嶽麓書社, 1996,

이상 그의 주장에 따르면, '成章'의 법은 작품 속에서 몇 가지 효과를 만들어낼 수 있음을 알 수 있다.

그 하나는 시가 작품이 '혼연일체의 기세(渾然一氣)'를 가지고 '곡절함이 끝이 없는(曲折無端)' 감상 효과를 가지게 하고, 또 하나는 작품 속의 형상이 회화와 서예의 飛白法을 사용하여 날아가는 듯하여, "起가 반드시 起일 필요가 없고, 收가 반드시 收일 필요가 없으면, 生氣가 신령스럽게 통하도록 하는(起不必起, 收不必收, 使生氣靈通)" 시적 경계를 만들어낼 수 있다는 것이다. 마지막으로 '成章'은 "붓끝을 숨긴 채 드러내지 않고 합하여도 흔적을 남기지 않는(藏鋒不露, 摶合無垠)" 효과를 만들어내어, 작품을 접하는 독자로 하여금 무한한 상상력을 불러일으키게 하는 효과를 가지게 한다.

그렇다면, 시가의 수사 영역에 속하는 '成章'은 '興會'와 과연 어떠한 관계를 가지고 있는가? 王夫之는 시가 작품에 대한 비평에서 이러한 양자 간의 관계에 대해서 그 견해를 명확히 하였다.

> 興會로써 成章하였으니, 아름답도다.[18]

> 興會를 가까이 않고 격식만 말하니, 이는 내가 아는 바가 아니다.[19]

---

p.826: "且道盧家少婦一詩作何解? 是何章法? 又如'火樹銀花合', 渾然一氣, '亦知成不返', 曲折無端. 其他或平鋪六句, 以二語括之, 或六七句, 意已無餘, 末句用飛白法颺開, 義趣超遠. 起不必起, 收不必收, 乃使生氣靈通, 成章而達.…… 謝客五言長篇, 用爲章法, 杜更藏鋒不露, 摶合無垠, 何起何收, 何承何轉? 陋人之法, 烏足展騏驥之足哉!"

18　(明)王夫之, 『明詩評選』卷五, 『船山全書』第14册, 嶽麓書社, 1996, p.1448: "興會成章, 卽以佳好."(臧懋循「人日送范東生還吳澹然之燕」評語)

19　(明)王夫之, 『唐詩評選』卷四, 『船山全書』第14册, 嶽麓書社, 1996, p.1131: "興會不親而談體格, 非余所知也."(薛能「許州題德星亭」評語)

여기에서 '興會'는 그 경물을 접한 시인의 직접 체험으로서, 꿈틀거리며 변화하는 '情景'과 그 순간을 지나는 찰나 간의 聯想을 창작 영감에 의지해 포착해내는 것을 가리킨다. 작품이 표현하고자 하는 정감 내용이란 것은 바로 시인의 진실한 체험과 충분한 관조에서 비롯되는 것으로, 시인의 정감과 경물이 하나로 응집되고 융화되어야만 비로소 완전하게 만들어지는 것이다. 이때 이들 창작의 주체와 객체 사이에는 아주 구체적이면서도 정형적인 관계를 형성하게 된다. 이러한 관계는 시인이 표현해내고자 하는 창작 의도의 한 축으로 만들어져, 일단 그것을 작품 속에 토로해 내어야만 비로소 진정한 '成章'이 되었다고 할 수 있으며, 이때 만들어진 작품이 비로소 뛰어난 좋은 시가 작품이 될 수 있는 것이다. 이러한 이치에 비추어 볼 때, 만약 한 편의 시가가 '成章'의 작품이라고 일컬어진다면 이 작품은 바로 작가가 창작 대상[즉, 객관 경물]을 마주할 때 창작 충동과 영감을 이성적 개입 없이 적어낸 작품이라 간주할 수 있다. 오로지 이런 경우에만 독자는 이 시가 작품을 감상할 때 무한한 시적 운치를 느낄 수 있을 뿐 아니라, 자기의 풍부한 상상력을 불러일으킬 수 있다. 그러나 시가 창작이 "마음속에 있는 興會와는 조금도 관련이 없이",[20] 오직 '體格', '章法' 등 수사적 측면의 표현수법만을 중시하거나 혹은 "하나의 문파를 세워, 단지 그 局格만 있고 한 편의 시가가 性情도 없고 생기도 더 이상 없게 되면, 興會도 없고 더 이상 意境도 없게 만들어 스스로를 묶고 남까지 묶어 버리게 되는데",[21] 이는 王夫之가 시학 이

---

20 (明)王夫之, 『薑齋詩話·夕堂永日緖論內編』第27條, 『船山全書』第15冊, 嶽麓書社, 1996, p.830: "於心情興會, 一無所涉."

21 (明)王夫之, 『薑齋詩話·夕堂永日緖論內編』第29條, 『船山全書』第15冊, 嶽麓書社, 1996, p.831: "纔立一門庭, 則但有其局格, 更無性情, 更無興會, 更無思致, 自縛縛人."

상으로 추구하는 바가 아니다. 이렇게 볼 때, 올바른 시가수사의 운용을 위하여, 특히 '成章'에서, '興會'는 없어서는 안 될 필수 불가결한 요소라 할 것이다.

3. 실제 작품비평 중의 '興會'

지금까지 '興會'의 시학 함의에서 본다면, '興會'는 복합적인 시학 함의를 가지고 있는 비평개념이다. 이러한 함의를 가진 '興會'는 王夫之의 작품비평 중에 그대로 구현되어 그의 시학 체계의 골간을 이루고 있다. 이제 시가 작품에 대한 王夫之의 실제 작품비평 내용에서 언급된 '興會'를 통하여 그에 대한 이해를 좀 더 높여보고자 한다.

먼저, "사물을 보고 거기에서 느낌이 있으면 興이 생긴다."[22]는 의미에서의 '興會'가 작품비평 속에 활용된 경우이다. 이는 '창작활동의 발생적 측면'을 가장 중요한 '興會'의 시학적 의미로 해석한 경우이다.

이는 창작의 주체가 처음에는 창작 의도가 없었으나 외부의 객관 사물을 접하고 감정이 이끌려지고 다시 그 마음으로써 관조하게 되는 몇 번의 작용이 반복되면서, 둘 사이의 교류 폭이 점차 넓어지고 창작 주체의 정감도 점차 깊어지면서, 주체와 객관사물 사이가 서로 교감하고 융화되어 감흥을 일으키게 되는 과정에 대한 설명이다. 南宋 楊萬里의 「答建康府大軍庫監門徐達書」는 이러한 '興會'의 창작활동의 발생적 특징을 잘 설명해주는 글이다.

22　(宋)葛立芳,『韻語陽秋』卷二,『歷代詩話』下册, 中華書局, 1985, p.497: "觀物有感焉則有興."

무릇 시를 지음에 興이 가장 최상의 것이다. 賦는 그 다음이다. 唱和하는
것은 어쩔 수 없이 하게 되는 것이다. 처음에는 시를 짓는 데 뜻이 없었다
가도 그 사물 그 일이 우연히 나를 촉발시키고, 내 감정 역시 우연히 그 사
물 그 일로부터 느끼게 된다. 먼저 촉발시키면 따라 느끼게 되어, 시가 나
오게 되는 것이니, 내가 무엇을 하겠는가? 저절로 자연스럽게 되는 것(天)
을 興이라고 한다.[23]

"興, 上也"라는 시가심미활동에 대한 평가를 제창한 이 견해는 중국시
학사 상 여전히 중요한 의의를 가지고 있고, 宋詩의 발전을 위한 정확한
방향을 제시하였다는 평가를 받는다.[24] 여기에서 가장 중요한 것은 바로
"是物是事适然觸乎我, 我之意亦适然感乎是物是事, 觸先焉, 感隨焉."이라
는 주장이다. 이는 바로 경물과 일들과의 접촉으로부터 시의 창작활동이
발생하였음을 말해주고 있으며, 그 발생형태는 '适然'이라는 특성을 띤
다는 것을 설명하고 있다. 그렇다면 이러한 관점은 실제 작품비평에서
어떻게 적용되었던가?

뜻을 미리 세우지 않아도 (감흥이)이르는 바에 따라 문장을 이루면, 興會
가 마치 좌지우지하여 된 것 같다.[25]

'안개비 동쪽에서 내리니' 두 구는 興會가 아름다울 뿐 아니라, 표현의
적절한 배치가 특히 뛰어나다.[26]

---

23 (南宋)楊萬里,「答建康府大軍庫監門徐達書」,『誠齋集』卷六十七,『四庫全書』集部四 別集
　　類: "大抵詩之作也, 興, 上也. 賦, 次也. 賡和, 不得已也. 我初無意於作是詩, 而是物是事适
　　然觸乎我, 我之意亦适然感乎是物是事. 觸先焉, 感隨焉, 而是詩出焉, 我何與哉? 天也! 斯
　　之謂興."

24 徐文茂,「中國詩學思想史的新開拓」,『學術月刊』第43卷, 上海市社會科學聯合會, 2011,
　　p.111.

25 (明)王夫之,『古詩評選』卷四,『船山全書』第14冊, 嶽麓書社, 1996, p.715: "意無預設, 因
　　所至以成文, 則興會猶爲有權."(殷仲文「南州桓公九井作」評語)

情語를 급히 사용하여 (분위기를) 환기시키고, 경물과 일들을 모두 받아
들이니, 興을 써서 만들어진 미묘함을 일시에 얻었다.[27]

이들 비평에서 강조하고 있는 점은 모두 창작의 처음에서 '興(會)'가
주도적인 역할을 하고 있다는 것이다. 감흥이 이르는 바에 따라 글이 이
루어진다고 여긴 殷仲文의 「南州桓公九井作」에 대한 평어, 심미 감흥과
예술표현의 적절한 배치를 높게 평가한 陶潛의 「讀山海經」에 대한 평
어, 또 한순간에 바로 뛰어난 意境을 만들어내었다는 江總의 「侍宴臨芳
殿」에 대한 평어 등에서 창작활동의 주도자는 바로 '興會'라고 王夫之는
평가하고 있다.

둘째, "사물을 접하여 情을 불러일으킨다."[28]는 의미에서의 '興會'가
작품비평에 활용된 경우이다. 이것은 창작 주체가 본래 가지고 있던 정
감이나 축적되어 있던 잠재적 심리상태가 외부의 객관 사물과 우연히
조우하여 순간적으로 촉발되어 결합하는 과정을 '興會'로 설명한 것이
다. 예를 들어,

袁宏道가 王世貞·李夢陽을 버리고 白居易·蘇軾으로 돌아간 것 또한 바로
興會의 우연성 때문이다.[29]

---

26 (明)王夫之, 『古詩評選』卷四, 『船山全書』第14冊, 嶽麓書社, 1996, p.723: "'微雨從東來'
　　二句, 但興會佳絶, 安頓尤好."(陶潛 「讀山海經」 評語)

27 (明)王夫之, 『古詩評選』卷六, 『船山全書』第14冊, 嶽麓書社, 1996, p.872: "急用情語喚起,
　　方入景事, 得一時因興現成之妙."(江總 「侍宴臨芳殿」 評語)

28 (明)楊慎, 『升庵詩話』卷四, 『明詩話全編』三冊, 江蘇古籍出版社, 1997, p.2597: "李仲蒙
　　曰: '敍物以言情, 謂之賦, 情物盡也. 索物以托情, 謂之比, 情附物也. 觸物以起情, 謂之興.'"

29 (明)王夫之, 『明詩評選』卷六, 『船山全書』第14冊, 嶽麓書社, 1996, p.1529: "中郎舍王李
　　而歸白蘇, 亦其興會之偶然."(袁宏道 「和萃芳館主人魯印山韻」詩 評語)

元帝의 두 시는 劉禹錫의 「浪淘沙」·白居易의 「竹枝」에 압운하였는데, 대
개 中唐 때의 사람들은 이 시체에서 盛唐의 사람들보다 특별히 뛰어났으
니, (그 까닭은) 中唐은 興會를 주로 하여, 뛰어난 음을 아름답게 얻었기
때문이다.[30]

이들 비평은 모두 마음속에 잠재되고 축적되어 있던 정감이 사물을
만나 갑작스러우면서 폭발하듯 세게 떨쳐 일어나는 상태로서의 '興會'에
주요한 방점을 찍고 있다.

비록 사물을 우연히 접하여 정감을 불러일으키는 '興會'의 이러한 상
태가 순간적인 운동 양태를 띠고 있기는 하지만 그 순간성은 이미 심미
대상의 정수를 꿰뚫고 있다고 하지 않을 수 없다. 이에 대한 진일보한
이해를 위하여 동서양의 미학적 주장을 잠시 살펴보자.

서구의 대표적인 철학자이자 미학자인 헤겔(G.F. Hegel)은 미의 창조라
는 면에서 서양의 고전 미학 관점과 동양의 관점이 일부 상이함을 보이
고 있다고 하였다. 그는 특히 심미 활동에 대한 동양적 사고의 두드러진
특징은 바로 '직관', '우연'이라고 말하고 있다.

동양에서는 항상 분열되지 않고 확고한 것, 통일적이고 실체적인 것이
주요한 것이 되었으며, 그런 직관은 비록 자유로운 이상으로까지 파고들지
못하더라도 원래 아주 견실한 것이었다.……동양인들에게는 어떤 것도 원
래 독자적으로 머물지 않고 모든 것이 단지 우연적인 것으로 현상한다.[31]

그는 동양의 심 미활동은 비록 '우연'이라고 표현하지만 불안정하거

30 (明)王夫之, 『古詩評選』卷三, 『船山全書』第14册, 嶽麓書社, 1996, p.641: "元帝二詩, 恰
    與劉夢得浪淘沙·白樂天竹枝合轍, 蓋中唐人於此一體, 殊勝盛唐, 中唐以興會爲主, 雅得元
    音故也."(元帝 「春別應令二首」 評語)
31 G.F. Hegel, 두행숙 옮김, 『헤겔의 미학강의』3, 은행나무, 2010, p.597.

나 분열됨을 위주로 하는 것이 아니라 확고하고 통일적이며 실제적인 것을 위주로 하기에 사물의 실체적 본질에 이를 수 있고, '직관'의 비이성적 과정을 통해 그 정수를 포착하기에 다른 어떤 것에 물들지 않고 무엇보다도 견실하다고 믿었다. 이러한 그의 사고는 기존 서구인의 미학 관념의 틀로써 혹 가졌을지도 모르는 동양적 심미 활동의 '우연'과 '순간'적 활동에 대한 불완전한 이해와 비이성적 과정에 대한 염려가 이미 해소되었음을 설명해주고 있다. 비록 서구적 과학의 틀로써는 분석되지 않았을지라도 헤겔의 판단은 서구적 사고가 동양의 심미 활동만이 가지고 있는 특성을 존중하고 그에 대한 몰이해에서 벗어나는 데 상당한 역할을 한 것으로 여겨진다.

'興會'는 바로 이러한 서구인의 눈을 통해 본 '순간적' 직관과 '우연'이라는 동양적 심미활동의 특성을 구체적으로 설명할 수 있는 틀로서 충분히 작용할 수 있다. 이에 대한 좀 더 깊은 이해를 위해 하나의 문장을 다시 살펴보자. 淸 張實居의 글은 '興會'의 이러한 '우연성'과 '순간적' 특징을 구체적으로 잘 설명해주고 있다.

> 옛날 뛰어난 작품은 마치 물 위에 갓 나온 연꽃과 같아, 자연스러우면서도 아름다워, 깎고 꾸미는 것을 빌리지 않고, 모두 우연히 얻었다. 이는 마치 서예가들의 소위 '우연히 쓰고 싶어 쓴 글(偶然欲書)'과 같다. (사람이) 경물을 접촉하여 감회가 일어나고, 정감이 와서 신묘함이 모여들 때는, 큰 활과 화살이 튕겨 나가는 것 같고, 토끼가 뛰자 송골매가 덮치는 것과 같아, 잠시라도 놓아두면 사라져 버리게 된다. 먼저 한순간 뒤 한순간이라고 정할 수 없는 미묘함이 있거늘, 하물며 다른 사람들이랴?[32]

---

32   (淸)王士禎·張篤慶·張實居, 『師友詩傳錄』, 『淸詩話』, 上海古籍出版社, 1999, p.128: "古之名篇, 如出水芙蓉, 天然豔麗, 不假雕飾, 皆偶然得之, 猶書家所謂偶然欲書者也. 當其觸物興懷, 情來神會, 機括躍如, 如兔起鶻落, 稍縱則逝矣. 有先一刻後一刻不能之妙, 況他人

樂府 작품이 가지고 있는 시적 의경을 묻는 郎廷槐의 질문에 대답하던 張實居는 시의 창작과정 속에 발생하는 창작 감흥은 마치 唐代 서예 이론가인 孫過庭이 『書譜』에서 언급한 서법 창작의 표현 형태인 '偶然欲書'[33]와 같아, 사물과의 우연한 짧은 시간의 만남 속에서 이루어지며, 이것이 제대로 된 창작으로 이어질지는 순간적인 포착 활동과 관련이 있음을 설명하였다.

화살이 큰 활로부터 튕겨 나가고 송골매가 사냥감인 토끼를 순식간에 덮치듯이 창작적 감회는 너무나도 짧은 순간에 일어났다 사라져 버린다. 만약 창작의 주체인 작가가 이를 잡아내지 못한다면 심미 대상이 가지고 있는 미적 정수 역시 포착되지 못하고 거품 방울처럼 사라질 것이다. 이러한 순간성은 당연히 우연성의 전제 위에 발생된다. 이성적 개입 없이 자연스러움 속에 조우된 심미 대상과 심미 주체만이 창작과정에서

乎?"

33 (唐)孫過庭, 『書譜』, 『欽定四庫全書』子部八 藝術類 書畫之屬: "짧은 순간에 글씨를 쓸 때 어그러지기도 하고 합해지기도 하니, 합하게 되면 글씨는 유창하면서도 아름답게 되고, 이것이 어그러지게 되면 가을에 서리 맞은 나무처럼 거칠고 시든 모양이 된다. 대략 그 까닭을 말하자면 각각 다섯 가지로 나타난다. 정신이 고요하고 한가로워 아무 일이 없을 때가 一合이고, 은혜를 느끼고 영활한 지혜를 따르면서 망령된 행동을 하지 않을 때가 二合이며, 날씨가 화창하고 천기가 온유할 때가 三合이고, 종이에 먹발이 잘 받아 서로 조화를 이룰 때가 四合이며, 심기가 편안하여 우연히 글씨를 쓰고 싶을 때가 五合이다. 마음만 급하여 몸이 책상에 머물러 있을 때가 一乖이고, 마음은 내키지 않고 형세는 핍박을 받고 있을 때가 二乖이며, 바람이 건조하고 날씨가 뜨거울 때가 三乖이고, 종이에 먹발이 잘 받지 않아 서로 조화를 이루지 못할 때가 四乖이며, 정신이 태만하여 손이 나아가지 않을 때가 五乖이다. 어그러지는 점과 합해지는 점 사이에는 우열이 서로 다르다. 좋은 천기를 얻는 것은 뛰어난 필묵을 얻는 것만 못하고, 뛰어난 필묵을 얻는 것은 글을 쓰고자 하는 정감을 얻는 것만 못하다.(一時而書, 有乖有合, 合則流媚, 乖則雕疏. 略言其由, 各有其五. 神怡務閑, 一合也. 感惠徇知, 二合也. 時和氣潤, 三合也. 紙墨相發, 四合也. 偶然欲書, 五合也. 心遽體留, 一乖也. 意違勢屈, 二乖也. 風燥日炎, 三乖也. 紙墨不稱, 四乖也. 情怠手闌. 五乖也. 乖合之際, 愚劣互差. 得時不如得器, 得器不如得志.)"

하나로 융화되어 진정한 형상물로 다시 탄생하기 때문이다. '興會'는 이러한 탄생과정의 처음부터 마지막까지 함께 하고 있다.

이처럼 순간성과 우연성을 운동방식으로 하는 '興會'이기에, 창작 이후 이성적인 활동의 개입이 필요한 작품의 수정 과정에서는 당연히 처음에 있던 '興會'가 존재하지 않기에, 그 과정의 어려움도 많을 수밖에 없으며 완성도 역시 부족할 것이다. 袁枚의 견해는 또 이 점을 지적하였다.

> 시를 짓는 것은 興會가 이르면 쉽게 작품이 이뤄진다. 시를 수정하는 것은 곧 興會가 이미 사라져버렸고, 대국(大局)이 이미 정해져 있기에, 한두 글자가 마음에 들지 않아 온갖 힘과 기세로써 바꾸고자 하여도 될 수가 없다.[34]

작가는 창작과정 속에서 언제나 고심하고 전전긍긍하며 새로운 작품의 탄생을 준비하게 되며, 고통과 부딪힘으로 매번 그 창작활동은 단절과 좌절을 맞게 되면서, 결국 붓을 잡지 못하는 경우가 대부분일 것이다. 하지만 작가는 비록 아직 세상에 태어나지 못하였지만 언젠가의 탄생을 잠재적인 창작심리 저 아래쪽에 항상 축적한 채 기다리게 된다. 이러한 잠재의식 속의 미완성적 창작활동은 외부 객관 사물을 우연히 접하게 되면서 순간적으로 폭발하게 되는 것이다. 이러한 작용은 비록 잠재된 창작 욕구로부터 시작되지만, 그 활동 방식은 필히 우연적이고 찰나적인 성격을 가질 수밖에 없다. 앞에서 이미 언급한 '適然' 또한 바로 이 점에서 그 맥락을 함께하고 있다.

셋째, "사물에 기탁하여 말을 일으킨다."[35]는 함의를 가진 '興會'가 작

---

34 (淸)袁枚, 『隨园詩話』卷二, 人民文學出版社, 1999, p.39: "作詩, 興會所至, 容易成篇. 改詩, 則興會已過, 大局已定, 有一二字於心不安, 千力萬氣, 求易不得."

품비평에 적용된 경우이다. 이는 창작 주체가 가슴 속에 품고 있던 정감을 토로해 내기 위하여, 그 창작 의도를 기탁하기에 적합한 외적 사물을 모색하는 것을 설명한 것으로, 사물을 접하여 정감을 일으키는 창작의 '발생'이라는 점에 주목한 것이 아니라, 작가의 '창작의도'가 어떠한 형상으로 작품 속에서 구현되느냐에 주목한 것이다.

興會가 일어난다는 것은 사물을 접하여 (작품을)만들어 내길 구함이다.[36]

절묘한 부분은 단지 敍事한 곳에서만 굳이 색을 입힌 것이다. 고금을 뒤섞어, 빠짐없이 그 興會로 들어갔다. 여태껏 아무도 이러한 경지에 이른 이가 없었으니, 이백 역시 그러할 수 없었다.[37]

경물을 취함이 가깝고, 말하는 것이 가벼워, 보통 사람의 눈에는 보이지 않으나, 나는 유독 그 興會를 좋아한다.[38]

'興會'는 외부 사물과의 관계 속에서 존재한다. 그런데 '興會'에는 단순한 사물과의 접촉만으로써 설명될 수 없는 사실이 있다. 작가는 왜 "敍事한 곳에서만 굳이 색을 입혔고", "형상 속 천지를 에워싸고, 붓 끝에 만물을 눌러두고"[39]있었던 것인가? 그것은 바로 이성적 활동의 개입

---

35 (宋)魏庆之,『詩人玉屑』卷十三, 上海古籍出版社, 1978, p.268: "託物興詞."

36 (明)王夫之,『詩廣傳』卷三,「小雅·論小旻」,『船山全書』第3冊, 嶽麓書社, 1996, p.414: "興會之所激, 觸物而求成之."

37 (明)王夫之,『明詩評選』卷二,『船山全書』第14冊, 嶽麓書社, 1996, p.1224: "妙處只在敍事處偏着色. 攪碎古今, 巨細入其興會. 從來無人及此, 李太白亦不能然."(湯顯祖「吹笙歌送梅禹金」評語)

38 (明)王夫之,『唐詩評選』卷四,『船山全書』第14冊, 嶽麓書社, 1996, p.1134: "取景近, 脫口輕, 世眼所不取, 吾特賞其興會."(來鵬「淸明日與友人遊玉粒塘庄」評語)

39 (晉)陸機:「文賦」: "籠天地於形內, 挫萬物於筆端."

을 통하여, 자신의 창작의도를 그대로 구현할 수 있는 외부사물을 찾고
있었기 때문이다. 단지 사물을 접하는 것이 아니라, 창작의도를 담은 작
품 만들기를 구하는 것이다. 唐代 白居易가 "이별을 묘사하려면 한 쌍의
오리와 한 마리 기러기를 끌어와 興을 일으켰다. 군자와 소인을 풍자하
려면 향초와 사악한 새를 끌어와 비유를 하였다"[40]는 것 또한 시가 작품
의 창작과정은 특정 사물에 작가의 창작 의도를 기탁함으로써 궁극적으
로 작가의 창작 의도에 맞는 또 하나의 시적 형상을 창조해내어야 한다
는 점을 주장하고 있는 것이다.

이상에서 서술한 세 가지 분류에서 각 비평내용은 창작 주체와 자연
규율과의 관계, 창작 감흥의 표현 및 운동형식, 창작 주체의 창작 의도
유무라는 측면에서 부분적인 상이점은 있지만, '興會'의 창작 근원과 외
적 연계라는 관점에서 대부분 공통점을 가진다고 말할 수 있다. 하지만
하나의 작품이 생동감 있게 사람을 감동시키고 작품 형상 속에 풍부한
意象을 축적해낼 수 있는 원인에는 이러한 시적 함의 이외에도 창작 주
체와 창작 대상의 상호 연관 속에 '興會'가 내재적이고 독특한 질적 과
정과 나름의 객관규율을 거스르지 않고 전체 창작활동 과정들을 주도하
고 있다는 점 또한 분명히 포함되어 있다.

4. 나오며

船山詩學 체계 중 '興'의 시학 개념들은 문학창작과 감상 면에서 복합

40　(唐)白居易, 「與元九書」, 『白居易集』第三冊, 中華書局, 1999, p.961: "故興離別, 則引雙
鳧一雁爲喩. 諷君子小人, 則引香草惡鳥爲比."

적 함의를 가지고 있다. 하지만 이러한 다층적이고 복합적인 '興'의 의의에, 王夫之는 다시 "시가 외부경계에서 만나 우연히 어울리게 되는 경우에는, 작가 자신도 알지 못하여 먼저 잠시 그것을 받아들이려 하면 오지 않고 뒤에 잠시 그를 쫓으려 하면 이미 가버리는"[41] 우연적이고 순간적인 특징을 더하여, 시학 비평개념으로서 '興會'를 더욱 발전시켜내었다. 이러한 특성을 바탕으로 王夫之는 실제 작품비평에서 '興會'의 "사물을 보고 거기에서 느낌이 있으면 興이 생긴다"는 '창작활동의 발생적 측면', "사물을 접하여 情을 불러일으킬 때"의 우연성과 순간적 운동 양상, "사물에 기탁하여 말을 일으킨다"는 '창작 의도' 면에서 작품을 평가하고 설명하였다.

지금까지의 논술을 통해 볼 때, '興會'는 비록 이전 중국문학비평사에서 이미 존재하고 있었으나 王夫之에 이르러 전인들의 해석을 뛰어넘어 역대 비평이론의 개념적 외연을 확대하고, 또 다른 비평개념과의 융합과 새로운 시학 개념을 창출해내는 매개 역할을 충분히 하였음을 알 수 있었다. 시학 체계의 기능적 측면에서 이를 다시 보자면, '興會'는 船山詩學 체계 중 창작구상에서부터 창작 실천까지의 전체과정을 해부하고 분석하는데 중요한 작용을 하며, 天地 고유의 질서와 인간 마음과의 관계, 情景交融 경계의 탄생, 시가 창작 중의 완전무결한 修辭 등과 같은 王夫之 詩學理想 추구의 한 측도로서 충분한 역할을 하고 있다고 평가될 수 있다.

하지만 이러한 평가가 '興會'가 船山詩學 체계 중 다른 중요한 비평개념들과 다른 점은 무엇이며, 어떠한 관계를 맺고 어떤 방식으로 결합되

---

41 (明)許學夷, 『詩源辯體』卷三十四, 人民文學出版社, 1998, p.323: "詩在境會之偶諧, 即作者亦不自知, 先一刻迎之不來, 後一刻追之已逝."

어 있는가를 설명해주지는 않는다. 비록 그 개념이나 해석의 보편성 때문에 '天機', '神來', '妙悟', '頓悟', '感興' 등을 '興會'와 뭉뚱그려 '靈感'과 유사한 심리 현상이라 지칭하고, 그 중 '興會'와 '妙悟'가 예술창작 중 '영감'을 묘사하는 가장 대표적인 개념이라고 분류할 수는 있겠지만, 船山詩學 체계 속에서 다른 비평개념들과 관계를 밝히는 점에서 본 연구는 여전히 부족함이 적지 않다.

다만 '興會'에 관한 이번 고찰이 船山詩學 체계가 '興'에서 다시 '興會'로 이어지는 비평개념의 확대 현상과 같이, 모종의 내재적 특징을 가지고 있음을 알 수 있는 계기로 작용한 점은 매우 중요한 의의가 있다고 할 수 있다. 특히 船山詩學에 대한 일반적인 평가에서 항상 제기되는 儒教主義 시학의 충실한 반영이 主氣論的 철학사상의 바탕에서 나온 것임은 알 수 있었을 뿐만 아니라, '興會'의 '우연성'과 '순간성'을 내부적으로 설명할 수 있는 또 다른 갈래가 船山詩學 속에 내재되어 있는 佛學 사상[42]임을 짐작할 수 있었던 것은 매우 중요한 사항으로 여겨진다. 다

---

42 (明)王夫之, 『相宗絡索』, 『船山全書』第13册, 嶽麓書社, 1996, p.536: "現在는 과거에 緣하지 않고 모습(그림자)을 만든다. 現成은 접촉하자 곧 깨달아(一觸卽覺), 생각하고 헤아리는 것을 빌리지 않는다. 顯現眞實은 곧 그것의 체성이 본래 이와 같아, 드러남이 의혹이 없고, 허망함이 간여하지 않는다.(現在, 不緣過去作影. 現成, 一觸卽覺, 不假思量計較. 顯現眞實, 乃彼之體性本自如此, 顯現無疑, 不參虛妄.)"
王夫之는 사물에 대한 작가의 感興과 情景交融의 형상화 과정을 내재적으로 설명할 수 있는 中國佛教 法相宗의 '現量'설을 이야기하였다. 이 주장은 창작 주체가 창작과정 중 사물이나 현상과 조우할 때의 直觀의 원리와 특성을 설명해줄 수 있다. 특히 이것은 본 논문에서 다룬 '興會'와 직접적으로 연관된 개념으로 판단된다. 王夫之는 비록 『薑齋詩話·夕堂永日緒論内編』第5條(『船山全書』第15册, 嶽麓書社, 1996, p.820)에서 '卽景會心'으로써 '現量'을 언급하였지만, '卽景會心'의 문자적 의미만으로 '興會'의 우연성과 순간성을 설명하기에는 부족하다. 따라서 추후 '現量' 자체에 대한 분석과 '現量'과 '興會'의 관계 이해를 통해, 인간의 인식 과정과 작용을 고찰하고 잠재된 인식 속에 내재된 시적 정감이 외부의 객관 사물과 우연히 조우하여 순간적으로 촉발되어 결합하는 상태에 대한 내재적 원리를 밝혀내어야 한다.

만, 본 논문에서는 보다 체계적이고 심도 있는 연구를 위해 이에 관한
연구를 우선 후일의 연구과제로 남기고자 한다.

제9장

古代文論 속 '勢'에 관한 西方美學的 考察: 王夫之 '勢'論을 중심으로

1. 들어가며

中國 古代 文論 중 각종 詩學 範疇의 함의는 그 상관 논의만큼 풍부하고 다양하다. 그 가운데, 詩的 形象化와 밀접하게 결합되어 있는 시학 범주 중의 하나가 바로 '勢'이다. 여러 알려진 문헌 자료들에 따르면, '勢' 범주는 본래 문학 영역에 속했던 것이 아닌, 중국 政治와 戰爭을 위한 兵法에 최초로 보이기 시작하였으며, 예술 문화적 영역에서는 고대 書法과 畵論에서 기원함을 쉽게 알 수 있다. 그 후, 예술영역의 발전과 상호 영향에 따라, '勢'의 해석과 함의 역시 점차 풍부하고 독특하며 심오해졌다. 이렇게, 중국 고대 兵法에서 기원하여 예술 및 문학 비평 영역으로 확대 발전되어 활용되는 '勢' 범주는 詩歌 作品의 批評에서도, 詩歌 鑑賞과 作品의 批評 이외에 創作 構想에서부터 실제 창작의 단계

에까지 그 중요한 역할을 발휘한다. 이 때문에, '勢' 범주의 함의 및 다른 범주와의 관계에 대한 철저한 분석과 고찰 없이는, 중국 고대 시가 비평에 있어서 藝術 形象化 과정 및 비평에 대한 진정한 이해를 얻을 수 없을 정도라 말할 수 있다.

따라서 본 논문은 文論을 포함한 이러한 古代 中國人文學的 전통 속의 '勢'의 함의를 살펴보고, 특히 明淸시대 王夫之 詩學 體系 중의 '勢'論에 대해 고찰해보고 그의 '勢'論을 西方 美學理論의 분석틀로써 試驗的으로 해석해보고자 한다.

2. '勢'의 古代 傳統

고대 중국의 예술 문화적 영역에서 '勢'는 書法과 繪畫 방면에 가장 이른 전통을 가진다. 특히, 書法 예술에 있어, '勢'는 가장 특출한 특징을 가진다고 할 수 있다. 특수한 기법과 漢字 조형으로부터 얻어지는 서법 예술의 주요한 표현 수단인 '勢'는 주체의 개성과 서법의 법칙성이 서로 융합된 고도의 예술 조형적 체현이라 할 수 있다. 붓을 움직이는 과정에서 드러나는 線形과 흔적, 그로부터 체현되는 漢字의 造形美와 전체 편폭에서 드러나는 生動感은 예술 개성으로 드러나는 우주 만물 생명에 대한 書法家의 이해를 충분히 응축하고도 남음이 있다. 응결된 먹의 흔적 위에 표현된 動的 姿態와 힘, 또 그로부터 은은히 느껴지는 아름다움의 발산, 이것은 바로 書法에서 드러나는 가장 중요한 '勢'의 효과일 것이다.

이러한 書法의 전통과 더불어 빠질 수 없는 것이 바로 繪畫에서 나타

나는 '勢'의 예술 전통이다. 山水畵의 대가인 東晉의 顧愷之는 古代 繪
畵理論에서 '勢'는 바로 예술형상화 대상이 가지고 있는 동적 자태를 힘
써 묘사해 나가는 것이라고 여겼는데, 「畵雲臺山記」 중에서, '勢'에 대한
그의 견해를 쉽게 알 수 있다.

> 위쪽으로 옮겨 반도 되지 않아, 자줏빛 돌을 그림에 마치 큼직한 구름이
> 다섯 여섯 줄기 있는 듯, 산언덕을 끼고 그사이에 타고 올라, 그 勢가 마치
> 용처럼 꿈틀거리는 듯하게 하니, 봉우리를 안고서 곧바로 멈추다 오르기
> 때문이다.[1]

꿈틀거리듯 늘어서는 산맥의 기복과 깎이는 듯 도열해 있는 암벽의
험준함을 화폭 속에 담아낼 수 있을 때, 그 그림은 바로 '勢'를 품고 있
다고 일컬을 수 있다는 것이다. 이러한 점으로 인해 '勢'는 山水畵의 창
작과 감상에서 중시하는 것 중의 하나가 되었다.

이러한 書法과 畵論에서의 '勢'와 달리, 중국 고대 文論傳統 상에서
'勢'論은 비교적 늦게 출현하였다. 고대 문론 관련 문헌에서 '勢'論은 劉
勰의 『文心調龍·定勢』篇에 가장 일찍 보인다.

> 勢란 것은 유리함을 이용하여 만들어지는 것이다. 예를 들어, 석공이 쏜
> 화살이 곧게 나가고, 계곡의 물이 굽어져 급히 돌아나가는 것은 모두 자연
> 의 추세(勢)이다. 圓은 둥근 형체이기에, 그 勢는 또한 자연히 돌고 있으며,
> 方은 네모난 형체이기에, 그 勢는 또한 자연히 안정되어 있다. 문장의 체세
> 도 이와 같을 따름이다.[2]

1 (東晉)顧愷之, 「畵雲臺山記」, 『畵品』, 北方文藝出版社, 2000, p.13: "轉上未半, 作紫石如
堅雲者五六枚, 夾岡乘其間而上, 使其勢蜿蟺如龍, 因抱峰直頓而上."
2 范文瀾, 『文心雕龍注』, 人民文學出版社, 1998, p.529: "勢者, 乘利而爲制也. 如機發矢直,
潤曲湍回, 自然之趣也. 圓者規體, 其勢也自轉, 方者矩形, 其勢也自安. 文章體勢, 如斯而

"勢란 것은 유리함을 이용하여 만들어지는 것이다(勢者, 乘利而爲制也)"라는 말은 '勢'의 특징에 대한 유협의 설명임과 동시에 그가 처음으로 제기한 '定勢'의 원칙이다. 그는 왜 '勢'를 이렇게 해석했을까? 근현대 이래로 적지 않은 학자들이 『文心雕龍』에 언급한 이 '勢'에 대하여 각종 의견을 제기하였는데, 그중 대표성이 있는 해석은 주로 아래 몇 가지로 요약할 수 있다.

　　勢는 드러내지지 않음을 법칙으로 삼는다. 드러내어 말하지 않기에, 그 경계가 분명하지 않으나, 문세를 공허하게 말하는 자는 질책 받으며 반박 당하게 될 것이다. 『考工記』에 이르길, "재료의 굽고 곧음을 자세히 살핀다"고 하였다. 鄭衆은 다섯 재료의 굽고 곧음, 측면, 형세의 적합함을 자세히 살펴야 한다고 생각하였다(黃侃, 『文心雕龍札記』)[3]

　　勢란 표준이다. 글의 주제를 자세히 살피어, 마땅히 어떠한 체제를 사용하여 표준으로 삼아야할 지를 알고, 표준이 정해지면 곧 뜻을 취하고 버리고, 말을 가리어 뽑고 나서, 그렇게 문장을 이루고 나면 단지 체제만이 있지 이른바 '勢'란 것은 없게 된다(范文瀾, 『文心雕龍注』)[4]

　　『孫子·計篇』에 따르면, "勢란 것은 유리함에 따라 만들어지는 것이다"라 하였다(楊明照, 『文心雕龍校注拾遺補正』)[5]

　　已."

3　黃侃, 『文心雕龍札記』, 華東師範大學出版社, 1997, p.139: "勢之爲訓隱矣. 不顯言之, 則其封略不僚, 而空言文勢者, 得以反唇而相稽. 考工記曰: '審曲面勢'. 鄭司農以爲審査五材曲直·方面·形勢之宜."

4　范文瀾, 『文心雕龍注』, 人民文學出版社, 1998, p.534: "勢者, 標準也, 審察題旨, 知當用何種體制作標準, 標準旣定, 則意有取舍, 辭有簡擇, 及其成文, 止有體而無所謂勢也."

5　楊明照, 『文心雕龍校注拾遺補正』, 江蘇古籍出版社, 2001, p.291: "按『孫子·計篇』: '勢者, 因利而爲制也.'"

소위 勢란 모습으로서, 姿勢는 联語로 혹은 姿態라고 일컫기도 한다(劉泳濟, 『文心雕龍校釋』)[6]

勢는 작품이 표현하는 언어의 姿態로, 바로 어조와 어세이다(郭晉稀, 『文心雕龍注釋』)[7]

각기 다른 내용에 따라서, 각기 다른 체제와 풍격을 결정하는 이것이 바로 '定勢'이다(周振甫, 『文心雕龍注釋』)[8]

'勢'는 바로 '體勢'이다. 만약 우리가 '體性'을 풍격의 주관적인 요소라고 일컫는다면, 그러면 '體勢'는 곧 풍격의 객관적인 요소라고 일컬을 수 있다(王元化, 『文心雕龍創作論』)[9]

자연 사물에 있어서 말하자면, '勢'는 그 일정한 姿態를 가리킨다. 문장에 있어서 말하자면, '勢'는 곧 風格의 의미를 함유하고 있다. 하지만 이러한 풍격은 작가 개인의 풍격이 아니라, 문체의 풍격이다. …… '勢'는 문체 풍격을 포괄하지만, 문체 풍격과 똑같지는 않다. '勢'자의 본래 의미에는 趨勢의 의미를 지니며, 문학이론 술어로서의 '勢'도 똑같이 趨勢의 의미를 가지고 있다. …… '勢'라는 이 개념의 내적 함의는 당연히 몇 가지 점을 포괄한다. 첫째, 일정한 文體風格, 둘째, 하나의 풍격을 형성하는 필연적인 趨勢, 셋째, 풍격 추세를 만들어내는 작가의 경모와 본받음. 한마디로 '勢'는 바로 작가의 경모와 본받음이 문체 풍격을 형성하도록 결정하는 필연적인 추세이다(寇效信, 「釋體勢」)[10]

---

6   詹鍈, 『文心雕龍義證』, 上海古籍出版社, 1999, p.1110: "所謂勢, 姿也, 姿勢爲联語, 或稱姿態."

7   詹鍈, 『文心雕龍義證』, 上海古籍出版社, 1999, p.1111: "勢是作品所表現的語言姿態, 即語調辭氣."

8   詹鍈, 『文心雕龍義證』, 上海古籍出版社, 1999, p.1111: "按照不同的内容來確定不同的體制和風格, 這就是定勢."

9   王元化, 『文心雕龍創作論』, 上海古籍出版社, 1979, p.122: "'勢'卽體勢. 如果我們把'體性'稱爲風格的主觀因素, 那麼, '體勢'就可稱爲風格的客觀因素."

'態勢', '姿態', 이는 체재가 결정하는 작품 풍격을 가리킨다(王運熙, 『文心雕龍譯注』)[11]

『孫子·計篇』에 따르면, "(나의 일곱 가지) 계책의 이로움을 헤아려 들으면, 곧 그것이 勢를 이루어, 그 바깥으로 힘을 돕게 되니, 勢란 것은 유리함에 따라 만들어지는 것이다"(詹鍈, 『文心雕龍義證』)[12]

이처럼 다양한 해석과 주장 가운데, 黃侃은 상세한 고증을 거쳐 "勢란 법도이다(勢是法度)"라는 결론을 얻게 되었다. '勢'에 대한 范文瀾의 해석 역시 黃侃의 해석과 기본적으로 일치한다. 그는 "勢는 표준이다(勢者, 標準也)"라고 주장하였다. 여기서 말한 '標準'이 그 含意 상에 있어, 黃侃이 주장한 '法度'와 대동소이한 것임을 감안한다면, 이 두 선배 학자의 관점이 크게는 일치됨을 쉽게 알 수 있다. 그러나 후대의 대부분 학자는 '勢'의 해석에 있어, '다른 체제와 풍격(不同的體制和風格)', '文體風格의 필연적 趨勢', '文體의 姿態' 등과[13] 같이 기존 선배 학자의 관점과 조금씩 다른 견해를 제기하였다. 현재 학계는 黃侃, 范文瀾 두 선배 학자의 해

---

10 詹鍈, 『文心雕龍義證』, 上海古籍出版社, 1999, p.1111: "對自然界事物來說, '勢'指它一定的姿態; 對文章來說, '勢'則含有風格的意思. 但這種風格, 不是作家個人的風格, 而是文體風格. ……'勢'包括文體風格, 但不等於文體風格. '勢'字的本義, 有趨勢的意思, 作爲文學理論述語的'勢', 同樣有趨勢之意. ……'勢'這一概念的內含, 應包括這樣幾點: (一)一定的文體風格; (二)形成這一風格的必然趨勢; (三)造成風格趨勢的作家的慕習. 一句話, '勢'就是作家的慕習所決定形成文體風格的必然趨勢."

11 王運熙·周鋒 注, 『文心雕龍譯註』, 上海古籍出版社, 1997, p.139: "態勢、姿態, 此指由體裁所決定的作品風格."

12 詹鍈, 『文心雕龍義證』, 上海古籍出版社, 1999, p.1114: "按『孫子·計篇』: '計利以聽, 乃爲之勢, 以佐其外, 勢者, 因利而爲制也.' "

13 '姿態'(劉永濟, 『文心雕龍校釋』), '語言姿態'(郭晉稀, 『文心雕龍注釋』), '不同的體制和風格'(周振甫, 『文心雕龍注釋』), '體勢'(王元化, 『文心雕龍創作論』), '文體風格的必然趨勢'(寇效信, 「釋體勢」), '姿態'(王運熙, 『文心雕龍譯注』).

석을 보편적으로 받아들이고 있으나, '文體의 姿態', '風格'類 등의 주장 역시 또 다른 의미에서 풍부한 批評史的 함의가 있는 주장으로 여겨지 기도 한다. 이러한 주장들을 좀 더 깊이 들여다보면, 黃侃, 范文瀾 두 선 배 학자의 주장은 주로 '勢'의 근본 개념을 중시한 것이며, 기타 학자들 의 주장은 '文學體制'의 연계 선상에서부터 출발한 주장이라 할 수 있다.

이러한 '勢'에 대한 각종 해석과 주장을 살펴볼 때, 유협이 주장한 '勢'는 작품의 풍격을 형성하는 '文章姿態'란 것을 알 수 있으며, 그것은 작가의 일체 요소에 바탕을 둔 고유한 법칙과 질서를 간직하고 있는 것 임을 알 수 있다. 작가는 그가 추구하고자 하는 문학작품이 가져야할 법 칙과 질서에 부합하는 문학 양식 혹은 체제를 선택하기 때문에, 작품 속 에 자신만의 고유한 文章姿態를 드러낼 수 있는 것이다.

3. 王夫之 詩學 속의 '勢'

明淸 시대의 사상가이자 문학가인 王夫之의 문학이론 주장은 여러 측 면에서 中國文學批評史와 文學理論史에 중요한 흔적을 남기고 있다. 여 기서 논하고 있는 '勢'의 범주 역시 그의 적지 않은 저작 속에서 중요한 문학적 의의를 가진 채 그 위치를 점하고 있다. 그렇다면 그가 언급한 '勢'는 과연 앞에서 주장한 '標準'이 가지고 있는 객관성과 '姿態'가 가 진 구체성 두 측면을 모두 포괄할 수 있는 것인가? 왕부지의 詩學에서 주장되는 '勢'는 어떠한 함의를 담고 있는가? 이러한 연구 동기의 바탕 위에, 본 장에서는 왕부지의 '勢'에 대한 견해를 그의 저작 속에서 확인 해보고, 그 詩學的 함의를 분석하려 한다.

「夕堂永日緒論·內編」에서 왕부지는 말하길,

> 意를 주로 하고 勢를 다음으로 해야 한다. 勢란 것은 意 중의 神理이니,
> 오직 謝靈運만이 勢를 취할 수 있어, 굽이치고 돌고 구부리고 폄으로써 그
> 意를 다하길 구하였다. 意가 이미 다하면 곧 그쳐져서 거의 남아 있는 말
> 이 없게 되었다. 구불구불 氣勢 있게 꿈틀거리며 운무가 감아 올라 피어오
> 르는 듯하니 곧 眞龍이지 畵龍이 되지 않았다.[14]

"勢란 것은 意 중의 神理이다(勢者, 意中之神理也)"라는 명제에서, '意'는
실제 형상화의 본질적 요소인 이른바 '작가의 주관적 의도'로서의 '意'
를 가리킨다. 여기서 말하는 '神'과 '理'는 곧 '意'의 본질과 운동방식을
설명하고 있다.

우선, 본 장에서는 왕부지가 주장하는 '勢'의 內含을 이해하기 위해,
'勢'의 개념으로 제시한 '神'과 '理'에 대한 왕부지의 哲學的 해석을 먼
저 짚고 넘어가지 않을 수 없다.[15]

왕부지는 그의 詩學 저작과 評選 본에서, 여러 차례 '神'과 '理'을 병
칭하였다.

> 神理가 둘 사이(하늘과 땅 사이)에 흘러, 天地가 그 한 눈을 제공하니,
> 커서 밖이 없고 미세하여 끝이 없다.[16]

---

14 (明)王夫之,『薑齋詩話·夕堂永日緒論內編』,『船山全書』第15冊, 嶽麓書社, 1996, p.820:
"以意爲主, 勢次之. 勢者, 意中之神理也. 唯謝康樂爲能取勢, 宛轉屈伸, 以求盡其意; 意已
盡則止, 殆無剩語: 夭矯連蜷, 煙雲繚繞, 乃眞龍, 非畵龍也."

15 王夫之의 哲學 및 經學 저작에서 제시된 다양한 개념·술어들과 그의 文學 관련 저작에서
제시된 개념·술어들이 완전히 동일한 것으로 간주될 수는 없겠으나, 전체 사상의 큰 틀에
서는 그 맥락을 같이하고 있다고 판단하기에, 본 논문에서는 논거를 위한 상호 인용 및
해석의 방편으로 삼고자 한다.

16 (明)王夫之,『古詩評選』卷五,『船山全書』第14冊, 嶽麓書社, 1996, p.736: "神理流於兩

神理로써 서로 취하면 먼 곳과 가까운 곳 사이에서이다. 손을 대자마자 어느덧 끝나게 되고, 손을 놓으면 또 종잡을 수 없이 떠나버린다. …… 神理가 모여져 합쳐졌을 때 자연스럽게 꼭 들어맞게 된다.[17]

예를 들어 그림이란 것은 본래 붓의 날카로움과 먹의 기운으로 神理를 곡진히 하는 것으로, 이에 필묵은 있지만 사물의 몸은 없기에 더욱 사물이 아닌 것이다. 黃公望·倪瓚을 보배로 여기고 王維를 천하게 여기는 것 역시 견문이 좁아 모든 것이 신기해 보이는 자들의 일반적인 병폐이다.[18]

그는 '神理로써 서로 취하고(神理相取)', '神理가 모여져 합쳐진다(神理湊合)'라고 하였는데, 여기서 '神理'는 바로 '神'과 '理' 양자의 결합체로서, '神'과 '理'가 결합할 때, "천지 만물의 질서가 비로소 하나가 되어 완전할 수 있다(神與理合而與天爲一矣)"[19]는 것을 의미한다.

그렇다면, '神'과 '理'는 각각 무엇을 가리키는 것일까? 왕부지의 철학 專著에 나타난 그의 주장에 따르면, '神'은 아래와 같은 내적 함의를 가지고 있음을 알 수 있다.

神이란 것은 乾卦와 坤卦가 합해진 德이고, 강건함이 순함을 거느리며, 순함이 강건함을 잇는 것으로 絪縕하여 틈이 없는 신묘한 작용으로 만물 가운데에 병행하는 것이다.[20]

間, 天地供其一目, 大無外而細無垠."(謝靈運 「登上戍石鼓山」詩 評語)

17   (明)王夫之, 『薑齋詩話·夕堂永日緖論內編』, 『船山全書』第15冊, 嶽麓書社, 1996, p.823: "以神理相取, 在遠近之間. 纔著手便煞, 一放手又飄忽去. ……神理湊合時, 自然恰得."

18   (明)王夫之, 『唐詩評選』卷三, 『船山全書』第14冊, 嶽麓書社, 1996, p.1023: "譬如畫者, 固以筆鋒墨氣曲盡神理, 乃有筆墨而無物體, 則更無物矣. 寶大痴·雲林而賤右丞, 亦少見多怪者之通病也."(杜甫 「廢畦」詩 評語)

19   (明)王夫之, 『張子正蒙注』卷二, 『船山全書』第12冊, 嶽麓書社, 1996, p.90.

20   (明)王夫之, 『周易內傳』卷六下, 『船山全書』第1冊, 嶽麓書社, 1996, p.628: "神者, 乾坤合德、健以率順、順以承健, 絪縕無間之妙用, 竝行於萬物之中者也."

神이란 것은 氣의 靈으로서, 氣를 떠나지 않고 서로 더불어 體가 되는
즉, 神은 이로서 神이 된다. 모이면 볼 수 있고, 흩어지면 볼 수 없으니, 그
體가 어찌 순하지 않아 망령됨이 있으리오.[21]

이 주장에 비춰보면, '神'은 "천지 만물에 본래 깃든 고유의 법칙 ―
즉, '理' ― 의 오묘하고도 헤아릴 수 없는 운동 양상"을 가리킨다고 말
할 수 있다. 이러한 명쾌한 '神'에 대한 해석과 함께, 왕부지는 '理'에 대
해서 훨씬 진일보하게 분석하여, 두 가지 특별한 함의가 있다고 주장하
였다. 그는 『論語·泰伯』篇에서 다음과 같이 말하였다.

무릇 理를 말하는 것에는 두 가지가 있다. 하나는 천지만물이 이미 그러
한 본질적 법칙(條理)이고, 하나는 健順五常의 덕과 하늘이 사람에게 명하
고 사람이 稟受 받아 性이 되는 지극한 이치다. 양자는 모두 하늘에서 온
전해지는 일이다.[22]

이러한 그의 주장을 통해볼 때, 그가 주장한 '理'는 '자연계 만물의 규
율' 또는 '필연성'을 가리킴과 동시에 인간 본성(人性)이 근원하는 '健'과
'順', '仁義禮智信' 五常의 德과 '陰陽五行'의 지극한 이치를 가리키는 것
을 알 수 있다. 이러한 내적 함의를 가진 '理'와 '氣', '勢'의 관계에도 역
시 아래와 같은 일정한 규율성 가진다.

---

21   (明)王夫之, 『張子正蒙注』卷二, 『船山全書』第12冊, 嶽麓書社, 1996, p.23: "神者, 氣之
     靈, 不離乎氣而相與爲體, 則神猶是神也. 聚而可見, 散而不可見爾, 其體豈有不順而妄者
     乎."
22   (明)王夫之, 『讀四書大全說』卷十 『孟子·泰伯』篇, 『船山全書』第6冊, 嶽麓書社, 1996,
     p.716: "凡言理者有二: 一則天地萬物已然之條理, 一則健順五常、天以命人而人受爲性之
     至理. 二者皆全乎天之事."

理와 氣는 서로 떨어져 있는 것이 아니기에, 勢는 理로 인하여 이루어지지만, 단지 氣로 인하여서만 이루어지지는 않는다. 氣가 어지러울 때는, 회오리바람이나 소나기와 같아서, 일어나고 사라지고, 모이고 흩어지고, 선회하며 오고 감이 일정한 방향이 없거늘, 또 어찌 勢를 얻겠는가! 무릇 勢라고 하는 것은 모두 順하여 거스름이 없음을 이른다. 높은 것에서 낮은 것으로 나아가고, 큰 것에서 작은 것을 감싸 안으며, 거스르는 것을 용납하지 않음을 이른다.

理勢를 말하는 것은 理의 勢를 말하는 것과 같으니, 이는 무릇 理와 氣를 말하는 것이 理의 氣를 이르는 것과 같음이다. 理는 본래 한 번 정해지면 잡을 수 있는 사물이 아니기에, 얻어도 볼 수가 없다. 氣가 條理와 頭緒 있게 節文하면, 곧 理가 보일 수 있는 것이다. 그 시작함에 理가 있다면, 곧 氣 위에서 理를 보는 것이다. 이미 理를 터득하는데 미치게 되면 자연히 그 勢를 이루게 되니, 또한 단지 勢의 必然處는 그 理를 통해 나타난다.[23]

존재론적 각도에서 말하자면, '氣'는 천지 사물과 사람 사이에 두루 존재하기에, "理는 곧 氣의 理이고, 氣가 마땅히 이와 같음을 얻어 理가 되기에, 理가 먼저인 것도 아니고 氣가 뒤에 있는 것도 아니다.(理卽是氣之理, 氣當得如此便是理, 理不先而氣不後)"[24] 이 때문에 '理'와 '氣'는 서로 별개의 존재로 떨어질 수 없는 것이다.

왕부지의 이러한 주장은 본래 宋代 朱熹의 해석에서부터 기원한다.

---

23 (明)王夫之, 『讀四書大全說』卷九 『孟子·離婁上』篇, 『船山全書』第6冊, 嶽麓書社, 1996, p.992: "理與氣不相離, 而勢因理成, 不但因氣. 氣到紛亂時, 如飄風驟雨, 起滅聚散, 迴旋來去, 無有定方, 又安所得勢哉! 凡言勢者, 皆順而不逆之謂也. 從高趨卑, 從大包小, 不容違阻之謂也.……言理勢者, 猶言理之勢也, 猶凡言理氣者, 謂理之氣也. 理本非一成可執之物, 不可得而見; 氣之條緒節文, 乃理之可見者也. 其始之有理, 卽於氣上見理. 迨已得理, 則自然成勢, 又只在勢之必然處見理."

24 (明)王夫之, 『讀四書大全說』卷十 『孟子·告子上』篇, 『船山全書』第6冊, 嶽麓書社, 1996, p.1052.

주희는 『孟子·離婁』篇에서 "천하에 도가 있으면, 작은 덕을 가진 이가 큰 덕을 가진 이에게 부림을 받고, 작은 어짊을 가진 이가 큰 어짊을 가진 이에게 부림을 받는다. 천하에 도가 없으면, 작은 것(나라)이 큰 것에 부림 받고, 약한 것(나라)이 강한 것(나라)에 부림 받는다(天下有道, 小德役大德, 小賢役大賢; 天下無道, 小役大, 弱役强)"에 註하길, "하늘이란 것은 理와 勢가 마땅히 그러함이다(天者, 理勢之當然也)"[25]라고 해석하였다. 여기에서 '理勢'는 '사리와 변화 규율을 체현한 운동 자태'라는 함의로서 이해할 수 있을 것이다.

왕부지는 "氣의 모임과 흩어짐, 사물의 色과 생겨남, 나오고, 들어가는 것 모두 理와 勢가 저절로 그러함이니, 이미 그칠 수 없는 것이다(氣之聚散, 物之色生, 出而來, 入而往, 皆理勢之自然, 不能已止者也)"[26]라고 여기기 때문에, "勢가 順하다는 것은 理가 마땅히 그러한 것이고(勢之順者, 理之當然者已)", "무릇 勢라 말하는 것은 모두 順하여 거스르지 않음을 말하는 것이며, …… 理와 勢가 두 가지로 끊어 나누어질 수 없음을 아는 것이다.…… 理勢를 말하는 것은 理의 勢를 말하는 것과 같으니, 이는 무릇 理氣를 말하는 것이 理의 氣를 이르는 것과 같음이다(凡言勢者, 皆順而不逆之謂也. …… 知理勢不可以兩截溝分. ……言理勢者, 猶言理之勢也, 猶凡言理氣者, 謂理之氣也)"[27]라고 생각하였다. 이러한 그의 주장에서 '理'는 추상적인 사리와 규율을 의미하며, '勢'는 감지할 수 있는 운동 자태로서, 내재적으로 '理'의 사리와 규율을 포함하고 있다. '順하여 거스르지 않다(順而不逆)'란 곧 '理'에

25　(宋)朱熹, 『四書章句集注』, 中華書局, 2003, p.279.

26　(明)王夫之, 『張子正蒙注』卷二, 『船山全書』第12冊, 嶽麓書社, 1996, p.20.

27　(明)王夫之, 『讀四書大全說』卷九 『孟子·離婁上』篇, 『船山全書』第6冊, 嶽麓書社, 1996, pp.991-992.

대한 순응을 강조하는 것이고, '勢'의 운동 자태는 '理'의 규율성을 위배할 수 없음을 강조하는 것이다. 이러한 이유로 인해, '理'와 '勢'는 바로 불가분의 관계를 형성하게 되는 것이다.

프랑스의 저명한 漢學者 프랑수아 줄리앙(Francois Jullien)은 중국인의 사유 방식을 논하는 저서에서, 이 '理', '氣', '勢'의 관계에 대하여, 아래와 같이 정리하였다.

> 현실화시키는 에너지[氣]와 길잡이 역할을 하는 원리[理]는 분리될 수 없기에 '사태 속에서 작동 중인 경향[勢]은 그 출현을 위해 이러한 에너지[氣]와 원리[理]에 의존하게 된다' …… 이 경향[勢]이라는 것을 특정한 방향으로 자발적으로 나아가는 에너지로서밖에 이해할 수가 없다.[28]

프랑수아 줄리앙은 결국 왕부지의 견해에 동의함과 동시에, 원리로서의 '理'와 그를 실현시키는 '氣'는 불가분의 관계를 맺고 있으며, '勢'는 이 양자에 의지하여 '특정한 방향으로 자발적으로 나아가는 에너지'라고 정의함으로써, '勢'가 '理' 그리고 '理의 氣'와 불가분의 관계로 상호 의존하고 있음을 주장한 것이다.

왕부지는 이와 같은 철학적 사고의 바탕 위에, 나아가 "勢란 것은 意 중의 神理이다(勢者, 意中之神理也)"라고 하였다. 이제까지의 '神理'에 대한 분석 내용에 비춰볼 때, 왕부지가 '勢'를 설명하기 위해 제시한 이 '神理'라는 개념은 바로 '자연, 사물 가운데에 잠재된 오묘하고도 헤아릴 수 없는 객관규율'을 가리키는 것임을 알 수 있다. 이러한 그의 관점이 그의 詩學에 적용될 때, '神理'는 '작가의 주관적 의도[의지]'인 '意'의 제

---

28 (프)프랑수아 줄리앙(Francois Jullien), 『사물의 성향 - 중국인의 사유방식』, 한울아카데미, 2009, p.300.

한을 받게 되는 것이다.

　다시 말해, '意 중의 신묘한 이치'로 정의된 '勢'는 詩歌 理論 속에서 작가의 주관적 의도 가운데에 잠재된 오묘하고도 헤아릴 수 없는 객관규율을 가리키며, 이러한 규율은 작품이 그 고유의 특징에 부합하는 독특한 意境을 만들어내게 하고 있다고 설명될 수 있는 것이다. 다른 작품들과 구별되는 이 意境이 바로 詩歌意象의 신묘한 '힘'인 것이다. 몇몇 선배 학자들이 '勢'를 '시가 내부에 응집되어 있는 에너지 혹은 힘'[29]이라고 해석한 것 역시 '勢'만이 가지고 있는 이러한 독특한 특징에 말미암은 것이다.

4. 西方 게슈탈트(Gestalt) 美學理論과 '勢'

　왕부지의 주장에 따르면, '勢'는 '詩歌意象 속에 잠재된 오묘하고도 헤아릴 수 없는 객관규율'이며, 그것은 바로 '詩歌 내부에 응집된 에너지' 혹은 '힘'이란 것을 알게 되었다. 하지만, 이러한 분석 이후 하나의 의문점이 발생하게 된다. 곧 이러한 분석 결과는 시가 내부에 잠재된 내재적 객관규율 혹은 힘에 대하여서는 설명할 수 있지만, 그 '內在的 客觀規律' 또는 '힘'이 어떤 경로를 어떻게 거쳐 詩歌 鑑賞者 쪽에 도달하여 작품 고유의 독특한 意境을 느끼게 하는지에 대해서, 다시 말해 시가 작품 본연과 작품 감상자간의 형성되는 '감상' 혹은 '평가'의 과정에 대하여서는 설명할 수가 없다는 의문을 가지게 된 것이다. 이러한 의문 해

29　鄔國平, 『中國文學批評通史·淸代』, 上海古籍出版社, 1996, p.78.

결을 위해 가장 중요한 것은 '勢의 내적 함의', '勢를 구성하고 있는 요소 간의 구성 방식', '부분과 전체 사이의 연결 관계'에 있다고 판단된다. 이러한 각도에서 본다면, '하나의 분석틀[이론, 방법]'로서 서방 미학 이론 중의 '게슈탈트(Gestalt)이론'은 특별한 의미를 가진다고 말할 수 있다.[30]

'勢'에 대한 분석틀로서 게슈탈트(Gestalt)이론을 이 논문의 담론 속 응용하기 전에 먼저 게슈탈트(Gestalt)이론에 대한 일반적인 내용을 소개하자면, 게슈탈트(Gestalt) 학파는 20세기에 흥기하여 광범위한 영향을 미치고 있는 美學心理學派 중의 하나로서, '게슈탈트'는 독일어 'Gestalt'의 音譯으로서 '완성된 형태(完形)'라 번역하고, 다시 구체적으로는 '유기적으로 연관된 완전체'라는 의미로 해석될 수 있다. 그러나 여기서 말하는 '완전체'라는 것은 기계적 결합의 완전함을 의미하는 것은 결코 아니며, 각 부분의 고유한 특징이 무시된 단순한 결함만을 의미하는 것도 아니다.[31] 게슈탈트(Gestalt) 이론의 대가인 루돌프 아른하임(Rudolf Arnheim)은 "부분의 정합 정도가 매우 다양하여, 만약 이러한 다양화가 없다면, 대략 대부분의 유기적인 총체, 특히 예술품은 모두 비슷한 유형으로 변한다."[32]라고 말하였다. 다시 말해, 비록 하나의 완전체로 변한다할 지라도, 그 유기적인 완전체 안에는 각 부분이 가지고 있던 특성을 여전히 보존하고 있으며, 상호 간에도 특수한 관계를 여전히 유지하고 있다는 것이다. 滕守堯는 루돌프 아른하임(Rudolf Arnheim)의 게슈탈트(Gestalt) 이

---

30 본 논문에서 분석틀로서 활용되는 게슈탈트 이론은 왕부지의 '勢論'을 주요 분석 대상으로 한다. 하지만 이 왕부지의 '勢論'이 中國 古代文論 속 모든 '勢論'의 개념과 특성을 모두 대표하는 것은 아님을 밝혀둔다.

31 (美)魯道夫·阿恩海姆(Rudolf Arnheim), 『視覺思維(Visual Thinking)』, 四川人民出版社, 2005, pp.2-14: '譯者前言' 참조.

32 (미)루돌프 아른하임(Rudolf Arnheim), 『미술과 시지각(Art and visual perception)』, 美眞社, 2006, p.79.

론을 번역하면서 이러한 현상을 아래와 같이 설명하기도 하였다.

> 지각 중 이러한 종류의 간결하고도 완미한 게슈탈트에 대한 추구를 또 어떠한 게슈탈트 심리학자는 '완전한 형태의 압력'이라고 일컫기도 했는데, 이러한 물리학적인 추론은 어떤 사람이 불규칙적이고 불완전한 도형을 볼 때 느끼게 되는 그러한 긴장감과 그것을 힘써 바꾸어 완전무결한 도형이 되게 하려는 경향을 생동적으로 표시하고 있다. 게슈탈트 심리학 중 이러한 경향은 유기체의 능동적 자기조절의 경향으로 해석되기도 하는데, 유기체는 곧 최고한도로 내재적 평형을 추구하는 경향을 가진다는 것이다.[33]

게슈탈트(Gestalt) 미학에서는 어떠한 주체일지라도 모두 완전한 형태를 지각하고자 하는 충동을 가지고 있으며, 예술작품이 제공하는 '형(形)'은 작품을 읽고 감상하는 이들로 하여금 知覺의 통로를 통해 心理的인 내용과 완전히 합해지게 할 수 있다고 여기고 있다. 그러나 視覺的 形象이 완전한 형태를 유지하기 위해서는 '단순성(Simplicity)'과 '긴장감(tention)'이라는 내재적 원칙이 준수되어야 한다. 이른바 '단순성'이란 것은 시각 대상을 벗어나 조직함으로써 소위 무결함의 情態的인 게슈탈트(Gestalt)를 형성하여, '질적으로 다르고도 동일한 구조(異質同構)의 動態的인 평행상태'[34]에 도달토록 만드는 성격을 가리킨다. 그러나 단순화된 시각 대

---

33 (美)魯道夫·阿恩海姆(Rudolf Arnheim), 『視覺思維(Visual Thinking)』, p.7: '譯者前言'.

34 '異質同構의 動態的인 평행상태'라는 것은 예술 활동 과정에 작용하는 주체와 대상, 예술품 등이 외적으로는 하나로 구성된 형식을 갖추고 있지만, 내적으로는 상호유기적인 관계 속에서 부분이 가지고 있던 특성을 그대로 보존한 채로 특수한 관계를 유지하고 있음을 설명하기 위해 사용한 개념이다. 외적 형식적으로는 '同構'이고, 내적으로는 각자의 개별성을 보존하고 있기에 '異質'이라 표현하였다. 또한 상호 간에는 내재적으로 언제나 '충돌'과 '모순'의 운동을 하고 있기에 '動態的'이라 명명하였으며, 그 운동성이 상호 동일한 '힘'에 의해 안정된 '긴장' 상태를 유지하고 있기에 '평행상태'라 표현하였다.

상은 내적으로 긴장감을 만들어내는 일종의 운동성을 유지하고 있어, 주체 내부에 동일하게 구조화된 게슈탈트(Gestalt)로 하여금 '내적인 충돌', '모순'과 '힘'이 충만토록 하는데, 이것이 바로 앞에서 언급한 '긴장감(tention)'인 것이다. 이 '질적으로 다르면서도 동일한 구조(異質同構)'의 이 시각 형상의 결과가 바로 '게슈탈트질(Gestalt qualities)'을 만들어내게 된다.

이른바, '게슈탈트질(Gestalt qualities)'이란 마음도 아니고 사물도 아니며, 또한 마음이면서 또한 사물인 현상이라 해석할 수 있으며, 그 가운데에는 인간과 자연, 인간의 심리와 인간의 환경 사이 등에서 비교할 수 없는 풍부한 내용을 포함하고 있다. 고대 文論 傳統에서 항상 이야기하는 '현 밖의 소리(弦外之音)',[35] '象 밖의 象, 象 밖의 景(象外之象, 象外之景)'[36] 등은 바로 이러한 '질적으로 다르면서도 동일한 구조(異質同構)'인 形象化의 결과물로서, 서양 미학 게슈탈트 학파에서 주장하는 '게슈탈트질(Gestalt qualities)'과 거의 유사한 본질을 가진다고 말할 수 있다.

이상과 같은 서양 '게슈탈트' 미학 이론의 이론구조를 바탕으로, 중국 전통 시학 범주 내에서 유사성을 가진 범주를 찾아보면, 그 구조상의 전형적 특징을 '勢' 범주에서 찾아볼 수 있다. 곧 '게슈탈트' 미학 이론의 해석구조로써 중국 전통 시학 범주인 '勢'를 분석할 때, '勢'는 '질적으로 다르면서도 동일한 구조(異質同構)'의 動態平衡 상태의 시학 범주로서, 그 내부적인 구성 역시 '내재적 충돌', '모순'과 '힘'이 충만해 있는 구조라 말할 수 있다. 창작과 감상 과정에서 출현하는 '勢'를 '게슈탈트' 이론으로써 분석해보면, 아래와 같이 도식화할 수 있다.

---

35 (南朝宋)范曄, 「獄中與諸甥姪書」, 『古文觀止新編』, 上海古籍出版社, 1996, p.445.

36 (唐)司空圖, 「與極浦書」, 『全唐文』四冊, 上海古籍出版社, 1995, p.3762.

자연(형상대상)		작가(창작주체)
- 객관규율 보유 - 理, 氣로 구성	Gestalt ↔	- 意, 興, 情趣 보유 (意 : 주관적인 창작 의도)

Gestalt ↕   Gestalt ↕

감상자(체험주체)	Gestalt ↔ ← Gestalt qualities	작품(창작결과)
- 심미체험에 대한 향수		- 객관규율과 '힘'이 내재

詩歌의 형상화 대상으로서 '자연', 이를 하나의 예술작품으로 승화시키는 창작 주체로서 '작가', 작가의 예술 형상의 창작결과물로서 '작품', 이러한 작품을 감상하는 예술 체험의 주체로서 '감상자[독재]', 이렇게 전체 예술형상화의 창작 및 감상 과정에서 각 사자(四者)간에는 이른바 '게슈탈트(Gestalt)'가 언제나 형성되어 있으며, 그 '게슈탈트(Gestalt)' 관계에서 異質同構的인 형상화 결과물인 '게슈탈트질(Gestalt qualities)'이 만들어지는 것이다.

결과적으로 내재적 충돌, 모순과 힘이 작품을 감상하는 감상자로 하여금 다른 작품과 다른 '勢'의 意境을 체험할 수 있도록 하는 것이다. 따라서 만약 이러한 서양 '게슈탈트' 미학 이론에서 설명한 異質同構의 動態平衡 상태에 대한 이해의 기초 아래, 중국 傳統文論 중의 '勢'의 내적 구조에 대한 이해를 더한다면, 보다 쉽게 '勢'와 연관된 심미 체험과정을 설명해 낼 수 있는 것이다. 『周易內傳』卷上에서 주장한 왕부지의 견해는 '勢'와 연관된 감상자의 시가 작품에 대한 심미 체험과정을 더욱 분명히 설명할 수 있도록 하였다. 『周易內傳』卷上에서 왕부지는 『周易·坤卦』의 象辭 "땅의 형세가 坤이니, 君子는 이로써 덕을 두텁게 하여 만물을 싣는다.(地勢坤, 君子以厚德載物)"에 다음과 같이 설명을 덧붙였다.

> 勢는 形의 勢이다. 땅의 모양은 높고 낮게 서로 쌓이지만, 반드시 점점
> 아래로 비스듬히 뻗는다.[37]

"勢는 형의 세이다(勢, 形之勢也)"란 것은 '勢'가 외부로 드러나는 '形 (shape)'의 모식을 가지고 있음을 의미한다. 이러한 '形'의 모식은 결국 감상자가 접하게 되는 심미 체험과정의 가장 외연에 위치하게 된다. 이 러한 '勢'의 속성에 대하여, 프랑수아 줄리앙은 더 나아가 "勢는 형태를 만들어내는 내적 에너지일 뿐만 아니라 이러한 에너지가 만들어내는 긴 장의 효과이기도 하다."[38]라고 주장함으로써, '勢'가 '形'의 모식을 가짐 과 동시에 그 스스로가 하나의 '긴장의 효과'임을 밝히었다. 프랑수아 줄리앙의 이와 같은 주장은 게슈탈트 미학 이론의 주장과 유사성을 가 진다. 게슈탈트 미학 이론은 "표현성이라는 것이 그러한 지각 표상의 '기하하적·기술적인' 속성들에 의해서만 전달되는 것이 아니라 관찰자 의 신경계에서 발생한 것으로 보이는 힘(forces)에 의해서도 전달되는 것 임을 발견하게 된다."[39]라고 여기었다. 이는 곧, 예술작품에 대한 감상자 의 審美 體驗이란 것은 대상의 표현성 및 그 힘의 구조[외재적 세계]와 사 람의 신경계통 같은 힘의 구조[내재적 세계]의 유사 형식의 결합이라는 것 을 의미한다.

---

37 (明)王夫之, 『周易內傳』卷一上, 『船山全書』第1冊, 嶽麓書社, 1996, p.78: "勢, 形之勢也. 地形高下相積, 而必漸迤於下."

38 (프)프랑수아 줄리앙(Francois Jullien), 『사물의 성향 - 중국인의 사유방식』, 한울아카데 미, 2009, p.111.

39 (미)Rudolf Arnheim, 『미술과 시지각(Art and visual perception)』, 美眞社, 2006, p.437.

이 이론은 더 나아가 세계의 모든 일들과 만물의 표현은 모두 '힘 (forces)'의 구조를 가지고 있다고 여긴다. 여기서 '힘(forces)'이란 결국 상호 간의 '긴장' 관계를 통해 만들어지는 '形'의 구성 원리인 것이다. 이는 有形의 사물에만 적용되는 것이 아니라, 無形과 抽象的 존재에게도 적용된다. 예를 들어, 무형인 심리 세계는 유형인 사물의 세계와 기본 원천이 비록 같지 않으나, 힘으로 이뤄진 구성 원리는 서로 동일할 수 있다는 것이다. 사물의 세계와 심리 세계의 힘의 구조가 상응하여 교류할 때, 이른바 몸과 마음이 조화롭고(身心和諧), 사물과 내가 한 몸이 되는 (物我一體) 경계에 들어가게 되며, 작품에서 느끼는 심미 체험 또한 이러한 경계로부터 만들어지게 되는 것이다. 그래서 루돌프 아른하임(Rudolf Arnheim)은 "만일 직관적인 관조라든가 객관적인 분석에 의해서 예술작품을 이해하려 한다면 불가불 작품에서 테마(주제)를 정해주고 그 존재 이유를 진술해주는, 작품 속에서의 힘의 패턴(pattern of forces)부터 알아보아야 할 것이다"[40]라고 주장하였다. 이러한 '形'의 모식은 감상자로 하여금 외재적 세계의 구조를 자연스럽게 느끼어 해줄 뿐만 아니라, 더 나아가 '질적으로 다르면서도 동일한 구조(異質同構)'인 '勢'가 더욱 풍부한 '審美意境, 즉 '게슈탈트질(Gestalt qualities)'을 만들어내게끔 촉진하는 것이다.

5. 작품 속 '勢'의 意境

그렇다면, 異質同構의 이 動態平衡 상태는 과연 시가 작품 가운데에

---

40   (미)Rudolf Arnheim, 『미술과 시지각(Art and visual perception)』, 美眞社, 2006, p.429.

서 어떠한 종류의 그리고 어느 정도의 意境을 만들어낼 수 있을 것인가?

異質同構의 動態平衡 상태인 '勢'는 먼저 시가 작품이 생동적인 動態感을 가지도록 한다. 이와 관련하여, 建安七子 중의 한 명인 劉楨의「사촌 아우에게 주다(贈從弟)」詩를 살펴본다.

汎汎東流水,　넘실넘실 동으로 흐르는 물,
磷磷水中石.　반짝반짝 물속의 돌.
蘋藻生其涯,　부평초는 그 물가에서 자라고,
華葉紛擾溺.　꽃잎은 흩날리며 빠져드네.
采之薦宗廟,　캐어 종묘에도 바치니,
可以羞嘉客.　귀한 손님께도 드릴 수 있겠네.
豈無園中葵,　어찌 정원에 아욱이 없겠는가,
懿此出深澤.　이것이 깊은 못에서 나왔음을 찬미할 따름이네.

劉楨의 이「사촌 아우에게 주다(贈從弟)」詩에 대하여, 왕부지는 "短章에 만 리의 기세가 있다(短章有萬里之勢)"[41]라 평하였다. 그의 이 평어 가운데 언급된 '勢'는 형상화된 자연 경물의 動態感을 가리키고 있다. 이러한 意境은 왕부지의 시가 이론에서 가장 많이 출현하는 '取勢'의 효과로서, '勢'가 가지고 있는 대표적인 意境이기도 하다. 이러한 '勢'가 만들어내는 생동적인 동태감은 사실 '神'과 변화무쌍한 '意'에 근원 한다. 그 중 '神'의 변화무쌍함을 왕부지는 아래와 같이 표현하기도 하였다.

神이란 것은 헤아릴 수 없는 것이다. 막히지 않아 虛하고, 잘 변하여 靈

41　(明)王夫之,『古詩評選』卷四,『船山全書』第14冊, 嶽麓書社, 1996, p.672: 劉楨「贈從弟二首」詩 評語.

하니, 太和의 氣는 陰에서 존재하고 陽에도 존재한다. 인간에 있어서는 虛
에서 머금어, 귀 눈 입 몸 피부 머리카락 가운데서 행해지니, 모두 그것을
접촉하기만 하면 神靈해져, 그 소재를 헤아릴 수가 없다.[42]

이러한 '神'과 '意'의 속성을 내포하고 있는 '勢'의 생동적인 동태감은
통상 自然 景物이나 혹은 山川을 묘사한 작품 속에서 쉽게 발견된다. 먼
저, 아래의 作品과 評語들을 살펴보자.

雜詩 其九

結宇窮岡曲,	궁벽한 언덕 굽이에 지붕을 이고,
耦耕幽藪陰.	깊고 고요한 못가에서 나란히 밭을 가네.
荒庭寂以閒,	황폐한 정원은 적막하여 한가롭고,
幽岫峭且深.	그윽한 산굴은 험하고도 유심하네.
凄風起東谷,	쓸쓸한 바람은 동쪽 골에서 일고,
有渰興南岑.	비구름은 남쪽 봉우리에서 일어나네.
雖無箕畢期,	箕星과 畢星의 기약은 없었으나,
膚寸自成霖.	작은 구름은 절로 장마를 이루네.
澤雉登壟雊,	습지의 꿩 밭두둑에 올라 울어대고,
寒猿擁條吟.	추운 원숭이 나뭇가지 부여잡고 끙끙대네.
溪壑無人跡,	시내 골짜기엔 사람의 자취 없고,
荒楚鬱蕭森.	황량한 숲에는 초목만 무성하네.
投耒循岸垂,	쟁기를 던지고 언덕 돌아내려 오니,
時聞樵采音.	이따금 나무하고 나물 캐는 소리 들리네.
重基可擬志,	높은 산은 뜻을 헤아리고,
迴淵可比心.	깊은 못은 마음에 비기겠네.

---

42 (明)王夫之,『張子正蒙注』卷一,『船山全書』第12冊, 嶽麓書社, 1996, p.46: "神者, 不可測
也. 不滯則虛, 善變則靈, 太和之氣, 於陰而在, 於陽而在. 其於人也, 含於虛而行於耳目口體
膚髮之中, 皆觸之而靈, 不能測其所在."

養貞尙無爲,　본성을 수양함에 무위를 숭상하고,
道勝貴陸沈.　도가 뛰어남에 은거를 귀하게 여기네.
遊思竹素園,　典籍의 정원에서 생각을 노닐고,
寄辭翰墨林.　필묵의 숲에 문장을 부쳐보네.

評語: 끝을 맺어도 끝나지 않은 듯함은 두 사람이 짝지어 말하기 때문이니, 날고 춤추는 기세는 난새가 비상하고 봉황이 날아오를 듯하네. (結如不結, 二偶語耳, 飛舞之勢,　如鸞翔鳳翥.)[43]

擬嵇中散詠松詩

遙望山上松,　멀리 산 위의 소나무를 바라보니,
隆冬不能凋.　한 겨울에도 시들지 않았구나.
願想遊下憩,　그 아래서 노닐며 쉬고 싶어,
瞻彼萬仞條.　저 만 길 가지를 바라만 보네.
騰躍未能升,　구름 안개 타고 하늘을 날 수 없으니,
頓足竢王喬.　발을 구르며 신선 왕교를 기다리네.
時哉不我與,　때가 나와 함께 하지 않으니,
大運所飄颻.　운명의 바람에 나부낄 뿐이네.

評語: 손을 대어도 손을 놓아도 손을 바꿔도, 언제나 가을 달이 외로이 걸리고 봄 구름이 홀연히 일어나는 기세가 있도다.(入手落手轉手, 總有秋月孤懸·春雲忽起之勢.)[44]

　　張協의 「雜詩」와 謝道韞의 「擬嵇中散詠松詩」, 그리고 그를 평한 이상의 두 評語를 살펴보면, 대부분 山川風景을 묘사한 작품을 대상으로 비

43　(明)王夫之,『古詩評選』卷四,『船山全書』第14冊, 嶽麓書社, 1996, pp.706-707: 張協「雜詩」其九 評語.
44　(明)王夫之,『古詩評選』卷五,『船山全書』第14冊, 嶽麓書社, 1996, p.726: 謝道韞「擬嵇中散詠松詩」評語.

평한 것들이다. 이 작품들은 각 구의 형상화된 효과가 이미 流動性을 가지고 있어, 독자들이 이 詩歌 작품을 접했을 때, 작품 속의 자연스러운 생동감을 아주 쉽게 느낄 수 있게 된다. 게다가, 이러한 작품들은 대부분 편폭이 비교적 크고, 작품 속의 층차나 혹은 작가의 창작 의도가 복잡한 시가 작품들이 많은데, 樂府詩, 敍事詩 또는 李白의 작품 등이 바로 이러한 장엄한 '勢'를 만들어낼 수 있는 전형적인 작품이다. 또한 이러한 작품에 대하여, 왕부지는 대부분 '세를 흐르게 하다(流勢)', '만 리의 기세(萬里之勢)', '밀고 꺾어지며 묵묵히 움직인다(推折默運)', '문득 일어난다(忽起)' 등의 평어로써 작품 속 '勢'의 意境을 평하였다. 왕부지의 이 評語들에 따르면, '勢'는 작품 규모가 비교적 큰 장면이나 격정적 형태, 속도감이 있는 동태적인 형세 등이 주는 효과를 평하는 데 주로 사용되었음을 알 수 있다.

둘째, '勢'는 생동적인 動態感을 가지게 할 뿐 아니라, 詩歌 작품이 함축성 있는 審美感을 가지도록 한다. 이 때문에, 독자가 '세를 얻은(取勢)' 작품을 읽을 때, 작품의 잔잔한 함축미를 쉽게 느끼게 해주는 것이다. 이러한 '勢'가 만들어지는 까닭은 바로 시가의 내부 전체가 완미한 게슈탈트(Gestalt)를 형성하고 있을 뿐 아니라, 그 내부의 '긴장감(tention)'이 안정된 상태를 유지하고 있기 때문이다. 어떤 때 그것은 작품 속의 긴장감을 조금 느슨하게 하기도 하고, 또 어떤 때에는 작품 속의 기세를 점차 발산시키며, 또 어떤 때에는 전체 작품 속에 흐르는 '힘'을 억제하기도 하는데, 이 모든 것은 바로 시가 작품이 함축적인 '게슈탈트질(Gestalt qualities)'을 만들게 하기 때문이다. 왕부지는 이러한 종류의 意境을 가진 작품에 대하여 항상 '勢'를 이용하여 평가하였다. 아래의 評語들을 살펴보자.

거두는 자는 단호히 거두기만 하고, 풀어주는 자는 기세를 거두지 않음이 없다. 거두고 풀어줌을 아는 자라야만, 더불어 음악의 이치를 말할 수 있다.[45]

이편은 중심에는 정교한 이치가 있고, 필치에는 기세를 참고 있어, 아름다우나 속되지 않으니, 비로소 작가임이 부끄럽지 않도다.[46]

두 장이 되풀이하여 기세를 길러내니, 비록 모습은 「風」、「雅」를 닮았으나, 신묘한 운치는 저절로 달라지네.[47]

한 번에 강건함으로 치달리는 가운데 절로 남겨둔 기세가 있으니, 이것이 바로 '雅'이다.[48]

오직 정교하여, 강함이 시구에 있으나 시편에는 있지 않으니, 자구에는 저절로 남은 기세가 있다.[49]

붓을 대면 항상 勢를 거두니, 뜻밖에도 도연명과 사령운의 앞에 있구나.[50]

붓끝에 주의를 기울이는 사이에도 모두 勢를 멈추는 데 사용하고 있다.

---

45 (明)王夫之, 『古詩評選』卷一, 『船山全書』第14冊, 嶽麓書社, 1996, p.495: "歛者固歛, 縱者莫非歛勢. 知歛縱者, 乃可與言樂理."(宋子侯 「董嬌嬈」詩 評語)

46 (明)王夫之, 『古詩評選』卷一, 『船山全書』第14冊, 嶽麓書社, 1996, p.566: "此篇心有密理, 筆有忍勢, 艷而不俗, 方可不愧作者."(江總 「長相思」詩 評語)

47 (明)王夫之, 『古詩評選』卷二, 『船山全書』第14冊, 嶽麓書社, 1996, p.579: "二章往復養勢, 雖體似風、雅, 而神韻自別."(嵇康 「贈秀才入軍十七首」詩 評語)

48 (明)王夫之, 『古詩評選』卷五, 『船山全書』第14冊, 嶽麓書社, 1996, p.766: "一往駛健中自有留勢, 則雅."(陸厥 「奉答内兄顧希叔」詩 評語)

49 (明)王夫之, 『古詩評選』卷五, 『船山全書』第14冊, 嶽麓書社, 1996, p.804: "唯其密也, 勁在句而不在篇, 字句自有餘勢."(何遜 「暮春答朱記室」詩 評語)

50 (明)王夫之, 『唐詩評選』卷二, 『船山全書』第14冊, 嶽麓書社, 1996, p.927: "落筆常作收勢, 居然在陶、謝之先."(王積 「石竹詠」詩 評語)

마땅히 먹 바깥에서 구해야 하리.[51]

이들 많은 評語 가운데 이 '斂勢', '收勢', '忍勢', '餘勢', '止勢', '養勢', '留勢' 등의 評語는 대부분 '거두고 보내고(收發)', '고르고 가지런히 하고(調整)', '거두고 정돈하고(收拾)', '남음이 있다(有餘)' 등의 의미를 가진다. 이러한 '收發', '調整', '收拾', '有餘' 등의 과정을 거치고 난 뒤에야만이 시가 작품은 비로소 고도의 함축된 심미 효과를 만들어낼 수 있다. 이러한 고도의 함축된 형상 결과물을 곧 '게슈탈트질(Gestalt qualities)'이라 말할 수 있으며, 이 결과물이 바로 詩歌 작품에 여운이 있고 정취가 가득한 함축미를 가지게 만들어 주는 것이다. 이러한 심미 효과의 내원은 작가의 정서와 형상 대상의 객관규율 등으로 구성된 게슈탈트(Gestalt) 구조 속에 충만한 '심미 긴장감(tention)' 때문이다. 작가는 창작과정에서 작품 가운데 자신의 바람을 충분히 적어내고, 독자는 작품으로부터 상쾌하면서 편안한 느낌을 가질 수 있게 된다. 만약 작가가 시가 작품 속에 자신의 주관적인 바람을 응축하여 적어낸다면, 독자는 그 작품으로부터 고도의 친밀감을 느끼게 될 뿐 아니라, 이러한 심미 효과를 얻게 되는 것에서 더 나아가 그 상상력까지 스스로 불러일으키게 된다. 이러한 과정 뒤에 결국 독자는 그 스스로 작자의 창작 의도와 자신의 감상을 일치시킬 수 있게 되는 것이다. 생동감이나 혹은 상쾌하고도 편안한 느낌을 주는 것 이외에, 만약 한 편의 시가 작품이 '斂勢', '收勢', '忍勢', '餘勢', '止勢', '養勢', '留勢'를 할 수 있다면, 이는 그 시가 작품이 함축성 있는 審美感을 내포하고 있음을 의미한다. 왕부지는 그의 詩論 저작에서 활시

---

51 (明)王夫之, 『明詩評選』卷四, 『船山全書』第14冊, 嶽麓書社, 1996, p.1250: "顧筆間全用 止勢. 當於墨外求之."(劉基 「旅興」詩 評語)

위를 당기는 원리를 이용하여, 이러한 詩語의 함축적 운용을 비유적으로
설명하기도 하였다.

> 마치 활 쏘는 이가 활을 극도로 당겨서, 간혹 바로 화살을 쏘아버리거나,
> 간혹 천천히 생각하며 오랫동안 당기고 있는 것과 같아서, 참을 수 있는지
> 없는지에 따라 그 힘의 크고 작음을 알 수 있을 따름이다.[52]

이 글에서 '활 쏘는 이가 활을 극도로 당겨서(射者引弓極滿)', '천천히 생
각하며 오랫동안 당기고 있는 것(遲審久之)'은 시인이 자신의 감정을 고도
로 압축하고 있음을 상징하고 있는데, 이어지는 '忍'자는 바로 詩語의
곡절함을 상징하고 있다. 작품이 함축성 있는 심미감이 있는지 없는 지
는 바로 이처럼 '忍'할 수 있는지 '忍'할 수 없는지에 달린 것이다. 그래
서 이 '斂勢', '忍勢', '養勢', '留勢', '餘勢', '止勢', '收勢' 등은 바로 "한
자도 쓰지 않고, 풍류를 다 표현한(不着一字, 盡得風流)"[53] '勢'와 또 다른 한
意境을 대표하고 있는 것이다.

왕부지는 『薑齋詩話·夕堂永日緖論內編』에서, 謝靈運의 작품을 아래
와 같이 평하였다.

> 오직 謝靈運만이 勢를 취할 수 있어, 굽이치고 돌고 구부리고 폄(宛轉屈
> 伸)으로써, 그 意를 다 하길 구하였다. 意가 이미 다하면 곧 그쳐져서 거의
> 남아 있는 말이 없게 되었다. 구불구불 氣勢 있게 꿈틀거리며 운무가 감아
> 올라 피어오르는 듯하니 곧 살아있는 龍이지 그린 龍이 되지 않았다.[54]

---

52 (明)王夫之, 『薑齋詩話·夕堂永日緖論內編』, 『船山全書』第15冊, 嶽麓書社, 1996, p.824:
"如射者引弓極滿, 或卽發矢, 或遲審久之, 能忍不能忍, 其力之大小可知已."

53 (唐)司空圖, 『二十四詩品』, 『歷代詩話』, 中華書局, 1982, p.40.

54 (明)王夫之, 『薑齋詩話·夕堂永日緖論內編』, 『船山全書』第15冊, 嶽麓書社, 1996, p.820:
"唯謝康樂爲能取勢, 宛轉屈伸, 以求盡其意. 意已盡則止, 殆無剩語, 夭矯連蜷, 煙雲繚繞,

이 중, '宛轉屈伸'의 意境은 당연히 시가 형상의 효과와 관련이 있는 것이다. 그런데 만약 독자가 작품을 감상하면서, 시가의 '宛轉屈伸'한 意境을 느꼈다면, 예술감상 작용 가운데 도대체 어떠한 요소가 이러한 효과를 가질 수 있게 한 것일까? 아마도 그 원인 중의 하나는 정련된 字句나 세련된 修辭일 수도 있다. 그러나 '宛轉屈伸'의 효과는 결코 그러한 언어의 형식적 요소에만 의지해서 도달될 수 있는 것이 아니라, 보다 내재적인 요소의 작용으로부터 말미암는데, 그것이 바로 형상물 내부의 '힘(forces)'인 것이다. 이미 형상화된 형상물 내부에 응집된 내재적 '힘(forces)'을 어떻게 '收發'하고 '調整'하며, 어느 정도 '收拾'하고 '有餘'하게 함에 따라, 바로 시가 작품의 '게슈탈트질(Gestalt qualities)'은 부단히 변화하고 생성되어, 결국 감상자가 시가 작품을 감상할 때, '宛轉屈伸'한 意境을 가져다주는 것이다.

6. 나오는 말

中國 古代 文論傳統과 王夫之의 '勢論'에 대한 분석으로부터 '勢'는 詩歌 意象에 간직되어 있는 오묘하여 헤아릴 수 없는 객관규율이나 힘을 가리키는 것이며, 이러한 규율은 작품으로 하여금 작품 고유의 특성을 가진 독특한 意境을 만들어내게 한다는 것을 알게 되었다. 모든 시가 작품은 자신의 체제 및 표현방식을 통해서 각자의 독특한 '勢'를 드러낸다. 하지만, 각 시가 작품이 다른 형식과 내용을 갖춘 각각의 '勢'를 표

乃眞龍, 非畵龍也."

현한다고 할지라도, 그 '勢' 안에는 또한 하나의 동일한 것을 간직하고 있다. 그것은 바로 시가의 意境을 창조하기 위한 작가의 주관적인 창작 의도인 '意'이다. 이러한 작가의 주관적인 창작 의도[意]를 반영하고 있는 작품 형상 안에서 '勢'는 아주 자연스럽게 '意'와 하나가 되며, 이 '意' 또한 사물의 내재 규율에 위배됨이 없이 '勢'와 하나로 합쳐진다.

古代文論傳統을 계승한 王夫之의 '勢論'에서 이처럼 해석되는 '勢'는 서방 '게슈탈트(Gestalt)' 미학 이론의 해석틀에 따르면 바로 '질적으로 다르면서도 동일한 구조(異質同構)'의 전형적인 動態平衡 상태를 이루고 있으며, 이러한 구조 내부에는 내재적 충돌, 모순과 동력에서 형성된 '긴장감'이 충만해 있다고 말할 수 있었다.

이상의 분석에 따르면, 이 서방의 '게슈탈트(Gestalt)' 미학 이론은 '自然', '作家', '作品', '鑑賞者' 상호 간의 연결 및 구성 방식을 충분히 설명할 수 있었으며, 특히 '질적으로 다르면서도 동일한 구조(異質同構)'의 형상 결과물인 '게슈탈트질(Gestalt qualities)'은 감상자가 체험한 심미 효과의 체험과정을 충분히 설명할 수 있었다. 이 심미 효과를 중국 고대 文論傳統 중의 시각에서 본다면, 바로 '勢'의 意境이 되는 것이다. '意'와 '神理', '작가의 주관적 창작 의도[意]'와 '객관규율', '心'과 '物', '주관'과 '객관', '상호 간의 내재적 충돌', '모순과 동력'으로 만들어지고 운영되는 이 '勢'는 스스로 변증법적 구조와 운동성에 의해 존재하게 되며, 이러한 '勢'의 특성이 바로 감상자가 각종 예술작품 속에서 느끼게 되는 '勢'만의 심미 효과를 불러일으키게 하는 것이다.

사실, 고대 文論傳統에 기초한 '勢'를 서방의 '게슈탈트(Gestalt)' 이론을 통해 재해석해 보고자 한 본 논문은 그 논거의 불확실성과 이론 적용의 타당성 여부 등으로 인해, '실험성' 논문의 성격을 벗어나기가 쉽지 않음이 사실이다. 그러나 이상의 논증 과정을 거치면서 중국 고대 文論 傳統의 시각이나 西方美學의 시각 등 방법상의 상이함에 관계없이, 중국 고대 文論의 관점에서 미처 해소되지 못한 전통 시학 내 '勢' 범주의 본질과 그 운영원리에 대한 구체적 해석에는 보다 많은 접근이 이뤄졌다 할 수 있다.

마지막으로 프랑수아 줄리앙의 견해를 빌어, 실험적인 '勢'에 관한 담론의 정리를 대신한다. "경향[勢]이란 한편으로는 존재물을 형성하는 내적 관계, 한 편으로는 존재물에 필연적인 변천, 이 둘 사이에 어떠한 충돌도 없는 일관성[理]의 역동적 발로이다."[55]

---

55   (프)프랑수아 줄리앙(Francois Jullien), 『운행과 창조(Proces ou Creation)』, 케이시아카데미, 2003, p.305.

제10장

"陶冶性情"與"初日芙蓉"之相逢: 王夫之論謝靈運

1. 引言

"學詩幾四十年, 自應舍旃以求適於柳風桐月, 則與馬班颜謝了不相應, 固其所已。"(≪薑齋六十自定稿自敍≫)[1] 王夫之在自己詩集的自敍裏不但敍述了自己"言志"、"以道性情"的詩學追求, 而且對自己文章、詩歌的境界不如司馬遷、班固、颜延之、謝靈運表達了深深的惋惜, 并表明了自己在詩學追求上與以上作者的創作傾向有所類似。從王夫之對他們作品的評語中, 我們也可

---

1   (明)王夫之, ≪薑齋詩集≫, ≪船山全書≫第15册, 嶽麓書社, 1996, p.331: 引文"馬班颜謝"中, "颜謝"一般指"颜延之"、"謝靈運"兩个人, 他們的作品中亦有詩歌, 所以不成問題。"馬班"是一般指"司馬迁"、"班固"兩個人, 他們兩人并有詞賦文章傳世。但再考慮王夫之在自己詩集的自敍里涉及"馬班颜謝"之點、"學詩幾四十年"之言, 論理不順, 因爲"班古"作過詩如≪詠史≫, "司馬遷"却沒作過詩。按照≪古詩評選≫所錄的作品, 也很可能"馬班"是"司馬彪"、"司馬相如"、"班固"、"班婕妤"四人之中兩人。反正, 由於它是與主文旁不相干的旁筆, 暫不深究。

以淸楚地感覺到王夫之的這一感受。這些作家當中， 謝靈運被稱爲是山水詩的開創者， 他的作品多是古往今來爲藝苑所贊譽的佳作。按照如上≪自敍≫的內容， 我們不難推測， 謝靈運詩對於王夫之， 至少不是批判的對象。那麼， 王夫之對謝靈運詩到底作何評价？ 謝靈運詩與王夫之的詩學之間到底有甚麼關係？ 筆者擬從這个簡單的問題着手， 揭開王夫之詩學的神秘面紗。

2. 王夫之的詩學追求

一般地說， 一个作家的創作傾向及文學追求與自己所處於的社會環境、人生經歷及思想都有一定的關係。然而， 我們在王夫之與謝靈運的身上却無法找到共同之處。

衆所周知， 王夫之一生處於天崩地解的明亡淸興之際， 他竪起反淸之旗， 然而失敗， 晚年隱居於衡陽石船山， 終於留着"抱劉越石孤憤而命無從致， 希張橫渠之正學而力不能企(≪自題墓石≫)"[2]之言而去世。相比之下， 謝靈運雖然生於漢末戰亂、三國紛爭以及五胡亂華之後， 但他本出身貴族， 十五歲卽已襲封祖父謝玄的爵位。以隱居生活而言， 王夫之懷着亡國之痛藏身於石船山， 而與王夫之相異的， 謝靈運仕途偃蹇， 政治上遭受排擠打擊， 因此避世隱居。

倘若將兩人人生經歷之差別置於心中， 我們容易以爲王夫之對謝靈運詩的評語大約以貶爲主。然而恰恰相反， 作爲一直堅持"每多非議， 不輕許可"的批評態度的詩論家， 王夫之却"獨心折謝靈運， 極口稱賞， 一無保留"。[3] 据

2　　(明)王夫之， ≪薑齋文集補遺≫， ≪船山全書≫第15册， 嶽麓書社， 1996, p.228。

3　　戴鴻森， ≪薑齋詩話箋注≫， 人民文學出版社， 1981, p.49。

≪船山全書≫所錄, ≪古詩評選≫卷一"古樂府歌行"錄有58家61首, 其中謝靈運詩有4首;卷三"小詩"錄有43家80首, 其中謝靈運詩有3首;卷五"五言古詩"錄有70家207首, 其中謝靈運詩有6首, 即≪古詩評選≫當中謝靈運詩共有33首。王夫之對這些作品逐一加了精彩鮮明的評語。除此之外, 在王夫之涉及謝靈運的著作中, 諸如≪唐詩評選≫、≪明詩評選≫、≪詩譯≫、≪夕堂永日緒論內編≫、≪詩廣傳≫等等, 無法找到貶低之言, 贊譽之詞卻比比皆是。我們可以說謝靈運詩完全符合王夫之的詩學追求, 并且可以想見, 王夫之對謝靈運詩有着系統的認識。

我們先要探究其詩學淵源, 以便具體地說明謝靈運詩在哪些地方符合王夫之的詩學追求。值得注意的是王夫之詩學淵源於≪詩經≫的文學精神。

> 元韻之機, 兆在人心;流連泆宕, 一出一入, 均此情之哀樂, 必永於言者也。故藝苑之士, 不原本於三百篇之律度, 則爲刻木之桃梨。釋經之儒, 不證合於漢魏唐宋之正變, 抑爲株守之兔置。陶冶性情, 別有風旨, 不可以典册簡牘訓詁之學與焉。隨擧兩端, 可通三隅。[4]

由如上所引可見, 王夫之的詩學觀基本上繼承了傳統儒家的文學觀, 他認爲詩歌的本質在於表達"眞情"。孔子將个人的修養歸結爲"興於詩, 立於禮, 成於樂"(≪論語·泰伯≫篇), 認爲詩與樂可以培養人們的品德, ≪詩經≫本身便起着教化人心的作用。王夫之亦繼承孔子的這一觀點, 將自己的最終詩學追求歸結爲"陶冶性情, 別有風旨"。而且, 他主張詩歌要反映內心的眞情, 以此體現≪詩≫三百的精神。孔子說:"詩三百, 一言以蔽之, 曰思無邪。"(≪論語·爲政≫篇)"思無邪"指的是要求詩歌的思想感情是純正眞實, 合乎德治仁政的標准的。的確, 無論≪詩經≫中詩歌的內容如何, 它都起着"興觀群

4　(明)王夫之, ≪薑齋詩話·詩譯≫第一條, ≪船山全書≫第15册, 嶽麓書社, 1996, p.807。

怨"的作用。因而《詩經》具體地演繹了"樂而不淫，哀而不傷"(《論語‧八佾》篇)的"溫柔敦厚"(《禮記‧經解》篇)的詩教，同時奠定了中國文學的抒情傳統。王夫之更進一步豐富了這一抒情傳統，將"興、觀、群、怨"四者聯繫起來論詩，并將四者加以轉化，進而指明其互相內在的詩學體系。

> "詩之泳遊以體情，可以興；襄刺以立義，可以觀；出其情以相示，可以群；含其情而不盡於言，可以怨矣。"[5]

> "詩可以興，可以觀，可以群，可以怨。"，盡矣。辨漢魏唐宋之雅俗得失以此，讀三百篇者，必此也。可以云者，隨所以而皆可也。於所興而可觀，其興也深。於所觀而可興，其觀也審。以其群者而怨，怨愈不忘，以其怨者而群，群乃益摯，出於四情之外，以生起四情，遊於四情之中，情無所窒。作者用一致之思，讀者各以其情而自得。故關雎，興也。康王晏朝而即爲冰鑑，"吁謨定命，遠猷辰告"，觀也。謝安欣賞而增其遐心，人情之遊也無涯，而各以其情遇，斯所貴於有詩。是故延年不如康樂，而宋唐之所繇昇降也。謝疊山、虞道園之說詩，井畫而根掘之，惡足知此。[6]

在此兩段文字裏，王夫之不但強調了詩歌特殊的文學地位，而且將"情"與作爲文學樣式的詩歌相聯繫來說明"興、觀、群、怨"，進而主張"興、觀、群、怨"不是獨立的感賞表現形態而各自具有的完整的生命。王夫之之所以如此主張，是因爲認爲四者以"情"爲媒介而互相有機地結合。王夫之又曰："人情之遊也無涯，而各以其情遇，斯所貴於有詩"，其中"眞情"不僅是作爲詩歌本質，在發揮"興、觀、群、怨"之詩學作用上也占有核心地位。王夫之還闡述"可以"與"所以"相成因果關係，其關係在鑑賞及批評側面上，與"興、觀、

---

5   (明)王夫之，《四書訓義》卷21，《船山全書》第7冊，嶽麓書社，1996，p.915。
6   (明)王夫之，《薑齋詩話‧詩譯》第二條，《船山全書》第15冊，嶽麓書社，1996，p.808。

群、怨"的詩學作用引起"作者用一致之思, 讀者各以其情而自得"的效果。

　　以詩學淵源而言, 謝靈運與王夫之有着共同之處。据≪詩品≫所述, 鍾嶸說: "宋臨川太守謝靈運, 其源出於陳思, 雜有景陽之體。"(≪詩品·上品≫) 而在對曹植的評价中他又說: "魏陳思王植, 其源出於國風。骨氣奇高, 詞采華茂, 情兼雅怨, 體被文質, 粲溢今古, 卓爾不群。"(≪詩品·上品≫)其中, "情兼雅怨"本來出於≪史記·屈原列傳≫中對≪離騷≫的評价: "屈原之作離騷, 蓋自怨生也。≪國風≫好色而不淫, ≪小雅≫怨誹而不亂, 若≪離騷≫者, 可謂兼之矣。"[7] 据此言, 鍾嶸認爲曹植詩兼有≪小雅≫與≪離騷≫的雅、怨。因而我們可以認爲謝靈運詩間接地繼承了曹植詩的≪國風≫淵源, 同時也兼具≪小雅≫與≪離騷≫的雅、怨。据≪宋書·謝靈運傳≫, 謝靈運才學出衆, 但他生活的那个年代正是政局混亂、社會動蕩的時期, 宋初劉裕采取压抑士族的政策, 謝靈運也由公爵降爲侯爵, 在政治上一直不得意, 此自然使他心懷不滿: "自謂才能宜參權要, 旣不見知, 常懷憤憤"; "少帝卽位, 權在大臣, 靈運構扇異同, 非毁執政, 司徒徐羨之等患之, 出爲永嘉太守。" 如此處境使他不得不將目光轉向山水風光: "所至輒爲詩詠, 以致其意。" 他的詩歌雖然在表面上描寫着山水風景的秀麗, 但在文字背後蘊藏着因不得意的處境而生的抑郁不平。此便是王夫之所謂"含其情而不盡於言, 可以怨矣"的作用。進而, 此"怨"亦引起"興、觀、群"另三者的連鎖作用, 得到令人"陶冶性情"的教化作用。尤其要指出的是, 謝靈運詩從玄言詩攝取哲理與趣味, 進一步加强了詩歌的藝術技巧和表現力, 使詩歌的審美與教化作用達到更高境界。由此可見, 謝靈運詩, 借山水以抒情, 令山水詩升

7　据洪興祖≪楚辭補注≫, 此言原來出於淮南王劉安的≪離騷傳≫, 其原文引如下: "班孟堅序日: 昔在孝武, 博覽古文, 淮南王安敍離騷傳, 以國風好色而不淫, 小雅怨誹而不亂, 若離騷者, 可謂兼之。"

華到"樂而不淫, 哀而不傷"的美學境界, 這正符合王夫之的詩學追求。

3. 謝靈運詩的藝術風格

　除了詩學淵源外, 王夫之在論詩過程中亦詳細地評論了謝靈運詩的藝術風格。
　其一, 王夫之很重視在詩歌創作過程中"情"與"景"的融和 : "情景名爲二, 而實不可離。"[8] 就創作過程而言, "情"、"景"兩者關係決定整個詩歌形象化過程中的各因素 : 主觀感興與客觀物象之交感觸發, 如何引起詩人的創作衝動 ; 以何詩歌樣式如何加以表達等等。於是在一篇作品裏, 對"情"與"景"兩者關係的確定反映了作者的創作意志, 顯示其創作傾向, 甚至代替了作者的本身。王夫之對情景融和的論斷仍適用於論謝靈運詩。在論謝靈運的≪登上戍石鼓山詩≫時, 王夫之闡述了情景交融的藝術效果, 以突出與衆不同的謝靈運詩之境界 :

> 言情則於往來動止、縹渺有無之中得靈蠁, 而執之有象 ; 取景則於擊目經心、絲分缕合之際貌固有, 而言之不欺。而且情不虛情, 情皆可景 ; 景非滯景, 景總含情。神理流於兩間, 天地供其一目, 大無外而細無垠, 落筆之先, 匠意之始, 有不可知者存焉, 豈'興會標擧', 如沈約之所云者哉 ! [9]

又, 論謝靈運的≪鄰里相送至方山≫時, 王夫之評曰 : "情景相入, 涯際不分, 振往古, 盡來今, 唯康樂能之。"[10] 謝靈運此詩, 便是寫他離開建康之

8　(明)王夫之, ≪薑齋詩話·夕堂永日緖論内編≫第14條, ≪船山全書≫第15册, 嶽麓書社, 1996, p.824。
9　(明)王夫之, ≪古詩評選≫卷5, ≪船山全書≫第14册, 嶽麓書社, 1996, p.736。
10　(明)王夫之, ≪古詩評選≫卷5, ≪船山全書≫第14册, 嶽麓書社, 1996, p.730。

時(422), 在方山碼頭上, 與送行的親友告別的具體情景與心理感受：

> 祗役出皇邑, 相期憩甌越。
> 解纜及流潮, 懷舊不能發。
> 析析就衰林, 皎皎明秋月。
> 含情易爲盈, 遇物難可歇。
> 積痾謝生慮, 寡欲罕所闕。
> 資次永幽棲, 豈伊年歲別,
> 各勉日新志, 音塵慰寂蔑。

開頭四句寫自己將出任郡守的情景。"解纜及流潮, 懷日不能發。"船要解纜啟程, 因與鄰里有舊情而不忍分別。此兩句描寫該走了卻不想走, 不想走又不能不走的離別心理, 頗有曲折, 诚無愧於"情景相入"的評語。接着, "析析就衰林, 皎皎明秋月"描寫船已前行, 途中所見, 應爲實景。作者於此未着一字的情語, 只借外景以抒內情, 實質仍在寫自己感情的變化, 正是"景中生情, 情中含景。"[11]

其實, 對王夫之而言, 無論是只有景語, 還是只有情語, 皆無意義, 因爲他認爲"關情者景, 自與情相爲珀芥也。情景雖有在心在物之分, 而景生情, 情生景。"[12] 但王夫之强調此兩者中詩歌藝術形象的基礎在於"景語"："不能作景語, 又何能作情語邪?" 王夫之之所以先强調景語的重要性, 便是因爲王夫之所說的"景", 含義比較廣, 不僅是指自然景物之"景"而且也指實際生活中之"景", 於是雖然像只寫景語, "而情寓其中矣"。更重要的, "以寫景之心理言情, 則身心中獨喻之微, 輕安拈出。"[13] 因此, "古人絕唱句多景語",

---

11　(明)王夫之, 《唐詩評選》卷4, 《船山全書》第14册, 嶽麓書社, 1996, p.1083：岑參
　　《首春渭西郊行呈藍田張二主簿》評語。

12　(明)王夫之, 《薑齋詩話·詩譯》第16條, 《船山全書》第15册, 嶽麓書社, 1996, p.816。

謝靈運≪登池上樓≫詩的"池塘生春草"亦是其中之一。王夫之對謝靈運的
"池塘生春草"句說過："古今藝苑遞有推譽，謝客則池塘生春草，……特標
詞組，必爾籠罩乾坤贊譽。"[14] 王夫之與其他人所稱賞的，正是詩歌中絶妙
的景語運用。這里既没有詞藻的堆砌，亦無典故的撏撦，而是直敍卽目所
見，信手拈來，極自然地寫出了春天的春草、園柳、鳴禽的變化，靜中有動，
表現出美好季節的勃發生機。王夫之還說過："池塘生春草 …… 皆心中目
中與相融浹，一出語時，卽得珠圓玉潤，要亦各視其所懷來，而與景相迎者
也"，[15] 如此評价說明它"情景交融"的程度已達到"神於詩者，妙合無垠"[16]之
境界。除≪登池上樓≫以外，王夫之論謝靈運的≪石壁精舍還湖中作≫詩
時還提過"情景"問題："凡取景遠者，類多梗概；取景細者，多入局曲；卽
遠入細，千古一人而已。"[17]

> 昏旦變氣候，山水含清暉。清暉能娛人，遊子憺忘歸。
> 出谷日尚早，入舟陽已微。林壑斂暝色，雲霞收夕霏。
> 芰荷疊映蔚，蒲稗相因依。披拂趨南徑，愉悦偃東扉。
> 慮澹物自輕，意愜理無違。寄言攝生客，試用此道推。

---

13 (明)王夫之，≪薑齋詩話·夕堂永日緒論內編≫第24條，≪船山全書≫第15冊，嶽麓書社，
    1996，p.829。

14 (明)王夫之，≪明詩評選≫卷6，≪船山全書≫第14冊，嶽麓書社，1996，p.1480: 高啓，
    ≪梅花≫評語。除了王夫之的評价以外，"池塘生春草"句，歷來爲許多文人所稱賞：如"夢
    得池塘生春草，使我長价登樓詩。"(唐李白≪增從弟南平太守之遙≫)；"春草池塘一句子，
    驚天動地至今傳。"(宋吳可≪學詩詩≫)；"池塘春草謝家春，萬古千秋五字新。"(元元好問
    ≪論詩三十首≫)；"謝靈運池塘生春草，造語天然，清景可畫，有聲有色。"(明謝榛≪四溟詩
    話≫)

15 (明)王夫之，≪薑齋詩話·夕堂永日緒論內編≫第4條，≪船山全書≫第15冊，嶽麓書社，1996，
    p.820。

16 (明)王夫之，≪薑齋詩話·夕堂永日緒論內編≫第14條，≪船山全書≫第15冊，嶽麓書社，1996，
    p.824。

17 (明)王夫之，≪古詩評選≫卷5，≪船山全書≫第14冊，p.737。

此詩亦是謝靈運山水詩中的名篇, 全詩融情、景、理於一爐, 前兩層雖是寫景, 而皆能寓情於景, 景中情, "景以情合, 情以景生", 比如"清暉"、"林壑"、"蒲稗"這些自然景物皆寫得脈脈含情, 似有人性, 與詩人靈犀相通, 正是"情景雙收。"[18]

其二, 王夫之還評謝靈運《郡東山望溟海詩》說: "此則所稱初日芙蓉者也。"[19] 在此, 王夫之何必以"芙蓉"來論謝靈運詩? 除了王夫之以外, 謝靈運當時的多數人論謝靈運詩, 經常以"芙蓉"來概括其風格, 歷代詩論家亦追踪於後:

湯惠休曰: "謝詩如芙蓉出水, 顏如錯彩鏤金。"(見鍾嶸《詩品》)

延之嘗問鮑照己與靈運優劣, 照曰: "謝五言如初發芙蓉, 自然可愛。君詩若鋪錦列繡兮, 亦雕繢滿眼。"(見《南史·顏延之傳》)

筆者以爲旣然如此, 需要具體地了解以"芙蓉"來代表的藝術風格, 以便把握王夫之論謝靈運詩之標准。有關"芙蓉"的評語淵源出自曹植的《洛神賦》:

其形也, 翩若驚鴻, 婉若遊龍。榮曜秋菊, 華茂春公。仿佛兮若輕雲之蔽月, 流風之回雪。遠而望之, 皎若太陽升朝霞；迫而察之, 灼若芙蓉淥波。

曹植的《洛神賦》以傳說中的洛水之神宓妃爲題材, 刻畫了一位美麗多情的女子形象。作者在賦中從不同角度運用了一連串比喻來描寫宓妃的形象, 生動、細膩、傳神。有此典故以後, 文人常用"出水芙蓉"稱贊"清新自然"的詩歌。"清新自然"也就是"芙蓉"的風格，卽代表鮮艷而不華麗、雕琢而不留痕迹的藝術風格。

按照以上所論述的，筆者以爲無妨將謝靈運詩置於"清新自然"的風格範疇之中，并且王夫之論謝靈運詩時，所欣賞之處亦在於此。再如王夫之論≪七里瀨≫篇的評語亦反映了這一點："平固自遠。'日落山照曜，琢盡還歸不琢。"[20]

但筆者以爲，只憑謝靈運詩這種"清新自然"風格，并不能眞正判斷謝靈運詩與王夫之的詩學是否符合。所謂風格毕竟是在作品上所表現出的藝術形象與作者的思想，只是藝術形象過程的産物而已，而不是如"情"、"景"一样是控制整个詩歌形象化過程的根本因素。也就是說，僅僅從謝靈運詩"清新自然"的風格上不能完全說明謝靈運詩與王夫之詩學的符合之處，其中應該還有更關鍵的因素。

筆者從王夫之的≪夕堂永日緖論·内編≫裏窺見了這个關鍵的因素：

> 以意爲主，勢次之。勢者意中之神理也，唯謝康樂爲能取勢，宛轉屈伸，以求盡其意；意已盡則止，殆無剩語：夭矯連蜷，烟雲繚繞，乃眞龍，非畫龍也。[21]

詩文的所謂"意"一般指作者在創作過程中賦予作品的思想内容，其中"思想内容"便是作者的創作意圖，包括主觀的、形象的情感，寫實的、具體的人事景物，抽象的、觀念的哲理、議理等。但這裏的"意"是具體的形象的"意"而非抽象的觀念的哲理、議理如"經生思路"，實際成爲詩歌意象。按照"譬如畫者，固以筆鋒墨氣曲盡神理，乃有筆墨而無物體，則更無物矣"[22]、"以神

---

20 (明)王夫之，≪古詩評選≫卷5，≪船山全書≫第14册，嶽麓書社，1996，p.731。

21 (明)王夫之，≪薑齋詩話·夕堂永日緖論内編≫第3條，≪船山全書≫第15册，嶽麓書社，1996，p.820。

理相取, 在遠近之間。才著手便煞, 一放手又飄忽去, 如'物在人亡無見期, 捉煞了也。……神理湊合時, 自然恰得"[23]的涵義, 可以推測"神理"是各事物所有的神妙之理。於是, 將以上概念綜合而看, 可以說"勢"是詩歌意象所蘊藏的神妙之"力", 有些人也謂之"詩歌在內部凝聚起來的勢能或力度"。[24] 王夫之還借畫論之言來強調在藝術創作過程中必不可缺的"勢"的關鍵性:"論畫者曰:'咫尺有萬里之勢', 一'勢'字宜着眼。若不論勢, 則縮萬里於咫尺, 直是廣輿記前一天下圖耳。"[25]

由此可知, 所謂"唯謝康樂爲能取勢"的意思是指:謝靈運無損詩歌意象所蘊藏的神妙之力, 能够捕捉山水景物的特徵, 刻畫精細。所以他在畫幅裏呈現生動的景觀, 同時在其中蘊含了深刻的人生哲理與趣味。雖然"意已盡則止, 殆無剩語", 但引起"夭矯連蜷, 烟雲繚繞"的藝術效果, 終於造成"清新自然"如"初日芙蓉"的詩歌風格。王夫之對謝靈運其它詩的評語大致不脱離此範疇:

　　微心雅度, 所不待言。"洊至"、"兼山", 因勢一轉, 藏鋒鍔於光影之中, 得不謂之神品可乎。[26]

　　始終五轉折, 融成一篇。天與造之, 神與運之。[27]

22　(明)王夫之,《唐詩評選》卷3,《船山全書》第14册, 嶽麓書社, 1996, p.1023: 杜甫《廢畦》評語。

23　(明)王夫之,《薑齋詩話·夕堂永日緒論內編》第11條, 嶽麓書社, 1996,《船山全書》第15册, p.823。

24　鄔國平、王鎮遠:《中國文學批評通史》"清代"卷, 上海古籍出版社, 1996, p.78。

25　(明)王夫之,《薑齋詩話·夕堂永日緒論內編》第42條,《船山全書》第15册, 嶽麓書社, 1996, p.838。

26　(明)王夫之,《古詩評選》卷5,《船山全書》第14册, 嶽麓書社, 1996, p.731:《富春渚》評語。

27　(明)王夫之,《古詩評選》卷5,《船山全書》第14册, 嶽麓書社, 1996, p.733:《登池上樓》評語。

轉成一片, 如滿月含光, 都無輪郭。[28]

由如上所引可見, 這些評語大致偏於欣賞"勢"的曲折生動、風格的清新、神理組合的整齊, 雕琢的自然。從數量上看, 這些評語占了全部王夫之對謝靈運詩的評語的一半以上, 可見王夫之論謝靈運詩的關鍵之處便在於此。同時, 亦表明王夫之詩學最重要的便在於詩歌的"取勢"。但這并不代表王夫之認爲"取勢"卽能营構詩歌藝術意境、發生風格效果, 只有在與"立意"、"情景融合"的相互作用下, 才能達到其效果。倘若"情景"融合相當於所謂王夫之詩論的车輪中之輪轂, 相當於輪輞與輪輻的便是"立意"與"取勢"。

4. 結語

綜上所述, 我們可知王夫之詩學與謝靈運的創作風格同樣也符若合契, 其原因一是王夫之的詩學追求與謝靈運的詩歌淵源皆立足於≪詩經≫、≪楚辭≫爲主的傳統詩學, 其二便是謝靈運的山水詩不止是對山水景物簡單的摹寫, 而是將立意、取勢、"情景"融合成藝術之佳境, "亦理, 亦情, 亦趣, 透迤而下, 多取象外, 不失圜中",[29] "初日芙蓉"的佳語與此旨恰相吻合。

---

28 (明)王夫之, ≪古詩評選≫卷5, ≪船山全書≫第14冊, 嶽麓書社, 1996, p.740: ≪夜宿石門詩≫評語。

29 (明)王夫之, ≪古詩評選≫卷5, ≪船山全書≫第14冊, 嶽麓書社, 1996, p.737: ≪田南樹園激流植援≫評語。

제11장

從哲學走向文學: 論王夫之詩學中的"情"

1. 引言

自古以來, 不管是在哲學思想方面, 還是在歷史、文學方面, 中國古代不少學者都十分重視"情"。他們之所以如此重視, 是因爲"情"不僅涵義非常深奧, 而且影響範圍十分廣闊。比如, 從文學方面來說, 陸機在《文賦》裏曾經講過"情"的重要性, 所謂"詩緣情而綺靡。"[1]

鍾嶸則認爲詩歌的特點在於"吟詠性情"。[2]至於劉勰, 他認爲: "辯麗本於情性。故情者文之經, ……昔詩人什篇, 爲情而造文。"[3] 由此可知, 學術範疇內關於"情"的議論, 無論從甚麼樣的角度進行的研究, 自古以來就不斷地在展開, 似乎永遠不能完結。

---

1 (西晉)陸機, 《文賦》, 《文賦集釋》, 人民文學出版社, 2002, p.99。

2 (梁)鍾嶸, 《詩品·序》, 《詩品集注》, 上海古籍出版社, 1994, p.174。

3 (梁)劉勰, 《文心雕龍·情采》篇, 《文心雕龍注》, 人民文學出版社, 1998, p.538。

明清之際三大大師之一, 王夫之的學術思想中, 受到重視的範疇之一也是
"情"。從文學方面來說, "情"一詞在王夫之的詩學專著當中, 不但多次出現,
而且在其他論著中也佔有很重要的地位。

那麼, 王夫之到底是用甚麼樣的眼光來看待"情"範疇, 又怎麼繼承、發展
和批判前人的看法和見解？本文將通過初探儒家哲學思想中"情"的內涵,
探討王夫之關於詩學範疇"情"的言論, 尤其是他從哲學、詩學的角度, 對
"情"所作的解釋。先擬以哲學範疇爲線索, 下筆展開。

2. 儒家哲學思想中的"情"

2.1. 傳統儒家眼中的"情"

"情"是一個內涵和外延都很廣泛的範疇, 主要是指由於人的生理和社會需
要而產生的心理體驗, 表現爲情感、倫理、認知等各個方面。中國古代傳統
儒學從一定意義上說, 可稱之爲"情的哲學"。孔子雖然沒有正式提出"情"這
個範疇, 但是他的倫理哲學正是從"情"出發的。所謂"樂而不淫, 哀而不傷",[4]
這既是論藝術情感, 又是講道德情感。在哲學思想上最早對"情"的範疇進行
界說的是荀子, 他說："性者, 天之就也；情者, 性之質也；欲者, 情之應
也。以所欲爲可得而求之, 情之所必不免也。"[5] 從一開始就規定了"情"與
"性"具有道德性情不可分的內涵。清代王先謙對荀子的說法給過詳細的解
釋。他說："性者成於天之自然, 情者性之質也；欲又情之所應, 所以人必

---

4   (宋)朱熹, 《論語集注·八佾》篇, 《四書章句集注》, 中華書局, 2003, p.66。
5   (漢)荀況, 《荀子·正名》篇, 《荀子集解》卷十六, 中華書局, 1997, p.428。

不免於有欲也。"[6] ≪禮記·禮運≫篇則說得更爲明白: "何爲人情? 喜、怒、哀、懼、愛、惡、欲, 七者弗學而能。"[7] 這說明"情"是人所具有的本能, 它作爲一種社會感性心理結構, 是人性的本質之一。然而, 中國哲學所說的"情"是要受到"禮"或"理"這種社會理性心理結構的約束的, 否則"情"就是"任情", 就是"縱欲"。所以, ≪易·損卦≫篇有這麽一句: "君子以懲忿窒欲",[8] ≪禮記·曲禮上≫篇則說: "敖不可長, 欲不可縱, 志不可滿, 樂不可極。" 關於≪禮記≫的這段話, 孔穎達曾對"欲不可縱"作注: "心所貪愛爲欲, 則飲食男女, 人之大欲存焉, 是世人皆有欲, 但不得縱之也。"[9] 由此可知, 中國儒學所說的"情", 從源頭開始, 就規定了它是有限度的、受到制約的。唐代韓愈在≪原性≫中說: "性也者, 與生俱生也, 情也者, 接於物而生也。"[10] 由此可知, 他認爲"性"在性情關係上應佔有本體地位, 而"情"只是這一道德原則在情感活動中的表現而已, 他的這種言論是源於維護儒學道德人性論的想法。宋代歐陽修對"情"提出了一些新的解釋, 他說: "物所以感乎目, 情所以動乎心。合之爲大中, 發之爲至和",[11] 說明感物而動的, 旣是情又是性, 從而在一定程度上肯定了感性"情"的地位。

總之, 傳統儒家思想中所要表現的"情", 雖然說法各異, 各有側重, "情"與"理"的比例也不盡相同, 然而, 卻有一個共同的特點, 那就是這種"情"是和社會政治倫理道德的"意志"合爲一體的, 有着深廣的社會性的情感, 不是單純個人的缺乏社會性的空虛的情感。

6　(淸)王先謙, ≪荀子集解≫卷十六, 中華書局, 1997, p.428。

7　(唐)孔穎達 疏, ≪禮記正義≫卷二十二, 北京大學出版社, 1999, p.689。

8　(唐)孔穎達 疏, ≪周易正義≫卷四, 北京大學出版社, 1999, p.173。

9　(唐)孔穎達 疏, ≪禮記正義≫卷一, 北京大學出版社, 1999, p.8。

10　(淸)沈德潛 選, ≪唐宋八大家古文≫卷一, 中華書局, 1996, p.5。

11　(宋)歐陽修, ≪國學試策≫, ≪居士外集≫卷二十一, ≪歐陽修全集≫, 中華書局, 2001, p.1032。

2.2. 王夫之與朱熹的"情"論比較

那麼, 在哲學思想方面, 作爲其學術理論的關鍵, 王夫之的"情"的言論跟儒家哲學中對"情"的觀點到底有何差別, 有何繼承關係呢？這裏將通過對兩位大儒的"情"論的比較, 進一步理解王夫之對"情"的言論, 以便瞭解基於傳統儒家思想與理學思想的"情"的含義, 以及其在王夫之詩學中的含義。

嵇文甫先生專門研究王夫之哲學思想, 在總結王夫之哲學思想時指出："綜合他整個的理論體系, 而判斷他在中國近古思想史的地位, 可以說他是：宗師橫渠, 修正程朱, 反對陸王。"[12] 王夫之闡述天理與人情之間的關係的人性論也正是遵循着這一思想原則的。

在南宋以後, 隨着理學心性論的推闡深入, "情"以及與它相關的"性"和"欲", 都被納入形而上學的範疇體系, 具有思辨色彩。程朱理學明確區分了"性"、"情"、"欲", 指出"性"是"理", 是本；"情"是動, 是末。程朱理學從主體意識的角度解釋了"情"。他們以"道心"爲"性"、"理", 以"人心"爲"情"、"欲", 認爲"性"是具有社會性的道德理性, 而"欲"卻是非社會性的, 不具有群體心靈的本質特徵。他們把作爲精神生活中不可缺少的豐富多彩的情感, 僅僅歸結爲道德性的表現, 完全變成道德情感。這種"情"論的特徵比較明確地顯示在當時的人性論上。

根據宋代理學的集大成者朱熹的說法, 萬物的誕生都是具有某種"理"的, 由於人亦是構成世界的個體, 因此也像其他萬物一樣, 具有體現天理的"性"。朱熹的人性論, 一言以蔽之, 可以說是繼承並發展了漢代程頤的"性卽理"說。朱熹說：

---

12 嵇文甫, ≪王船山學術論叢≫, 三聯書店, 1978, p.109。

性者, 人所受之天理。天道者, 天理自然之本體。其實一理也。[13]

　　朱熹所說的就是, 由於人性裏具備着太極, 人能認識到所有的事理, 因此可以說人性具備着天理。所以, 從這個角度來看, 人雖然可以僅僅算是一條生命, 但是倘若人被認爲是生命的原因, 在於人是一個有形質的存在者的話, 那麼可以說, 在"生命"裏不僅僅是只有天理, 而且含有從"一氣"收到的心神與性質的要素。因此, 朱熹認爲:"命之正者出於理, 命之變者出於氣質, 要之皆天所付予。"[14] 這就是他對"性"作爲實際存在的看法。他還說:"天理人欲是交界處, 不是兩個。人心須是在天理則存天理, 在人欲則去人欲。"[15] 這些話意味着, 倘若人心能自覺領悟天理, 那麼就能保存人心本來所稟受的天理, 否則天理將隨人欲而淪喪。

　　朱熹對"天理"及"人欲"的觀點, 基本上和對"情"的觀點是一致的。他認爲, 由於"情"是人心發動的, 它本身並不是邪惡的。所以, 先判斷那"情"是隨"性"而發動的, 還是隨物欲而發動的, 然後才可以評定其爲善或惡。也就是說, "性"不是只有控制了"情"才能確立自己的位置, 而是通過"情"才能彰顯出來。這就是朱熹所說的"心統性情論"。

　　那麼, 與朱熹的觀點相對照, 王夫之對"情"的觀點又如何? 王夫之對"情"的認識, 雖然基本上是繼承程朱的"性卽理"說, 但是這並不意味着他與程朱的觀點完全一致。王夫之在從自己人性論的觀點來批評程子的氣稟時說:

　　若情固由性生, 乃已生則一合而一離。如竹根生筍, 筍之與竹終各爲一物事, 特其相通相成而已。又如父子, 父實生子, 而子之已長, 則禁抑他舉動教一一肯

13　(宋)朱熹, 《論語集注·公冶張》篇, 《四書章句集注》, 中華書局, 2003, p.79。
14　(宋)朱熹, 《朱子語類》卷四, 中華書局, 1999, p78。
15　(宋)朱熹, 《朱子語類》卷七十八, 中華書局, 1999, p.2015。

吾不得也。情之於性, 亦若是也。則喜、怒、哀、樂之與性, 一合一離者是也。
故惻隱、羞惡、辭讓、是非, 但可以心言而不可謂之情, 以其與未發時之所存
者, 只是一個物事也。性, 道心也 ; 情, 人心也。惻隱、羞惡、辭讓、是非, 道
心也 ; 喜、怒、哀、樂, 人心也。……發而始有、未發則無者謂之情, 乃心之
動機與物相往來者, 雖統於心而與性無關。卽其統心者, 亦承性之流而相統相
成, 然終如筍之於竹, 父之於子, 判然爲兩個物事矣。大抵不善之所自來, 於情
始有而性則無。孟子言"情可以善"者, 言情之中者可善, 其過、不及者亦未嘗不
可善, 以性固行於情之中也。情以性爲幹, 則亦無不善 ; 離性而自爲情, 則可以
爲不善矣。惻隱、羞惡、辭讓、是非之心, 固未嘗不入於喜、怒、哀、樂之中
而相爲用, 而要非一矣。 [16]

由此可知, 朱熹認爲未發是性, 已發是情, 而王夫之則認爲, 不僅未發的
道德情感是"性", 已發的道德情感也是"性", 不能把"性"和"情"相混淆。

不過, 王夫之與程朱在"情"論上的異同, 還不止於人性論的這一方面。王
夫之將程朱之說加以修正, 發展爲從"氣一元論的存在論"的角度出發認識"性
卽理"說的實質。也就是說, 雖然他承認程朱的"性卽理"說, 但是他認爲其
中的"理"不是作爲獨立的存在者的"理", 而是在"氣"中的"理" : "夫性卽理
也, 理者理乎氣而爲氣之理也, 是豈於氣之外別有一理以遊行於氣中者乎", [17]
還認爲由於"蓋言心言性, 言天言理, 俱必在氣上說, 若無氣處則俱無也", [18]
因此人在充滿氣的世界當中, 是從天的本體(卽"陰陽")中產生出來的。這指的
是在人性論中, "性"、"情"的命題亦超越不了存在論的秩序。

概括而言, 王夫之認爲, 因爲"理"是在"氣"中的"理", "性"作爲給予人的
"理", 亦是由強健與軟弱二者所組成的。不過, 他接着又說, "陰陽治人, 而

16　(明)王夫之, 《讀四書大全說》卷八, 《船山全書》第6冊, 嶽麓書社, 1996, pp.964-965。

17　(明)王夫之, 《讀四書大全說》卷十, 《船山全書》第6冊, 嶽麓書社, 1996, p1076。

18　(明)王夫之, 《讀四書大全說》卷十, 《船山全書》第6冊, 嶽麓書社, 1996, p.1109。

不能代人以治。既生以後，人以所受之性情爲其性情，道旣與之，不能復代
之。"[19] 由此可見，王夫之承認"性"及"情"所具有的個別完整性。這顯示了
王夫之跟程朱在人性論上的分歧，也意味着"性"不是依靠天的先驗性作爲固
定不變的存在，而是通過創新與變化的過程，"日生而日成"的。在≪尚書引
義≫、≪太甲二≫中，他曾經詳細地敍述了有關情況：

> 夫性者生理也，日生則日成也，則夫天命者，豈但初生之傾命之哉。……夫天
> 之生物，其化不息。初生之傾，非無所命也。何以知其有所命？無所命，則仁、
> 義、禮、智無其根也。幼而少，少而壯，壯而老，亦非無所命也。何以知其有所
> 命？不更有所命，則年逝而性亦日忘也。形化者化醇也，氣化者化生也。二氣之
> 運，五行之實，始以爲胎孕，後以爲長養，取精用物，一受於天産地産之精英，無
> 以異也。形日以養，氣日以滋，理日以成；方生而受之，一日生而一日受之。受
> 之者有所自授，豈非天哉？故天日命於人，而人日受命於天。故曰性者生也，日
> 生而日成之也。[20]

所謂"日生日成"，主要靠學、慮、接、習，才能實現。也就是說，人有聰
明和睿智，這是初生所受之量，但必須在後天生活中，經過不斷運用，才能
使聰明睿智得以發生作用，獲得物理與事理的眞實。這意味着性成於人，成
於習，成於學慮。習於善則成善，習於惡則成惡。[21] 王夫之說"習與性成者，
習成而性與成也"，[22] 以之更明確地闡述自己的主張。從這種角度來看，我
們能認識到王夫之的說法不同於朱熹所主張的氣質之性與本然之性間的區
別，卽是由於"性者生也，日生而日成之也"。換句話說，王夫之修正了朱熹

19　(明)王夫之，≪周易外傳≫卷五，≪船山全書≫第1冊，嶽麓書社，1996, p.992。
20　(明)王夫之，≪尚書引義≫卷三，≪船山全書≫第2冊，嶽麓書社，1996, pp.299-300。
21　蒙培元，≪理學的演變≫，福建人民出版社，1998，嶽麓書社，1996, pp.419-420。
22　(明)王夫之，≪尚書引義≫卷三，≪船山全書≫第2冊，嶽麓書社，1996, p.299。

所提的固定不變的人性論，卽以一個作爲另外一個的"克服物件"的論理，進而主張人應該經常"習"，以實現"天理"，以道德、倫理來恢復"性"的眞面目。那麼，在人性當中，爲了實現"天理"所"習"的物件到底是什麼？——就是"情"。繼承了張載"心統性情"論的朱熹曾說："心之未發，則屬乎性；旣發，則情。"[23] 因此，爲實現"天理"，應當要治"情"。朱熹提出，只有排除"人欲"，才能控制"情"。而王夫之卻認爲，"人欲"不僅是"情"的一部分，而且也是"性"的外現，所以朱熹的看法"非君子之言也"。他主張，只要用"習"便能治"情"，因爲"情"與"性"是同一的，正如"理"與"性"是同一的一樣。這正是王夫之和朱熹不同之處。

總之，從"性卽理"、"發而始有，未發則無者謂之情"的角度來看，王夫之明顯地繼承了朱熹的主張。但是，從"性"及"情"的屬性的角度來看，他將朱熹從來沒提起過的所謂"習"的屬性，確定給了"性"及"情"。也就是說，通過內在的省察而追求自我完成，是朱熹的恢復"天理"、"性"的方法。反之，通過後天的學習、實踐而把決定善與不善的"性"的外現——卽"情"，道德地控制下來，然後再把"性"和"情"，卽道德的人生和客觀世界統一起來，則是王夫之的看法。王夫之認爲，這樣的統一經過跟"性"、"情"關係密切的"哲學的認識"或者"文學的鍛煉"來完成，是最合適的。從他作爲一個儒者的眼光來看，人與人之間最有效的情感交流手段，不是其他的什麼形式，而是"詩"。

23　(宋)朱熹，《朱子語類》卷九十八，中華書局，1999，p.2515。

3. 古代文學中的"情"

與儒家哲學思想不同, 在中國古代文學史上, 最早提出文學與"情"的關係的是"詩言志"這個命題。≪毛詩序≫說 : "詩者 ; 志之所之也, 在心爲志, 發言爲詩。情動於中而形於言, 言之不足故嗟歎之, 嗟歎之不足故詠歌之。" 這就說明, "詩言志"具有兩個含義。一是表達志意, 卽"志於道"的思想, 指的是儒家的治國安邦之道 ; 二是表達情感, 卽抒發自己觸物感事的情感, 當然也包括"窈窕淑女, 君子好逑"的男女愛情。因此, "詩言志"並不是純粹理智的、不含情感的認識和理論說教, 它是和個體的欲望、志向與理想的表達相聯繫的。但"言志"更注重的是儒家的政治理想、倫理道德理想。≪詩經‧鄭風‧叔於田≫篇中說 : "叔於田, 巷無居人。豈無居人?不如叔也, 洵美且仁。"在詩裏這位鍾情者的眼中, 除了被自己的感情投射所理想化了的偶像之外, 周圍的人好象都不存在了, 她所表達的愛慕之情可謂濃烈。但她崇拜的這位"洵美且仁"的偶像, 實際上卻是潛藏在社會意識中合乎倫理道德的美男形象, 因爲他卽象徵了"仁"與"美"。

晉代陸機在≪文賦≫裏提出"詩緣情而綺靡", ≪文選≫李善注釋爲"詩以言志, 故曰緣情。"[24] 李善根據"詩言志"的傳統, 把言志和抒情結合起來, 說明"緣情"中有"言志"的成分, 不無道理, 因爲≪文賦≫也說 : "儜中區以玄覽, 頤情志於典墳", 就是把"情"與"志"並提的。只是, 陸機似乎更強調文藝中"情"而"綺靡"的一面。劉勰≪文心雕龍‧明詩≫篇中提到"詩言志", 又說"詩者, 持也, 持人情性", 將言志與達情結合起來說。其實, 他更看重文學的"情"的特徵。他在≪文心雕龍≫中專列「情采」一章, 指出 : "昔詩人什

---

24 (梁)蕭統, (唐)李善 注, ≪文選≫卷十七, 上海古籍出版社, 1997, p.766。

篇, 爲情而造文 ; 辭人賦頌, 爲文而造情”, 說明“情”是文學的生命和活力, 好詩都是“情”的自然流露, “情”使“詩人”具有强烈的感受性、濃郁的創作熱情和超衆的駕馭語言的能力, 而“辭人”只是爲了述理而作文, 故只得矯情、“造情”。

到了唐代, 杜甫在詩歌創作方面除了追求形似的寫實原則, 還曾經多次昭示他追求神似的傳神方式的一面。譬如“感激時將晚, 蒼茫興有神”[25]、“醉裏從爲客, 詩成覺有神”[26]、“揮翰綺繡揚, 篇什若有神”[27], 這些作品都以“有神”爲最高藝術境界與批評標準。從槪念的來源及藝術的內涵來看, 這裏的“神”有“傳神”與“情感”的意義。其中, 他所謂的“詩成覺有神”、“篇什若有神”實際上已經包含着藝術作品本身所蘊積的濃厚的精神情感因素。有人認爲, 這精神情感因素在整部杜詩的精神風貌與基本特徵的構成中, 顯然佔有更爲重要的地位。[28] 從杜甫不少的作品中也可窺見其濃烈的情感, 這已經成爲杜詩的一個最普遍最顯著的特徵之一。梁啓超對此曾經指出 : “我以爲工部最少可以當得起情聖的徽號。因爲他的情感的內容, 是極豐富的, 極眞實的, 極深刻的。他表達的方法又極熟練, 能鞭辟到最深處, 能將他全部完全反映不走樣子, 能像電氣一般一振一蕩的打到別人的心弦上。中國文學界寫情聖手, 沒有人比得上他, 所以我叫他情聖。”[29] 以“情聖”作爲與“詩聖”、“詩史”對擧的杜詩槪括, 梁啓超揭示了杜詩除了遵循寫實原則之外, 還具有“濃烈的情感”的特徵。他的≪月夜≫詩 : “今夜鄜州月, 閨中只獨看。遙

---

25 (淸)仇兆鰲 注, ≪杜詩詳注≫卷三, 中華書局, 1995, p.227 : ≪上韋左相二十韻≫詩。

26 (淸)仇兆鰲 注, ≪杜詩詳注≫卷五, 中華書局, 1995, p.384 : ≪獨酌成詩≫詩。

27 (淸)仇兆鰲 注, ≪杜詩詳注≫卷十六, 中華書局, 1995, p.1392 : ≪八哀詩・贈太子太師汝陽郡王進璡≫詩。

28 許總, ≪唐詩史≫下冊, 江蘇敎育出版社, 1995, p.38。

29 梁啓超, ≪情聖杜甫≫, 原載≪晨報副刊≫1922年5月28、29日, 此據≪杜甫硏究論文集≫第一輯, 中華書局, 1962年版。

憐小兒女，未解憶長安。香霧雲鬟濕，清輝玉臂寒。何時倚虛幌，雙照淚痕乾"，不僅把愛妻描寫得美麗多情，而且還有爲婦之"德"。她的美不僅從視覺上的玉臂、雲鬟表現出來，而且在思夫之情的持久濃醺而深厚靜淑，有情愛之實而不求情愛之名的"德"中表現出來。文學家筆下這種種感蕩心靈的個人情感，與它們廣泛的社會性、互愛性、合群性聯係在一起，在看來僅僅是個體情感的自由抒發之中，高度地凝集和濃縮了一定歷史時代的人們對於人的社會本質的認識和體驗。這也是中國文學史上"情"的表現的一條主線。

到了被理學控制整個社會的思想文化的宋代，宋人在理學的哲學思想指導下，在文學理論中繼承前人的觀點而主張"興於詩者，吟詠性情，涵暢道德之中而歆動之，有吾與點之氣象"。[30] 在這裏"性"與"情"並提，它們統一在形而上的理性——"道德"之中，道德理想可以通過"吟詠性情"來予以實現。朱熹認爲，就其本原來說，"情"應該是善的，不過由於他事先設置了"性"本體的存在，故感於外物而動的"情"就有不善的可能，"詩者，人心之感物而形於言之餘也"，"心之所感有邪正，故言之所形有是非"，因此，他格外強調"性情之正"[31]。所謂"性情之正"，雖然並不是滅"情"的意思，然而卻具有必須約束和控制人的情感活動的含義。應該說，文學不是個人情感的任意發泄，通過個體的特殊情感，它要表現的是一種人類的普遍情感，卽具有理性的情感。因此，在宋人的眼裏，文學的目的在於感性地、形象地揭示從自然、人類世界裏透然而出的"道德觀念"和"道德價值"，這種價值應該是文學的眞正內容，文學形象的意境只有在它具有這種價值的時候才眞正具有藝術價值。

30　(漢)程頤，(宋)朱熹 編，≪二程外書≫卷三，文淵閣≪四庫全書≫本，子部儒家類，第698冊。

31　(宋)朱熹，≪詩集傳序≫，≪詩集傳≫，上海古籍出版社，1980，p.2。

在這一點上來說, 理學家強調"情"的社會道德性是應該的。然而, 他們的最大錯誤在於完全忽視個體情感的作用, 抹殺感性(尤其是男女愛戀之情)的表現的存在價值, 一味表現宗教式的道德理性。這種認識一經抽象出來, 就成了脫離作品的、失去了藝術生命的東西。對於文學作品來說, 脫離了情感的形象認識, 不管它們如何重要、深刻, 都只能成爲僵死的枯骨。這種狀況經過明中葉以後理論界的批判, 才得到了一定的改變。

然而到了清初, 又出現了新的理論動向。王夫之等人揚棄前人諸說, 建立了比較完整的"情"論, 但從中仍然可以看出它們與傳統儒學中的"情"有着一脈相承的關係。到了清代, "情"論的發展趨勢出現兩個特點：一是繼承明代思想解放思潮的吐露情感與欲望, 另一是反思無節制的前代思潮, 而追求經世致用的實事求是的"情"。從表面上看, 這兩者似乎有所衝突, 實際上, 這兩者卻是互相蘊藏着對方的各種因素。其中, 王夫之從哲學的角度出發, 把"性"、"情"、"物"統一起來, 闡明了"體用相涵"的思想："性情相需者也, 始終相成者也, 體用相涵者也。性以發情, 情以充性 ; 始以肇終, 終以集始 ; 體以致用, 用以備體。"[32] 從王夫之的這種觀點出發, 清初很多文論家都認爲詩中表現的"情"必須從感性存在出發, 從"現實的感性"的人和"客觀實在"的事物出發, 才能說明人類的本質和價值, 宏揚道德理性, 從而至詣絶妙境界。譬如, 黃宗羲從氣本體論的角度, 說明"氣"構成一切, 詩文也因氣而成, "情"就是"氣"的表現形式之一："詩人萃天地之清氣, 以月露風雲花鳥爲其性情, 其景與意不可分也。月露風雲花鳥之在天地間, 俄頃滅沒, 而詩人能結之不散。",[33] 在這裏, 黃宗羲肯定了詩人的"情"是對個體與自然界的感性

---

32 (明)王夫之, 《周易外傳》卷五, 《繫辭上》第十一章, 《船山全書》第1册, 嶽麓書社, 1996, p.1023。

33 (明)黃宗羲, 《景州詩集序》, 《清代文論選》, 人民文學出版社, 1999, p.79。

現實的統一的情感, 詩人的"情"之所以能感動人, 是因爲它自在自爲地是詩人生活中"結之不散"的強大精神力量。另外, 清代詩論家葉燮亦說: "譬之一木一草, 其能發生者, 理也。其旣發生, 則事也。旣發生之後, 夭矯滋植, 情狀萬千, 咸有自得之趣, 則情也。"[34] 同樣把千姿百態的客觀存在作爲"情"的內在根源, 突出它"實"的特點。

4. 王夫之詩學中的"情"

4.1. "情"的內在基礎

在中國哲學或文論中關於"情"的討論, 都是以推闡"性"與"情"兩者的關係來作爲其邏輯起點的。以"情"爲本體, 還是以"性"爲本體, 成爲主"情"或主"性"思潮的哲學分水嶺。明代後期封建社會經濟、政治爆發危機, 農民戰爭此起彼伏, 明清王朝更迭帶來了社會的大動蕩。在這種歷史背景下, 由王學左派及李贄開其端, 方以智、黃宗羲及同時代崛起的許多思想家, 都從"性"、"情"兩者之間的體用關係開始, 掀起了對程朱理學中迂腐、虛僞的理論觀點的批判。同時, 從明代萬曆年間開始, 一些思想家也因爲不滿左派王學末流導致的縱"情"理論, 而對它們進行了清理、反思和批評, 重新提出了性爲"體"、"情"爲用和"以性統情"的傳統儒學觀點, 並且賦予了它們一些新的內涵。

譬如, "詩道性情"這句文論上的老命題, 歷來的文論家們往往各按所需, 賦予它不同的內涵。左派王學及公安派標擧它來提倡個性解放, 反對封建倫

---

34 (淸)葉燮, ≪原詩≫內篇下, 人民文學出版社, 1998, p.21。

理。而到了淸初正統文論家那裏, 它那昂揚的生命精神消失了, 把血肉注入人體的創造者不翼而飛了, 聲勢浩大的要求個性舒展的吶喊煙消霧散了, 縱"情"與狂熱的神秘力量杳無蹤影, 甚至晚明小品文中那田園風味的醉意也已隨秋風飄去。代之而起的是, "情"往往與"溫柔敦厚"的詩教聯繫在一起。誠如上述, 他們在一定範圍內也承認"情"的個性和"物"性, 但歸根究底, 他們還是十分重視情感的社會倫理意義, 認爲"必當以孔子之性情爲性情"。[35]淸初詩論家馮班說得更明白 : "詩以道性情, 今人之性情, 猶古人之性情也。……黠者起而攻之以性情之說, 學不通經, 人品汙下, 其所言者皆里巷之語, 溫柔敦厚之教, 至今其亡乎?"[36] 以"古人之性情"的尺規來丈量今人之"情", 把道德本體看作人生的本質, 也是"情"的價値的具體表現。今人之"情"不是常人的"里巷"情感, 而是那要審愼地選擇的道德理想, 不斷地提高的"情"的生命意義。這種"情"是典型的偏重"性"的"情", 是溫柔敦厚之情。

在這種時代風氣的影響之下, 王夫之把"性"與"情"明確規定爲體用關係, 認爲性者情之原, 情者性之發 : "性中固有此必喜、必怒、必哀、必樂之理, 以效健順五常之能, 而爲情之所由生。"[37] "性"是從"理"——卽本體的形而上的超越的層面上說, 而"情"則是從用的形而下的層次上說。有"理"而後有"所由生", 有體而後有用。如果從這一點來看, 應當說王夫之與程朱學統的性情說並無二致。但是, 作爲一代大儒, 王夫之關於"情"的論述的眞正價値並不在這裏, 而是在總結前代理論成果的基礎上, 他所提出的兩點最具新的理論意義的"情"的哲學內涵。

35　(明)黃宗羲, 《馬雪航詩序》, 《淸代文論選》, 人民文學出版社, 1999, p.91。

36　(淸)馮班, 《馬小山停雲集序》, 《淸代文論選》, 人民文學出版社, 1999, p.43。

37　(明)王夫之, 《讀四書大全說》卷二 《中庸》第一章, 《船山全書》第6冊, 嶽麓書社, 1996, p.471。

首先，王夫之把"性"、"情"、"物"統一起來，闡明了"體用相涵"的思想：
"性情相需者也，始終相成者也，體用相涵者也。性以發情，情以充性；始
以肇終，終以集始；體以致用，用以備體。"[38] 他在承認和肯定"性"爲體、
"情"爲用的基礎上，並不像正統儒學那樣以"未發爲性，已發爲情"，而認爲
"性"發爲"情"而寓於"情"，"情"以充"性"而相輔相成，"性情有總別而無殊，
功效以相因而互見，豈有異哉！"[39] 這又有"性情合一"的哲學意義。更值得
重視的是，王夫之由此出發，進一步提出了蘊涵"情物相需"之意的主張。在
≪詩廣傳≫裏，他說："情者，陰陽之幾也；物者，天地之産也。陰陽之幾動
於心，天地之産膺外。故外有其物，內可有其情矣；內有其情，外必有其物
矣。"[40] 他闡述了"情"與"物"之間有"相需"的關係，而且說明："情"是我們
同外界之間有意義的事物溝通和共用的途徑，它感於物而後生，是對客觀事
物的主觀反映。觀照客觀事物必有"知覺"參與，而人之性情，必靠知覺，"知
覺者，人心也"，[41] 知覺只有與"物"相感，才能發而"爲情"。這不但指出了
"情"與"物"的感應關係，而且還是他自己的"情景交融"說的哲學基礎。

其次，王夫之在對"情"的解釋中，進一步否定了心本體論，否定了心的自
我超越，而從經驗論、物情相感論的立場來論述人的意識活動和情感問題。
在王夫之"情"的哲學範疇中，它的最高和最寬泛的意義是"實"，即實在、實
有、實事。王夫之說："情，實也。事之所有爲情，理之所無爲僞。"[42] 他把

38　(明)王夫之，≪周易外傳≫卷五 ≪繫辭上≫第十一章，≪船山全書≫第1冊，嶽麓書社，1996，
　　p.1023。

39　(明)王夫之，≪周易外傳≫卷一 ≪剝≫，≪船山全書≫第1冊，嶽麓書社，1996，p.879。

40　(明)王夫之，≪詩廣傳≫卷一 ≪邶風·論匏有苦葉≫篇，≪船山全書≫第3冊，嶽麓書社，
　　1996，p.323。

41　(明)王夫之，≪讀四書大全說≫卷十 ≪孟子≫，≪船山全書≫第6冊，嶽麓書社，1996，p.
　　1112。

42　(明)王夫之，≪張子正蒙注≫卷三 ≪誠明篇≫，≪船山全書≫第12冊，嶽麓書社，1996，

“情”與“實”結合起來，熔成一個實存的理性整體。這個整體有很强的內聚力和很實在的社會道德功能。一方面，它必須發展把生命作爲自在目的的倫理需要，另一方面又必須堅持“誠仁”、“實有”的基本原則。雖然這種聯繫基本上還是處於社會道德倫理層面上的，但就已經把“情”的意義同個體生活聯繫起來了。因此，他說：“今夫情，則迴有人心、道心之別也。喜、怒、哀、樂(兼未發)，人心也。惻隱、羞惡、恭敬、是非(兼擴充)，道心也。斯二者，互藏其宅而交發其用。”[43]正因爲“情”有實在的二個層次，所以他又說：“君子之心，有與天地同情者，有與禽獸同情者，有與女子小人同情者，有與道同情者，唯君子悉知之。”[44] 但是，由於他仍然强調有普遍的“道”(卽道德原則)具於心中，因此他仍是先驗道德論者。王夫之雖然把“情”貫穿於“性”和“實事”之中，卻又滲透了道德本體論思想，以道德原則爲人的本體存在。這就決定了他在詩學上的“情”仍是偏重“性”的“情”。不過，這並不意味着做詩一定要寫有道德意義的情。在《四書訓義》中，王夫之說：

> 古之爲詩者，原立於博通四達之途，以一性一情周人情物理之變，而得其妙，是故學焉而所益者無涯也。[45]

在這裏，他不但從客觀自然之“實”，而且從社會人事之“情”來闡述性情。其中“周人情物理之變”，說明人的情感、客觀景物具有豐富而多方面的內

p.140。
43　(明)王夫之，《尙書引義》卷一　《大禹謨一》篇，《船山全書》第2册，嶽麓書社，1996，p.262。
44　(明)王夫之，《詩廣傳》卷一　《召南·論草蟲》篇，《船山全書》第3册，嶽麓書社，1996，p.310。
45　(明)王夫之，《四書訓義》卷二十一　《論語》十七篇，《船山全書》第7册，嶽麓書社，1996, p.915。

容, 不可一成不變, 詩人要在詩中表現了這種"情", 那詩才能算是好作品。
這就賦予了"情"以個性、環境、事物和時代特色, 而不單單是"性", 不僅僅
是那永恒不變的"天理"。正因爲"情"要"周人情"之變, 所以王夫之並不排斥
寫"私情"的詩歌: "艷詩有述歡好者, 有述怨情者, ≪三百篇≫亦所不廢。"[46]
他並不像正統理學家那樣把≪詩經≫中原本寫個人情感的詩歌拼命往有益
教化的後妃之德上套, 而是承認它所表現的"窈窕淑女, 君子好逑"的男女愛
情以及"昔我往矣, 楊柳依依"的個體生活感受。基於這種認識, 他主張文學
作品一定要寫"情": "故文者, 白也。聖人之所以自白而白天下也。匿天下
之情, 則將勸天下以匿情矣。"[47] 王夫之强調文學作品是"情"的"自白"或
"白天下"的文章, 既說明文學家抒發情感要眞實感人; 又意味着這種情感
是隨作家主體情感的不同而不同, 隨作家主觀精神的變化而變化。"情"來
自作家的"自白", 卽他們的內心情感, 它雖然也指道德情感, 卻並不是來源
於道德本體"天理", 而是人心中感於外部事物所得的。

總之, 王夫之的"情"論基本上也是道德情感論。儘管他也重視情感、個
性等主體意識的自我體驗, 重視人生理想境界的追求, 但又十分强調道德理
性, 而壓抑個人情感, 認爲"詩言志, 非言意也。詩達情, 非達欲也"[48]。王夫
之反對在詩中表現"念之所覬得"的"意"與"動焉而不自待"的"欲", 提倡與群
體意識同一的社會倫理責任, 表現了對道德理想人格的追求和與正統儒學的
一致。與這種"情"的理論一致, 雖然王夫之的詩文創作中也有個性情感的抒

---

46 (明)王夫之, ≪薑齋詩話·夕堂永日緖論內編≫第四十七條, ≪船山全書≫第15冊, 嶽麓書
    社, 1996, p.840。

47 (明)王夫之, ≪詩廣傳≫卷一 ≪周南·關雎一≫篇, ≪船山全書≫第3冊, 嶽麓書社, 1996,
    p.299。

48 (明)王夫之, ≪詩廣傳≫卷一 ≪邶風·論北門≫篇, ≪船山全書≫第3冊, 嶽麓書社, 1996,
    p.325。

發, 有個人憤懣的宣泄, 但大部分作品都顯得雅正而敦厚, 情感的生發不出
"興、觀、群、怨"之外。"於所興而可觀, 其興也深 ; 於所觀而可興, 其觀也
審。以其群者而怨, 怨愈不忘 ; 以其怨者而群, 群乃益摯。"⁴⁹ 這充分說明
他對情感的社會意義的重視。這不僅是他的"情"論的核心, 也是他創作的主
要內容。

4.2. "情"的主要詩學涵義

前面的論述說明了從哲學的角度來看, 王夫之所講的"情"是什麼樣的。他
所講的"情"在他的各種論著裏有着多種含義。在哲學的基礎上加以分析,
可知王夫之"情"論在詩學方面的主要意義。

其一, 他所講的"情"有作爲詩歌本質的意味。王夫之曾經多處提到詩歌的
本質就是"情", 即"詩達情"。⁵⁰ 如果對他的文論詳加審視, 我們能認識到,
這就是王夫之關於"情"的言論的關鍵,　同時也是貫串着他整個詩歌理論的
一個基本觀念。王夫之曾經說過 :

> 元韻之機, 兆在人心 ; 流連溢宕, 一出一入, 均此情之哀樂, 必詠於言者也。
> 故藝苑之士, 不原本於≪三百≫篇之律度, 則爲刻木之桃梨。⁵¹

其實, 他這個觀點, 跟我們所熟悉的"情動於中而形於言, 言之不足故嗟
歎之, 嗟歎之不足故詠歌之, 詠歌之不足, 不知手之舞之, 足之蹈之也"⁵²的

49 　(明)王夫之, ≪薑齋詩話·詩譯≫第二條, ≪船山全書≫第15冊, 嶽麓書社, 1996, p.808。

50 　(明)王夫之, ≪詩廣傳≫卷一 ≪邶風·論北門≫篇, ≪船山全書≫第3冊, 嶽麓書社, 1996,
　　p.325。

51 　(明)王夫之, ≪薑齋詩話·詩譯≫第一條, ≪船山全書≫第15冊, 嶽麓書社, 1996, p.807。

52 　≪毛詩序≫, ≪漢魏古注十三經≫上卷, 中華書局, 1998, p.1。

觀點, 是一脈相通的, 卽詩歌一定要反映從胸臆中流露出來的眞正的感情的傳統命題. 換言之, 王夫之認爲, 雖然詩歌所反映、抒寫的是多樣的, 但"情"是詩歌要抒寫的最根本的成分, 這成分必須要是眞實的.

　在《文心雕龍》中, 劉勰曾經指出:

> 故爲情者要約而寫眞, 爲文者淫麗而煩濫. …男子樹蘭而不芳, 無其情也. 夫以草木之微, 依情待實, 況乎文章, 述志爲本, 言與志反, 文豈足微. [53]

　劉勰認爲, 如果文章的修辭煩濫而沒有眞情的話, 文章就如同無香的蘭花. 這句話不僅强調華麗的修飾不能代替眞情在詩歌創作過程中的任務, 而且確認眞情在詩歌生成時成爲一首詩歌的骨幹──卽本質的構成成分. 也就是說, 一首詩歌是否能感人肺腑, 關鍵便在於眞情的流露與否. 王夫之的主張和劉勰相同. 他以"以當年情起, 旣事先後爲序, 是詩家第一矩矱"[54]主張詩人應當以"情"爲首要創作規定.

　一般來說, 詩人會爲一首詩歌的誕生花費很多的功夫. 他所花的功夫當中, 不僅包含給予形象思維以主客觀要素, 而且包括下筆時的語言雕琢. 但無論如何, 判斷一首詩歌好壞, 必須優先考慮的要素, 就是詩人是否把"情"投入到詩歌裏. 因爲詩歌與其除了沒有眞情而什麼都有──包括富於音樂美、句式整齊、詩語使用適當, 還不如除了抒寫作者的感情以外, 結構、押韻、修飾等什麼都沒有. 如此"苟有血性, 有眞情, 如子山者, 當無憂其不淋漓酣暢也"[55]王夫之敢於作如此主張, 理由亦在於他認爲庾信的作品是眞正地抒寫了自己的感懷的. 王夫之如此地繼承了傳統的看法, 鞏固了對"情"

53　(梁)劉勰,《文心雕龍·情采》篇,《文心雕龍注》, 人民文學出版社, 1998, p.538.
54　(明)王夫之,《古詩評選》卷四,《船山全書》第14冊, 嶽麓書社, 1996, p.712.
55　(明)王夫之,《古詩評選》卷一,《船山全書》第14冊, 嶽麓書社, 1996, p.562.

的言論。

　　他又認爲, 因"言情則於往來動止、縹渺有無之中得靈蠁, 而執之有象", [56]
於是能"情之所至, 詩無不至, 詩之所至, 情以之至。"[57] 不然, 如果或做"餖
飣"[58]或"但就措大家所誦時文之於其以靜澹歸懷, 熟活字句, 湊泊將去"[59]的
話, "雖讀盡天下書, 不能道一首。"[60] 這也是極度地強調"眞情"的重要性。

　　其二, "人情之遊也無涯, 而各以其情遇, 斯所貴於有詩。"[61]這一句話顯
示了王夫之對於他本身所強調的"情", 是作爲詩歌的本質來看待的。但是,
這裏的"人情"並不是單純的"情"的概念, 而是人存在構成的一個要素。那麼,
"情"作爲人存在的要素之一, 到底以什麼樣的形態爲運用形式?從另外一
個角度來看, 在王夫之的論著裏, 又可看出"情"具有作爲"性"的外現, 卽
"習"的直接的對象的意義。

　　作爲最早的文學形式之一的"詩歌", 是以人的故事構成的藝術形象的産
物。把人的故事形象化, 意味着在現象地或者全面地認識和掌握客觀世界的
過程當中, 把從胸臆中不斷流露出來的感情, 以這樣的或那樣的形式重新構
成。"重新構成"一詞, 有"一致"或者"指向"的意義。因此, 王夫之所講的"詩
達情"、"詩以言情"含有爲客觀世界和人胸中心裏的"合一"與"一致"指向的
意義。在≪明詩評選≫裏, 他闡述了類似的意義:

56　(明)王夫之, ≪古詩評選≫卷五, ≪船山全書≫第14冊, 嶽麓書社, 1996, p.736。

57　(明)王夫之, ≪古詩評選≫卷四, ≪船山全書≫第14冊, 嶽麓書社, 1996, p.654。

58　(明)王夫之, ≪薑齋詩話·夕堂永日緒論內編≫第三十六條, ≪船山全書≫第15冊, 嶽麓書
　　社, 1996, p.834 : "立門庭者, 必餖飣不可以立門庭。"

59　(明)王夫之, ≪薑齋詩話·夕堂永日緒論內編≫第三十一條, ≪船山全書≫第15冊, 嶽麓書
　　社, 1996, p.833。

60　(明)王夫之, ≪古詩評選≫卷五, ≪船山全書≫第14冊, 嶽麓書社, 1996, p.769。

61　(明)王夫之, ≪薑齋詩話·詩譯≫第二條, ≪船山全書≫第15冊, 嶽麓書社, 1996, p.808。

詩以道性情，道性之情也。性中盡有天德、王道、事功、節義、禮樂、文章，
卻分派與易、書、禮、春秋去，彼不能代詩而言性之情，詩亦不能代彼也。[62]

由此可見，這裏的"性之情"，毫無疑問，是在前一節討論過的人心中的天
理的外現。按這種說法，倘若以"習"爲前提的話，我以爲，"詩達情"，也就
是說"詩達天理"、"詩達性"。於是，王夫之作爲一個嚴格的儒學家、一個
目睹國家滅亡的遺民、一個批判明末混亂事態的愛國者，他很渴望不僅能實
現天理再復祖國，而且要通過發揚眞正的人道，培養能體現客觀世界的基本
規律的完全的人格。對個人來說，他的這個願望一定要通過人格修養的過
程才能實現。也就是說，要靠"習"對"情"的作用。他一直堅持認爲"《詩》之
敎，導人於情貞而鑴其頑鄙，施及小人而廉隅未剗，其亦效矣"，[63] 因此要求
詩歌扮演鍛煉"情"的"習"的角色。他的這個看法實際上是繼承了傳統的詩
敎觀，卽詩能"觀風俗之盛衰"[64]、"考見得失"[65]。由此，我們在窺見他向傳
統回歸的思想要素的同時，也可見他論"情"的態度。也就是說，他以對情的
境界的區分，再次強調情是"習"的直接物件。他認爲，雖然"情之貞淫，同行
而異發久矣"、"貞亦情，淫亦情也"，[66] 但因爲"情有止"，[67] 一定讓人"不獎其
淫，貞者乃顯。"[68] 這就是所謂"貞情"論。這意味着，只要鍛煉"情"，使之

62　(明)王夫之，《明詩評選》卷五，《船山全書》第14冊，嶽麓書社，1996，p.1440。

63　(明)王夫之，《詩廣傳》卷一《邶風·論北門》篇，《船山全書》第3冊，嶽麓書社，1996，
　　p.326。

64　(魏)何晏 注，(宋)邢昺 疏，《論語註疏》卷十七，北京大學出版社，1999，p.237："鄭曰：
　　觀風俗之盛衰。"

65　(宋)朱熹，《論語集注·陽貨》篇，《四書章句集注》，中華書局，2003，p.178

66　(明)王夫之，《詩廣傳》卷一《邶風·論北門》篇，《船山全書》第3冊，嶽麓書社，1996，
　　p.327。

67　(明)王夫之，《詩廣傳》卷一《周南·論關雎》篇，《船山全書》第3冊，嶽麓書社，1996，
　　p.299。

68　(明)王夫之，《詩廣傳》卷一《邶風·論靜女》篇，《船山全書》第3冊，嶽麓書社，1996，

臻至"貞情"的狀態，"性"就借此"情"狀態顯示出來，進而能跟客觀世界的秩序(卽天理)"合一"和"一致"。這就是"情"的第二含義。

其三，"情"是詩歌生成的主導者。謝榛曾經以"夫情景相觸而成詩，此作家之常也"[69]之語，說明了詩歌的內在構成原理。謝榛之所以如此表明，是因爲他認爲不但"作詩本乎情景，孤不自成，兩不相背"，[70]並且"詩乃模寫情景之具，情融乎內而深且長，景耀乎外而遠且大"。[71] 作者面對引起詩興的客觀事物或事件、人物等等的時候，無論認識到或是沒有認識到，創作欲望都會從深邃的內心湧起。這就是"卽景生情"。在這裏，"景"應當是詩歌生成的外在的形象物件或主體，"情"爲詩歌生成的內在的形象主體或客體。如"情景明爲二，而實不可離"，[72] "情"、"景"這兩個要素有時會調換各自的任務，也就是說，有的時候，"情"爲創作形象主體、"景"爲創作形象客體，但有的時候，反而是"景"爲創作形象主體，"情"爲創作形象客體：

景中生情，情中含景，故日：景者情之景，情者景之情也。[73]

王夫之詩學中後代影響最大的"情景論"便是基於這種"情"、"景"的互相關係而產生的。"情景論"，除了一定要有與詩人的感情有關的具體自然物，而且還要具有如"情中景"、"景中情"式的"互藏其宅"[74]之關係。自然與詩

---

p.329。

69 (明)謝榛，《四溟詩話》卷四，人民文學出版社，1998，p.121。

70 (明)謝榛，《四溟詩話》卷三，人民文學出版社，1998，p.69。

71 (明)謝榛，《四溟詩話》卷四，人民文學出版社，1998，p.118。

72 (明)王夫之，《薑齋詩話·夕堂永日緒論內編》第十四條，《船山全書》第15冊，嶽麓書社，1996，p.824。

73 (明)王夫之，《唐詩評選》卷四，《船山全書》第14冊，嶽麓書社，1996，p.1083：岑參《首春渭西郊行呈藍田張二主簿》評語。

74 (明)王夫之，《薑齋詩話·詩譯》第十六條，《船山全書》第15冊，嶽麓書社，1996，p.814：

人之間必須有情緒的結合, 因此如果沒有互相相對的自然景物, 那麼無法成立"情景"論。

　　從審美論的角度來看, 文學是爲了美的藝術體現而存在。如果說"所謂'美'旣並不在於從主觀上獨立的客觀物件中, 又不在於從客觀獨立的純眞的主觀産物中, 只在於主觀與客觀的統一的融合中",[75] 那麼關於作爲客觀物件的"自然"與作爲主觀産物的詩人情感之間的結合闡釋的, 卽"情景"論。又, 說"抒情"本來意味着詩的本質, 那麼可以說"情景"論是注重於創作形象化的側面。在王夫之詩學體系中, "情景論"畢竟是把詩之本質卽"抒情"藝術地形象化了, 它的重要性可以從在王夫之詩學專著中頻繁出現的統計來充分證明:

§ 圖表1. 王夫之詩學體系中出現的"情""景""情景" 頻率

區分	詩學專著				詩歌批評專著				總計
	《詩譯》	《內編》	《外編》	小計	《古詩》	《唐詩》	《明詩》	小計	
情	19	50	7	76	226	86	148	460	536
景	8	36	3	47	82	84	59	225	272
情景	2	3	0	5	7	5	10	22	27

　　* 《詩譯》: 《詩譯》, 《內編》: 《夕堂永日緖論內編》, 《外編》: 《夕堂永日緖論外編》
　《古詩》: 《古詩評選》, 《唐詩》: 《唐詩評選》, 《明詩》: 《明詩評選》

　　其實, 情景關係不能單純地以所謂的"詩人的感情和客觀景物"的並列語來說明。從創作動機的側面來看,　這種關係是：情緒和事物的互相交流及觸發, 引起了詩人的創作衝動, 把它以詩歌的形式顯示出來, 同時也決定了讓生成的詩歌保有什麼樣的性質。倘若"文學創作過程"的定義, 就是把作者的

　　"關情者景, 自與情相爲珀芥也。情景雖有在心在物之分, 而景生情, 情生景, 哀樂之觸, 榮悴之迎, 互藏其宅。"

75　(俄)E.V. Hartmann. Ästhetik, 《美學辭典》, 論章出版社, 1988, p.363。

主觀感情和客觀世界的形象統一起來的話, 那麼以上闡釋的情景關係, 就決定了文學作品經過何種過程, 如何構成具有審美價値的藝術境界。也就是說, 它是決定詩的氣質交融的過程和詩的性質的過程。無論兩者的關係是"妙合無垠"的程度, 還是"情中景"、"景中情",[76] 不能否認"情"確實是詩歌的生成所不可或缺的核心成分。又, 從創作動機的側面來看, 其關係是經過作者胸中的情緒與客觀事物的互相交感及觸發, 引起詩人的創作動機, 以此用一個形式卽詩歌來體現出來的。這是更進一步包括讓如此創作出來的作品如何具有具體特徵的問題。如果將文學創作過程定爲作者的主觀感情與客觀現實的統一, 那麼對情景關係的定義可以說是決定創作過程中經由什麼樣的形象過程、如何産生審美價値的藝術境界之類的問題。

其四, "情"是讓讀者具備詩歌鑑賞能力的主導要素。作者在下筆時, 經歷了"卽景生情"與藝術形象化兩個過程, 最後形成的結晶就是一首詩歌。有作者作爲作品創作者, 還有他的作品(卽詩歌), 又有鑑賞詩歌的讀者, 創作、鑑賞, 批評的三元的藝術流動結構才算完整。但是, 在由創作、鑑賞以至批評的過程中, 我們有一個應當追問的問題, 就是"在這個過程中, 各個要素的作用是什麼?"有的人肯定地說, 創作就是作者寫作品, 鑑賞是讀者讀書, 批評是批評家找出作品的優劣、與其他作品的異同, 如此而已。但是, 如果這麼機械地看待藝術流動結構, 我們肯定會犯上錯誤。爲什麼呢?因爲文學作品是活生生的存在, 一旦在過程中被中斷呼吸——卽忽略作者所要傳達的藝術形象的話, 它馬上就會變成槁木死灰。創作、鑑賞、批評三者不僅要主動地確定自己的位置, 而且還要互相聯繫及發揮循環作用, 才能完成詩歌作爲

---

76 (明)王夫之, 《薑齋詩話·夕堂永日緖論內編》第十四條, 《船山全書》第15冊, 嶽麓書社, 1996, p.824: "情景名爲二, 而實不可離。神於詩者, 妙合無垠。巧者則有情中景, 景中情。"

有機存在的整個藝術形象過程。

王夫之就對這種側面發揮了自己的議論。他在≪詩譯≫中講過："作者用一致之思，讀者各以其情而自得。"[77] 一般認爲讀者對文學作品，除了讀書或品賞以外，沒有特別的作用，但王夫之不作此想。他認爲，讀者對於文學作品而言，並不是一個完全被動的存在，相反地，讀者的文學閱讀活動是一種主體性的能動的參與行爲。這樣一來，他實際上不僅要求讀者樹立嚴格的鑒賞標準，而且賦予讀者作爲藝術流動結構(卽文學形象過程)的主導者地位。

王夫之認爲，讀者不僅一定要以自己的"情"判斷詩歌的藝術境界、風格、語言含義等等，同時也要以自己的"情"權衡作者的創作意圖，進而以此再創造讀者自身的新藝術形象。做到這個任務以後，才可以說是完成了藝術流動結構及形象化活動。而在這整個過程當中發揮主導作用的，就是"情"。

5. 結語

從以上闡述可知，王夫之關於"情"的言論，一方面是基本上繼承傳統的觀點，一方面是開闢"情"論的新領域。王夫之的詩學觀畢竟是以傳統儒教主義的詩學觀爲根基的。如≪毛詩序≫所云："先王以是經夫婦，成孝敬，厚人倫，美敎化"、"上以風化下，下以風刺上。"[78] 他所講的"情"，作爲詩歌的本質，也是基於如此的詩學觀。王夫之的"情"論是爲他對於詩歌的追求，卽"陶冶性情，別有風旨"[79]服務的。他要求詩歌以"眞情"抒寫，也是基於同一

77　(明)王夫之，≪薑齋詩話·詩譯≫第二條，≪船山全書≫第15冊，嶽麓書社，1996，p.808。
78　≪毛詩序≫，≪漢魏古注十三經≫上卷，中華書局，1998，p.1。

邏輯。

　如果作者不在乎眞正的感情形象化, 而只講究形式的要素的話, 詩歌中就
不僅不會有作者的眞情, 而且也不能對讀者産生"興、觀、群、怨"的作用。
如果作者和讀者都沒有把眞情表現出來, 人就恢復不了所稟授的"性"的內在
的本色, 　王夫之所講究的客觀實際和個人的合一、天理和欲望的統一的境
界, 也就更爲遙遠了。

　從表面上看, 他的理論似乎含有明代主情主義的色彩, 但是, 如果將他的
理論和明末淸初的文學風氣放在一起, 詳細地分析比較的話, 就能認識到王
夫之有關"情"的言論, 　實際上含有所謂對傳統詩學觀念的重新發掘的意義,
同時也有對新思潮的改良的嶄新意義。

79　(明)王夫之, ≪薑齋詩話·夕堂永日緖論內編≫, ≪船山全書≫第15冊, p.807。

§ 圖表2. 王夫之抒情詩學體系圖

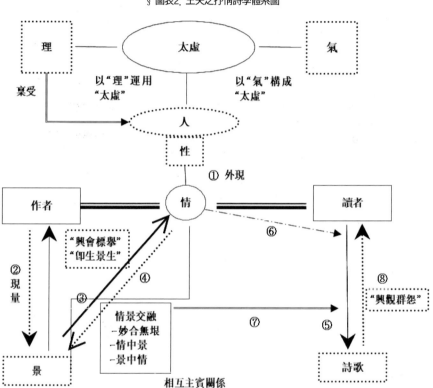

① 天理("性")的外現。

② 作者面對審美客體(或主體)之瞬間, 以"現量"來接觸審美客體。

③ 進行②的過程的同時, "興會標擧", 讓作者産生情感。

④ 作者的情感和審美客體(或主體)融合起來。

⑤ 讀者的詩歌鑒賞過程。

⑥ 以讀者的情感堅持鑒賞活動的主體的位置。

⑦ 以在詩歌生成過程中詩歌形象, 極大化地刺激起讀者的"興"。

⑧ 詩歌通過以上各個過程而對讀者發揮了它的功能卽"興觀群怨", 並且完成整個形象化過程。

참고문헌

▬1장

(漢)司馬遷, 『史記』, 『二十四史』, 北京: 中華書局, 1997.

(漢)班固, 『漢書』, 『二十四史』, 北京: 中華書局, 1997.

(漢)許慎, 『說文解字』, 北京: 中華書局, 1998.

(唐)房玄齡, 『晉書』, 『二十四史』, 北京: 中華書局, 1997.

(唐)魏徵, 『隋書』, 『二十四史』, 北京: 中華書局, 1997.

(唐)劉恂, 商璧·潘博 校, 『嶺表錄異校補』, 桂林: 廣西民族出版社, 1988.

(唐)元稹, 『元稹集』, 北京: 中華書局, 2000.

(唐)韓愈, 『韓昌黎詩繫年集釋』, 上海: 上海古籍出版社, 1998.

(後晉)劉昫, 『舊唐書』, 『二十四史』, 北京: 中華書局, 1997.

(宋)李昉 等, 『太平廣記』, 北京: 中華書局, 1995.

宋元人注, 『四書五經』, 北京: 中國書店, 1998.

(宋)朱熹, 『四書章句集注』, 北京: 中華書局, 2003.

(宋)蘇軾, 『蘇軾文集』, 北京: 中華書局, 1999.

(宋)蘇軾, 『蘇軾詩集合注』, 上海: 上海古籍出版社, 2001.

(元)方回, 李慶甲 集評校點, 『瀛奎律髓彙評』, 上海: 上海古籍出版社, 1986.

(淸)彭定求 等, 『全唐詩』, 上海: 上海古籍出版社, 1986.

(독)마르틴 하이데거(Martin Heidegger), 이기상 옮김, 『존재와 시간(Sein und Zeit)』, 서울: 까치글방, 2006.

袁珂 校釋, 『山海經校釋』, 上海: 上海古籍出版社, 1995.

呂宗力 主編, 『中國歷代官制大辭典』, 北京: 北京出版社, 1995.

袁行霈, 『中國文學史』, 北京: 高等教育出版社, 1999.

傅璇琮, 『李德裕年譜』, 石家庄: 河北教育出版社, 2001.

鄭芳祥, 「蘇軾貶謫嶺南時期文學作品主題硏究 - 以出處、死生為主的討論列傳」, 中華民國, 國立中正大學碩士學位論文, 2003.

左鵬, 「漢唐時期的瘴與瘴意象」, 『唐硏究』第7卷, 北京大學出版社, 2002.

張文, 「地域偏見和種族歧視: 中國古代瘴氣與瘴病的文化學解讀」, 『民族硏究』, 2005年 第3期.

池喜生, 「貶謫, 文學創作的助發劑」, 『經紀人學報』, 2006年 第1期.

侯艷, 「嶺南意象視覺下唐宋貶謫詩的歸情」, 『廣西社會科學』, 2013年 第5期.

張麗明, 「蘇軾嶺海詩硏究」, 北京師範大學碩士學位論文, 2007.

程萌,「“劉白”貶謫詩之比較」, 西北師範大學碩士學位論文, 2013.

嚴宇樂,「蘇軾·蘇轍·蘇過貶謫嶺南時期心態與作品研究」, 復旦大學博士學位論文, 2012.

■2장

(漢)司馬遷,『史記』,『二十四史』, 北京: 中華書局, 1997.

(唐)劉長卿, 楊世明 校注,『劉長卿集編年校注』, 北京: 人民文學出版社, 1999.

(唐)柳宗元,『柳宗元集』, 北京: 中華書局, 2000.

(後晉)劉昫,『舊唐書』,『二十四史』, 北京: 中華書局, 1997.

(宋)洪興祖,『楚辭補注』, 北京: 中華書局, 2000.

(元)辛文房 撰, 傅璇琮 主編,『唐才子傳校箋』, 北京: 中華書局, 2000.

(淸)蔣驥,『山帶閣註楚辭』, 上海: 上海古籍出版社, 1984.

(淸)彭定求 等,『全唐詩』, 上海: 上海古籍出版社, 1986.

(淸)董誥 等,『全唐文』, 上海: 上海古籍出版社, 1995.

崔富章,『楚辭書目五種』, 上海: 上海古籍出版社, 1993.

黃壽棋·梅桐生 譯註,『楚辭全譯』, 貴陽: 貴州人民出版社, 1996.

陳子展,『楚辭直解』, 上海: 復旦大學出版社, 1997.

권석만,『이상심리학의 기초-이상행동과 정신장애의 이해』, 서울: 학지사, 2014.

디어도어 루빈(Theodore Isaac Rubin), 안정효 역,『절망이 아닌 선택(Compassion and Self-hate)』, 서울: 나무생각, 2016.

손병석,『고대희랍·로마의 분노론』, 서울: 바다출판사, 2013.

孫安琴,『唐詩與政治』, 上海: 上海人民出版社, 2003.

李鍾武,「貶謫文人의 작품 속 심리양상 고찰Ⅰ: ‘두려움’」,『中國人文科學』第60輯, 2015.

■3장

(인)陳那,『集量論略解』, 北京: 中國社會科學出版社, 1982.

(唐)玄奘, 韓廷傑 校釋,『成唯識論校釋』, 北京: 中華書局, 1998.

(唐)王維, 陳鐵民 校注,『王維集校注』, 北京: 中華書局, 1997.

(宋)朱熹,『朱子語類』, 北京: 中華書局, 1999.

(明)王夫之,『周易內傳』,『船山全書』第1册, 長沙: 岳麓書社, 1996.

　　　　　　『尙書引義』,『船山全書』第2册.

　　　　　　『禮記章句』,『船山全書』第4册.

『讀四書大全說』,『船山全書』第6冊.

『詩廣傳』·『張子正蒙注』,『船山全書』第12冊.

『相宗絡索』·『莊子解』,『船山全書』第13冊.

『古詩評選』·『唐詩評選』·『明詩評選』,『船山全書』第14冊.

『薑齋詩話·夕堂永日緖論內編』,『船山全書』第15冊.

(民)梁啓超,『淸代學術槪論』, 上海: 東方出版社, 1996.

(民)王國維, 滕咸惠 校注,『人間詞話』,『人間詞話新注』, 濟南: 齊魯書社, 1994.

(영)A. K.Warder,『印度佛教史』, 北京: 商务印书馆, 2000.

童庆炳,『中國古代心理詩學與美學』, 北京: 中華書局, 1992.

羅照,『佛敎與中國文化』, 北京: 中華書局, 1995.

姚南强,『因明學說史綱要』, 上海: 上海三聯書店, 2000.

류성태,「장자 제물론편에 나타난 인식론」,『범한철학』제27집, 2002.

김제란,「동·서학의 매개로서의 唯識學의 유행」,『불교학보』제47집, 2007.

배정호,「대상 인식과 형상적 종합」,『철학논총』제74집, 2013.

정원호,「寒山詩에 나타난 求道의 과정 고찰」,『中國學』第52輯, 2015.

— 4장

(唐)孔穎達,『十三經注疏·毛詩正義』, 北京: 北京大學出版社, 1999.

(宋)朱熹,『詩集傳』, 上海: 上海古籍出版社, 1980.

(明)王夫之,『周易外內』,『船山全書』第1冊, 長沙: 岳麓書社, 1996.

『尙書引義』,『船山全書』第2冊.

『詩廣傳』,『船山全書』第3冊.

『禮記章句』,『船山全書』第4冊.

『讀四書大全說』,『船山全書』第6冊.

『四書訓義』,『船山全書』第8冊.

『古詩評選』·『明詩評選』,『船山全書』第14冊.

『薑齋詩話』,『船山全書』第15冊.

(明)楊愼,『升庵詩話』,『明詩話全編』第3冊, 南京: 江苏古籍出版社, 1997.

(明)錢謙益,『有學集』,『錢謙益全集』第5冊, 上海: 上海古籍出版社, 2003.

(淸)魏源,『詩古微』,『魏源全集』第1冊, 長沙: 岳麓書社, 2004.

成百曉 譯註,『詩經集傳』, 서울: 傳統文化硏究會, 1993.

葛榮晉 主編,『中國實學思想史』, 北京: 首都師範大學出版社, 1994.

宋正洙,『中國近世鄕村社會史硏究』, 서울: 도서출판 혜안, 1997.

程俊英·蔣見元,『詩經注析』, 北京: 中華書局, 1999.

周光慶,『中國古典解釋學導論』, 北京: 中華書局, 2002.

劉毓慶,『從文學到經學—先秦兩漢詩經學史論』, 上海: 華東師範大學出版社, 2009.

李鍾武,「王夫之"二南"論淺探」,『詩經研究叢刊』第四輯, 北京: 學苑出版社, 2003.

程碧花,「王夫之『詩廣傳』研究」, 福建師範大學碩士學位論文, 2008.

谷繼明,「裕情與舒氣 ― 論王夫之對『詩經』的詮釋」,『船山學刊』2013年 第2期.

納秀艶,「王夫之『詩經』學研究」, 陝西師範大學博士學位論文, 2014.

高文霞,「論王夫之對『詩序』的反動及其成因」,『蘭臺世界』, 2015年 第6期.

송진열,「시경 중의 "악(樂)" 사상 연구」,『中國學』第63輯, 2018.

▬5장

(漢)鄭玄 箋, (唐)孔穎達 疏,『毛詩正義』, 北京: 北京大學出版社, 1999.

(漢)鄭玄 注, (唐)賈公彦 疏,『周禮注疏』, 北京: 北京大學出版社, 1999.

(漢)許愼,『說文解字』, 北京: 中華書局, 1998.

(魏)何晏 注, (宋)邢昊 疏,『論語注疏』, 北京: 北京大學出版社, 1999.

(梁)鍾嶸,『詩品』,『詩品集注』, 上海: 上海古籍出版社, 1994.

(南朝)劉義慶,『世說新語』, 北京: 中華書局, 1999.

(北齊)魏收,『魏書』,『二十五史』, 北京: 中華書局, 1997.

(淸)劉寶楠,『論語正義』, 北京: 中華書局, 1990.

(淸)洪興祖,『楚辭補注』, 北京: 中華書局, 2000.

朱自淸,『朱自淸說詩』, 上海: 上海古籍出版社, 1998.

范文瀾,『文心雕龍注』, 北京: 人民文學出版社, 1998.

詹鍈,『文心雕龍義證』, 上海: 上海古籍出版社, 1999.

黃侃,『文心雕龍札記』, 上海: 華東師範大學出版社, 1997.

王運熙·周鋒 注,『文心雕龍譯註』, 上海: 上海古籍出版社, 1997.

(唐)歐陽詢, 汪紹楹 校,『藝文類聚』, 上海: 上海古籍出版社, 1982.

王運熙·楊明,『中國文學批評通史』隋唐五代卷, 上海: 上海古籍出版社, 1994.

羅宗强,『魏晉南北朝文學思想史』, 北京: 中華書局, 1996.

葉郎,『中國美學史大綱』, 上海: 上海人民出版社, 1999.

宗白華,『藝境』, 北京: 北京大學出版社, 1999.

汪涌豪,『範疇論』, 上海: 復旦大學出版社, 1999.

羅立乾,「經學家'比·興'論述評」,『古代文學理論叢刊』, 臺北: 新文豐出版公司, 1989.

김의정,「興의 정서적 측면에 대한 고찰」,『中國語文學誌』第10輯, 2001.

김의정, 「興의 特徵에 대한 探索」, 『中國語文學誌』 第11輯, 2002.

李鍾武, 「船山詩學에 나타난 詩學範疇 '興'에 관한 小考」, 『中國學』 第37輯, 2010.

▄ 6장

(魏)王弼 注, (唐)孔穎達 疏, 『周易正義』, 北京: 北京大學出版社, 1999.

(漢)鄭玄 箋, (唐)孔穎達 疏, 『毛詩正義』, 北京: 北京大學出版社, 1999.

(梁)鍾嶸, 『詩品』, 『詩品集注』, 上海: 上海古籍出版社, 1994.

范文瀾, 『文心雕龍注』, 北京: 人民文學出版社, 1998.

王運熙·周鋒 注, 『文心雕龍譯註』, 上海: 上海古籍出版社, 1997.

(唐)白居易, 『白居易集』, 北京: 中華書局), 1999.

(宋)計有功, 『唐詩紀事』, 『四庫全書』第1479冊, 上海: 上海古籍出版社, 1987.

(宋)蘇軾, 『蘇軾文集』, 北京: 中華書局, 1999.

(宋)朱熹, 『詩集傳』, 上海: 上海古籍出版社, 1980.

(宋)朱熹, 『朱子語類』, 北京: 中華書局, 1994.

(宋)包恢, 『敝帚稿略』, 『四庫全書』第1178冊, 上海: 上海古籍出版社, 1987.

(宋)羅大經, 『鶴林玉露』, 北京: 中華書局), 1997.

(明)楊愼, 『升庵詩話』, 『明詩話全編』三册, 南京: 江蘇古籍出版社, 1997.

(明)王夫之, 『薑齋詩話』, 『船山全書』第15冊, 長沙: 嶽麓書社, 1996.

(日)弘法大師 原撰, 王利器 校注, 『文鏡秘府論校注』, 北京: 中國社會科學出版社, 1983.

錢鍾書, 『管錐編』, 北京: 中華書局, 1979.

郭紹虞 主編, 『中國歷代文論選』, 上海: 上海古籍出版社, 1990.

王運熙·楊明, 『中國文學批評通史』隋唐五代卷, 上海: 上海古籍出版社, 1994.

張毅, 『宋代文學思想史』, 北京: 中華書局, 1995.

傅璇琮, 『唐人選唐詩新編』, 西安: 陝西人民敎育出版社, 1996.

張少康·劉三富, 『中國文學理論批評發展史』, 北京: 北京大學出版社, 1996.

羅宗强, 『隋唐五代文學思想史』, 北京: 中華書局, 1999.

遊國恩, 『中國文學史』, 北京: 23版, 人民文學出版社, 2001.

汪涌豪, 『中國文學批評範疇十五講』, 上海: 華東師範大學出版社, 2010.

檀文作, 「朱熹對『詩經』文學性的深刻體識」, 『首都師範大學學報』, 2004年 第1期.

陳伯海, 「釋"意象"下」, 『社會科學』, 2005年 第9期.

黃琪, 「殷璠『河岳英靈集』"興象"槪念論析」, 『重慶師範大學學報』, 2012年 第2期.

劉順, 「鄭『箋』·孔『疏』與朱熹『詩集傳』"興"論略析」, 『廣西社會科學』, 2012年 第2期.

金宜貞, 「『詩經』'興'詩에 대한 기존 논의를 통해 본 興의 성격 고찰」, 『中國語文學論集』

第51號, 2008.

李鍾武,「船山詩學에 나타난 詩學範疇 '興'에 관한 小考」,『中國學』第37輯, 2010.

━7장

(漢)鄭玄 箋, (唐)孔穎達 疏,『毛詩正義』, 北京: 北京大學出版社, 1999.

(漢)鄭玄 注 (唐)賈公彦 疏,『周禮注疏』, 北京: 北京大學出版社, 1999.

(魏)何晏 注, (宋)邢昺 疏,『論語注疏』, 北京: 北京大學出版社, 1999.

(梁)劉勰,『文心雕龍』,『文心雕龍譯註』, 上海: 上海古籍出版社, 1997.

(梁)鍾嶸,『詩品』,『詩品集注』, 上海: 上海古籍出版社, 1994.

(梁)蕭統, (唐)李善 注,『文選』, 上海: 上海古籍出版社, 1997.

(唐)孔穎達,『春秋左傳正義』, 北京: 北京大學出版社, 1999.

(唐)歐陽詢,『藝文類聚』, 上海: 上海古籍出版社, 1995.

(宋)朱熹,『詩集傳』, 上海: 上海古籍出版社, 1980.

(明)黃宗羲,『黃宗羲全集』, 杭州: 浙江古籍出版社, 1994.

(明)楊慎,『升庵詩話』,『明詩話全編』, 南京: 江蘇古籍出版社, 1997.

(明)王夫之,『船山全書』總16冊, 長沙: 嶽麓書社, 1996.

    第 1冊 ―『周易外傳』

    第 6冊 ―『讀四書大全說』,『四書箋解』

    第 7冊 ―『四書訓義』

    第12冊 ―『俟解』,『思問錄』

    第14冊 ―『古詩評選』,『唐詩評選』,『明詩評選』

    第15冊 ―『薑齋詩話』

(清)王先謙,『荀子集解』, 北京: 中華書局, 1997.

(清)段玉裁,『說文解字注』, 杭州: 浙江古籍出版社, 1998.

蔡鐘翔·黃葆眞·成復旺,『中國文學理論史』, 北京: 北京出版社, 1987.

范文瀾,『文心雕龍注』, 北京: 人民文學出版社, 1998.

朱自淸,『朱自淸說詩』, 上海: 上海古籍出版社, 1998.

汪涌豪,『範疇論』, 上海: 復旦大學出版社, 1999.

蕭馳,『抒情傳統與中國思想』, 上海: 上海古籍出版社, 2003.

金宜貞,「『詩經』'興'詩에 대한 기존 논의를 통해 본 興의 성격 고찰」,『中國語文學論集』
    第51輯, 2008.

趙成千,「王夫之의 李白詩歌 품평론」,『中國語文論譯叢刊』第25輯, 2009.

━8장

(明)王夫之, 『船山全書』總16冊, 長沙: 嶽麓書社, 1996.

    第 3冊 ─ 『詩廣傳』

    第12冊 ─ 『張子正蒙注』

    第13冊 ─ 『相宗絡索』

    第14冊 ─ 『古詩評選』, 『唐詩評選』, 『明詩評選』

    第15冊 ─ 『薑齋詩話』

戴鴻森, 『薑齋詩話笺注』, 北京: 人民文學出版社, 1981.

黃侃, 『文心雕龍札記』, 上海: 華東師範大學出版社, 1997.

(唐)白居易, 「與元九書」, 『白居易集』第三冊, 北京: 中華書局, 1999.

(唐)孫過庭, 『書譜』, 『欽定四庫全書』子部八 藝術類 書畵之屬.

(南宋)楊萬里, 『誠齋集』, 『欽定四庫全書』集部四 別集類.

(宋)魏慶之, 『詩人玉屑』, 上海: 上海古籍出版社, 1978.

(明)許學夷, 『詩源辯體』, 北京: 人民文學出版社, 1998.

吳文治 主編, 『明詩話全編』, 南京: 江蘇古籍出版社, 1997.

(淸)何文煥 輯, 『歷代詩話』, 北京: 中華書局, 1985.

(淸)王士禎·張篤慶·張實居, 『師友傳錄』, 『淸詩話』, 上海: 上海古籍出版社, 1999.

(淸)袁枚, 『隨園詩話』, 北京: 人民文學出版社, 1999.

成伟钧·唐仲扬·向宏业, 『修辭通鑒』, 北京: 中國靑年出版社, 1992.

陶水平, 『船山詩學硏究』, 北京: 中國社會科學出版社, 2001.

汪涌豪, 『中國文學批評範疇十五講』, 上海: 華東師範大學出版社, 2010.

G.F. Hegel, 두행숙 옮김, 『헤겔의 미학강의』, 서울: 은행나무, 2010.

徐文茂, 「中國詩學思想史的新開拓」, 『學術月刊』第43卷, 上海市社會科學聯合會, 2011.

趙成千, 「王夫之 시론상의 "興會"개념에 대한 고찰」, 『中國語文論叢』第19輯, 2000.

趙成千, 「중국 시론상 '興會'의 역사성과 문예 미학적 의의」, 『中國語文論叢』第27輯, 2004.

━9장

范文瀾, 『文心雕龍注』, 北京: 人民文學出版社, 1998.

王運熙·周鋒 注, 『文心雕龍譯註』, 上海: 上海古籍出版社, 1997.

詹 鍈, 『文心雕龍義證』, 上海: 上海古籍出版社, 1999.

楊明照, 『文心雕龍校注拾補正』, 南京: 江蘇古籍出版社, 2001.

(梁)蕭統, (唐)李善 注, 『文選』, 上海: 上海古籍出版社, 1997.

(宋)郭茂倩, 『樂府詩集』, 北京: 中華書局, 1998.

(宋)朱　熹, 『四書章句集注』, 北京: 中華書局, 2003.

(明)王夫之, 『船山全書』總16冊, 長沙: 嶽麓書社, 1996.

　　　第 1冊 ―『周易內傳』

　　　第 6冊 ―『讀四書大全說』

　　　第12冊 ―『張子正蒙注』

　　　第14冊 ―『古詩評選』, 『唐詩評選』, 『明詩評選』

　　　第15冊 ―『薑齋詩話』

(淸)何文煥, 『歷代詩話』, 北京: 中華書局, 1982.

(淸)董　誥, 『全唐文』四冊, 上海: 上海古籍出版社, 1995.

錢伯城, 『古文觀止新編』, 上海: 上海古籍出版社, 1996.

孟兆臣 校釋, 『畵品』, 哈爾濱: 北方文藝出版社, 2000.

王元化, 『文心雕龍創作論』, 上海: 上海古籍出版社, 1979.

詹　鍈, 『文心雕龍的風格學』, 北京: 人民文學出版社, 1982.

鄔國平, 『中國文學批評通史·淸代』, 上海: 上海古籍出版社, 1996.

黃　侃, 『文心雕龍札記』, 上海: 華東師範大學出版社, 1997.

張少康, 『文心雕龍硏究史』, 北京: 北京大學出版社, 2001.

유종목, 『중국시와 시인 - 송대편』, 서울: 도서출판 역락, 2004.

조성천, 『王夫之 시가 사상과 예술론』, 서울: 도서출판 역락, 2008.

(프)프랑수아 줄리앙(Francois Jullien), 유병태 옮김, 『운행과 창조(Proces ou
　　Creation)』, 서울: 케이시아카데미, 2003.

(美)魯道夫·阿恩海姆(Rudolf Arnheim), 滕守堯 譯, 『視覺思維(Visual
　　Thinking)』, 成都: 四川人民出版社, 2005.

(미)루돌프 아른하임(Rudolf Arnheim), 김춘일 옮김, 『미술과 시지각(Art
　　and visual perception)』, 서울: 美眞社, 2006.

(프)프랑수아 줄리앙(Francois Jullien), 박희영 옮김, 『사물의 성향 - 중국
　　인의 사유 방식(La propension des choses)』, 서울: 한울아카데미, 2009.

(法)余蓮(Francois Jullien), 卓立 譯, 『勢, 中國的效力觀(La propension
　　des choses)』, 北京: 北京大學出版社, 2009.

김덕균, 「왕부지의 '세' 개념에 나타난 사회 의식」, 『철학연구』 30, 1992.

趙成千, 「王夫之 시론 상의 '意勢'論」, 『中國語文論叢』 23, 2002.

■10장

(宋)洪興祖, 白化文 等 點校, ≪楚辭補注≫, 北京: 中華書局, 2000。

(宋)朱熹, ≪楚辭集注≫, 上海: 上海古籍出版社, 2001。

(明)王夫之, ≪船山全書≫, 長沙: 岳麓書社, 1996。

　　　　　　≪四書訓義≫, ≪船山全書≫第7冊。

　　　　　　≪古詩評選≫·≪唐詩評選≫·≪明詩評選≫, ≪船山全書≫第14冊。

　　　　　　≪薑齋詩話≫, ≪船山全書≫第15冊。

(明)謝榛, ≪四溟詩話≫, 欽定四庫全書本。

戴鴻森, ≪薑齋詩話箋注≫, 北京: 人民文學出版社, 1981。

鄔國平、王鎭遠: ≪中國文學批評通史≫"淸代"卷, 上海: 上海古籍出版社, 1996。

■11장

(漢)程頤, (宋)朱熹 編, ≪二程外書≫, 文淵閣≪四庫全書≫本。

戴鴻森, ≪薑齋詩話箋注≫, 北京: 人民文學出版社, 1981。

(唐)杜甫, (淸)仇兆鼇 注, ≪杜詩詳注≫, 北京: 中華書局, 1995。

≪杜甫研究論文集≫第一輯, 北京: 中華書局, 1962。

(淸)馮班, ≪馬小山停雲集序≫, ≪淸代文論選≫, 北京: 人民文學出版社, 1999。

(魏)何晏 注, (宋)邢昺 疏, ≪論語註疏≫, 北京: 北京大學出版社, 1999。

(明)黃宗羲, ≪景州詩集序≫, ≪淸代文論選≫, 北京: 人民文學出版社, 1999。

(明)黃宗羲, ≪馬雪航詩序≫, ≪淸代文論選≫, 北京: 人民文學出版社, 1999。

嵇文甫, ≪王船山學術論叢≫, 北京: 三聯書店, 1978。

(唐)孔穎達 疏, ≪禮記正義≫卷二十二, 北京: 北京大學出版社, 1999。

(唐)孔穎達 疏, ≪周易正義≫卷四, 北京: 北京大學出版社, 1999。

(梁)劉勰, 范文瀾 註, ≪文心雕龍注≫, 北京: 人民文學出版社, 1998。

(西晉)陸機, 張少康 集釋, ≪文賦≫, ≪文賦集釋≫, 北京: 人民文學出版社, 2002。

(梁)劉勰, 詹鍈 義證, ≪文心雕龍義證≫, 上海: 上海古籍出版社, 1999。

(漢)毛萇, ≪毛詩序≫, ≪漢魏古注十三經≫, 北京, 中華書局, 1998。

蒙培元, ≪理學的演變≫, 福州: 福建人民出版社, 1998。

(宋)歐陽修, ≪歐陽修全集≫, 北京: 中華書局, 2001。

(淸)沈德潛 選, ≪唐宋八大家古文≫卷一, 北京: 中華書局, 1996。

(明)王夫之, ≪船山全書≫, 長沙: 岳麓書社, 1996。

　　　　　　≪周易外傳≫, ≪船山全書≫第1冊

　　　　　　≪尚書引義≫, ≪船山全書≫第2冊

≪詩廣傳≫, ≪船山全書≫第3冊

≪讀四書大全說≫, ≪船山全書≫第6冊

≪四書訓義≫, ≪船山全書≫第7冊

≪張子正蒙注≫, ≪船山全書≫第12冊

≪古詩評選≫·≪唐詩評選≫·≪明詩評選≫, ≪船山全書≫第14冊

≪薑齋詩話≫, ≪船山全書≫第15冊

鄔國平、王鎭遠: ≪中國文學批評通史≫"淸代"卷, 上海: 上海古籍出版社, 1996。

(梁)蕭統, (唐)李善 注, ≪文選≫, 上海: 上海古籍出版社, 1997。

(明)謝榛, ≪四溟詩話≫, 北京: 人民文學出版社, 1998。

許總, ≪唐詩史≫, 南京: 江蘇教育出版社, 1995.

(漢)荀況, (淸)王先謙, ≪荀子集解≫, 北京: 中華書局, 1997。

(淸)葉燮, ≪原詩≫, 北京: 人民文學出版社, 1998。

(梁)鍾嶸, 曹旭 集注, ≪詩品·序≫, ≪詩品集注≫, 上海: 上海古籍出版社, 1994。

(宋)朱熹, ≪詩集傳≫, 上海: 上海古籍出版社, 1980。

(宋)朱熹, ≪朱子語類≫, 北京: 中華書局, 1999。

(宋)朱熹, ≪四書章句集注≫, 北京: 中華書局, 2003。